瞳术师

第一

江苏凤凰文艺出版社
JIANGSU PHOENIX LITERATURE AND ART PUBLISHING

容烁

莫旌

慕胤

燕沉

目录

楔 子

“系统检测到名为‘三千界’的高级全息游戏位面受到不明病毒攻击，请尽快处理！

“病毒侵入进度10%、12%、14%……

“请尽快处理！”

系统接连不断地发出刺耳的警报声。

这是世界最知名的全息游戏公司，名为“风云”。此时，风云公司的技术人员听到这急促的警报声，都快疯了，他们最新研究的全息游戏《三千界》，刚刚才完成那最后一步，结果却被病毒侵入了。

“快，检查病毒来源！”

片刻后——

一个技术人员神色凝重地道：“这病毒来源跟游戏本身有关，我们无法从外部处理，得让游戏体验员来处理。还有，一旦《三千界》因病毒而崩坏，我们公司全部的全息游戏也很有可能都会跟着崩坏。”

“快通知游戏体验员来处理！”技术部门的老大听到这话，焦虑至极，立刻吩咐下去。

技术部门的员工们一听，便要去联系游戏体验员，但很快他们就被叫住了。

“等等，让游戏体验部门的那个老大来！”

“老大，你是说云筝？”

“对！”

“可是我们几个可能请不动她啊！不过，如果有她在，肯定能够找出病毒来源并把其清除！”

“我去请她，你们盯着系统。”

半个时辰后，原本在家里悠闲吃果子的云筝，就被强行拉到了公司。

云筝听到周围不断传来的系统警报声，随即看着技术部门老大光秃秃的头顶，似笑非笑道："你们每次都让我收拾烂摊子，怎么，觉得我好欺负？"

"云仙女，我们怎么可能会有这样的想法呢？"技术部门的老大干笑几声，旋即露出苦涩的笑容，卑微地双手合十，央求道，"求求你了，云仙女，救一救我们吧。这病毒如若不及时清除，整个公司的全息游戏都会崩掉！"

云筝有些意外："这么严重吗？"

"是啊，云仙女，我们真的走投无路了。我们知道你执行任务，没有一次失手过。所以，我们只能将希望寄托在你身上。你放心，你要是能完成清除病毒的任务，不仅有高酬劳，我还会让我侄子从世界各地搜集各种果子，送到你的家里！"

听到最后一句话，云筝可耻地心动了。

云筝露出甜美的笑容，点点头："好，那我就来体验一下你们花了七年时间研发的这个名为'三千界'的游戏。还有，在我出来之前，你们必须搜集超过八百种水果送来我家，并且好好保存，不要让果子坏了哟！"

"八百种？"技术部门老大猛地瞪大了眼睛。

"有问题吗？"

"没问题！没问题！"技术部门老大连忙道。

等技术部门做好准备，云筝便躺进了游戏体验机舱。

很快，系统电子音响起："系统已连接一号玩家云筝。欢迎来到'三千界'，属于您的故事即将开启，请做好准备——"

第一章
两命相融

天下三千，我为主宰！——云筝

云楔大陆，如焰之森。

“啊——”黑夜中，突然，一道尖细凄厉的女声划破寂静，惊醒了林中的灵兽，百鸟振翅而飞。

“云筝，要怪就怪你的命不好！

“来人，将她扔下悬崖，让她试试坠落的滋味！”

借着昏暗的光，隐隐可见一个白衣女子手持如荆棘的长鞭，一滴一滴的鲜血沿着鞭子滑落，掉进泥土中。

白衣女子的身后站了数十个暗卫，如众星拱月般围着她。

方才那一声惨叫是趴在地上苦苦挣扎的少女发出来的，少女被鞭子抽打得不成样子，脸上沾满了血污与泥土。

这时，两个暗卫听从白衣女子的吩咐，将趴在地上的少女一脚踹落悬崖——

“苏……”少女没说完的话被罡风淹没。

白衣女子见状，脸上的狰狞笑意掩饰不住，心想，云筝这废物终于不会再碍她的眼了！女子疯狂的笑声在悬崖边经久不散。

翌日。云筝努力睁开眼睛，一束微光落入她的眼中，她勉强将眼前的景象看清。

这似乎是悬崖底的一条溪水，此刻她的下半身浸泡在水中，上半身趴在岸边，怪不得方才昏迷时隐隐约约听到了淅淅沥沥的水声。

还没等她疑惑，头就感觉一阵剧痛，大量的情景在她的脑海里一一闪过。

云楔大陆，大楚国，云王府的嫡女云筝，前几日遭未婚夫退婚，因此闷闷不乐。好闺密苏容以“陪原主散散心”为由，将原主约来这荒芜的森林中……

谁料苏容背后偷袭云筝，并对云筝肆意凌虐，恶言嘲讽，最后将其踹下悬崖！

原主拥有一副倾国倾城之貌，据说与她失踪的娘亲有七分相似。但这个世界，以强者为尊，整个大陆的人都能修炼灵力，唯有原主不能修炼。

云王府是大楚国的异姓王府，十多年前，辉煌极盛，如今却凋零式微了。若不是还有云老王爷苦苦支撑，恐怕云王府已任人践踏了。

现在云王府的子孙辈，唯有原主与她姑姑云妙。而云妙因为中毒已经昏睡七年，婚事也被退了。姑侄两人连续被退婚，云王府的脸面都挂不住了。

云筝双眼微眯，身上的伤口火辣辣地疼，苏容那副得意的表情刻在了她脑海中，挥之不去。原主的悲痛与怨恨，让她感同身受。

正当她准备站起来时，身后突然传来一道细微的滴答声，她警惕地回头看去。

远处隐隐约约有个人影，但还没等云筝看清，对方就被一团浓郁的紫微星光笼罩了。

云筝有些惊讶，这还是她第一次见到古书中描绘的紫微大气运命盘。

她拥有一双能看透别人命盘的玄瞳，没想到原主也有，不过在原主的记忆中，她的玄瞳并没有觉醒。

云筝对此有些好奇，想凑近研究一下拥有这命盘的人到底有多厉害。她艰难地站了起来，溪水没过了膝盖，她一步步缓慢但坚定地走过去。

不一会儿，她就走到了距离那散发着紫微光芒的人不到十米的位置，浓郁的紫微光让她差点儿睁不开双眼。

突然，一股强大的力量将她吸了过去。她的手腕被一只冰冷的大手钳住，力量之大差点儿碾碎她的骨头。

“你是谁？”一道低沉的声音响起，让人毛骨悚然。

浓郁的紫微光将那人笼罩着，云筝完全看不清他的容貌，但是仅凭声音就可以想象出一个美男的模样了。

感受到男人越来越浓重的杀气，她才发现自己大意了，现如今唯有——装！

她以一副盲人的模样抬头张望，欣喜地道："二蛋夫君，是你吗？"

"现在是黑夜吗？为什么我看不见你？二蛋，你不知道，那些散修土匪简直不是人，他们竟然欺负我一个毫无灵力的弱女子！"

云筝一口气说了好多话，然后抽泣起来，肩膀一抽一抽的。

容烁听到"二蛋"时，嘴角忍不住抽搐了一下，再听到她接下来的话，他脸都黑了。

若不是此女子毫无灵力，又浑身是伤，他还以为这是哪方派来的刺客。

"你当真看不见？"容烁言语之中含着危险的气息。

云筝闻言，脏污的小脸瞬间花容失色，双眼目光呆滞："你……你不是二蛋！你是谁？"

话音落下，紫微光突然散去，她隐隐约约看到了一个人影。

男子那乌黑的长发披在肩上，姿容清冷，身姿挺拔，如芝兰玉树，光风霁月，有种说不出来的尊贵雅致，泛红的薄唇微抿着，一双深邃眸子神秘又暗藏危险。

云筝凤眸里飞快地闪过一丝惊艳，却被男子捕捉到了。

容烁微怒——竟敢戏弄他，他一把掐住云筝的脖子。

云筝拼命挣扎，可是她毫无灵力的身子如何能挣脱？

"喀喀……"云筝用尽全身力气想掰开他的手，可是他的手如钢铁般坚硬，纹丝不动。

云筝只好暗暗催动玄瞳，那一双漆黑如墨的眸子瞬间变成妖艳的赤红。

她的双手紧紧攥住他掐着她脖子的手，尖锐的指甲刺入他的肌肤，溢出的鲜血诡异地被她吸取殆尽。

容烁察觉到危险，想松开手时，却被一股无形的力量禁锢住了。

"两命相融，我生你存，我死你亡……"一道清冷的嗓音响起时，容烁感觉自己的体内多了一丝异样的气息。

云筝用赤红的眸子盯着他的双眼，突然莞尔一笑，模样虽狼狈却异常惊艳。

下一瞬，她双手无力地垂下，"啪嗒"一声落在水中，昏迷了过去。

容烁脸色难看，他能感觉到自己的生命正在一点儿一点儿流逝。

眼前这看似无害的女子，诡计多端，还会一种神秘又令人无法抵抗的术法，让他着了道。

那神秘的异瞳……她现在还不能有事，至少解开术法之前不能有事！

“帝尊！”

“属下来迟，请帝尊责罚！”

突然，小溪岸边多了两个黑衣人，他们低着头，半跪在地，抬手作揖行礼。

“哗啦”一声，一袭墨袍的清冷尊贵的男子从水中站了起来，他的怀中抱着一个娇小的女子，一步一步朝着岸边走来。

“起来。”低沉好听的嗓音缓缓响起。

两个黑衣人闻言站起身来，抬头的那一瞬间，都惊得目瞪口呆。

容烁朝两人投去一个淡淡的眼神，两个黑衣人浑身直打哆嗦，虽然表面上迅速恢复镇静，心思却活跃得很：“这是帝尊吗？帝尊怎么会抱着一个女子？这太惊悚了！”

“这女子浑身是伤，脖子的红痕更是明显，该不会是帝尊弄的吧！”

而此刻的容烁已经将云筝放在了地上，他皱了皱眉，修长的手中多了一颗白色的八品丹药。他没有丝毫的怜香惜玉之心，直接将药塞进了云筝的口中。

幸好，丹药入口即化。

八品丹药的效果十分显著，云筝身上的伤口没一会儿就愈合了，苍白的脸色也逐渐变得红润，只是脖子上的红痕还十分明显。

容烁脑海中突然浮现了她昏迷之前邪肆的笑容，那得逞挑衅的眼神，以及她说的话，让他忽然有些烦躁。等她醒后，他便让她解除那神秘的术法！

容烁睨了她一眼，然后站起身来吩咐旁边的黑衣人：“青风。”

青风立马俯身恭敬地道：“属下在！”

“告诉玄月老祖，时间推迟。”

“是。”青风回答完，便转身消失了。

一旁的墨雨见自家帝尊离那浑身狼狈的女子远远的，嘀咕了一句：“帝尊这是跟这姑娘闹脾气了？”

“墨雨，你很闲吗？”一道冷冷的声音传来。

墨雨听到这话，顷刻间如临大敌般，堆积一张完美的笑脸说道：“属下方才想起，这崖底的结界似乎有漏洞，属下现在就去加固！”说完，墨雨便赶紧溜了。

黄昏至，黑夜降。

崖底除了水声，听不到其他声响，容烁负手而立，闭目养神。

不知过了多久，地上传来一阵细微的嘤咛声，云筝悠悠醒来，发现周围伸手不见五指。

云筝坐了起来，下意识地抚摸了一下脖子，脑海中迅速闪过昏迷前的情景，忍不住吐槽：“从未见过如此暴躁的人，以为长得帅就可以肆意妄为吗？”

“嗯？”充斥着寒意的声音语调微微上扬。

云筝冷不丁被吓了一跳，循声望去，只见一个身姿挺拔的墨色背影立于数十米远处。

说坏话被人当场听到，云筝尴尬不已，迅速合上眸子，检查了一遍玄瞳，只有她能看见她与他之间连着一条细微的红线……

这红线由气运形成，其余人是看不见的，包括眼前这人。

命盘相融，她现在倒是不怕他会对自己做什么。

她原本是隐世族地的一名玄瞳术师，深谙玄学与瞳术，而命盘相融这一术法，为伴侣所用。结发为夫妻，恩爱两不疑，命盘相融，息息相关，背叛者将万劫不复。

她也是万不得已才使用这术法的……

云筝向对方走去，扯开一副标准的笑容：“大哥……”

容烁回头盯着她，冷声打断她的话：“解了。”

云筝眼珠子微转，突然猛扑到他的大腿边，抱住他的大腿，俨然一副哭天喊地的架势：“大哥，我自己是解不了毒的。”

容烁深邃的眸子闪过厌恶之色，想将云筝踹开，腿却她被抱得死死的，根本甩不掉。

黑夜中，容烁太阳穴处的青筋暴起，恨不得一掌将她拍死。

“要怎么解？”

云筝吸了吸鼻子，道：“阴阳交合。”

“不知羞耻！”听到这话，容烁忍无可忍，抬手一挥，一座高山瞬间被炸开了，尘土飞扬，连周边的树木都被连根拔起，顷刻间，就成了废墟。

云筝心中讶异，震撼于他深不可测的实力，估计大楚国灵皇修为的皇室老祖都不及他！这男子看似年纪不大，约莫二十五岁，竟然已经这么强了。果然，拥有紫微大气运命盘的人，无一不是天之骄子。

云筝刚准备开口说话，就被一只大掌抓着衣领提了起来。

云筝见容烁下一秒就要将自己扔进溪水中，赶紧像八爪鱼一样，死死搂住容烁的脖颈儿，一双修长的腿紧紧缠着他的腰。

“大哥，我错了。”云筝哭丧着脸，迅速说道，“还有一种办法，我达到灵帝修为时，就可以解开了。”

“你给本尊滚下去！”充满怒气的低沉的声音在悬底不断回响。

若不是看她毫无灵力，容烁早就用灵力将她震开了。

“大哥，我这就下来，你别生气。”云筝见他真的发怒了，赶紧从他身上跳下来，用商量的语气道：“大哥，我知道你肯定不愿，现如今只有一个法子，便是等我成为灵帝之后，我与你的命盘就自动解开了。”

“你一个不能修炼的废物，如何成为灵帝？”简直是天方夜谭！

容烁深邃的眸子微眯，他的语气像裹挟了无数寒冰一样，直叫人浑身发颤。

他盯着眼前的女子，她虽满脸血污，但是很灵动，特别是一双眼睛，扑闪扑闪的，偶尔闪过狡黠之色，倒是与他之前见过的女子略有不同。

云筝当即拍了拍胸口保证：“我体内有封印，等解了封印之后，我便能修炼了。”

容烁挑了挑眉，她体内的确有封印，还是上古封印，异瞳加上上古封印，看来此人身上秘密甚多。

“你这封印，没有灵帝修为的人帮忙，根本撼动不了半分。”容烁说。

云筝一脸温顺地讨好，偷偷抓住了容烁修长的手掌，撒娇般地晃了晃：“大哥，我知道你最好了，你帮我解开封印吧，我肯定好好修炼，争取早日达到灵帝修为！”

容烁垂眸看了眼对方的手，软软的，温热的，竟有片刻失神，心里闪过一丝道不清说不明的异样情绪，他……好像并不讨厌。

黑夜中，男子的耳尖开始泛红，可是无人得知。容烁冷声道：

“松手。”

“好的，大哥。”云筝爽快地松开手，一副乖巧懂事的模样。

容烁见状，不动声色地将手负在背后：“本尊可以替你解开一部分封印，可是就算解开，你现在还是太弱小了，为了本尊的安全，你跟本尊回去。”

“不行！”云筝立马否决。跟他回去，岂不就被他禁锢了自由之身。

“你没有选择的余地！”容烁冷冷地睨了她一眼。

如若青风与墨雨在此，听到云筝毫不犹豫地拒绝，估计会痛骂她太傻，跟着帝尊，这是天大的恩赐与机会啊！

云筝的笑容一瞬间收敛殆尽，认真道：“我还有家人，我不能离开。”

容烁沉默了。

云筝抬手，解开了腰间的腰带：“你若是觉得让我修炼成为灵帝不现实的话，现在最好的办法就是……”

容烁呵斥道：“闭嘴！”她这是在赤裸裸地威胁他，“本尊答应你，可是你必须在三年内修炼成灵帝，如若不行，三年后你会被剥夺自由。”

云筝闻言，嘴角划过一抹得逞的笑容：“大哥，你真的是‘人俊心善’。”

翌日清晨，云筝被赶出了崖底。昨晚，容烁帮她解了一晚的封印，虽然才解开七分之一，但她已经能感应到灵气了。她还可以通过神识，看见自己的丹田与识海，不过她的丹田好像异于常人，是一片小湖泊，而原主的记忆中其他人的丹田是一片地。

她能内视丹田，容烁也能探入查看，她没有忽略他看见后皱起的眉头。

容烁也说不出来这是怎么回事，这湖泊丹田的中央有一个奇怪繁杂的法印——如七条铁链般，不过如今断了一根。

这封印估计跟原主的母亲君蓝有关。君蓝来历神秘，听爷爷说她实力高深莫测，且有一手超绝的炼丹术。

云筝身着一袭宽大的墨袍，小脸已经洗干净了，眉眼精致如画，睫毛长而微卷，肌肤如凝脂般白皙娇嫩。

云筝拉着小脸，唉声叹气：“这个容烁，刚解完封印，就赶我这个弱女子出来，真是毫无风度。”

而她不知道的是，她说的话已经落入了容烁的耳中，他脸色阴沉，咬牙切齿。

云筝走了好久，一路上遇到了几批灵兽，大部分都有惊无险地避开了，避不开的就用之前学的古武术来对付。

奇怪的是，到目前为止，她遇到的只是两三阶的灵兽而已。

灵兽分为九阶，灵兽上面还有圣兽，圣兽也有九阶，圣兽上面还有神兽、超神兽等。

这里已经是如焰之森的深处，为何一只高级灵兽都没有？着实奇怪。

而且整个如焰之森的深处弥漫着一股不寻常的气息，云筝眯了眯双眼，蹲下来，拿起一根干树枝在潮湿的泥土上画了画，又描绘了几个点。

她合上眸子，半刻后，双眼一睁，妖异的赤红色一闪而过。

“原来如此，神兽出，百兽守，兽潮半个时辰后将会现世。”

突然，一阵阵沉重的步伐声传来，云筝轻点脚尖，跃到了树上，警惕地望着下面。

一群人浩浩荡荡而来，为首的几个竟是老熟人，其中一人让她的心猛地一跳。云筝知道，这是原主残留的情绪。

那人面如冠玉，是个不可多得的美男子，可若是跟容烁比起来，就实在不够看了。

一个天一个地，如何能比？

此人就是大楚国三皇子楚允衡，与她退婚的那人。

“皇兄，我们都在这里兜兜转转好几回了，为何就是找不到神兽的出世地点？”楚允衡身旁骄横漂亮的少女噘着嘴，不耐烦地说道。

楚允衡揉了揉她的脑袋，温声道：“允柔，且耐心等等。”

“听苏容姐姐说，云筝也跟来如焰之森了，只是她现在已经走丢了。”楚允柔眼中闪过一丝怨毒之色。

楚允衡闻言眉头紧紧地拧了起来：“你提云筝那个废物干什么？她就算死了也跟本皇子毫无关系。”

楚允衡旁边的俊秀男子摇了摇扇子，颇为风流地说道：“欸，话也不能这么说啊，三皇子殿下。她痴迷你数年，虽无法修炼，却有一副绝美的容貌，殿下你要不再考虑考虑，将她收了？”

“江奕辰，这等福气还是留给你吧。”楚允衡沉着脸道。

江奕辰手执折扇，风流地一笑：“可惜啊，美人不喜欢本少爷，认定你了，我也不太好夺人之爱吧。”

“江奕辰，闭嘴！”楚允衡沉声道。

江奕辰笑着摸了摸鼻子，便没有再说话了。

云筝目光微沉，看来不对楚允衡等人做点儿“好事”，心里不会舒服了。

她仰头看了看茂盛的树叶，伸手迅速摘了数十片。

她轻巧地跃下，朝他们离去的方向睨了一眼，然后快速朝另一边绕过去。一刻钟后，她到了一个安静的地方开始布置陷阱。

布置完后，她就离开了。

越来越多的队伍进入如焰之森，云筝在路上就遇到了好几拨，有大楚国的人，也有一些别国的人。

云楔大陆分东大洲与中灵洲。大楚国在东大洲，东大洲有不少国家，而大楚国在东大洲只能算个中下流小国。这些国家并不是最强大的，凌驾于其上的还有圣院，一个培育了无数的强者的学院，是东大洲所有天才都向往的圣地，以及炼丹公会、炼器公会和驭兽公会。不过有些超一等大国却能与圣院等并肩。

而中灵洲比较神秘。东大洲与中灵洲被巨大的海域隔开，海域之上有无数圣级海兽，想要渡过已是难事，更遑论海域上还有天灾。所以，中灵洲与东大洲几乎没有联系。

不过，听闻东大洲的地域只有中灵洲的四分之一。

云筝朝着自己算出来的方向迅速飞奔，不多时，已经到了目的地，只是那里已经有几拨人了。

他们皆守着那一个黑黝黝的洞穴，准备伺机而动，不过洞穴的周边还有数不清的高级灵兽以及几只圣兽。

兽类皆目光凶狠地盯着人类，不过现在任何一方都没动，所以暂时维持着一种诡异的平衡。

云筝从人群中看见一个熟悉的身影，目光变得凌厉，快速藏于树后。

苏容想要契约神兽，想得美！云筝从衣裙上扯下一块带着血迹的布料，绑在脑后，遮去了她大半张脸，然后故意泄露气息。

“谁？给我出来！”一道厉喝声响起。

轰的一声，面前那棵五人合抱的大树赫然断裂，映入眼帘的是一个身着宽大的不合身的墨袍的女子，女子的三千青丝被一条丝带绑成了高马尾，脸上蒙着一条白色的带有血迹的面巾，负手而立，神色从容淡定。

“你是谁？”一个面容看似慈和但眼眸之中闪过几分阴鸷的中年男子皱着眉问道。

云筝冷笑道：“本座是谁，岂容你探询？”

云筝用手捻起一片嫩绿的叶子，漫不经心地朝中年男子一扔。

中年男子警惕地防备着，可叶子轻飘飘地落在他的手上，没有丝毫动静。

“小儿竟敢耍我？”中年男子暴怒，伸手将叶子碾碎了。但在那一刹那，一道爆响声响起。

中年男子的手被炸了，幸好他反应及时，运起灵力保护自己，才避免手被炸断。

“爹！”旁边一女子见状，瞳孔微缩，赶紧扶了扶他微颤的身躯。

“你好狠毒的心！”女子猛地抬头看着云筝，“我爹不过是问了你一句而已，你竟下如此狠手！”

众人瞬间对云筝避讳莫深，眼神中透着警惕与探究。

云筝昨日解了一部分封印后，便一举突破至灵者七阶。

他们之所以没能看透她身上的修为，是因为容烁给了她一个手镯，那手镯能够掩饰她身上的修为。

看不透一个人的修为，要么这个人没有修为，要么这个人的修为在他们之上。因为她有灵力波动，所以众人猜测她的实力深不可测，至少已经超过了他们。

云筝要的就是这样的效果！

云筝睨了一眼那气愤的美貌女子，道：“你算什么东西，竟也敢骂本座？”

“阁下莫要太猖狂，我爹乃大楚国三大家族之一苏家家主苏靖，我则是苏家嫡女苏容！我要是算不了什么，那阁下又算得了什么？”

云筝道：“什么玩意儿，苏家？根本没听过。”

云筝说完，抬手间数枚嫩绿叶子已并排立于空中，她漫不经心地环顾众人道：“本座云游至此，察觉有神兽出世异动，特地前来探究一番，偏偏有人对本座出言不逊……”倏地，她神色一凛，“再惹本座不高兴，本座不介意灭了苏家，要知道，这对我来说易如反掌。”

语毕，云筝打了个响指，“啪嗒”一声。

霎时间，数枚嫩绿叶子朝着苏靖与苏容二人飞去，将他们两个包围住……

苏靖一惊，刚想拉着苏容退开，可是已经来不及了。

强烈的爆炸声响起，火光四射！浓重的烟雾散去，只见两个人虽用手臂挡住了脸，但已衣衫褴褛，头发焦枯得粘在了一起。

苏靖是灵王八阶的修为，伤得不算重，但是苏容只有灵师六阶的修为，伤得重多了。

云筝见到这一幕，不由得遗憾，看来这个世界的灵力真是强大，她的必杀技居然只达到这般效果。云筝想要变强的信念越来越强。

隐匿在某个角落的容烁见状，不由得眉头一挑，眼底闪过几分讶异，嘴角微扬，可下一刻，他的眉头倏然皱起。

远处的云筝面巾之下的嘴角溢出血来，想必使用那术法需要付出一定的代价，她竟是这么对待自己的！

不知为何，容烁心中有点儿闷。定是因她不爱惜自己的身体而让他受影响，容烁越想越觉得是这样，最后沉着一张俊脸，身上散发着寒气。

他身后的墨雨默默地搓了搓手。

而此刻云筝负手而立，姿态倨傲地盯着那狼狈的苏家父女。

“本座略施小计便让你们灰头土脸，你们觉得自己能入本座的眼？”

苏靖目光中的阴鸷一闪而过，他微微垂下头，双手作揖行了个晚辈礼，态度恭敬：“是苏某不自量力，望阁下大人不记小人过。”

云筝闻言，冷笑了一声：“你就是这么教女儿的？”

苏靖立马给苏容使了一个眼色，苏容咬了咬唇，柔柔弱弱地说：“是小女冲撞了阁下，对不起。”

“跪下。”云筝语气冰冷。

苏容掩盖在衣袖下的手猛地攥紧，指甲刺入了血肉，她若在这么多人面前跪了，传出去，她的脸面何存？

苏靖察觉到云筝眼中的杀气，狠下心来，将苏容按了下来，赔笑道：“小女年少不更事，多有冒犯，请阁下见谅。”

苏容神色屈辱，敢怒不敢言。

云筝瞧见她的神色，身体内的怨气不由得消散了些。

云筝不在意地“嗯”了一声，走到旁边不远处，背靠大树，双手抱臂，右腿屈起，慵懒悠闲。

这时，不少人眼珠子转了转，壮着胆子上前询问：“听阁下的语气，并不是我们大楚国的人。”

云筝淡淡地道：“自然。”

有些人想再问出一点儿信息，可都被云筝不动声色地绕过，还顺带敲打了一下他们，让他们活跃的心思暂时歇下了。

越来越多的队伍赶到。

云筝眯了眯眼，半个时辰已到，神兽要出世了！她站直身体的那一刻，群兽开始暴动，不断地攻击人类队伍。

霎时间，兵荒马乱。

她轻点脚尖，跃上大树。

“杀啊，兽潮出，神兽现！”

一头巨大的雪狼怒吼：“吾王岂是你们敢觊觎的！”

是圣兽！圣兽能言语。

不少灵王强者，甚至灵皇强者开始攻击那几头圣兽。

突然，洞穴中爆发出一股强大又刺眼的白光，将洞穴周边的人和兽都震飞了。

天空中，乌云密布，风云暗涌。噼里啪啦的雷电声在耳畔响起，摄人心魂。

神兽要渡雷劫！

刹那间，云筝所站的大树被强烈的罡风撕裂，她整个人往下掉，正当她想以最恰当的方式着地时，一条铁臂揽住她的腰，她跌入了一个散发着独特气息的怀里。

云筝抬眸看去，只能瞧见他完美的下颔。

容烁垂眸睨向她，说道：“这么一丁点儿修为就敢来这个地方？想找死吗？”

云筝刚想说话，容烁便嫌弃地将她推开了，轻咳了一声：“可是想要神兽？”

“我就是想来看看而已。”她只是想看看神兽长什么样，顺便教训一下苏容。

听说神兽需要灵药灵草、神丹妙药等喂养，别人养得起，她养不起啊！这都是白花花的钱啊！

容烁皱了皱眉，问：“为何不要？”

此刻容烁心想，她该不会要超神兽吧？的确，神兽太低级了，可是超神兽，以她的修为与精神力应该匹配不了。

“我养不起。”云筝一副要哭了的模样，抱着容烁的手臂用脸蹭了蹭，开始卖惨，“烁哥哥，我没钱啊，你要不要资助我三年，等三年后我解了相融的命盘，就去挣钱还给你。”

三年修成灵帝实力，这是一项巨大的工程！

可是容烁根本没听到她后面的话，他的注意力早就被那一声“烁哥哥”吸引了。

“烁哥哥，好不好嘛？”云筝冲他眨巴眼睛，撒娇道。

容烁心跳加快，他见鬼似的看了她一眼，然后粗暴地将她推开，下一瞬，身影消失不见了。

云筝眉头打结，感到莫名其妙。亏他长得丰神俊朗，借个钱竟能吓跑他，真是看走眼了，估计这容烁比她还抠搜，以后不提了！

回过神来的云筝，只见周围一片狼藉，而她一直被一个小结界保护在其中。

云筝不由得笑了笑，容烁那家伙虽然有些吝啬，但是挺细心的。

“轰隆”一声巨响，天际恍然被划开，一道如手臂粗的银雷朝洞穴袭去。

洞穴瞬间破裂，尘烟滚滚，飞沙走石。

云筝还是第一次见到这种场景，接连不断的粗雷朝着破碎不堪的洞穴袭去，遗憾的是，始终没有见到那神兽出来。

人类与兽类依旧在厮杀，突然，云筝被两道身影吸引，那身着一袭白色锦袍的俊朗男子与那衣衫褴褛却依旧美貌的女子背靠背，一起对付周围的灵兽。

这两人正是楚允衡和苏容。他们两人勾搭在一起，她并不意外。毕竟在原主的记忆当中，苏容多次与楚允衡眉来眼去，只是原主傻傻的，分辨不清而已。

云筝抬起右手，两指间夹着两片嫩绿的叶子，凤眸含着邪肆的笑，轻轻一挥手——

楚允衡与苏容同时凄厉地惨叫了一声，楚允衡如发怒的野狗一样怒吼："是谁？到底是谁在暗箭伤人？"

苏容的剑掉在地上，她抬手捂住自己血流不止的手掌，情绪崩溃地喊道："你出来，我知道是你！你为什么一而再再而三地针对我？"

这本是一片普通的嫩绿叶子，可在之前那身着墨袍戴面巾的女子手上，却能发挥出不同寻常的威力。

以苏容多年来的心机，自然能隐隐感觉到那神秘女子对她的恶意。

若不是父亲警告了她一番，让她将气忍下来，她恐怕早就去暗算那神秘女子了。

楚允衡一听，当即皱眉，眼底隐含怒气，问道："你说的'她'是谁？"

苏容咬了咬唇："一个无端针对我的女人。"

"那她为什么要暗算我？"

"可能是因为她觉得你与我之间的关系不一般。"

楚允衡闻言语塞，他看了一眼苏容，心想，若不是她，他怎么会受此伤？

渐渐地，他将怒气转移到苏容身上，大声质问道："你为什么要招惹那人？你不招惹她，她怎么会来暗算我们？"

苏容遭到劈头盖脸的一顿骂，震惊地抬起头来，一双美目里尽是不可置信与伤心之色，委屈道："你居然呵斥我？"

楚允衡见苏容哭得梨花带雨，心慌了，他不应该责备她的。苏容这么善良娇柔，定是背后那女人嫉妒苏容，才会暗算他们两人。

楚允衡用那只没有受伤的手，一把搂住苏容，放轻语气道："容容，是本皇子错了，我不该这么大声跟你说话。方才我心急了些，你别放在心上。"

苏容靠在他怀里，眼眸微垂，闪过几分不满与愤怒。若不是她对楚允衡还有几分真心，又怎会原谅他？

而此刻，在远处角落的云筝见到这一幕，颇为无语。

他们两个人在这样危险的环境之下，居然还敢分心来谈情说爱，若不是他们两个的属下在为他们阻挡那些灵兽的攻击，恐怕苏容与楚允衡早就一命呜呼了！

突然，云筝感觉脚被什么东西拱了拱，吓得下意识地想要攻击，可当看到是一只毛茸茸的白色小灵兽用脑袋在拱自己，她的攻击猛地拐了个弯，落在了别处。

奇怪，这里为什么会有一只低级灵兽？

云筝蹲下来，摸了摸它的脑袋，真软，真舒服。它小小的，只比她的拳头大一点点，因为四肢太短了，看起来就像一个圆球。它那双眼睛倒是好看，像一对琉璃。

云筝将它揪了起来，放在手心，道："小家伙，你是不是迷路了？这里不是你应该来的地方。"

"吱吱。"小毛团发出微弱的声音。

就在此时，一道更加粗壮的雷朝着洞穴劈下来，将洞穴劈得支离破碎。而小毛团像受惊了一样立即溜进了她的衣袖内。

"别怕，它劈不到你。"云筝隔着墨袍轻轻拍了拍它的身子。

小毛团似乎安下心来，一动也不动。

乌云散去，天空明朗，群兽仿佛接到命令一般，朝着不同方向狂奔离去。

众人大惊，纷纷跳到那焦黑的洞穴之上查看，有人更是不死心，挖了起来。

"怎么回事，神兽呢？"

"雷劫已退，那神兽在哪里？"

"洞穴都被劈成灰了，那神兽该不会被劈死了吧？"

"胡说八道！"

神兽没了？云筝皱了皱眉，心中有些疑虑。她掐指一算，眉头皱得更深了，怎么回事？这神兽的去向已经变成一团迷雾，让人看不清了。

奇怪！通常这种情况，一是跟她自己有莫大的关联，二是有强大的外力干扰。第一种情况，云筝自动忽略了；想到第二种情况，她的脑海中就浮现出容烁清冷挺拔的身影。容烁那家伙来这里，该不会是悄无声息来夺取神兽的吧？

云筝见前面的人开始疯狂地地毯式搜索神兽，一时间没了兴致。

她隔着墨袍摸了摸小毛团，想顺便将它送出如焰之森。

云筝转身欲离开之时，有人从身后唤住了她："这位姑娘，你为何鬼鬼祟祟地躲在此处？"

云筝心中顿时警铃大响，半眯着眼扫向那声音的来源——一个手持折扇的风流俊逸男子，正笑盈盈地望着自己。

大楚国三大家族之一江家大公子，江奕辰，年二十，大灵师一阶的修为，与三皇子楚允衡交好……

“与你无关！”云筝冷声说罢，便要离开，可是随即物体刺破天空的声音响起，一把折扇朝云筝的背后袭来。

云筝侧身轻跃一躲，同时将手中几枚嫩绿的叶子射向江奕辰。

江奕辰不在意地徒手接过那看似威力不大的叶子，笑了笑：“之前那个陷阱也是你设的吧？”

云筝闻言，记起她曾经设过一个陷阱。看来这江奕辰是遇到了，她嗤笑道：“是又如何？先管好你自己吧。”

话音刚落，云筝的身影如同一阵风一般迅速离开了。

江奕辰正想去追，可下一刻他想起之前的事，脸色突变，连忙将手中的嫩绿叶子扔掉，不过已经迟了。

江奕辰的右手止不住颤抖哆嗦，几滴血滴落下来。他看向云筝离开的方向，脸色沉得像锅底一样。

他还是第一次被人耍，之前那个陷阱他都没有着道，现在……她到底是谁？

楚允衡与苏容等人听到爆炸声，匆匆赶来，便看见江奕辰的衣服破烂，依稀可见受伤的痕迹，就连额角的那缕青丝都焦黄了。而且，他的手似乎伤得很重，止不住地哆嗦颤抖。

“江奕辰，你怎么会受伤？”楚允衡担忧地问道。

苏容见到他这副模样，联想起自己刚才的经历，肯定道：“定是那蒙面人所致！”

见他们向她投来疑惑的目光，苏容努力维持表面的镇静，将来龙去脉跟他们讲了。至于一些对自己不利的细节，她自然省略了。

“太可恶了，她为什么要针对我们这群人？”一个纨绔子弟打抱不平。

“苏容，你别怕，我们会保护你的。”

那些暗恋苏容的纨绔子弟或青年才俊纷纷对苏容起了怜惜之心，恨不得将她抱在怀里好好安慰。

楚允衡见那么多男子毫不掩饰地用充满爱慕的眼神看向苏容，顿时脸都绿了。

“那女子肯定认识我们！”江奕辰突然说了一句。

“之前我们遇到的暗器陷阱也是她设的，她在针对我们。”

众人闻言，不由得陷入了思考，他们好像没有得罪过这么厉害的女子啊？

“先不提这个了。”江奕辰说道，看向苏容，“云筝小妹人呢？”

苏容闻言，立马垂首，伤心欲绝地道：“我与云筝妹妹遇到了一头五阶的灵兽，我拼死抵抗，兴许她觉得自己拖累了我，便丢下我先行离开了，我们也就此失散了。我派了暗卫去寻她，如今我也不知道她在哪儿……”

“居然抛下同伴离开，苏小姐，你不要为这种人伤心！”

“对啊！小姐，你肯放下身段与她交好，她却背叛了你，说不定已经死在如焰之森了。”

众人七嘴八舌，一副对云筝深恶痛绝的模样。

楚允柔握起苏容的左手，说道：“苏姐姐，你何必在乎云筝？她这样自私自利的人，不值得你为她伤心。”

楚允衡赞同地点头：“别管她了。”

而此刻的江奕辰将所有人的神色收入眼中，他嘲讽般地笑了笑，看来苏容这恶毒女人终于对云筝小美人下手了。

他一向欣赏美人，对云筝这等绝色的美人，自然多了几分关注。

当然，只是关注而已，他并不会掺和到女人的争斗中。

江奕辰从储物戒指中拿出一枚一级疗伤丹药，吞了下去。

第二章
回云王府

云筝走出了如焰之森内围，将小毛团放在一个尚且没有什么危险的地方，便迈步离开。

可是，那小毛团一直跟着云筝的后面，跟个小尾巴似的。

云筝无奈地停下步伐，凶巴巴地道："记住，如焰之森才是你的家，不许再跟着我，再跟着我，我就把你做成红烧肉吃了。"

小毛团害怕地缩了缩身子，然后"吱吱"叫了两声。

云筝警告完，就运起灵力闪身迅速离开此地，她的速度比拥有大灵师实力的修士还快。

半刻钟后，她终于出了如焰之森。她扯掉面巾，深呼吸，双手叉腰看着天空，笑了笑。

"小姐，真的是你吗？"充满惊喜的声音响起。

云筝闻言，抬眸看去，一个丫鬟着装的秀气小姑娘朝她扑了过来。

云筝猛地被抱住，有些不适应地推了对方一下，却被抱得更紧了。

"小姐，你怎么可以自己来如焰之森？你两天没有回王府，老王爷着急得不行。"丫鬟月季吸溜着鼻子，带着哭腔说道。

月季的身后还跟着一群出来寻找云筝的云王府侍卫，他们见到云筝时，惊喜之余，又安心了不少。虽然安心了，但是队伍中有不少侍卫对云筝投来责备的目光。

云筝推开月季，揉了揉她的脑袋，说道："我们回去吧。"

"好。"月季眼泪汪汪地盯着云筝。

为首的侍卫长云海看见云筝身着一袭男装的宽大墨袍，心一紧。他能注意到的事，其他人自然也注意到了，其中包括月季。

月季眼泪汪汪又神情内疚，看得云筝头都大了，只好解释道："我没事，我被灵兽划破了衣裳，向一位贵人借了一件衣服而已。"

众人闻言，纷纷看向她身着的墨袍，墨袍的刺绣与布料都是极佳的，是市面上根本买不到的。难道真如小姐所说那般？即使不是也得是！

月季道："小姐，月季相信你。"其他侍卫也纷纷表示相信。

云筝看向这些人，心中不由得涌出一丝暖流，爷爷将这些人教得很好。云王府啊，是一个温暖的地方。

"有衣服吗？"云筝看着月季问道。

月季懵懂地摇了摇头。

侍卫长云海从储物袋中拿出一件披风，递给云筝："小姐若是不嫌弃的话，就用属下的披风遮一遮。"

云筝愣了愣，接过披风后，对他道了句谢。

云筝带着一行人回云王府，一路上有不少人对她指指点点。

云筝不予理会，昂首挺胸地站在了云王府大门前。她抬头看着"云王府"这三个恢宏大气的字，笑了笑，便抬脚迈进去，可是下一刻一声气血十足的暴喝传来："云筝！"

云筝半只脚已经踏进去，一时之间，进退两难。

一旁的月季见状，偷偷地捂嘴笑了笑。

"你个臭丫头，这么多天你跑去哪儿了！"

未见其人，先闻其声。云筝不打算逃避，准备抬脚迈进去，可是一道看不清的身影将自己狠狠抱住了。

"爷爷。"

云景天声音颤抖地道："你还知道我是你爷爷？消失两天了，离开前都不和爷爷打一声招呼！"

他很快将云筝松开了，然后拉着她匆匆走进云王府，云筝差点儿跟不上他的脚步。

云老王爷云景天头发花白，眼角的皱纹如涟漪一般，胡子也白了，如同原主记忆中的模样。只不过现在的云景天神色憔悴了些，眼袋浮肿，看来是没有休息好。

"爷爷，你这是要带我去哪儿？"云筝问道。

云景天闻言，身躯犹如佝偻了一般，声音也微弱了许多："见你姑姑最后一面。"

云筝瞳孔微缩："姑姑怎么了？"

云景天深深地叹了一口气，眉眼间萦绕着忧愁与痛苦："你自己去看吧。"

记忆中的姑姑云妙虽然瘫痪昏迷，可是没有要走的预兆……

来到姑姑的院子内，云筝推开房门后，差点儿被浓郁的药味呛到，房间内昏暗无光，床榻之上的女子脸色苍白枯瘦，气息微弱到几乎感受不到。

云筝脸色微变，姑姑的身上有厄运之气萦绕，那厄运之气加重了姑姑的病情，让她奄奄一息。

"爷爷，关一下门。"云筝说完就走到云妙的床边，她用灵气划破指尖，挤出一滴鲜血，在半空行云流水地描绘了一个符文。

云筝画完之后，素手一扬，符文便迅速隐没在云妙的身体内。

刚关完门的云景天见到这一幕，震惊得瞪大双眼问："筝儿，你这是做什么？"

云筝道："爷爷，我现在一时半会儿跟你解释不清楚，但我不会伤害姑姑的。"

云景天半信半疑地点了一下头。

得到云景天的同意后，云筝看向云妙，一双漆黑的眸子瞬间变成妖异的赤红色，云妙身体的内部脉络与气运皆浮现在她眼中。

姑姑的腹部有一颗乌黑的珠子，这正是厄运之气的来源。

云筝的神情变得严肃起来，妖异的赤红色微闪。她抬手掀开姑姑的被子，然后将手掌覆在她的腹部，暗暗运起灵力想要将乌黑的珠子吸出来……只是，以她灵者七阶的灵力，根本不足以将珠子吸出来。

在一旁的云景天看到云筝的双眼竟变成了赤红色，而且她身上有灵力的波动，心中一惊，神色凝重。她解封了？

看到云筝额头冷汗直冒，小脸苍白，云景天再也不能坐视不理了，他伸出双手凝聚灵力，输入她的体内。

云筝的小脸瞬间红润了许多，她嘴角微扬又快速落下，集中精神。

乌黑的珠子似乎察觉到了危险，想要四处逃窜。云筝岂能让它逃，赤红的异瞳流光闪烁，无形中有一条比头发还细小的红线锁定了珠子，珠子就像被定住了一样。

就是现在！云筝素手一扬，便将珠子紧紧攥在手中。

“爷爷可认识此物？”

云景天看见这乌黑的珠子，眉头就像打了结似的，脑海中回想到什么，脸色霎时间变得阴沉又凝重。

“当然认识，这是方家家主之物——厄珠，专门用来对付敌人的厄珠！”

方家？厄珠？

“方焱那老家伙！我现在就去找他！”云景天暴跳如雷，说着就要往门口去。

云筝急忙拉住他，安抚道：“爷爷，少安毋躁！”

“如何不躁？方家辱我云王府，欺我云王府，若不是妙儿在七年前为救方思言身中剧毒昏迷不醒，他方家哪儿还有什么天才。这等忘恩负义之徒不如除了！”云景天气得胡子都竖了起来。

云筝目光一凛，坚定地道：“爷爷，别着急，总有一天我会让方家也尝一尝姑姑受的苦！”

原本气疯了的云景天突然听到这么一句话，瞬间愣住了：“筝儿……”

云筝道：“爷爷，正如你所见，我已经能修炼了，我会努力变得强大，让世人不敢欺我们云王府！”

云景天眼眶忍不住湿热了，他心中微叹，抬手拍了拍云筝瘦削的肩膀：“筝儿，你长大了……”

云筝心中泛起一股酸涩的滋味：“筝儿长大了，可以保护爷爷，可以保护姑姑，可以保护云王府。”

云景天看了眼床榻之上脸色已经好了很多的云妙，对云筝说：“跟爷爷去书房，爷爷有些事情要告诉你。”

书房内，云景天背对着云筝，看向墙壁上挂着的一幅画像，画像中是一对俊男美女，两人携手相视而笑，给人一种岁月静好的感觉。

“你的父亲是一个绝世天才，四岁突破灵者，十二岁就已经达到灵王修为，那时候我就知道，不能将他的实际修为公布于众，毕竟木秀于林风必摧之。

“所以，大楚国的人以为你的父亲云君樾是一个平庸的修炼者。他二十岁那年带回来了一个漂亮姑娘，并且与她成了亲，生下了你。”

云筝闻言，抬头看向了那幅画像中的男女，忽然感觉有些亲切。

云景天转身看向云筝，轻叹了一声："你的母亲并不叫君蓝，而是叫帝蓝，她告诉我她来自中灵洲的帝家。"

中灵洲！是那个难以跨越海域去往的中灵洲？

云景天见云筝神色诧异，顿了顿，继续道："他们最后一次离家是十一年前，你父亲说要带帝蓝去中灵洲求亲，给你母亲一个正式的名分。"

"那片海域不是很危险吗？"云筝问道。

"的确很危险。"云景天点点头，接着颇为骄傲地说道，"但你父亲已经是灵宗修为，你母亲是灵帝修为！"

两人的修为比云筝想的还要高。

云楔大陆根据实力高低划分为灵者、灵师、大灵师、灵王、灵皇、灵宗、灵帝……

云景天道："你体内的封印是你母亲家族的血脉所致，每个诞生的新生儿，必须置之死地而后生才能将封印松动，不过必须由灵帝实力及以上的强者帮助解封，才能开启修炼道路。"

她脑海中浮现出容烁的身影，他的实力起码在灵帝之上！

云筝便将她怎么解封的事情简短地告诉了云景天，省略了命盘相融和苏容等事情。

"筝儿，你当真遇到了天大的机遇！"云景天不禁为云筝开心。

"只是遗憾啊，他们至今未归。"云景天的声音里透着浓浓的悲伤，眼神闪过几分落寞。

"爷爷，他们可能有什么事情耽误了，待我实力强大了，我就去将爹娘找回来，让他们跪在你面前忏悔，最好跪上几天几夜！"

"哈哈哈……"云老王爷被逗笑，"你这臭丫头坏得很！"

这么一打岔，书房内低沉的氛围散去了大半。云筝又说了几个笑话，将云老王爷逗得乐呵呵的。

直到云老王爷困乏了，云筝才回了自己的阁楼。

她舒舒服服地泡了个澡后，就躺在床上将那珠子拿了出来，看了好一会儿，才将它收了起来。她可没有忘记方家，方家乃大楚国三大家族之一，方家大少爷方思言本是她姑姑云妙的未婚夫。

七年前，他们结伴去如焰之森历练时，姑姑为救方思言，身中剧毒昏迷不醒。

方思言却在姑姑昏迷不久后，提出退婚。

当时爷爷气得直接冲去方家，将方思言打成了重伤，最后由皇上出面才将这事摆平。方家与云王府就此结仇。

云王府这些年没落式微，兵权被收回，还受到方家不少打压。若不是爷爷还在苦苦支撑，恐怕整个云王府便没了。爷爷的实力是灵皇三阶，在大楚国已属强者之列。

听爷爷说，就是她离开的那一天，方家二小姐方知阮来了，说想探望一下姑姑。

姑姑没昏迷之前，倒是与方知阮交好。爷爷本想拒绝，可那方知阮说得诚恳，爷爷念及她与姑姑的手帕情，就放她进去看了姑姑。没想到，这方知阮心思这么狠毒，想不动声色地谋害姑姑。

爷爷已经放过了方思言，如今方家还不死心想要害他的女儿！这叫爷爷如何不愤怒？

云筝思及此，漆黑的眸子一片冰冷，突然，一道微弱的“吱吱”声响起，她警惕地盯着旁边被褥之下拱起来的一小团。

她掀开被褥，映入眼帘的是一只白雪球般的小毛团。它琉璃色的瞳孔凝视着自己，她几乎可以从它的瞳孔中清晰地看到自己的身影。

“怎么是你？”云筝惊了，她明明将它甩了，它是怎么悄无声息地跟上来的？

“吱吱。”小毛团抬了抬下巴，向她跑了过来，短得几乎看不见的腿跑得贼快，一眨眼就跑到她的手掌之上。

“嘶！”云筝猝不及防被咬破了手指，疼得轻呼了一声。

突然，房间内发出一阵强烈的白光，包裹住了她。那白光直接穿破屋顶，冲向天际！

“以吾上古神兽白虎之名，与汝契约！”一道稚嫩的男童声钻进云筝的脑海中，她与小毛团的身下有一个白色契约阵法在旋转。

云王府上空，风云涌动，强烈的白光让大楚国各个势力的强者纷纷赶了过来。

“散发白光的位置在哪儿？”身着金黄色龙袍的中年男人眼睛微眯，沉声问旁边的老太监。

老太监看了几眼，心中讶异：“皇上，奴才瞧着是云王府的方向。”

“云王府……”楚承御呢喃了一声，眼帘微垂，似乎在回忆往事。

沉吟良久，他才道："朕好久没有去云王府看看了，摆驾云王府！"

"是！"老太监应道。

诸如此类的话，在大楚国的各个势力或家族上演。他们的目的，就是去云王府一探究竟，散发着耀眼白光的到底是什么灵宝。

而此刻已经跟小毛团完成契约的云筝神色凝重，她毫不客气地抓起了小毛团，塞进了契约空间。

下一刻，耳畔便传来一声巨响，阁楼的屋顶被轰碎了大半边。紧接着，她听见了爷爷的怒喝声："何人在我云王府放肆？"

"哈哈哈，云景天，你私藏了什么天地灵宝，何不拿出来分享一番？"

云老王爷狠狠啐了一口："方焱，你真让人作呕！"

方焱脸色难看，接着说道："云景天，你别以为你是灵皇三阶的修为就可以如此嚣张跋扈，你别忘了，我方家老祖的修为是灵皇四阶！"

"有本事你叫他出来跟我打一场！"云老王爷本就是暴躁的脾气，分分钟就能把人呛得不行。

方焱语塞，脸微微扭曲。

方焱眼尖，看到屋顶上站着江家家主等人，他忽然朝云老王爷笑了笑，说道："云景天，你看看周围来了多少人，你以为你能将天地灵宝吞下？"

云景天眼底闪过浓郁的担忧之色，他自然注意到大楚国各个势力或家族的管事人都肆无忌惮地闯进了云王府。

云王府侍卫的实力自然不及他们，也不知道筝儿的阁楼为何会出现耀眼的白光……

江家家主笑得温润，但眼中是满满的算计："云老王爷，为了不伤及你云王府的无辜人士，不如你将灵宝交出来？"

这是赤裸裸的威胁！如若他不交出所谓的"灵宝"，估计他们这些道貌岸然的伪君子就不会放过他云王府的人。

云景天心中气极，正当他想说话时，一道清冷灵动的声音传来："想要灵宝？恐怕你们这么多人不够分吧。"

众人循声看去，只见身穿一袭白衣的倾城少女站在下面，双手捧着一个盒子。

云筝笑盈盈地抬头望着屋顶之上的众人，姿态不卑不亢，大大方方。

“这是谁？”

“她就是云王府的废物啊！”

“不过几天没见，她的气质倒是变了许多。”

有人眯起了双眼，盯着云筝捧着的盒子，疑惑地道：“她手中捧着的就是方才散发白光的灵宝？”

云筝将众人的神色收入眼中，展颜一笑：“灵宝只有一个，肯定是不够分的，若我给了哪位前辈，别的前辈便会说我偏袒。不如这样，我待会儿将灵宝放在云王府的大门处，各位想要，不如自己争上一争？”

不少人觉得她说得不错，不过在云王府大门处争抢，着实有点儿丢脸。

云筝补充道：“诸位真的不要吗？这可是我在如焰之森中无意中得到的灵宝，将之佩戴在身上，会莫名感到身心轻松。如若诸位前辈没来的话，恐怕就被我吞入腹中了，这宝物或许能让我这废材之躯重新修炼……”说罢，云筝不经意间流露出落寞黯淡的神色。

有人见状，当即让云筝将灵宝放在云王府大门前。

“就这么决定了，你们也别再欺负一个小姑娘了，小姑娘好不容易下定决心将灵宝让出来，你们还想怎样？”

“对啊，对啊！”

“快点儿吧，我想要看看这究竟是怎样的灵宝！”

云王府大门前面围了一圈人，其中有三大家族的家主、百草堂的管事、灵天拍卖会的长老等，一个个如狼似虎地盯着云筝捧着的盒子。

“诸位前辈，接住吧！”云筝站在大门前，大喊一声。

随着话音落下，那个木盒子被云筝抛了出去。

一时间相互攻击争夺的声音交织在一起，所有人打成一团，百姓都跑来围观，争相看这场混战。

“筝儿，那灵宝……”云老王爷犹豫地问道。

云筝当即向他眨了眨眼睛，顽皮又狡黠，像只小狐狸：“爷爷，别担心，我心中有数。”

云老王爷见状，也猜到了些许，心情顿时变得愉悦。

而此刻，在云王府不远处的一间客栈厢房内，站着一个身着蓝袍的中年男子以及一个身形佝偻的老头子。

“皇上，我们要不要派人去争夺那灵宝？”

楚承御摇了摇头，他站在窗边看着不远处的动静，目光深沉又带了点儿不明的意味。

“林公公，你说那云筝像不像她的母亲？”

林公公闻言，脸上闪过几分讶异，往外看了一眼便收回了视线，恭敬地回答：“皇上，奴才觉得有六七分像，只是那云筝的才情天赋绝对比不上君蓝半分。想当年，君蓝是一名天才炼丹师，实力也极强，不过偏偏嫁给了云君樾这么个平庸无能的人……”

楚承御收敛了神色，君蓝这般好，偏偏忽略了他而选择了一事无成的云君樾。

楚承御道：“回宫吧，如今云王府引出这么大动静，若朕贸然出现，想必会打破他们之间的平衡，到时候就难以平复他们暗地里涌动的心思了。”

“是。”林公公低头应道。

“对了，半个月后太后举办百花宴，拟一张请帖给云筝。”楚承御回过头交代林公公。

“是，皇上。”

云王府大门处，数十位灵王以上的强者在争夺那木盒中的神秘灵宝，兴许是因为实力相近，打了许久，都未能分出胜负。

云筝看得有些疲惫了，她吩咐月季从王府内搬出两把座椅以及一些水果。

“爷爷，你坐吧。”云筝扶着不明所以的云老王爷坐下。

“筝儿，这……”这会不会太张狂了？

似乎看出云老王爷的疑虑，云筝那张精致绝美的小脸上扬起一抹笑容，说：“在自家门口坐一下，有何不可？”

云老王爷想通后，就和云筝一起该吃吃、该看看，悠闲得像在看一场大戏。

周围的百姓们见到这一幕，忍不住犯嘀咕：你们两个是不是太目中无人了？这可是大楚国数十位威名远扬的灵王实力以上的强者！你们以为他们是来唱戏表演的？

不仅围观的众人担忧，云王府的人也忐忑不安，生怕那些人待会儿联手攻击云王府。

老王爷啊，为什么要任由小姐乱来啊！

大约两个时辰后，云筝跟云老王爷同时站了起来，云筝让侍卫将座椅以及灵果、灵茶等物品收回府中。

云王府的侍卫如蒙大赦一般，搬起座椅等物就往里跑，在这期间，紧张忐忑的心情稍微松了松。

爷孙两人接下来都规规矩矩地站着观望，让人挑不出一丝毛病。

约莫一炷香后，灵天拍卖会的执事长老险胜，最终得到灵宝。其他人自觉没趣，没多停留，便回去了。

云王府门前，只有灵天拍卖会的执事长老以及方焱两人留在原地。

这么一看，方焱更为狼狈，身上多处划伤，半边脸颊瘀青红肿，颇为滑稽。

那执事长老朝云老王爷和云筝微微颔首示意后，便将木盒收入储物戒指中，离开了。

方焱冷眼狠辣地扫了云筝一眼，才迈开步伐离开。

云筝倒是没忽略他眼底隐藏的杀气，她笑了笑，开口道："方家主，我劝你不要走歪路，要不然，可能会有厄运降临哟！"

"一派胡言！"方焱回头瞪着云筝，冷笑着呵斥。

云筝无所谓地耸了耸肩，一副可惜的模样叹息道："不信也罢。"

方焱不想在众人面前对一个小辈动粗，咬了咬牙，将心底的愤懑压下，脸上随即闪过一抹冷笑，大楚国很快就会没有云王府了！

方焱带着方家众人撤离了，可没走两步，突然有一坨不明物体精准地砸在他的头顶上。

方家人纷纷退了几步，围观众人更是惊恐万分地看着方焱，随后抬头看去，一群鸟兽从天上飞过——方家家主被鸟屎"袭击"了！

不少人惊愕地捂着嘴，看着看着就忍不住笑了。

方焱脸色阴沉得难看，他浑身遍布恶臭的鸟屎，只能怒吼一声："再笑的话，别怪本家主对你们不客气！"

他的怒吼如同一道惊雷，将众人震得瞬间安静了下来，正当所有人以为此事就这么揭过去时——

"扑哧，哈哈哈……"

谁这么大胆？还敢笑！众人当即循声看去，只见那一袭白衣的小姑娘笑得爽朗，那胡子发白的老头宠爱地轻轻拍着她的背。

方焱的脸色更黑了，想到刚才云筝说的话，他眉头一皱，大怒道：

“是不是你做的？”

云老王爷闻言，凌厉的目光望向方焱。

方焱被他的眼神惊到，强忍着后退的冲动，毕竟论实力，他是不及云景天的。

云筝笑着反问：“大家都说我是废物，如若是我做的，你这方家家主岂不是废物中的废物？”

云老王爷沉声道：“方焱，别给脸不要脸，在我云王府的门口叫嚣什么？小心本王将你打成落水狗，让你明日成为整个大楚国的笑话！”

方焱被这爷孙俩嚣张跋扈的话气得差点儿喘不过来，咬了咬牙，说：“我们走！”

众人当即为他让开一条道。

“各位，我劝你们离方家主有多远就多远，要不然不小心被那臭味沾染，可是很久都去不掉的。”云筝欢快地笑道。

众人一听，下意识地离方焱更远了，把方焱气得喉咙瞬间涌上一抹腥甜。

方家的人离方焱很近，自然能闻到他身上的恶臭味。他们也想离方焱远点儿，只是怕被方焱发现后，免不了一顿责罚。

围观的众人发现已没什么可看的，便一哄而散了。

云筝也随云老王爷回了府。

大厅之上，云老王爷居于首位，严肃地盯着云筝，挥挥手，屏退了大厅的闲杂人等，然后目光灼灼地盯着她问道：“你有什么可说的吗？”

云筝抬手，手掌之上突然出现一个可爱的白色小毛团：“这一切皆因它而起。”

“怎么回事？”云老王爷疑惑地皱起了眉头，他起身，走到了云筝面前，仔细将这小毛团瞧了个遍，可是仍然没有看出有什么不同寻常之处。

云筝拉着一张精致的小脸，埋怨地说道：“这家伙是神兽。”她可没钱没灵物来养神兽，这神兽跟着她，岂不是得饿死？

云老王爷眼中闪过震惊之色：“这是近日传闻如焰之森出世的那只神兽？”

云筝想了想，点了点头。

云老王爷还是第一次看见这样“画风清奇”的神兽，越看越怀疑，问道：“它真的是神兽吗？”

“吱吱。”小毛团愤愤不平，神兽的威压瞬间在大厅弥漫。

云筝立刻将它塞回了契约空间内，用神识对它认真地说道：“以后没有我的吩咐，不许泄露神兽的气息！”

“吱吱。”小毛团委屈地叫了一声。

云筝语气微冷：“你既然选择我为主人，就不能肆意妄为。”

小毛团垂着脑袋缩了缩脖子。

云筝见状，不禁心软了，随后语重心长地道：“你知道有多少人觊觎你吗？你要是将神兽气息泄露出去的话，恐怕会有无数人来把你抢走，你现在还是幼年期，只能跟灵皇境界的人对抗。”

小毛团似乎听懂了她的话，它跑过来蹭了蹭云筝的神识体，“吱吱”叫了两声。

云筝笑了，眉眼变得柔和起来。

“筝儿，那神兽？”云老王爷的话将云筝拉回到了现实中，见云老王爷既惊喜又忧愁的模样，她的心一暖。

“爷爷，我有分寸，不会轻易让人发现小毛团是神兽的。”云筝宽慰他。

云老王爷叹了一口气：“从前爷爷一直隐藏你父亲的实力和天赋，让他从来都没有在众人的面前光彩过，这是爷爷的遗憾。”

“爷爷一直怕这怕那，倒是无形中被束缚了手脚，这个世界，以强者为尊。筝儿，你尽管绽放你的光彩，爷爷会在你身后为你护航！”

他到今天才知道，修炼之后的筝儿是如此自信、神采飞扬，他云家的子嗣就该如此！

云筝闻言，抬头看着头发已经半白的老爷子，心里涌动着一股说不清道不明的情绪。

“我会的！”

那晚，云筝跟云老王爷聊了许多。

翌日清晨，云王府收到了一张来自大楚国皇室的请帖。

云筝捏着这张帖子，开始回忆起有关大楚国皇室的事情。

“小姐，以往太后举办的百花宴都不会邀请你，今日这是怎么了？”

月季皱着眉道。

“邀请我的恐怕另有其人。”云筝说着，嘴角微扬。

月季疑惑懵懂地望着云筝。

云筝伸手敲了敲月季的脑瓜子，笑道：“兵来将挡，水来土掩！小月季，快去给我准备一些纸笔。”

待月季拿来纸笔之后，云筝就找了个借口，把自己关在房间内，好半天都没出来。

云筝拿起毛笔，行云流水地写了起来。若是符文师在场，恐怕会感到震撼。

她的速度刚开始有点儿慢，等熟悉之后，她执毛笔的手快得只剩下一片模糊的影子。

“你说她这几天把自己关在房间内，就连你跟她说那三皇子楚允衡从如焰之森回来了，她都没有任何反应？”

月季点点头，恭敬地道：“是的，王爷，小姐似乎不在意三皇子了。”

“筝儿能想开就好。”云老王爷深叹了一口气，忽然想起什么，他转头问月季，“筝儿这几天都在学习吗 ？”

月季犹豫了几秒，想到之前透过门缝看见小姐房间满地都是纸，点了一下头：“是的。”

“那丫头……”云老王爷的眉头越拧越紧，将手臂负在背后，“走，本王要看看那丫头到底在干吗！”

云筝的阁楼叫作云中阁，因为前几天屋顶被方焱砸烂了一半，所以云筝移到了另一间略小的云扉阁去住。

而云中阁的修缮费，自然得方家家主方焱负责。方焱只能咬碎了牙，往肚子里咽。

云扉阁门口。

“我是来看看云筝妹妹的，让我进去吧。”一道如莺歌般动听的甜美声音传来，只见一个身着一袭月白色衣裙的女子站在门口，温婉动人，她身旁还有两个丫鬟。

云老王爷与月季恰好目睹了这一幕。

“苏小姐，请稍等一下，云青先去通禀一声。”侍卫说道。

苏容眸子闪过一抹疑惑，云筝不是死了吗？

其中一个丫鬟装腔作势道：“哼，你一个小小的侍卫，居然敢拦我们小姐！你们那个狼心狗肺的小姐，与我们家小姐一同遇到五阶灵兽后，竟不知廉耻地逃跑了！”

“请慎言！”侍卫恼怒不已，大手紧紧握住腰间的剑。

苏容微微侧首看向丫鬟，语气带着一点儿嗔怒：“小碧，休要胡言，云筝妹妹才不会做此等龌龊的事情，只是……只是……”

小碧见苏容伤心失神地低下了头，说道：“小姐，你不要再为她开脱了！她不值得！”

另一个丫鬟也跟着劝，三个人在云扉阁门外上演了一出大戏。

这时，云扉阁中传来一道清冷好听的声音：“是谁在本小姐门口吠？”

众人当即循声看去，映入眼帘的是一个身着一袭红衣的倾城女子。她的两指间夹着一根毛笔，漫不经心地旋转着，奇怪的是，笔尖却不会有墨汁飞洒。

苏容注意到云筝现在的状态与之前完全不一样。

“云筝妹妹，我有事想跟你谈。”苏容虽笑着，但是语气生硬。

“等一下。”云筝回了一句。

苏容的笑容一僵，随即微微颔首问道：“云筝妹妹可是要做什么事？”

“打狗。”未等所有人反应过来，云筝两指夹着的毛笔顷刻间就朝着小碧的脸上袭去，小碧瞬间吓得花容失色。

毛笔的毛刺向小碧时，顷刻间变得似针一样坚挺坚硬。

苏容见到这一幕，瞳孔微张，反应过来后，着急地对云筝说：“住手，云筝！”

云筝摊了摊手道：“我又没动手，若是你想帮的话，就自己动手啊！”

小碧凄厉的惨叫声响起，苏容素手翻动，一股灵力自她的手掌而出，朝着那支毛笔袭去。

“哐当”一声，毛笔掉落在地，恢复了原样——甚至还残破了。

苏容见到这一幕，心中颇为得意骄傲，她转头看向云筝，隐含挑衅之意：“不好意思啊，云筝妹妹，姐姐一时出手没有轻重，将你的笔弄坏了，你不会怪姐姐吧？”

云筝撇了撇嘴，说道：“你这些年弄坏拿走我那么多的东西，我都没怪你……”

苏容听了这话，觉得有点儿不对劲，刚想说什么，脸上却感觉火辣辣的，多了一个巴掌印。

苏容被打得身子都歪了，嘴角溢出一抹血迹。

云筝一把揪起苏容的头发，附在她耳畔说：“苏容，以前没跟你计较，是因为我把你当朋友。可是你好像有健忘症，完全不记得那天悬崖的事了吗？”

苏容一听，心中慌乱，她本来以为云筝不会计较，要不然她怎么没有将这件事宣之于众。

“苏容，你的厄运要来了，且等着吧。”云筝说完，松开了手。

而苏容也趁云筝不备之时，想要偷袭云筝。

只见云筝脸上没有丝毫恐惧之色，红唇微张，道：“厄运至！”

刹那间，云王府数十个暗卫蜂拥而出，苏容被攻击得措手不及，狼狈躲避。

小碧两人被云王府的侍卫五花大绑，苏容一个人自然是敌不过云王府这么多暗卫。让她最为暴怒的是，云筝让人搬来一张座椅，舒服地坐着。

良久，苏容整个人惨兮兮地倒在地上，不复刚来时的模样。

“好了。”云筝喊了一声，暗卫们便全部停手站在一旁，等待云筝的吩咐。

云筝起身，不甚在意地指了指其中一个暗卫，说道：“你，将她身上的外衣撕烂，因为她身上的这件外衣是我给她付款的。对了，还有她的玉晶项链、凤尾金钗都给我收回来！”

苏容怒吼道：“放开我，我乃苏家嫡女，你们云王府的人不能这么对我！”

“云筝，快让他住手，姐姐知道你喜欢三皇子楚允衡，要是让三皇子知道你吩咐暗卫做如此荒唐的事，恐怕会……”

云筝打断她的话，笑眯眯地问道：“会什么？厌恶我？那大可不必，我现在对他也十分厌恶。”

云筝说完，抬了抬下巴，示意暗卫继续。

苏容软磨硬泡都未能打动云筝，她再也不是以前那个天真愚蠢的云筝了！

云筝又道："将他们三人轰出云王府，让众人看看他们心目中的女神，是多么不堪。"

苏容目眦欲裂，心中恨极，道："云筝，你居然敢这么对我！"

云筝不禁失笑，凤眸中森冷一片，垂眸看着苏容问道："你又是怎么对我的？"

苏容脑海中浮现了在如焰之森的情景——云筝不可置信地望着她，而她肆意地用鞭子抽打着云筝。她咬了咬唇，狠毒之色在眼底浮现，早知道就做得更完美一些了。

在云王府外行走的百姓，被三个突然落地的人影吓了一跳，还没待众人看清，云王府门口就传来一道声音："苏家嫡女苏容，以后禁止进我云王府。做出偷窃我家小姐物品这等恶劣的行径，不配跟我家小姐交好！还有，我家小姐说，这些饰品已经被你弄脏了，就当送给你了！"侍卫长云海说完，不屑般地把凤尾金钗以及玉晶项链甩在苏容的身上。

苏容恨得牙痒痒，云筝居然说她盗窃！苏容努力站起身来，豆大的眼泪流了下来，一副受了委屈但很倔强的模样："我没有盗窃，是云筝胡说。"

"我原本不想当众说的，她与我在如焰之森遇到五阶灵兽，抛弃我先离开。我好心过来探望她，却遭到了她的污蔑，此等屈辱，我苏容不受！"

周围的众人听到苏容这么一番慷慨激昂的发言，纷纷谴责云筝。

"对啊对啊，这云筝太过分了，居然派侍卫将苏容小姐扔了出来！"

"云筝难不成是忘了这些年来，苏容对她的照顾了吗？"

"云筝出来道歉！"

"云筝出来道歉！"

苏容听到对自己有利的风评，眼帘微微垂下，掩盖了眸中的得意与阴鸷。

云筝，你以为这样就能把我苏容弄得下不了台吗？别做梦了！

云海见越来越多的人围过来，不仅没有慌，还神色淡定地拍了拍手。霎时间，一排侍卫以及一排丫鬟从云王府内走了出来，手里拿着一块铜板，然后逐个逐个朝苏容的跟前扔去。

这一幕，将众人都搞糊涂了，原本讨伐云筝的话都卡在嗓子眼儿里了，一时半会儿没能回过神来。

云海轻咳一声，说道："苏容小姐讲故事如此动听，这是我们小姐吩咐兄弟姐妹们打赏给你的铜板。

"至于为什么是铜板，而不是银子，我们家云筝小姐说了，是你的表演拙劣且浮夸，不值钱。"

云王府的侍卫与丫鬟们认可地点头，鼓掌声整齐划一。

苏容看着地面上零零散散的铜板，气得下巴都抑制不住地颤抖，觉得云筝欺人太甚！

云海挥手带着众人回府，缓缓关上大门。

而此刻的苏容浑身狼狈地站在云王府门口，显得十分可笑。

苏容攥紧了拳头，猛地转身往苏家跑去，连两个丫鬟都不管了。

此时，云王府聚集了众侍卫、丫鬟、管事以及暗卫于大厅前，而云筝站在云老王爷的身后。

云老王爷沉声道："说，今日你们干的好事，为何只有本王一概不知？"

月季在队伍中怯怯地举起手来："王爷，月季也不知。"

云老王爷扫了她一眼，月季迅速将手放下，全场鸦雀无声。

云老王爷将身后正在走神的云筝一把提了出来，沉着一张老脸问："臭丫头，你到底瞒了爷爷什么？"

云筝笑道："爷爷，我只是今天早上教他们怎么应对苏容而已。不信，你可以问他们。"

云老王爷见云筝笑嘻嘻地看着自己，当即沉着脸，瞪了她一眼，然后挥手让众人退下。

云老王爷又拉着云筝问了好些事，云筝有的问题如实回答，有的问题则搪塞了过去。

待云筝离开后，云海就来到了云老王爷的身旁，他低下头来，恭敬地道："王爷，小姐真的变了许多。"

"具体跟我说说吧。"云老王爷挑眉。

云海道："小姐找到我们，教我们怎么应对苏容的招数。不得不说，小姐真是有先见之明，那苏家大小姐苏容真是心术不正……"

云老王爷闻言，眉头紧蹙，若有所思地沉默片刻。

“云海，筝儿想做什么就照她说的做吧，无须压制她的天性。我相信她知道什么是该做的，什么是不该做的。”

云海听到这话，没有惊讶，反而笑着应了：“是，王爷。”

第三章
流市交易

云筝回到云扉阁之后，又把自己关在了房内，吩咐任何人都不能进来。

她迅速换了一身装扮。不久，外面的街市中便多了一个翩翩白衣少年郎。少年脸上戴着半张铁面具，虽露出半张清秀精致的面庞，但已经引得路人纷纷侧目了。

云筝出来，是为了给小毛团寻点儿吃的，也想买点儿药材试试自己炼丹。

可是她没多少银子，为今之计，只有将她这三天画的玄符卖了。

听说这大楚国有一个流市，大家可以在流市中相互交易，不过，唯一的缺点就是需要一百两银子的通行费。

她现在就想去看看。

云筝七拐八弯地走到了一个流市入口，有两个戴着银色面具的黑衣人。见云筝过来，其中一人礼貌地问道："这位阁下，你是想进流市吗？"

云筝点了点头，将一百两银子"艰难"地递到其中一个黑衣人的手中。

"阁下请。"

云筝微微颔首，走了进去，里面很昏暗，有一层一层的阶梯往下延伸。

云筝下了阶梯之后，一个约莫十几岁的瘦弱少年便朝她走了过来。瘦弱少年朝云筝施了一礼后，不卑不亢地问道："奴看阁下面生得很，所以特意前来询问阁下，需要指引吗？"

"哦？"云筝睨了他一眼，手中的描花折扇在她嫩白的指间转了转，然后笑了笑，“可以。”

“阁下若是需要奴的话，则要先支付五两银子。”

云筝也不吝啬，当即从储物袋中拿出五两银子递给他。

瘦弱少年的眼睛一亮，将五两银子收于囊中后，看向云筝的眼神中多了几分真诚。

云筝随即发话：“走吧。”

瘦弱少年跟在她身后半步，向她介绍：“阁下，奴是流市的接待者阿虚。请问阁下这趟前来主要是为了什么？”

云筝的脚步突然停下，环顾四周，发现跟前的都是一些小摊，远处才开始有楼宇。

“阿虚，你跟我说说这流市的分布。”

阿虚闻言，徐徐道来：“流市的外摊是摆在地上的，这些小摊是供给一些身有珍宝想快速出手的人；而深处是大楚国流市分部琳琅堂，那里的奇珍异宝极多，可以互相交换，也可以买卖交易。”

“流市中的规矩是不能打斗争夺，若是打斗的话，会被流市卫队扔出去，甚至将其加入黑名单，所以阁下最好别动手。”

云筝听到这话，柳眉微挑，还真是来对了地方。

“阿虚，带我去琳琅堂吧。”云筝说道。

阿虚有些讶异，但很快便收敛了神色，他带着云筝穿过摆满奇珍异宝的小摊。其间，云筝对几处小摊的东西都起了好奇心，可是如今没钱，只能先歇了心思。

俩人径直来到琳琅堂大门口，这里来来往往的人络绎不绝。

来流市的人基本戴了面具，或者身披黑袍黑帽，将自己的容貌掩盖得严严实实的，不过也有一些毫不顾忌的人。

“方大少爷也来了，莫不是为了那飞音草！”

一个相貌堂堂、浓眉大眼的青袍男人笑了笑，说道：“飞音草是夫人想要，方某只是为了讨她的欢喜而已。”

“哈哈哈，方兄应当如此！”

云筝往后看去，果不其然，是方思言！姑姑为了他，至今昏迷不醒，而方思言早就娶妻生子，对外还是好丈夫的形象。

云筝撇了撇嘴，面露嘲讽之色。

灵草灵药分为：黄品、玄品、地品、天品。飞音草是玄品低级灵草，但在大楚国这等小国已是极为罕见的灵草。

“阁下？”阿虚见云筝微微发愣，开口唤了一声。

云筝回过神来，笑着拍了拍他瘦削的肩膀，道：“没事！”

阿虚嘴角多了一抹笑意，这里大部分的人瞧不起他们这些接待者，没出言嘲讽已经算好的了，哪里还会这样随和。

“你帮我引荐琳琅堂的管事，说我有好东西跟他交易。”云筝把一张折起来的纸塞进他手中，“你把这张纸交给管事，他一定会出来的。”

阿虚摸了摸被折起来的字条，看着云筝清澈明亮的双眼，下意识点了点头：“好的，阁下。”

“笑死人了，你这小子不知天高地厚，居然想用一张什么烂字条将琳琅堂的管事叫出来？”方思言身旁一个尖嘴猴腮的男子嘲讽道。

方思言也认同地附和道：“你真是有点儿不知天高地厚！”

云筝本想进琳琅堂内，却被这两个人嘲讽鄙夷的话硬生生拉回脚步，她嘴角微扬，转身看向方思言两人，问道：“二位可是不信？”

尖嘴猴腮的男子名叫罗锦，闻言，他嗤笑道：“嗬，你知不知道琳琅堂的管事有多么难请，你还信誓旦旦地说他会出来见你？你小子莫不是被撞坏了脑子？”

方思言一副翩翩公子的模样，对罗锦的话表示赞同。

“要不我们赌一赌？”云筝对他的冷嘲热讽并不在意，反而像个纨绔子弟一样笑着。

方思言眼眸闪过一抹精光，眼前这少年谈吐风生，身着的衣袍料子也是上好的，他应该是大户人家的纨绔子弟。

方思言猜测他身上应当有几件好东西，心思百转千回，问道：“赌什么？”

“好，你要赌什么？”罗锦和方思言怀着同样的心思。

进出琳琅堂的人见有赌局，纷纷停下看热闹。

上钩了！云筝轻咳一声，手负在背后，将一个高傲的纨绔子弟演得淋漓尽致，开口道：“这样吧，若是一刻钟内，琳琅堂管事出来的话，则算我赢；若是一刻钟后，琳琅堂管事未曾出来的话，则算你们赢！”

方思言与罗锦对视了一眼，然后齐声道：“好。”

云筝笑着伸出两根手指，道：“我赢了的话，你们每人要给我两千块下品灵石；你们赢了的话，我就送你们每人三株飞音草，你们应不应？”

此言一出，方思言两人的眼睛亮了，一株飞音草就要块一千下品灵石。

“好，一言为定！”方思言斩钉截铁道，生怕下一刻对方会后悔。

听到云筝说的话后，不少人都觉得云筝太傻了。琳琅堂的管事一年都不曾出来三次，怎么会看了他的字条后在一刻钟之内就出来呢？

“哪家的小子，居然这么败家！两千块下品灵石啊！他不心疼，我都替他心疼了……”

有一个肌肉结实的大汉用粗犷的声音响亮地说道：“这位长得眉清目秀的小兄弟，你别被人骗了，这琳琅堂管事根本不会出来的！”

云筝还没开口说话，便被一个面戴獠牙面具的男人抢了先：“小兄弟，要不你跟我张叁赌吧？如果我输了的话，我赔给你三千块下品灵石，怎么样？”

“张叁，你出价太低了吧，我出四千。当然若是小兄弟你输了的话，就赔给我六株飞音草。”又一个人说话了。

听到这场赌局内容的人，都认为这是一场稳赚不赔的买卖。琳琅堂管事有多难请，他们这些熟客是知道的。别说是一刻钟了，就算是一个月，琳琅堂管事也不会出来！

方思言与罗锦听到这么多人想掺和进来，不由得急了，相互对视了一眼后，心中已经有了计量。

方思言大喊道：“小兄弟，我们每人再加注一千块下品灵石！总计六千下品灵石。”

“诸位，今日我先跟这两位大叔订了赌约，对不住了。”云筝抱了抱拳，眼含歉意地扫视了一圈四周的人。

“算了算了，小兄弟下次还有赌约，记得找我张叁！”

“也可以找我，我一定开更高的赌注！”

“我也可以……”

见那些人歇了掺和的心思后，方思言和罗锦都抑制不住地露出了愉悦的笑容。

云筝看着方思言两人说道：“我怕你们不守赌约，你们先起个誓。”

“可以。”方思言两人觉得这是一件胜券在握的事，自然不会推辞。

云筝也起了个誓，她对自己信心满满。

而此时，琳琅堂内。

阿虚敲响了管事的门，然后轻声问道：“管事，有人给你送了张字条，你要不要看……”

一道暴躁如雷的声音响起：“什么玩意儿，不要打扰本管事，滚出去！”

管事房间门口的两名护卫听到这话，毫不犹豫地狠狠推了阿虚一把。

阿虚踉跄了一下，差点儿跌倒。他低头看了一眼字条，叹息了一声，向两个卫兵低头行礼之后，准备转身离开……只是字条像有生命一样，挣脱了他的手，飞快地从门缝挤了进去。

阿虚想要抓回来，可是它已经进了管事的房间！

“我……我……”阿虚瞬间惊恐万分，抬头看着两个护卫，磕磕巴巴地说不出一句完整的话。

其中一个护卫大怒道：“我什么我？要是叨扰了管事，有你好看！”

阿虚闻言，眸中多了几分惊讶，他们好像并没看见那张字条飞进去了……

护卫们对阿虚显然已经没有了耐心，正准备吹哨让其他人带走他时，管事房间的门被打开了，一个高大威猛拥有一张标准国字脸的男人出现了。

两名护卫立刻单膝跪地：“见过管事。”

“字条是何人带来？”琳琅堂管事的目光投向已经呆住了的阿虚。

“是一位公子。”阿虚咽了咽口水。

“带本管事去见他。”

已经过了半刻钟了，而云筝依旧一副漫不经心的模样，方思言两人脸上的狂喜之色怎么也掩饰不住，很快就可以得到飞音草了！

突然，云筝盯着方思言道：“你们好像很开心？”还没等方思言说话，云筝继续笑道：“没事，你们现在多笑笑，待会儿可能哭都哭不出来。”

此言一出，方思言与罗锦的脸色僵住了，方思言皱着眉愠怒道：“你这话是什么意思？”

云筝笑而不语，转身看向琳琅堂的大门。

这时，琳琅堂内人声沸腾。

“管事居然出来了！”

顷刻间，众人的视线都聚集在云筝的身上。

而云筝的视线落在琳琅堂的管事身上，只见他长着一张严肃的国字脸，八字眉紧紧地皱着。

三两步的工夫，他就来到了云筝的面前，问道：“字条是你给的？”

云筝笑道：“是的。”

“你随我进去。”

“管事稍等片刻，我先收一些灵石。”

琳琅堂管事听到这话，眉头跟打了结似的，疑惑不解地盯着云筝。

而周围的人听到这话，差点儿没晕过去。琳琅堂管事可是大楚国流市分部的掌权人，还是一名灵皇五阶的强者！

云筝淡定地走到方思言与罗锦两人面前，伸出手：“共六千块下品灵石。”

方思言与罗锦看着眼前白里透红的手掌心，差点儿没吐出一口血来。但是他们发了誓，又不得不给。

飞音草没了，每人三千块下品灵石也飞了。

方思言与罗锦每人将三千块下品灵石转到云筝的储物戒指中。

“你是不是一开始就在挖坑等着我们？”方思言压低声音怒道。

云筝眼底的寒光愈加浓，传音给方思言：“的确如此，你现在浑身上下一块灵石都没有了，拿什么买飞音草给你毁容的夫人疗伤。”

“你怎么知道的？！”方思言惊愕地问。

“你猜。”云筝展颜一笑，半张白皙精致的小脸格外动人。

她留下这句话后，便走向了琳琅堂管事。

方思言看着她的背影，眸底杀气毕现，脖颈儿上的青筋暴起。

方思言灵王二阶的威压瞬间爆发，他挥掌间，一条由灵力凝聚而成的火龙迅猛地朝云筝的背后袭去。

而周围众人对此始料不及，纷纷退后几步，以免殃及池鱼。

琳琅堂管事目光闪烁了一下，没有任何动作。

云筝知道琳琅堂管事想试探自己的身手，她笑了一声，侧身躲避之时，两指间多了一支毛笔。

她迅速翻转毛笔，随即轻喝一声：“锁！”

毛笔扔至半空中，以阻挡的姿态飞向方思言。

灵力凝聚而成的火龙与一支看似普普通通的毛笔相撞，结局却出乎众人的意料。那毛笔以横扫千军之势，让火龙寸寸瓦解，然后直指方思言的右眼。

方思言瞳孔一缩，迅速召唤出利剑，挥剑劈向那支毛笔。

“咔嚓”一声，毛笔一刀两段，掉落在地上。

而此刻云筝不知何时竟来到了方思言的后面，白皙娇嫩的指尖捏着一根同样的毛笔，指尖微动，毛笔尖倏然变成针，朝方思言的背后刺去。

“大行，皆封！”

方思言感觉体内多了几根异物，正一寸又一寸地侵蚀着自己的经脉。

“啊——”他手中的利剑掉落，口吐白沫，翻着白眼，表情痛苦狰狞，跪在地上，双手紧紧抓住自己的胸口，嘴里还发出古怪的叫声。

一个相貌堂堂的男子竟变成了这副样子，简直骇人听闻！

罗锦惊愕道：“你对方兄做了什么？”

云筝漫不经心地转了转毛笔，然后收了回去。

“他敢偷袭，就要做好失败的准备。若你还是他的好兄弟，就送他去医治；若不是的话，就让他体内的灵力不断溃散吧。”

众人面面相觑，皆在对方眼中看到震撼之色。

罗锦还想说些什么，忽然，有一队护卫毫不留情地将他以及方思言架了起来……

“放开我！放开我！”

为首的护卫义正词严：“你们违反了规定，自此刻起，你们两个将被驱逐，从此再也不能踏进这里！”

罗锦大声嚷嚷了起来：“我又没参与打斗，为什么要驱逐我？我不服！我不服！”

云筝看着那两人被拖着离开，目光微暗。

琳琅堂管事突然开口道：“这位公子果然是人中龙凤。”

云筝笑着摆摆手，谦虚地说：“不敢当，不敢当。”

“请。”

云筝微微颔首。

待两人进了琳琅堂的内阁之后，外面的人心思各异，蠢蠢欲动。

“这张字条上的符文是你自己制作的？”管事将字条打开，只见纸上画着复杂的符文纹路，隐隐透着一丝神秘感。

云筝摇了摇头：“不是，是我师父制作的，我师父是一名符文师。”

“哦，你师父居然是一名符文师。”管事眼睛一亮。

在这个世界，有几种职业是非常稀有的，一是驭兽师，二是符文师，三是炼丹师，四是炼器师。一个国家只有一两个，只有大国以及超等国才有更多稀有人才。

云筝会的玄术之中包括了制作符文这一项，只是现在实力、条件和材料都有限，只能制作一二品的符文。

“尊师可是想跟我们做交易？”琳琅堂管事很聪明，很快就猜到了云筝来的目的。

云筝笑道：“的确，我与师父游历至大楚国，身上的钱财所剩无几，所以才起了与贵市交易的念头。”

怪不得这描绘符文的黄纸都变成了白纸，原来是没钱了，他要好好抓住这次跟符文师交易的机会。之前跟流市合作的那个二品符文师傲得鼻孔朝天，他对那个人心生不满已久，可是无奈大楚国就只有他这么一个二品符文师。

他友善地笑着说：“原来如此，流市可以低价提供符纸材料给你们，不知尊师炼制二品符文的成功率为多少？”

云筝炼制符文的成功率是九成，不过她不能如实说，毕竟在她的记忆中，这个世界的符文师炼制符文的成功概率是很低的。她想了一下，然后胡诌道：“约莫五成。”

琳琅堂管事声音有些颤抖地问：“是……是多少？”

云筝感觉不太对劲儿，她轻咳一声，重复了一遍：“约莫五成吧。”

“尊师果然厉害，一般的符文师只有两三成的成功率，而尊师已然高达五成！”管事真诚地夸赞，然后小心翼翼地试探道，“莫不是尊师已经达到了三品符文师级别了？”

“差不多吧。”云筝点头。

管事的态度顿时变得更好了，笑容也更加真诚：“我们流市的符纸一张卖十块下品灵石，若是尊师能与我们流市合作的话，我们流市许诺，卖给你们的符纸一张只收五块下品灵石。”

云筝闻言，没有立刻答应。

管事见云筝波澜不惊的模样，心里暗叹这少年果然不凡，虽然看不出他的实力，但是小小年纪便能打败灵王二阶的方思言，绝对不容小觑！她的师傅应该是三品或者更高品级的符文师！

管事抱着舍不得孩子套不着狼的心态，狠下心道："一张二品符文，寻常时候，我们给一千块下品灵石，若是公子的话，我们多给三百块下品灵石。"

"好。"云筝柳眉微弯，笑容灿烂。

没等管事说话，云筝又说了一句："你这里有多少符纸，我全都要了。"

"全都要？"管事眸中闪过惊讶之色。

"嗯。"

云筝点头，然后解释："符纸对我师父来说，存得越多越好，以备不时之需。"

"原来如此。"管事恍然大悟。

管事沉吟片刻，掂量了一下，道："我们这里还有三百多张符纸，不过最多只能卖给你七成，卖太多出去导致符纸库存空虚的话，不太好跟上面的人交代。"

"好，没问题。"云筝一口应下，不打算为难他。

管事闻言，也露出了笑容。

云筝又道："我要跟你先说明一点，我师父炼制的符文可能与其他人炼制的略有不同，但是功效绝对堪比三品低阶的符文，到时候我会给你示范一下，你满意了再购买。"

管事没犹豫，一口应下。他紧接着就带云筝去购买了两百二十张符纸，以平时一半的价格成功交易。

云筝把一千多块灵石给他后便离开了，原本从方思言两人那里赢得的灵石，现在只剩下四千多块了。

一块下品灵石，相当于一百两黄金！这么一看，她又是小富婆了。

"阁下，你出来了。"阿虚脸上带着欢喜之色。

云筝对阿虚笑了笑，招招手让他过来，从储物戒指中拿出十块下品灵石递给他："这是赏你的。"

阿虚看了看灵石，又抬头看了看云筝，咬了一下唇，眸中闪过复杂难言之色，又飞速掩下，笑着接过她给的灵石。

他捏紧灵石，道：“谢谢阁下，这可能是我一年都挣不来的。”

“不用，这是你应得的。”云筝轻轻摇了摇头。

云筝让阿虚带着她在流市逛了一圈。她买了许多东西，其中就包括灵草、灵药、丹药等，花灵石如流水一般快。最后，她只剩下五百块灵石了。

小毛团在契约空间中欢快地吃吃吃，在云筝眼中，这小毛团吃的可是钱啊！好心痛！

突然，她体内如湖泊般的丹田翻涌了起来，她因这一变化而痛得皱起了眉头。

丹田湖泊的水涌动得越发猛烈，她微微弓起身子，疼痛难耐。

“阁下，你怎么了？”阿虚担忧地问道。

而此刻在暗处觊觎着云筝宝物抑或存有其他想法的人，见到她突然神色微变，似乎受了伤，开始蠢蠢欲动。

“阁下，你还好吗？”阿虚急坏了，因为他知道他们背后跟着一群“小尾巴”，若是此刻她出点儿什么事情的话，他还真保不住她。

而此时，远在数万里外的墨袍男子手中的棋子一顿。

“怎么了？”一个面容慈悲仙风道骨的老头问道。

“本尊想起来还有事没办，失陪了。”低沉、充满磁性的声音响起，墨袍男子站了起来，然后撕裂虚空，迈进那裂缝中。

那仙风道骨的老头轻轻摇了摇头，为这一局好棋叹了一口气，然后继续下他的白棋。

“阁下，要不我先带你回琳琅堂吧？”阿虚扫视了周围一圈，压低声音问道。

正当云筝想答应之时，一条冰凉的手臂搂过她的腰，她艰难地抬头一看，是容烁！

容烁见云筝这身打扮，轻轻皱了皱眉，抱着她离开了。

那些蠢蠢欲动的人和阿虚还没反应过来，便看见一个墨色的身影将云筝带走了。

流市护卫将此事告诉了琳琅堂管事，琳琅堂管事听到后便越发确定这墨色身影就是那少年的师父！

没想到他师父这么厉害，能够悄无声息地进出他们的流市。想必他师父的修已然达到灵宗修为。他心想，绝对不能得罪那师徒俩，一定要和他们交好！

容烁将云筝带到了天下第一楼的最高层，将其扔在床榻上。

容烁思考了几秒后，将手虚拢在她的腹部，输入灵力来平复她丹田内灵力的失控。

“容烁……”云筝小脸苍白，半眯着眼看他。

“嗯。”容烁好脾气地应了一声。

云筝皱着小脸，问道：“你疼吗？”

“不疼。”

就只有我疼！

云筝丹田内灵力外泄，但很快被容烁平复了。她坐起来，眨巴着眼睛问道：“容烁，你知道我的丹田为什么会变成这样吗？”

容烁睨了她一眼：“你是不是跟灵王实力的人打斗了？”

云筝闻言，眼睛亮了。

他继续说道：“你的丹田不同于别人，刚开始比较脆弱，后期会越来越强悍，所以最近一两个月别妄图越级作战！”容烁俊脸微沉，深邃可怖的眸子盯着她，“别忘了，我们两个的命是连在一起的，本尊给了你三年的时间，你是想要我收回承诺吗？”

云筝心虚得很，她的身体有什么紧急的问题，他便能感应到，随时随地出现，这容烁太强了吧！分也分不开，逃也逃不掉，只好……

云筝吸了吸鼻子，扑到容烁的怀里，拿出哭天喊地的架势：“呜呜呜，我知道错了，我再也不会了，你再原谅我一次嘛！”

容烁猝不及防被她抱住，又听到她震天动地的求饶声，感觉自己的太阳穴突突地跳：“闭嘴！”

云筝识时务地闭上嘴，然后对他露出一口白齿地笑着。

容烁见她这么快就闭嘴，心情不知怎的，越发烦躁。

云筝似乎想起了什么，从储物戒指中拿出一张纸来，递给容烁：“容烁，我给你炼制了一道符文。”

容烁瞧了她一眼，然后接过那形似符纸的纸，白纸上勾画着复杂的纹路。

不过，容烁看得出来，这道符文有类似于驱寒符的作用。

云筝笑着解释道：“这是驱寒符文，我那天就已经注意到你似乎畏寒，所以制作了这道符文。”

容烁拿着符纸，一双如墨曜石般深邃的眸子微动。

云筝看见容烁捏着符文，迟迟未动，不由得问道：“你是不是嫌弃啊？”

容烁眸子微动，隐隐有道不清说不明的情愫闪过。

“这驱寒符文是有那么一点儿寒碜，但也是我的心意呀，你不要的话就还给我。”云筝说完，便想去夺他手中的驱寒符文。

可是，下一刻，驱寒符文就消失在容烁的手中，而云筝落空的手抓住了他的大手。她心里升起一抹异样的情绪，一抬眸正好迎上他那双深邃神秘的眼眸。

不过，仅仅对视了两秒，容烁就扭头移开了视线，背对着她说了一句：“本尊勉强接受吧。”

这人奇奇怪怪，还挺傲娇的，云筝心中暗忖。

而此时无人发现容烁的耳尖渐渐红了起来。

云筝环顾四周，问：“这是哪里啊？”

“天下第一楼。”

居然是天下第一楼？怪不得这里的装饰都极为上乘。

她抬头看向窗外，天色已经暗了下去，天空中有一钩弯月高高挂起。说起来，她还从来没有逛过繁华的京城，听月季说，夜晚的京城格外热闹。

云筝越想越兴奋，朝着容烁的背影喊了一声：“容烁，不如一起逛逛吧。”

“不去。”容烁冷声回答。

云筝听到这么果断的回答，心里还是有那么一点点伤心。她凑到容烁的身旁，笑嘻嘻地道：“去嘛，我请你吃饭。”

“不去。”容烁再次拒绝，只是这次的声音没有那么冷了。

“大哥……”云筝伸出手扯了扯他的衣角，眨巴着亮晶晶的大眼睛看着他。

容烁依旧一副油盐不进的模样，冷冰冰地推开了她的手：“有这个时间，还不如好好修炼。这几日你应该没有修炼吧，竟然还是灵者七阶的修为！自今日起，本尊开始盯着你修炼。”

云筝一听，犹如五雷轰顶：“你刚才说什么？”

容烁见她那副惊恐的表情，心情不知为何有那么一丝丝的愉悦，嘴角微扬，然后说道："本尊的命既然与你相连，那在离开这里之前，你的修为要到灵皇级别才行。"

若是他离开了这里，她遇到危险时，他就很难再回来救她，她实力强大才是他们两人生命最大的保证。

"这样太麻烦您了，要不……"再商量商量？

"就这样吧。"容烁的语气不容拒绝。

"就不能再商量商量吗？"云筝仰起头来，呲着大白牙对着容烁假笑。

"不能。"

"烁哥哥，人家自己能够好好修炼。我这几天忙着给你制作驱寒符文，没有时间修炼而已，我保证以后好好修炼。"云筝捏着嗓子说话，试图让他改变心意。

容烁闻言，心思微动。见她一副矫揉造作的模样，竟生不出一丝厌恶，反而觉得她有些可爱。

云筝道："要不这样吧，我们打个赌，我跟你以肉身搏斗一番，不能用灵力。若是你赢了，你说什么便是什么；若是我赢了，那就给我做主的机会。"

望着她亮晶晶的眼睛，容烁刚想拒绝的话堵在了喉咙中，他沉吟片刻后说："好，本尊只给你一次机会。"

"谢谢大哥。"云筝顿时欢喜了起来。

容烁听到她的称呼，心中颇有些无奈，一会儿直呼他的姓名容烁，一会儿喊烁哥哥，一会儿喊大哥……

连他都没注意到，此时的他眼中偶尔闪过几分宠溺之色。

容烁压制了自身的全部修为，看着少年装扮的云筝。云筝将面具摘了，露出一张精致秀气的小脸，一鼓作气朝着容烁袭来。

容烁原本还不在意，不过越跟她交手就越心惊。她的招数干练，招招致命，稍不留神便会被她得手。她虽然力气不大，可是惯会避实就虚，使外力难以作用于自己身上，又以敷盖、封闭等技法使对手无法发力，四两拨千斤！

突然，她的招式一变，以柔克刚，她的身体缠绕上他的身体，将他压倒在地。

"本尊输了。"

云筝听到这句话后，莞尔一笑，伸出两根手指，笑道：“我赢了，容烁。”

容烁看向云筝，忽然生出不真实的感觉，他竟然能容许一个女子坐在他的身上，而他好像并不讨厌。

“容烁，你在想什么？”云筝见他发愣，伸手在他眼前晃了晃。

最后，容烁答应云筝，让她自己修炼，不过他这段时间会时不时地监督她，怕她偷懒。

云筝邀请道：“容烁，一起去逛逛？”

这次容烁深深地看了她几眼后，道了句“好”。

云筝将自己的半边面具递给容烁，让他戴上。

容烁有一米八八，和身高一米六五的云筝站在一起，有种诡异的和谐。

两个都是男子装扮，云筝显得少年稚气，而容烁显得沉稳内敛，还隐隐散发着一股低调的上位者气息。

夜晚，街道张灯结彩，生活气息浓重。

戴了面具之后的容烁，依旧是人群中最耀眼的那一个，不少女子都盯着他看。

云筝看见前方不远处有一家云吞面摊，迅速开口道：“我们去吃云吞吧。”没等容烁答应，云筝便拉着他的手腕匆匆走去。

“老板，两份云吞面。”云筝坐下之后，就先点了两份云吞面。

“好嘞！”老伯吆喝一声，就动手做了。

云筝看着直挺挺站着的容烁，一猜便知道他有洁癖，她从怀里拿出一张帕子擦了擦旁边的凳子，然后抬头看着他道：“擦过了，没有多脏。”

“本尊辟谷了，不需要……”

“都点了，尝尝吧。”

容烁皱了皱眉，最后还是坐下了，只是用那副傲娇倔强的语气道：“本尊只是坐下来而已，并不是想吃。”

云筝诧异地望着他，她还是第一次看到容烁的另一面，笑着道：“好，那你看着我吃。”

容烁当即扭头移开了视线，装作一副完全不在意的模样。

热气腾腾的两碗云吞面放在桌上，云筝立即拿起筷子，夹了一个云吞来吃，结果差点儿被烫到舌头。

虽然云筝吃饭动作很轻，但是容烁听力超群，多细微的声音他都能听见。

容烁心里有些躁，不是说云吞面有多香多好吃，而是这女人根本就没理会他的感受……

等云筝吃完了一碗云吞面之后，她才有时间看向容烁，问："容烁，你真的不吃吗？这云吞还不错，要不尝尝？"

"吃完了？走吧。"容烁冷声道。

云筝被容烁这一反应，搞得有些发蒙。

但容烁已经大步流星地走了出去，云筝只能连忙在桌上放下银子，跟老伯打了声招呼后，跟上去。

容烁故意走得很快，一边走一边生气，这女人居然吃完了才想起他。走着走着，容烁发现自己走出了闹市，回头看去，哪里还有云筝的身影。她该不会是跟丢了吧？！

半个时辰后，容烁回闹市找云筝，却发现她跟街边的一些女子玩得不亦乐乎。

容烁深吸了一口气，看了她一眼后，便撕裂虚空离开了。

云筝似乎有所感觉，朝着容烁离开的那个方向看去，却什么也没有看到。

数万里远的某个地方，一袭墨袍的绝色男子在长廊中面色微沉。

一个身着青衣劲装的男子迎上来，那男子面露惊喜之色，然后行礼作揖："帝尊。"

容烁冷哼一声，便绕过他离开了，只留下疑惑不解的青风。青风心里暗忖，自己是不是做了什么事得罪帝尊了？要不然，帝尊的脸色怎么这么难看？

云筝玩得累了，便悄悄换了个装扮，偷溜回了云王府。

之后，云筝开始勤奋修炼，画符文，去藏书阁看典籍，为姑姑配药，连云老王爷看见她这么勤奋都震惊不已。容烁偶尔来几次，不过每次都打击她的修炼成果。

云筝是一个知难而上的人，她势必要让容烁看见她也是一个顶尖的天才！

时间飞快流逝，很快到了太后举办百花宴的日子。

月季脸色凝重道：“小姐，要不推掉不去了吧？”

“那你给我找的是什么理由？”云筝挑了挑眉。

“就说小姐你身体不适。”

云筝闻言，笑了，她伸手揉了揉月季的脑袋，道：“这么拙劣的借口，太后会信？邀约我的背后之人会信？”

月季的小脸瞬间沉了下来。

云筝笑道：“别担心，这次谁欺负我，我就要谁好看！”

云老王爷知道云筝要进宫，特意过来云扉阁叮嘱了她一番。

云筝抱着一个白色的毛茸茸的团子坐上了云王府的马车，而月季则在马车外边候着。

今日的云筝一袭红衣，明媚自信，一改以往素色低调的风格。她脑海中一一闪过那些欺负过她的人的模样，眸中寒光一闪。

“吱吱。”小毛团似乎察觉到她的情绪，用毛茸茸的小脑袋蹭了蹭她的掌心。

云筝的思绪被拉了回来，低头看着掌心中的小毛团，好奇地问道：“神兽出世以后，不是能够言人语吗？”

小毛团听到这话，着急起来：“吱吱。”

云筝能感觉到小毛团此刻焦急的心情，她抬手揉了揉它的小脑袋，说道：“你是不是先天不足，出世时间过早了？”

小毛团点点头，一双琉璃眸子亮晶晶的，格外好看。

其实，云筝与它建立契约时，就大概能感觉到它的气息有些孱弱，而且平时它都在沉睡。

云筝温声安抚道：“等我修炼到灵王修为，就可以再次开启瞳术，到时候我帮你看看身体，想办法修补修补。”

“吱吱。”小毛团欢快地应了一声。

云筝伸出手指戳了戳它：“我给你起个名字吧，好不好？”

“吱吱。”小毛团点点头。

“我好像记得当时你说你是白虎，那你就叫作白团吧。”云筝笑道。

小毛团摇了摇小脑袋，表示不想要这个名字。

“那……白云？”云筝试探地问道。

小毛团的小脑袋摇得更猛了。

云筝连着说了几个名字，小毛团一直摇头表示拒绝。

最后，云筝用两根手指一把捏着它的后脖颈，提起来，故作凶狠地说道：“你就叫二白吧！不能再更改了！”

小毛团想装可怜，可是月季打断了它欲要申诉的动作。

“小姐，我们到宫门口了。”

云筝应了一声，将二白无情地丢进了契约空间。她一把扯开车帘，迈步出去，月季抬手接她下来。

云筝环顾四周，发现宫门口停不少马车以及轿子，她还看见了不少熟面孔。

“哟，本郡主瞧着这是哪位佳人来了，原来是毫无灵力的云筝啊。”

一道充满嘲讽的声音传来，云筝循声看去，郡主身着明艳紫色衣裙，她微抬下巴，一副傲慢挑衅的姿态。

身着粉裙的江语嫣轻皱了一下眉头：“今日太后举办了百花宴，她来这里干什么？”

“语嫣说得对，她该不会是想求太后，让太后给她找户好人家吧？”

各种鄙夷的话不断响起，云筝觉得她们太聒噪了，扫了她们一眼：“你们只会在本小姐面前找优越感了，若是有一天我将你们踩在脚底下，你们会不会自惭形秽？”

此话一出，宫门口瞬间安静了几秒。

“云筝，你的脑子是不是被踢坏了？居然能说出这么荒谬的话来！”朝安郡主冷声讥讽道。

苏家小女儿苏媚嗤笑道：“云筝，这样的话你都敢说出来？在场每一个人的实力都比你强，你哪里来的底气说出这番话来的！简直自取其辱！”

云筝倏然抬眸看向苏媚，苏媚被她那如同寒冰浸过的眼神惊了一瞬，不由得退后了半步。

云筝嘴角勾着邪肆的笑容，慢悠悠地一步一步走向苏媚。

苏媚见状，心中有些恐惧，她大声道：“你要干什么？别靠近我！”

云筝三两步上前，一把掐住苏媚的脖子，然后单手拎起她往地面砸去。

众人见到这一幕，下意识地尖叫了一声。

地面裂开了几道裂缝，苏媚感觉自己的身体麻痹了几秒，随之而来的是骨头的剧烈震痛以及脖子被人紧攥的窒息感。她挥动掌中灵力，朝云筝袭去，却被云筝轻而易举地抓住手腕，然后猛地一扭，顷刻间发出凄厉的号叫。

“你姐姐苏容没有告诉你，我如今不太好惹了吗？”云筝笑得纯真。

苏媚痛得已经没法正常回答云筝的问题了。

在场的人无一不震惊！这还是之前不敢吭声的云筝吗？她怎么突然之间这么厉害了？要知道苏媚可是灵者九阶！

“苏媚，这叫以牙还牙！”云筝凤眸微凛，语气冰冷。

云筝记忆中的苏媚经常在明面上欺负她，不仅辱她，打她，还差点儿让她失了清白。

“月季，我们走吧。”

云筝收回了手，叫上月季，准备进宫门。

“云筝，你给我站……”朝安郡主后知后觉，想要叫住云筝，却听见云筝说了一句：“你们要是想跟我打架，尽管挡住我的路！”

众人闻言，陷入沉默。

而江语嫣盯着云筝远去的背影，皱着眉头，不知在想什么。

宫门口这一场风波，很快就被好事者传了个遍，宫里宫外都知道云筝可能是吃了什么丹药变得力大无穷，能够将灵者九阶的苏家小女儿打得动弹不得。

苏容此前被云王府扔出来，已经是苏家的丑闻了，这下又添了一个新笑料。

养心殿里正在看奏折的楚承御听到暗卫的报告之后脸色微变，紧接着，嘴角露出了浅浅的笑意。

在一旁伺候的陈公公，见楚承御如此高兴，浑浊的眼珠子转了转，捏着嗓子轻笑道：“皇上可是遇到什么高兴的事？”

“云筝打败了苏家那个小女儿。”楚承御心情颇为愉悦地跟陈公公分享。

“什么？”陈公公大惊。

楚承御见陈公公愣住了，用手指轻轻叩了一下桌面，陈公公瞬间回过神，战战兢兢诚惶诚恐地说道：“奴才惶恐，竟然走神了。”

楚承御沉声道：“无事，待云筝参加完花宴后，你将她带过来，朕有话要对她说。”

陈公公点头应“是”。

云筝其实没怎么来过皇宫，因为之前每次来，都会遭受无数的嘲笑和鄙夷。

幸好，有专门的侍女带路。

“小姐，你刚才好厉害，一招就将那苏媚撂倒了！”月季崇拜地看着云筝。

云筝抬起手指轻弹了一下她的额头，月季调皮地吐了吐舌头。

云筝畅通无阻地到达了后花园，听说太后还在慈安宫歇息，云筝便带着月季在这偌大的花园里闲逛起来。

不少女眷认出了云筝，云筝秉承着人不犯我我不犯人的原则，自由自在地闲逛。

过了大概一炷香后，云筝隔着老远就看见了一袭白衣的苏容，她鬼鬼祟祟地在跟一个宫婢说些什么，云筝暗暗记下了那个宫婢的样貌。

不多时，太后驾到，所有人都去迎接。

云筝排在最后面，装模作样地俯身行了一礼。

太后身着一袭暗红色宫装，雍容华贵，那双眸子看似温和，实质上眼底全是冷漠与算计。

一众女眷跟在太后的身后将太后夸了又夸，嘴跟抹了糖似的。苏容亲切地扶着太后，不时说些体己话。

太后对苏容挺满意的，毕竟苏容家世不错，天赋也足以跟她最喜爱的皇孙楚允衡匹配。

众人陪太后赏完花后就开宴了，宴会的座位是提前安排好的。云筝没有料到她的座位就在太后的左下方，而苏容恰好就坐在了她的对面。

其他女眷纷纷对视了一眼，皆抱着看戏的心态。

“筝儿。”坐在首位之上的太后看向云筝，温和地笑着道，“倒是有些时日没见你了，那日衡儿退了你的婚，你不用太过伤怀。”

看似安慰，却是在揭她的伤疤！云筝仰起头，露出那张精致得无可挑剔的小脸，笑盈盈道：“劳烦太后费心了，我现在对三皇子已经毫无感情了。三皇子就应该跟苏家大小姐这等女子在一起。要是他们不在一起，筝儿我肯定第一个说‘不’！三皇子猎场受伤那日，苏大小姐登门探望三皇子，两人待了一整夜，苏大小姐对三皇子情深义重，不畏惧世俗流言，是筝儿这辈子都学不来的……”

众人闻言，看向苏容的眼神带着浓浓的探究。

三皇子猎场受伤那日，云筝尚未跟他取消婚约，也就是说，苏容早就跟三皇子在背地里有私情了！当时苏容可还自诩是云筝的好姐妹啊……

“云筝，你够了！”苏容猛地站起身来，含泪望着云筝，“你一而再再而三地污蔑我，我知道你对我跟三皇子之间的事可能存在一些误会，但你没必要咄咄逼人吧。”

江语嫣抬眸看了苏容一眼，然后视线在云筝身上徘徊。

“我咄咄逼人？”云筝故作惊讶地说道，随即看向坐在首位的太后，“太后，我说话咄咄逼人吗？”

太后皱了皱眉，眸中飞快地闪过一丝不悦：“容儿，坐下。”

苏容掩在衣袖下的手微微攥紧，看着云筝一副无辜天真的模样，眼中涌起浓郁的杀气。

太后眼眸微动，转移话题：“苏家小女儿没来，听说是因为你在宫门口将她打了？”

云筝点头：“的确如此。”

“筝儿不打算解释解释吗？”太后的语气不由得严肃起来。

云筝笑着说道：“不就是我跟她切磋嘛，这点儿小事还需太后劳心的话，就是对太后的不敬！以前苏媚也常找我切磋，不过这次是我赢她输而已。”

还没等太后说话，云筝便假装惊喜地问道：“难不成太后是因为筝儿这次反败为胜，而想要夸赞和奖励筝儿？”

不少女眷被她的话惊到，太后方才分明是斥责询问，怎么到了她口中就成了这种意思？

云筝这一招先发制人，将太后架了起来，让太后陷入两难之地。

若不是云筝的爷爷是灵皇强者，太后估计早就想派人将她轰出去了！

太后脸色阴沉地叫人去拿深海夜明珠，以此奖励云筝第一次打败苏媚。

云筝笑眯眯地接下，这件事暂时就这么被揭过去了。

夜晚降临，百花宴的晚宴开始了。宫婢们上了热气腾腾的菜肴，还有一些甜点、水果。

太后坐了约莫一个时辰后，便离开了，留下一众女眷互相交流。

云筝一直都“孤零零”地坐着用膳食。

待到晚宴快结束的时候，一个小宫婢朝她走过来，俯身小声地说道：“云小姐，三皇子请您去南殿的西厢房一聚。”

云筝扫了这宫婢几眼，说：“那就走吧，我可是好久都没见到允衡哥哥了。”

一旁的月季紧张地拉了拉她的手：“小姐，不要去，那三皇子不是什么好东西。”

宫婢当即呵斥道：“你一个小小的侍女，怎敢说三皇子的不是……”

云筝手起手落，扇了这宫婢一巴掌，将周围女眷的目光都吸引了过来。

云筝笑语晏晏道：“不好意思，只是手滑了，我们走吧。”

而此刻的宫婢紧紧地捂住自己被扇的那边脸颊，眼中闪过恨意，低着头道：“云小姐，请吧。”

夜色中，云筝与月季跟着宫婢七拐八弯地来到了南殿的西厢房门前，宫婢道：“云小姐，请吧，三皇子在里面等您。”

云筝走进西厢房内的那一刹那，房门就被一股莫名的力量关上，房间内浓重的香味散开。 云筝警惕地捂住口鼻，并用了另一只手点了胸口的一个穴位。

隐隐可见，那床榻之上迅速地坐起一个人来。云筝手中一道微光闪过，一张符文出现在她的手中，她将符文弹了出去。

突然，外面传来混杂的脚步声以及谈论声。

“太后，我的婢女告诉我，有人在南殿的西厢房里私会！”

“南殿可是前皇后的住所，皇上已经勒令所有人不能进入南殿半步，居然有人敢冒大不韪！”

众女眷慷慨激昂地说着，突然有一人道：“咦？这里为什么躺着一个人？”

“小环，你过来看看那人是谁？”

那名叫小环的宫婢几步上前，利索地查看这已经倒在地上昏迷不醒的人，定睛一看，原来是经常跟在云筝身边的丫鬟月季。

“回禀太后，这人是云王府云筝小姐的丫鬟月季！”小环起身回答。

太后冷声道："去，把门打开，哀家倒是要瞧瞧何人居然这么大胆！"

门被打开，露出了一个浑身着火的胖子，众女眷瞬间认出这是五皇子楚允睿！

"快救火！"不知道是谁喊了一声，侍卫们纷纷蓄满手中灵力朝五皇子楚允睿挥了过去，试图熄灭他身上的火焰。

可是，这火焰诡异得很，丝毫不为所灭，反倒是让五皇子楚允睿受的伤更重了！

突然，南厢房那边起了大火，熊熊烈火而起。

"来人啊，南殿南厢房走水了！"

"快去救火啊！"

一时之间，兵荒马乱。

而地上躺着的人也不知不觉中换了一个。

太后见到这混乱的这一幕，气得心胸发闷，差点儿喘不过气来。

楚允睿一边遭受着火焰的灼烧，一边沉沦于那迷香当中，时而清醒时而迷糊，还语出惊人地喊："苏容妹妹，好舒服啊……苏容妹妹你太热情了，别这样……"

几乎所有人的目光刹那间都集中在苏容身上，看着她的眼神不是厌恶鄙夷，就是幸灾乐祸。

苏容也蒙了，她张了张口解释道："不是我，我跟着你们一起来的，怎么可能与五皇子厮混在一起？"

大部分人露出不相信的神色。

苏容慌了，她继续为自己辩解："真的不是我！云筝的丫鬟在这里，与五皇子厮混的人肯定是云筝！"

突然，一道清冷好听的声音从众人的身后响起："谁在叫我？"

有一个平时看不惯苏容的女子嗤笑道："方才苏大小姐说你跟五皇子在西厢房约会呢。" 苏容脑子快速地转动，突然，她的目光定在似隐身人的月季身上，大声道："方才你的丫鬟就在那里躺着！"

月季生气地反驳道："胡说，奴婢一直跟在小姐身边，根本就没有去过其他地方。"

众人也有些诧异，因为太后的宫婢小环明明说那人是云筝的丫鬟，现在怎么好像变了个人似的……

太后见此，冷冽的眼神睨向一旁的小环，问："这是怎么回事？"

小环惊慌地跪了下来，正准备说话之时，一道无形的线条插入她头颅的神经中。她低着头，眼眸中的光彩瞬间黯淡了下去，无人察觉到她此刻的呆滞。

"太后饶命啊！是我鬼迷心窍，收了苏大小姐的好处，照她的吩咐，将地上昏迷的人说成云筝的丫鬟，其实，我根本就不认得云筝的丫鬟长什么样，其余的事情我一概不知……"

太后闻言，带着岁月的凌厉的眼神扫向苏容："来人，将小环立刻处死，以及，将苏容扣下，押入地牢！"

太后最痛恨有人在她的地盘上胡作非为，即使是她青睐的小辈也不行！

云筝看了眼正被多名侍卫抢救的楚允睿，勾了勾唇，两指间的毛笔微微转动了一下，楚允睿身上的火焰瞬间黯淡了下来。

云筝带着月季走出南殿后，久等的陈公公就迎了上来，笑眯眯道："云小姐，皇上有请。"

云筝看着眼前笑容满面的陈公公，微愣。

陈公公轻轻挥了挥手中的拂尘，笑着说道："云小姐，请吧，不要让皇上久等。"

云筝若有所思，但表面还是笑着点头应下："遵命。"

养心殿内燃烧着许多蜡烛，灯火通明，一个身着明黄色龙袍的男人在殿前负手而立，抬头看向那龙椅之上的真龙壁画。

他的目光似隐忍，似无奈，更似感慨："真龙霸业，只是真龙也被囚禁于一方小地，无法大展宏图。若是十多年前，朕也能狠心放弃权势与功名利禄，潜心修炼，或许比现在自由多了……你，觉得朕说的如何？"他转身看向那个恰好一只脚迈进养心殿内的红衣女子。

云筝与他那双凌厉又隐藏着孤寂的双眼对视，毫不躲避他极具威慑力的目光，缓缓地说道："皇上心里已经有了答案，不是吗？"

楚承御听到此话，不由得笑了，他收敛了气息，向云筝招招手，让她过来。

云筝虽然看不透这个在大楚国权势滔天的男人的意图，但是他似乎没有恶意，于是听话地上前，最后在距离楚承御五步之远的地方停下了。

楚承御垂眸看着她，和蔼地说道："朕第一次见你的时候，你还是肉嘟嘟的可爱婴孩的模样，如今已经长大成人了。"

"是的。"

云筝心里还是对他有所警惕防备，毕竟在原主的记忆中，能见到楚承御的次数屈指可数。

楚承御深深地望了她几眼，说道："你跟你母亲长得很像，只是你与君蓝的气质和举止大为不同。"

听到楚承御说到君蓝时，云筝柳眉微蹙，那双清澈的眸子多了丝亮光。

云筝笑着说道："皇上这次召见我，是有什么话想说吧。爷爷还在等我回王府，若是他老人家太晚没见到我，恐怕要单枪匹马闯到皇宫中，到时候冒犯了皇上，可就要请皇上恕罪了。"

楚承御闻言，非但没有生气，眼中反而多了一丝笑意，这丫头现在倒是有点儿像她的母亲了。

"其实朕与你的父母都认识。"楚承御笑了笑，继续说道，"他们两个曾经救过朕的命，还不止一次。朕与你父母可以说得上私交甚好。前几日，云老王爷来宫中跟朕促膝长谈了一次……"

"云老王爷说，你已经可以修炼了，他求朕给你一个圣院学院的招生考核名额！"

云筝闻言瞳孔微缩，心中酸涩不已，爷爷居然为了她来求楚承御。

见云筝垂着眼眸沉默不语，楚承御继续说道："不过，朕还没松口答应。因为大楚国只分到三个圣院的招生考核名额，若是贸然给了你一个，那朕身为大楚国的君主就有失公正了，希望你能明白。"

云筝点了点头，抬眸看着楚承御说："皇上不必烦心，既然爷爷想要我得到这个招生考核名额，那我就凭实力来取！"

楚承御目露欣赏之色："好！一年后是东洲圣都学院十年一次的招生时间，而半年后朕会举办一场圣院考核名额争夺赛，届时希望你能够夺得前三名。"

还没等云筝说话，楚承御又补充道："虽然你能够修炼了，而且听说你天赋不错，但是你现在远远落后于同龄人，切记，这半年要好好修炼。"

“好。”云筝笑着点头。

云筝与楚承御聊了大概半个时辰。

从楚承御的口中，她得知了很多信息。

圣院是东洲无数天才挤破脑袋都想进去的地方，但他们只要十三岁到二十五岁之间的天才，且每十年才招生一次。第一轮先从各国筛选出一部分天才，然后聚集在圣都参加考核，只有通过第二轮的考核才能成为圣院的学生。

不同的国家得到的名额不同，小国只有三个，中等国家有六个，上等国家有十二个，超等国家有三十个。

圣院成立已经数千年，而大楚国三百年来都没有人能够成功考进圣院！

可想而知，这世界天外有天，人外有人。

大楚国实力最强的年轻天才是江家的江奕辰，年二十，大灵师八阶。次之，是三皇子楚允衡，年二十一，大灵师七阶。

当皇上楚承御问云筝的修为时，她想了想，将真实实力隐瞒下来，然后胡诌了一个灵者七阶的修为。

谁料楚承御听到后，看着她就像怪物一样：“你才修炼了不到一个月，就已经是灵者七阶的修为了！”

云筝嘴角抽搐了一下，这个修为不是很低吗？她从流市回来之后，就努力修炼，已经突破灵师三阶的修为，可即便如此，还是遭到了容烁的嫌弃。

“你的天赋应该比你父亲还要高！”楚承御露出了怀念之情，感叹道。

楚承御夸了她几句后，叮嘱她好好修炼。

在离开之前，云筝问楚承御：“皇上，你为什么对我这么好？”

楚承御沉默片刻，最后缓缓地道：“因为你是他们唯一的女儿，朕欠了他们很多。以前没有召你进宫，一是怕别人眼红你对你出手，二是云老王爷想让你平安过一生。可是现在一切都变了，因为你可以修炼了！”

第四章
容烁受伤

云筝回到王府之后，气冲冲地去找云老王爷。可是不知道他是早有预谋还是听到了风声，居然闭关去了，云筝只好暂时放过他。

云筝回到云扉阁，就叫月季派人去准备热水沐浴。她躺在浴桶内，头靠在边上，泡着热气腾腾的澡，整个人才觉得舒坦不少。

泡得水有些温凉了，她才起身，拿过搭在屏风上的衣服穿上，可是穿到一半的时候，房间里多了一道气息。

云筝连忙把衣服穿好，手中召唤出一支细长的墨色的毛笔，隔着屏风，将毛笔飞快地刺了出去。

但只听见毛笔的断裂声响起，紧接着，一道低沉又略显沙哑疲惫的声音传来："是本尊。"

云筝听到声音，瞬间放松了警惕。她从屏风中绕出来，皱了皱眉，语气带了些责备："容烁，你知不知道我在沐浴？"

突然，容烁毫无征兆地倒了下来。

云筝见状，瞳孔微缩，立马跑了过去。她蹲下来摸了摸容烁的头，紧张地问道："容烁，你怎么了？别吓我啊！"

察觉到容烁的身体像寒冰一样冰冷僵硬，云筝不由得心一紧，他这是寒毒发作了！

她以前只知道他身有寒毒，但没发现他的寒毒这么厉害，想必他之前将这寒毒隐藏得很好。

云筝费劲地将他扶上床榻，轻轻拍了拍他的脸，蹙眉问道："你还有意识吗？"

对方毫无反应，他的眉宇间甚至开始结霜了。云筝当即咬破指尖，以自身的鲜血为引，勾画血色驱寒符，这可比纸质符文的功效强了几十倍。

画完之后，云筝的小脸变得更苍白了，她将血色驱寒符文印在容烁的额头上："驱！"

血色驱寒符隐没在容烁的额头之内，顷刻间，容烁眉宇间的霜不见了，身体也没有那么冰冷了。只是，这远远不够！

寒毒开始消散后，云筝才发现他的腹部有一道几乎贯穿身体的剑伤，触目惊心！方才寒毒的冰霜锁住了他腹部的血流，所以现在才显露了出来。

云筝猜测容烁因为寒毒发作，才会不敌对方而受了伤。她没有丹药，只好用符文锁住他腹部的血，但是这样治标不治本！

云筝看着容烁那张苍白的脸，心里暗忖，想不到有一天你会被我救！

她再次咬破指尖，挤出一滴鲜血，那滴鲜血分成两半，自动覆盖在她的双目之上。

云筝合上双眸："以吾之血，重启血瞳！"清冷淡漠的声音响起，带着莫名的威压，遥远的如焰之森中的灵兽纷纷开始异动。

无人看见，云筝的瞳孔中似乎散发着一条条脉络般的红线，连接到容烁的伤口之上。红线微动，像是在缝合一般。

时间一点儿一点儿地过去，容烁努力地睁开双眸，隐隐约约看见一个拥有妖异赤红色瞳孔的女子脸色苍白地将双手覆盖在他的腹部。他能感觉到，伤口处痒痒的。

容烁再次昏睡了过去，而就在下一刻，云筝猛地吐了一口血，眼角滑落几滴血泪，眼睛像是被火焰灼烧一般剧痛。

刹那间，云筝的眼前出现了一阵强烈的白光，她下意识地闭上眼睛。奇怪的是，她来到了一个纯白空间内，她拧着眉头。这是怎么回事？她不是在救容烁吗？

突然，她面前多了一本两米高的书，上面龙飞凤舞地写着三个大字"异瞳术"。

云筝霎时间欣喜了起来，是《异瞳术》，她以前学过的那本书！不过，不同的是，之前那本只有薄薄的两三页，这本比之前那本厚很多。

书灰扑扑的封面上，出现了一个红色圆球，一道缥缈的声音响起："吾乃异瞳术之书的书灵，汝有资质传承异瞳术，故择汝传承异瞳术，汝可愿？”

云筝虽然心喜，但没有被冲昏头脑。她镇静下来，问道：“愿意与否，后果是什么？”

“愿意的话则与‘异瞳术’签订契约，得到异瞳升级方法以及各种瞳术；不愿的话……”书灵坚定地说，“你不会不愿意的。”

云筝挑了挑眉，有点儿惊讶，疑惑地问道：“为什么挑我？”

“不知道。”书灵一本正经地回答。

云筝感觉有点随意。

许是察觉到云筝的情绪，书灵解释道：“吾检测到，你的灵魂学习过‘异瞳术’这本书的残页，故你的血瞳重启后，唤醒了沉睡万年的书灵我。”

“原来如此。好，我跟你签订契约。”

书灵闻言，果断地向云筝的身体扑过来，与之融为一体。

刹那间，云筝的神识脑海中多了一本封面灰扑扑的古书。《异瞳术》飞快地自动翻页，云筝聚集精神，只是看前几页时，内容尚清晰可见，后面的却几乎看不清，模模糊糊一片。

她隐隐感觉到这本古书的威压，让人喘不过气来，胸闷气短。血瞳一阵刺痛，她难受得眯了眯眼睛。

“主人，请闭上双眼。”红色圆球发出警告，“以主人你现在的实力，不足以察看学习更加高级的瞳术，请闭上双眼休养。”

云筝听到这话，合上了眸子，但是她没料到自己一闭上双眼就昏睡了过去。

翌日清晨，一缕刺眼的阳光穿过窗棂，射进房间内。

床榻之上，一个着墨袍的俊美男人眉头微微蹙起，有醒来的征兆。不多时，他睁开了双眼，抬起白皙且骨节分明的手揉了揉太阳穴，脑海中飞快地闪过几个片段，记忆渐渐回笼。

容烁视线往下，只见一个黑乎乎的小脑袋对着自己，身上散发一阵淡淡的清香味，让人心神安宁。

“你起来。”容烁轻轻碰了碰她的脑袋，对方毫无反应。

容烁眉头轻皱，深邃的眸子微动，他抬手小心翼翼地扶着她的头，然后将她的身体往床榻里边移过去。

不料，云筝里衣的带子不经意间被扯了下，睡梦中的云筝皱起眉头，不爽地嘤咛了一声。他的手不由得一松，云筝的脑袋就砸在了床板上。

容烁见她快要醒过来，立刻慌张地逃了。

数万里外的某个地方灵气缭绕，海域之上一座恢宏大气且隐形的雪色宫殿坐落于此。

宫殿的长廊之中，突然多了一道墨色身影，他一出现，三道玄青色的身影也迅速出现在他的面前。

“参见帝尊！”三人单膝跪地行礼。

容烁睨了他们一眼后，便回了自己的寝殿。

寝殿内，容烁微抿着薄唇，气息紊乱，白皙俊美的脸庞微红，耳尖更是发烫了似的，深邃的眼眸中夹杂着不明意味的情绪。

容烁走后，墨雨三人就讨论了起来。

青稚一副思考的模样，摸了摸下巴，疑惑道：“最近帝尊变得越来越奇怪了。”

白雷赞同地点头：“我也觉得，大概在半个月前，帝尊就变得捉摸不定了。”

一旁的墨雨眼珠子转了转，突然一脸惊慌失色道：“该不会是因为那个女子吧？”

“女子？”白雷根本听不懂他所说的话。

“就是前段时间，我跟青风随帝尊一起前往那偏远的什么森林，去取一颗金蕾子。”墨雨解释道，“谁知道，帝尊居然抱了一个毫无灵力的女子！”

白雷震惊地张口：“什么？”

墨雨将他的所见所闻都告知了白雷以及青稚，他们听完之后，都不可置信地看着墨雨。

青稚道：“你该不会是乱编的吧？要是让帝尊知道你如此编派他，肯定会将你扔回深渊之井历练的。”

墨雨见他们不信，冷哼道：“你们知道青风这段时间去哪儿了吗？”

“青风去做任务了啊！”白雷理所当然地回答。

墨雨道：“对啊，可是这次的任务大为不同，我只能偷偷告诉你们，青风被派去保护那女子了！”

还没等青稚与白雷说话，就有一道仿佛从幽冥地狱中传来的低沉声音响起，让人毛骨悚然：“想死吗？”

完了完了，被帝尊知道他们说闲话了。

“属下知错！”墨雨等人立刻跪地，惊恐地道。

墨色的身影再次出现，容烁冷冷地看着他们：“既然你们三个这么闲，干脆提前回中灵洲吧。”

墨雨不可置信地抬头：“那……帝尊，您呢？”

“本尊迟些回。”

“是！”对于帝尊的命令，他们是不可能违抗的！

容烁沉声道：“中灵洲那边有人过来了，墨雨你回去查探一下是哪几方势力，着重查探中虚宫。”

“是，帝尊！”墨雨俯首听命。

昨夜来埋伏他的，十有八九是中虚宫的人……

云扉阁中，云筝醒来时，发现容烁那家伙已经跑了，竟连一声谢都没说。云筝在心里痛骂容烁，亏她冒着血瞳根基被毁的风险救他，谁知道他伤好了就逃了！

“容烁，你真的是既抠门，又忘恩负义！真不是个男人！”

门外传来月季担忧的声音：“小姐，你怎么了？”

云筝知道自己大清早鬼哭狼嚎，吓到了月季，忙说道：“月季，我没事，我要再睡一会儿。”

月季不放心，又问了一遍：“小姐，你真的没事吗？”

“没事，我要睡个回笼觉，睡到大中午。”云筝说完，就扯了被子，钻进被窝中补觉了。昨夜她耗费了不少心神，今天要好好休息把精气神补回来。

而此刻皇宫的地牢中，苏容在阴暗潮湿的牢狱之内，焦躁地来回走动。偶尔停顿下来，苏容就会望向外边，试图看见她熟悉的人来接她回去。

可是没有，爹没来，楚允衡也没来！就连传旨来放她出去的人也没有！

地牢内潮湿阴暗，偶尔会有一些讨厌的虫鼠经过，实在是肮脏难耐，她是片刻也不想待在这里。

她不甘心，眼里闪过一抹怨毒之色。此时此刻该在这里的应该是云筝，而不是她！在这度秒如年的等待中，苏容对云筝的怨恨达到了顶点。

约莫两个时辰后，一袭蓝袍的年轻俊美男子走了进来，他的身后跟着两排侍卫。

苏容看见楚允衡时，心里激动开心的同时，又感到委屈，她娇柔地喊道："殿下……"

"还不赶快开门！"楚允衡沉声道。

苏容梨花带雨地走出来，正想扑到楚允衡的怀里倾诉一番，却被他稍稍避开了，他的眼神中飞快地闪过一丝嫌弃。

苏容恰好捕捉到他嫌弃的眼神，难堪不已，眼底多了一丝怨气。

她努力平复自己的情绪，很快镇静下来，恢复了以前那般温柔动人的姿态，然后微微俯身，疏离地道："苏容见过三皇子殿下。"

楚允衡挥手屏退了众侍卫，走到苏容跟前，低声道："容儿，昨晚的事我已经有所耳闻，现在你我之间的流言蜚语在京城已经传了个遍，我不好当众抱着你。这不仅仅是为了我自己，也是为了容儿你的名声。"

苏容闻言，心中的埋怨瞬间少了些。

楚允衡略带怒气地问道："不过，你跟五弟是怎么回事？"

苏容一听，立刻慌忙解释："殿下，我跟五皇子真的没有私情，跟五皇子有私情的是云筝，这次也是云筝嫁祸给我的！从如焰之森回来之后，云筝就一直针对我，我还被她当众扔出了云王府……"苏容委屈地抽泣了几声，继续道，"那次我已经原谅她了，可不知为何，这次百花宴宴会她依旧处处针对我……"

楚允衡听到"云筝"二字，便下意识皱眉，再听到云筝的种种劣迹，他对她简直是深恶痛绝。

他从小就因为她处处遭到耻笑，即使他是大楚国的天才，可还是会因云筝而被烙上污点！楚允衡厌恶地说："她就应该活在旮旯里，不应该再冒出来，挡住我们的路！"

苏容强忍心中的欣喜，却装作不忍心道："殿下，云筝她……"

他打断她的话，沉声道："我知道容儿心地善良，但是云筝多次陷害你，这个仇不可不报！不仅仅是为了你，还有我这么多年来心底的积怨！别劝我，好吗？"

苏容低着头，嘴角露出一抹阴冷的笑容，她才不会劝他！她巴不得云筝消失！

云筝睡到大中午，起床用了膳食之后，便打算去看望云妙。她的血瞳重启比之前设想得更早，所以她这次要用血瞳为姑姑检查身体内部。

云筝将食指与中指并拢，双指凝聚灵力在紧闭的双目前轻轻移动，再睁眸时，赤红的血瞳乍现！

她仔仔细细地将云妙的身体从头到尾看了一遍，发现情况比她想象中的更坏。七年的瘫痪，让姑姑的双腿毒素聚集，小腿肌肉将近坏死，丹田也逐渐被毒素侵染。

按理说，丹田一般难以被这种毒素侵染，可是方知阮竟将厄珠放进了云妙腹中，厄运之珠的煞气污染了丹田。

云筝眼中的冷光密布，心道，她还是对方家那些人下手轻了点儿！

云筝收起瞳术，坐在云妙的床边，握住她冰凉的手，说道："姑姑，你再等等，等我找到最后一味药，就可以将你治好了。"

最后一味药是紫蘚花果，可紫蘚花果是地品低级灵药，千金难买！而且在大楚国这样的小国，实在难见。云筝计划去百草堂或者灵天拍卖会看一下，她前两天和琳琅堂管事交易了五十张符文，现在算是一个小富婆。若是在百草堂以及灵天拍卖会都没有找到的话，她便去如焰之森寻找。

她回到云扉阁之后，带上月季以及六名侍卫出了门。她现在还不打算暴露实力，带些侍卫还是有好处的，至少可以唬人。

月季不解地问："小姐，今天怎么突然出来了？"

"去百草堂看看。"云筝伸手弹了弹月季的额头。

月季轻呼了一声，揉了揉额头，震惊地道："去百草堂？小姐，你不是在开玩笑吧？"

跟着云筝身后的六名侍卫都露出了惊讶与尴尬的神色。

云筝望着她："你看我像是在开玩笑吗？"

月季苦口婆心地劝道："不像，但那可是百草堂，消费是以灵石来交易的。"

云筝心中暗自叹气，然后拍了拍她的肩膀，"放心吧，你小姐我有的是灵石！"

月季看到自家小姐一副自信张扬的模样，一时之间，心里不知道该欢喜还是难过。小姐平时用的都是银子或者黄金，也没见她问王爷要过灵石……

云筝一行人很快便来到百草堂门口，她吩咐六名侍卫在门外等待，自己带着月季进去了。

百草堂的年轻药童没有见过云筝，看她衣着不凡，气质上佳，猜测云筝应该是谁家的千金小姐。

“客人，这边请。”年轻药童将云筝迎了进去。

云筝淡定地“嗯”了一声。

堂内一排排的柜上摆放着各种灵草、灵药以及一些丹药，药香味浓郁。堂内的客人并不多，但是凑巧有两三个是她认识的。云筝置若罔闻，出声问道：“你这边有紫蘚花果吗？”

年轻药童闻言一愣，眼睛微微发亮，问道：“客人所说的可是能祛浊气的紫蘚花果？”

云筝点头，说道：“对。”

年轻药童恭敬地回答道：“地品低级的灵药，在本堂也是非常稀有的，紫蘚花果有没有，这个小的还真不清楚。客人先稍等，小的这就去问一下掌事长老。”

“好。”

年轻药童正想去找掌事长老，突然听到一道骄蛮的声音：“别去问了，这人根本就没有灵石，你何必费劲！”

年轻药童皱了皱眉，循声看去，只见一个娇俏女子带着丫鬟正向他们走来，他自然认得出这是谁，忙行礼：“朝安郡主。”

因为楚锦锦的声音很大，堂内其余人的注意便都被吸引了过来，见到云筝他们都不禁露出讶异之色。

楚锦锦轻蔑地笑道：“云筝，就凭你也想要地品低级的灵药，你有灵石吗？这地品低级的灵药起码要两万下品灵石！”

“有或没有，与你何干？”云筝冷冷地道。

“本郡主最见不得你这种打肿脸充胖子的行为，所以才拆穿你而已。”

云筝反唇相讥：“朝安郡主每天都这么爱多管闲事吗？”

楚锦锦语塞，瞪大了一双圆溜溜的杏眼，趾高气扬地说道：“你……云筝！你赶紧给本郡主磕头认错，本郡主就放过你。要不然，本郡主让你今天竖着进来横着出去！”

云筝莞尔一笑，那双清澈明亮的凤眸顿时露出看傻子的眼神。

楚锦锦见状气坏了。

而在百草堂某个角落的两个华袍俊美男子对视一眼，笑了笑，眼中满是盎然兴味。

看似风流倜傥的男子手执折扇轻摇了一下，略带笑意地调侃："这云筝美人儿的性子何时变得这般有趣了？"

"江兄你大概是不知道吧？也是，你从如焰之森回来后便闭关养伤，自然不知道最近云筝的怪异事迹……"

齐松将这近一个月关于云筝的事，简略地跟江奕辰说了一遍。

江奕辰愈听嘴角愈上扬，但眼底的探究也越深，一双漆黑的眸子紧紧盯着云筝。

云筝有所察觉，往他的方向看了一眼，两人的视线交会。没有针锋相对，但是也暗中交锋了一番，最终，云筝收回了视线。

云筝看着楚锦锦凝聚着灵师二阶的灵力，就要向她袭来，一动也不动。

在别人的眼中，云筝就像吓傻了一样，傻待着让楚锦锦打。

月季见到这一幕，瞳孔微缩，想上前替云筝挡下这一攻击，虽然她的修为只有灵师一阶，但是丝毫没有惧怕。

云筝一把拉住月季，任由楚锦锦挥掌而来，突然笑了笑……

蓦地，一道厉喝响起："何人在百草堂放肆！"

楚锦锦被灵王强者的威压压得径直跪倒在地上。

只见一个身着灰袍、精神抖擞的老人从百草堂的内室走了出来，他面容严峻，脸色阴沉。

"是百草堂的掌事洛长老！"众多药童纷纷向洛长老低头作揖，神情恭敬。

洛长老睨了一眼朝安郡主，冷声道："你们似乎忘记我百草堂的规矩了？在百草堂内，任何人不得使用灵力，一经发现，则终身禁止在百草堂购买物品！"

朝安郡主脸色顿时煞白，浑身忍不住战栗起来："不是的，我……"

"将她赶出去！"洛长老当即下了驱逐令。

几个年轻药童走到楚锦锦的跟前，坚定地道："朝安郡主，请出去吧，我们百草堂以后再也不欢迎你进来了！"

“我不是故意的！”楚锦锦脸都白了，她怎么也没有想到自己有一天会被驱逐出百草堂，怪她一时大意，竟然忘了百草堂的规矩。

“还不将她赶出去！”洛长老不悦地皱了皱眉。

几个药童闻言，立即将楚锦锦粗鲁地架起，然后将她推搡着往百草堂外走去，她的丫鬟也一起被赶了出去。

留在百草堂内的其余人心中五味杂陈，在大楚国，百草堂与灵天拍卖会的地位是超然的，即便是大楚国皇室也不敢轻易招惹百草堂和灵天拍卖会，因为它们背靠超等国。

毕竟，他们一不爽，就会向上禀报，然后超等国就会派人过来处置。

正当洛长老转身想要回去的时候，就被一道清冷好听的声音叫住了：“洛长老，请稍等一下。”

洛长老回过头来，眉头就跟打了结似的，不耐烦地道：“有什么事？”

“请问堂内有没有紫藓花果？”云筝并不在意他的态度，她只想从他口中得知，百草堂到底有没有紫藓花果。

洛长老听到“紫藓花果”时，才认真地正视眼前这个容貌精致但略显稚嫩的少女。发现她毫无灵力之后，洛长老的眉蹙得更紧了，这难道是云王府那个拥有废物之躯的云筝？她要地品低级的紫藓花果干什么？

洛长老虽然疑惑，但是不好多问别人的私事，只答：“没有。”

云筝闻言，心中颇有遗憾，但依旧道了句谢。

方才那年轻药童见洛长老离开后来到云筝身边，细声问道：“客人还想看看别的灵药或丹药吗？”

“嗯，我想购买灵草。”云筝轻轻点头，既然来都来了，就给二白买点儿口粮吧！

云筝买的灵草数量不算多，只花了五百块下品灵石，不会被别人觊觎以及怀疑，在别人眼中，应该都认为这灵石是云老王爷给她的。

给灵石的时候，月季十分疑惑，小姐怎么会有这么多灵石？出了百草堂之后，她好奇地问：“小姐，灵石是不是王爷给你的？”

云筝笑了笑，没否认。

云筝将她刚刚购买的灵草全部给了二白，二白在契约空间内吃得欢喜。她想着，迟些时间她装扮成少年模样，再给二白多买一些灵草和灵药。

云筝走着走着，身后突然传来一道慵懒的声音：“云筝小美人儿。”

云筝转头，只见一个风流倜傥的俊美男子持着折扇向她走过来，她不动声色地看了一眼对方的手臂，笑了笑，手臂恢复得挺快的，想来花了不少功夫。

江奕辰笑道：“云筝小美人儿，好久不见。”

“哦。”云筝兴致缺缺地回了一句。

江奕辰一愣，转而笑了起来，收起展开的折扇，说道：“云筝小美人儿，我请你去天下第一楼吃饭吧。”

从百草堂内走出来的齐松，恰好听到江奕辰邀约云筝，震惊得连瞳孔都放大了。

“不去。”云筝一口回绝。

江奕辰眼中闪过一抹讶异，问：“为什么？”

“你长得太寒碜了，对着你吃饭，我怕我会吐出来。”云筝毫不客气地笑着撑他。

江奕辰这人虽然没有欺负过原主，但是他随便说两句，便引得无数女子争先恐后地为他出头。偏偏他总喜欢叫自己“云筝小美人儿”，这不知道暗中为她招来了多少麻烦。

“去找你的红颜知己吧。”云筝抬脚就走，潇洒地挥了挥。

谁料，这人突然说：“云筝小美人儿可是吃醋了？我可知道哪里有紫藓花果。”

云筝倏然停下脚步，回头看着笑容满面的江奕辰，走到他的跟前，问：“在哪儿？”

“去不去天下第一楼？去的话，江哥哥就告诉你。”

听到他这吊儿郎当的话，云筝没忍住给了他一拳。

江奕辰痛得张了张口，脸一瞬间有点儿扭曲。

在江奕辰身后不远处的齐松见状，大惊。这是那个云筝？以前的她可是十分内向害羞，甚至唯唯诺诺不敢抬头……

月季以及六名侍卫也怀着差不多的想法。

“不好意思，我这个人兴奋起来有那么一点点粗鲁，江少爷应该不会责怪我吧？”云筝眨着亮晶晶的眼睛望着他，言笑晏晏。

江奕辰闻言，脸色一僵，这丫头怎么变得伶牙俐齿了？而且一身蛮力，若是她有灵力的话，会不会将他一拳打飞？思及此，江奕辰嘴角抽搐了一下，盯着她，皮笑肉不笑地说道：“没关系。”

云筝道：“谢谢你，你的心胸真宽广！”

江奕辰一时半会儿分不清她这是在夸赞还是讽刺自己。

这时，齐松也跟了上来，拍了拍江奕辰的肩膀，疑惑地说道：“你方才走那么快，就是为了约她？”

江奕辰大方承认：“对啊，云筝小美人儿真是太可爱了，让我忍不住想约她去天下第一楼吃一顿饭。”

齐松心也是大，听到“天下第一楼”时，脸上浮现欣喜之色，兴奋地对江奕辰道：“带我一个！”

江奕辰闻言笑了笑，然后看向云筝，道：“云筝小美人儿若是不介意的话，我自然是可以带你去的。”

齐松一听，登时看着云筝，眼神中露出炽热的渴望，让云筝的嘴角忍不住抽搐了一下。 天下第一楼的威名，果然名不虚传，让这堂堂富家子弟齐松都心驰神往。

“我无所谓。”云筝耸了耸肩。

齐松当即对她露出感激的笑容。

云筝笑道：“先说好，去天下第一楼的任何费用，都由你来付。”

毕竟天下第一楼是一个只花费灵石的地方，里面的食材皆是有灵气的灵物，一顿起码要花费一千块灵石。

江奕辰失笑道：“自然。”

江奕辰与齐松随同云筝一行人便前往天下第一楼。

天下第一楼是大楚国最高的建筑物，有十二层，外表古典、优雅、大气。

第一层和第二层没有任何包厢，是开放给普通的修炼者的，第三层和第四层开放给大楚国三大家族子弟，第五层和第六层则开放给皇室子弟，第七层开放给灵皇实力以上的强者。

第八层以上都是不开放的，无人知道第八层以上是什么模样。

曾经有人想一探天下第一楼第八层以上，可是无一不被天下第一楼中的强者阻拦了。

江奕辰向掌柜要了第四层的一间包厢，偌大的包厢内，只有云筝、月季、江奕辰、齐松四人。云筝坐在江奕辰以及齐松的对面，月季则退到一边静候服侍。至于云王府的六名侍卫则守在包厢外。

这时，包厢的门被敲响了，一个小二走了进来，微笑着问道："几位客人想要吃点儿什么？"

齐松兴奋地点了几道菜，江奕辰也点了几道，然后看向静默的云筝问道："云筝小美人儿，你想点些什么？"

云筝摇了摇头，道："你们点吧，我随意。"

江奕辰也不再多问，又加了几道菜。

齐松听到江奕辰点的这些菜，心中羡慕嫉妒，这每一样菜肴都要三百块下品灵石，江奕辰随口就点了七八道，这就是大楚国第一天才的待遇吗？

不过想想，江奕辰是大楚国最有天赋的年轻弟子，在家族中的地位极高，每个月领到的灵石不少。况且他时不时去如焰之森历练，斩杀的灵兽都拿去卖了，换得的灵石肯定不少。

"云筝小美人儿……"

云筝打断他的话："打住，这里没有其他人，别装模作样叫我云筝小美人儿。"

江奕辰闻言，愣了愣，随即笑了起来："既然你不喜欢这个称呼，我也不好强人所难，那我以后称呼你为云筝？"

"好。"

一道又一道灵气充沛的佳肴被端上来，让人食欲大振。

江奕辰道："先吃吧。"

齐松闻言，拿起筷子就夹了一块狼腿肉，热气腾腾的狼肉把他烫得轻呼一声。

云筝夹了一块兔肉，这兔肉散发着淡淡的香料味，没有一丝腥膻，而且其灵气都被锁住了，吃下之后，丹田的位置暖暖的。

怪不得天下第一楼价格这么高，还有这么多人来！

用完这一顿后，齐松见江奕辰有事跟云筝谈，便先行告辞了。

云筝屏退月季，包厢内只剩下云筝与江奕辰二人。

云筝挑了挑眉，一双清澈淡漠的丹凤眼盯着江奕辰："现在可以告诉我，紫薛花果的下落了吗？"

江奕辰微笑道："自然可以，但是作为条件，我希望你能告诉我，你为什么性情大变了？我非常好奇。"

云筝似笑非笑地反问道："你说人经历了生死之劫，会不会变得不一样？"

江奕辰一愣，那双眼眸变得幽深了起来："你的意思是，有人害了你，让你差点儿死了，所以才性情大变？"

"不错。"云筝懒洋洋地道。

江奕辰想起在如焰之森时，苏容说过她原本跟云筝在一起，后来云筝抛弃她逃跑了……

"是……苏容？"江奕辰惊疑不定地问道。

云筝夸赞了一句："你还是挺聪明的嘛。"

得到云筝的回答后，江奕辰看向云筝的眼神中多了几分欣赏，从鬼门关中走出来的人，心智不是一般人能比的。

江奕辰道："三天后的灵天拍卖会中，有地品低级的紫薛花果，我有请帖，可以带你进去。不过，我猜测拍卖的底价起码是两万块下品灵石，若是你没有这么多灵石的话，我劝你还是放弃吧。而且，听说楚允衡也想拍下紫薛花果。"

云筝挑了挑眉："哦？楚允衡为什么想拍下紫薛花果？"

江奕辰解释道："听说他想去如焰之森的深处沼泽中历练，有了紫薛花果，对他在沼泽中历练有一定的保障。他想把实力提上来，然后在半年后的争夺赛中夺得一个前往圣都考核的名额。你知道圣院吗？"

云筝点头，淡淡地道："知道，东洲所有天才都向往的修炼之地。"

江奕辰有些诧异，没想到她会说出这么一句话来。

云筝似乎看出了他的诧异，莞尔一笑："你是不是以为我是个毫无灵力的废物，便不会关注这些事？"

"是也不是，在大楚国这种小国中，大部分女子是为了将来找个好夫君才修炼的，鲜少关注这东洲之事。"江奕辰说完，遗憾地看着云筝，"若是你能修炼的话，或许将来能够走得更远，至少不是限制在一个弹丸小国。"

云筝夙来了兴趣，问道："那你呢，你的目标是什么？是走出大楚国，然后走向更广阔的地方？"

江奕辰道："我的目标是去圣院学习修炼。"

"你虽是大楚国第一天才，应该可以获得那个去圣都考核的名额，可是你别忘了，你在这里强，去了圣都，你只是垫底的而已。”云筝理性地分析。

江奕辰闻言，心中感到苦涩，他何尝不知道，若是他出生的起点再高一些，会不会就可以不用那么费劲参加考核了？可是出生是不能选择的！

“刺啦”一声，将江奕辰惆怅的思绪拉了回来，他抬头一看，只见云筝利索地拉开椅子，起身欲要离开。

离开之前，云筝回头对他说了一句：“多谢你的款待以及消息。”

云筝带着月季离开，不过碰巧的是，在三楼的楼梯间迎面遇到了朝安郡主楚锦锦。

楚锦锦愣了一瞬，随之怒火从胸腔中涌出，怒喝道：“你真是阴魂不散，给本郡主滚开！”

云筝笑了笑，嗤笑道：“这里是你家开的吗？郡主真是好大的脾气，在百草堂能惹祸，来到了天下第一楼也想惹祸？”

这话让楚锦锦的脸顿时难看了起来，出声骂道：“你个没人要的废物！就连你姑姑也是个没人要的废物！”

云筝双眸眯起，漆黑的瞳孔闪烁着危险的冷光，骂她不要紧，骂姑姑不行！

云筝猛地一抬脚，在楚锦锦惊慌的目光下，将她踹下了楼。

尖厉的惨叫声在天下第一楼赫然响起，楚锦锦直到滚到一楼大堂才停下，额头受伤出血，整个人狼狈不已。

一楼和二楼的客人都被吓了一跳，纷纷看向上方。

只见云筝气势凌人地一步一步走到脑袋被砸得混混沌沌的楚锦锦跟前，蹲下来，拍了拍她的脸蛋，怜惜地说道：“郡主长得这么好看，只可惜眼睛不太好使，怎么就踩空了呢？”

话音落下，其他不明真相的人便信了。

楚锦锦的丫鬟匆匆忙忙下来，正想替自家郡主指控云筝，只是云筝冷眼扫过来，丫鬟就像魔怔了一样，傻傻地站着不说话了。

楚锦锦听到云筝这么狡辩，立刻睁开双眼，刚想出口指控她，却发现自己除了说“你”，其他话都说不了，刹那间惊恐起来，她不会被云筝弄哑了吧？！

云筝似笑非笑道：“郡主，你这丫鬟好像不怎么灵活，看见你摔下来也不来扶你一下。欸，郡主可不要奢望我来扶你，毕竟我这细胳膊细腿，扶不起你。”

这神态，这语气，直接将楚锦锦气晕了过去。

真不经气哪！云筝站起身来，拍了拍微皱的衣服，然后叫上月季潇洒地离开了。

江奕辰刚好走下二楼的台阶，看着那浅紫色的背影离去，眼底多了一丝深意。

这时，天下第一楼的掌柜走了过来，叫店小二扶起楚锦锦，然后让楚锦锦的丫鬟与侍卫将晕倒的楚锦锦带回王府。

云筝回到云扉阁之后，挥手让几个丫鬟下去，只剩下自己一个人在院中。

“还不出来？”云筝道

院中一片沉默。

蓦地，云筝往某个方向看去，笑道：“你跟了我这么多天，不出来让本小姐见一下你吗？”

青风心中一惊，她怎么知道的？他的修为可是比她高了十几倍，凭她的实力根本就不可能发现自己。难道，她这是诈自己？青风觉得还是不动为好。

可突然，一支细长的黑色毛笔向自己的方向刺了过来。青风不以为然，抬手一把握住毛笔，紧接着，手掌一阵发麻，青风立马轻呼了一声。

云筝冷哼道：“非要本小姐动粗才肯出来！”

青风握着毛笔，自知暴露，身形一闪，来到了云筝的面前：“云小姐。”

云筝微微颔首，然后道：“天下第一楼的暗卫，是你摆平的？”

青风回答：“的确是。”

“你们家帝尊跟天下第一楼是什么关系？”

“天下第一楼的主子是帝尊的一个朋友，所以我持有令牌。”青风说话的同时拿出了一个金光闪闪地雕刻着“沈”字的令牌展示给云筝看。

怪不得当时容烁能够带着她随意出现在天下第一楼的顶层，原来这天下第一楼的幕后主子与他有交情。

据说，天下第一楼是一个神秘组织，背靠的并不是大国，而是神秘的东储殿，而东储殿乃东洲最强组织之一。

青风问道：“云小姐还有事吗？”没事的话，他就回到他自己的岗位上。

云筝状似不经意地提起：“容烁昨天来了，你知道吗？”

“什么，帝尊来过？”青风大惊失色。

“你不知道，还是你完全没有察觉？”

“帝尊的实力比我高太多，我没察觉他来过，也正常。”青风说到帝尊时，神情严肃且带着敬仰。

云筝眼帘微敛，容烁这抠门鬼真不是一般的强！她暗暗下定决心，终有一天，她要超越他！

而远在数万里外的容烁莫名地打了一个喷嚏。

容烁一袭墨袍，显得清冷尊贵，手里拿着一本古书看，心里想的却是一个人的模样。

他皱了皱眉，念了两次清心诀，还是无用，他似乎不解地呢喃道：“这到底是怎么回事？为什么见到她，本尊就会不自觉地心跳加速，难道是因为本尊跟她命盘相融吗？”

思考片刻，容烁将古书收起，然后起身徒手撕裂虚空，转瞬，他便到达了另一个地方。

桃花树下，一白袍老人静坐在棋盘前，细微的声响让老人睁开了那双古井无波的眸子：“你怎么有空来？”

容烁衣袂微动，缓缓走到老人的对面空位坐下，说道：“本尊来此，是有一事请教。”

“哦？何事竟然让你困扰？”老人闻言，轻笑道。

容烁轻咳一声，有点儿不自在地说道：“最近本尊……本尊的一个朋友遇见了一个比较奇怪的女子，她时而古灵精怪，时而冷漠无情，本尊的那个朋友见了她会时不时心跳加速，脑海中也会浮现她的身影。”

老人轻叹：“这就麻烦了。”

“为何？”

“你这个朋友红鸾星动，怕是动情了。”

“怎么可能！”容烁皱眉否认道，他怎么可能喜欢她……

老人笑了笑，反问道：“你怎么知道你那个朋友不会喜欢那名女子？”

容烁沉默了。

老人低头拈起一个白子，将白子放在棋盘上，他赢了。

老人缓缓道："人有七情六欲，容烁，你修的虽然是无情道，但是现在的你尚未修成大道，所以你也有七情六欲，只是反应比寻常人迟钝不少而已。"

容烁被老人拆穿，深邃的眸子闪过一丝无奈与不知所措。

"容烁，你虽不承认对那名女子动了心，可是她的确干扰了你的心绪。"

容烁继续沉默。

老人轻叹了一声，道："想必干扰你思维的是那名东洲的女子，东洲与中灵洲隔了一条难以逾越的鸿沟，你前途无限，不会拘泥于此地，你如若放弃无情道，选择了她，又怎么能保证她能一直陪在你身边？能跟上你步伐的，绝对不是东洲的一个小小女子！你们不会有好结果的！"

容烁听完他的一番话，沉吟许久，最后轻启薄唇："玄月老祖，容烁知道了。"

玄月老祖微微颔首，不再开口。做哪种选择，是容烁的事，他只能给予忠告。

正值夏季，云王府中蝉鸣蛙响，就是在这样的环境下，府内多了几个不明人物，他们擅长夜行，鬼魅的身影躲过了云王府暗卫的探查。

窸窸窣窣的声音在云王府的南边云中阁响起。

"那个废物呢？为何感觉这里很久没有人住过的气息了？"

"不是说她住在南边的云中阁吗？"

为首那黑衣人低声道："那人给的线索不对，我们分头去找一下，注意避开云景天的住所，切勿惊动云景天！"

"好，分头行动。"

四个黑衣人商量完，然后分别朝不同的方向而去。

而此刻，正在房中打坐修炼的云筝猛地睁开双目——有陌生人触动了她在云扉阁布置下的玄术大阵！

云筝不动声色地起身，然后拿过搭在架子上的素色外衣，利索地披上，召唤出一把寒光冷然的银剑。

她傲立于房中，等待那突如其来的陌生人出现。

在暗处的青风发现云筝这么警惕，便打消了出手的念头，继续留在暗处默默观察。

细微到几乎听不见的脚步声近了……云筝手中的利剑蓄势待发，眼眸中飞快地闪过一抹赤红色，透过门隐约看见来人是一名大灵师八阶的杀手。

云筝红唇轻扬，心道，居然派大灵师八阶的杀手来杀她？真是看得起她！

杀手旁若无人地打开房门，却没料到，刚踏进屋里，便有一把利剑准确无误地刺入了他的脖子！

云筝越过杀手的尸体，走出门外，抬头看向某个方向，冷声道："青风，将其余的人引来云扉阁，我要亲自解决他们！"

青风身影一闪就落在了她的面前，道："要不让在下解决？"

"不用，我想练练手。"

这么好的陪练机会，她自然要把握住。

青风一听，差点儿以为自己听错了，劝诫道："刚才那个人是因为轻敌才被你制服，云小姐，以你的实力恐怕不足以抵挡大灵师级别的对手。"

一个修炼没多久的人，怎么能够匹敌跨越一个大境界的对手！

青风从来没见过云筝与人战斗过，并不知道她的真实实力。所以，当云筝说要练手时，心中不禁多了几分不满与轻视。

青风觉得云筝太自以为是了，与那些想跟在帝尊身边的天真的女修不遑多让。

"你尽管引来就好。"云筝说道。

青风见云筝油盐不进，不再劝说，应了一声之后，便去王府的另一端，将杀手一一引来。

另外三人跟随青风的踪迹踏入云扉阁中后，便听到一道清冷好听的声音传来："我就在这里，几位还不动手吗？愣着干什么？"

三人心中一凛，只见一个穿着素衣的绝色少女站在屋檐之下，纤细白皙的手指夹着一支细长的毛笔，动作漫不经心，慵懒中透着一股神秘感。

三人没有探查到周围有其他气息，其中一个人问道："你就是云筝？”

云筝笑盈盈地道：“正是。”

三人惊疑不定地望着她，眼前这个少女与他们想象中的完全不一样，她太淡定了！

“今日你们都留在这里吧？因为……”我能修炼的事情不能传出去！

云筝运用灵力将毛笔化为刃，一分为三朝着三个人的方向袭去。

三人纷纷抬剑阻挡，然后对视一眼，跳下屋顶，迅速地朝云筝攻击。

云筝素手一扬，一张明黄色符文出现在她的面前，然后她轻喝一声：“烈焰化枪！”

明黄色符文一瞬间就变成一支气势夺人的烈焰长枪，散发着浓郁的灵力，她抬手将烈焰长枪一把握住。

“锵！”一声脆响，长枪凌空而起，猛地横扫三个杀手的脖颈儿。

三人脸色大惊，纷纷退后了好几步，但他们脖子上已经多了一道被罡风划破的血痕。

怎么可能！这人绝对不是传闻中的废物云筝！她有灵力，还能使用高级符文。定是那云筝特意设下埋伏找来对付他们的帮手！

就连暗中观察的青风都不由得为之震惊，刚才那一击绝对有大灵师的威力！

“你不是云筝！”一个杀手道。

云筝冷笑道：“我是不是云筝，恐怕你们要去地下才会知道了。”

说罢，她手持长枪刺向他们，每一次攻击都蕴含着灵力，越攻越猛！

三个大灵师七八阶的杀手也不是善茬儿，当即联合围攻云筝。

云筝刚开始还游刃有余，只是到了后面，体力与灵力不足，这让她深刻意识到，不仅要修炼修为，还要锻炼体魄，两者都提升才是长久之计。

云筝后背被一人砍了一剑，鲜血飞溅，她忍不住闷哼了一声，抓着长枪的手握得更紧了些。

她挥手就是一道罡风，挡住其中一个人的攻击，绝美的面容之上，没有任何痛苦挣扎，有的只是浓浓的斗志！即使灵力和体力不足，但是云筝越战越勇。

长枪一刺，由灵力凝聚的火龙迅速飞腾，扑向其中一个人。那人一惊，刚想后退，却好像有无形的织网将他狠狠地困在原地！

“轰——”那人被火龙掀飞了，受了重伤躺在地上，动弹不得。

这时，云筝往自己身上贴了一张符文，她的速度一下子就快了许多。

云筝游走在剩下的两个人之间，长枪在她的手中轻巧灵活，两人的身上被她戳出了许多窟窿眼。但是她自己也没占到什么便宜，一袭素色衣袍已经被鲜血染红了，整个人狼狈不堪。只是她的双眸蓄满疯狂的斗志，就像一个战斗的疯子，不达目的不放弃！

青风在暗处看得目瞪口呆，他倒是想出去帮她解决这几只苍蝇，只不过，她看起来并不需要，貌似还想多来几个敌人。

青风看得出来，其实以云筝的诡异术法，是能够在短时间内解决掉对方的，但是她为了锻炼自己的实战能力，故意慢慢来，就算将自己弄成遍体鳞伤也在所不惜！

这个少女太可怕了！她对自己毫不手软，只为了壮大自己，这样的意志，倒是与帝尊有几分相似……

剩下的两个杀手见状，强忍疼痛，互相对视了一眼，喊道：“走！”

“想走？没门！”云筝轻呵道，“练手练得差不多了！”

两人来不及逃跑，身后两支细长的毛笔划破虚空，径直穿透他们的心脏。

现在就只剩下刚才重伤倒地的杀手了，云筝手中的长枪渐渐消散，抬步走向他。

那人想要逃，可是有一股无形的力量将他囚在原地。只见浑身浸染着鲜血的少女一步步走过来，她嘴角带着浅浅的笑，看起来十分温柔，却让人背脊一凉，心底发寒。

她的眼眸中偶尔闪过一丝赤红色，但让人无法捕捉到。

“你若是告诉本小姐，你们是接了谁的任务，本小姐就给你个痛快，否则……”

杀手恐惧地咽了咽口水：“我……我不能暴露……啊……”

银光微闪，云筝手中的利剑突然多了一抹血迹，云扉阁响起惨绝人寰的声音，若不是云筝提前设了一个隔音阵法，估计已经将云王府的人都吸引了过来。

“哦？你方才说什么？”云筝眉梢轻扬。

杀手觉得眼前这个少女实在太可怕了，杀伐果断，狠辣无情。他如果还是不道出雇主是谁的话，她一定会一层层将自己的皮肉削掉的！

而且，他现在除了嘴巴，其他地方都动弹不得。这么一想，他连忙招了："是三皇子楚允衡！"

云筝手持利剑指着他："说仔细点儿，将你所属的组织都一一道来！"

杀手刚想说出组织的名称，刹那间，他惨叫一声，嘴里溢出黑色的血……

云筝脸色微变，这是精神束缚术！

这时，青风从暗处走出来，扫了眼她身上的伤，心中一时五味杂陈。原本他以为她不自量力，谁知最后是他看走了眼。

还没等他说话，云筝便回过头看着他，道："帮我一个忙，将他们四个挂在楚允衡寝殿的牌匾之上！"

青风被她凛冽的气场震住了，下意识地回答："好。"

云筝笑道："那就谢谢你了，待我见到你们帝尊，会替你美言几句。"

青风听到她这些话，瞳孔都忍不住放大了些，难不成，帝尊真的与她有什么？

云筝有些困倦地打了个哈欠，感觉身上火辣辣地疼，她跑到自己的房间内，然后向青风招招手："交给你啦。"

青风张了张口，正想说什么，突然有一道熟悉的墨色身影出现，他大惊，正想要行礼，却被容烁淡漠的眼神制止了。

青风刚想汇报刚才发生的事，却听到自家帝尊说道："本尊已经知道了，去办你的事吧。"

青风点头应"是"，心想，帝尊什么时候学会偷偷摸摸地看人家战斗了？

容烁站在院子中央，手一扬，将院子恢复到原来的模样。他静静地在门外站着，房内的人却不曾发现他来了。

云筝将自己的一身血衣换掉，拿出纱布给自己包扎了一番，虽然包扎得有点儿丑……

做完这些，云筝感觉全身就像散架了一样疼，她给自己贴了一张"治愈符文"，然后躺在床上。

"看来，我将姑姑治好之后，要去真枪实弹地历练一番，这副身体的体质还是太弱了……"

云筝说着说着，竟不知不觉昏睡了过去。在她合上双眼睡去的那一瞬间，有个高大挺拔的身影突然出现她的床边。看着她，容烁冷漠的眉眼微微变化了一些。

“你今晚的表现，让本尊刮目相看，原本做好的决定也被你动摇了……”他从来没有见过她对待敌人的这一面，杀伐果断，镇定自若，他从她的眼中看到灼灼燃烧的战意与变强的心！这一点，令他很欣赏。

只能欣赏了，容烁深邃的眸子，含着一股不明的情绪。

他抬手，一颗白色的丹药落在他的指尖上，他将丹药喂给了云筝。

云筝的脸色瞬间红润了不少，伤口也在慢慢愈合，她感觉伤口痒痒的，不自在地嘤咛了一声。

翌日清晨。

三皇子楚允衡的寝殿外爆发了一阵喧闹和惊恐声。

正当众人议论纷纷的时候，楚允衡恰好从外面回来，看见牌匾上的情景后，他的眼底闪过一丝震惊，震惊过后，取而代之的是一片阴鸷之色。

他们居然失手了，难道是云景天那个老头子发现了？

昨夜，他有事住在宫外的衡府中，未能及时发现，反而让一群外人瞧见了这一幕。他凌厉的目光划过他寝殿外的闲杂人等，隐隐闪过一抹杀气，面容阴沉地冷声道：“还不将这些给本皇子弄下来！”

“各位，是不是该回去了？”他扫了一眼暗暗谈论的众人，问道。

“这就走，这就走。”众人被他下了驱逐令，纷纷走了。众人心想，若不是公冶大人在，他们未必敢过来，更不会看到这么极具挑衅意味与侮辱性的场面。

与楚允衡不对付的人，恨不得他昨晚也同那四人一样！那皇室中就少了一个天才，这样他们这些长久被楚允衡压制着的人就有机会出头了。可惜啊，楚允衡没有死！

二品炼丹师公冶昶是一个三十多岁的男人，长相普通，有着一双吊梢眼，看起来不是很好相处的模样。

公冶昶走到楚允衡的面前，皱眉道：“看来三皇子最近有些麻烦啊。”

楚允衡对待公冶昶还是比较尊重与客气的，隐隐还有些讨好，毕竟公冶昶在大楚国的地位超然，只臣服于皇上一人之下。

楚允衡笑道：“这些麻烦不足挂齿，不知公冶大人是否已经将破阶丹炼好了？”

“嗯，破阶丹已经炼好了，今日就是想来给你破阶丹，未曾料到出了这档子事……”

楚允衡闻言，尴尬地笑了笑。

“这次本大人破例为你炼丹一事，希望你不要让其他人知道。”公冶昶的语气中含着浓浓的警告，手中多了一个瓶子，将其递给他。

“自是不会，允衡谢过公冶大人。”楚允衡赔笑道。

楚允衡收下丹药之后，从怀中拿出一个储物戒指递给公冶昶。

公冶昶低头看了看，用神识探进去，发现里面的灵石以及十几株灵草都深得他心，露出了满意的笑容。

待公冶昶离开之后，大门一关，楚允衡的面色一下子阴沉下来，他阴鸷冰冷的视线扫过殿中的侍卫、太监以及宫婢们。

“办事不力，让这么多闲杂人等进来看热闹，全部处以鞭刑！”

“殿下饶命啊！”

“殿下，奴婢知错了……”

求饶声一片，楚允衡却只是厌恶地漠视。

突然，殿门外一道尖细的嗓音响起：“陛下有旨，召三皇子觐见！”

楚允衡皱了皱眉，这是陈公公的声音！难道这里发生的事已经传到了父皇那边？

在大楚国，他怕的人极少，唯独对他父皇楚承御讳莫如深。

前段时间因为退婚一事，已经惹得父皇极为不悦了。如今想来，父皇自打退婚那件事后，就再也没召见过自己……

“说说吧，这四具杀手的尸体是怎么回事？”楚承御目光凌厉地望向跪在地上的楚允衡。

楚允衡低着头，道：“父皇，儿臣也不知他们为何会出现在我的寝殿外。”

蓦地，一本由竹子编成的奏折猛地砸在了楚允衡的额头上！

“你还敢诓骗朕？”楚承御怒骂道，语气带了点儿恨铁不成钢的意味。

楚允衡额头冒汗，脸色煞白地抬头说道：“父皇，是儿臣的错，儿臣想雇用他们去除掉那个敌人，却不料被对方杀……”

“敌人，你从哪里招来的敌人？”楚承御一听，深沉的眸子闪过几分忌惮，能够随意进出皇宫的人，起码是灵皇以上的强者！

楚允衡不敢道出真相，他目光微闪，随意编了一个谎言：“是大楚国的一个名不见经传的富商，想必他提前知道了儿臣的计划。”

楚承御紧绷的心稍微放松了点儿，不是别国的强者就好！

楚承御又向他问了几个关于富商的细节，楚允衡都能勉强回答上来。

楚承御不知道的是，楚允衡的背后已经被冷汗浸湿了。

在楚允衡离开之前，皇上楚承御问了他一个问题：“你以后会不会为退婚一事而后悔？”

“儿臣就算死也不会后悔！”楚允衡答得十分果断。

楚承御露出了一丝无奈与遗憾，挥手让他离开养心殿。他心中轻叹一声，最终还是撮合不成他的孩子与君蓝的女儿。

第五章
拍卖风云

三日后，云王府。

云老王爷与云筝两人正在大厅中用午膳。

云筝坐着双手抱臂，悠闲地看着对面故作嬉皮笑脸的老爷子。

云老王爷笑着招呼道：“来来来，筝儿，你看这糖醋排骨多好吃，快尝尝。”

“心里有点儿堵，吃不下。”云筝眼皮微抬，淡淡扫了一眼云老王爷及他手中夹着的肉。

云老王爷见状，放下筷子，用歉疚的语气道：“筝儿，爷爷不是故意瞒着你的……”

“嗯？”云筝闻言，柳眉微挑，语调也不自觉上扬，“真的不是故意的吗？那为什么闭关修炼两三天？”

云老王爷心虚地嘿嘿一笑：“筝儿丫头……”

云筝没好气地瞪了他一眼，拿起面前的筷子，夹了一块糖醋排骨到他的碗中，说道：“不是说很好吃吗？你都没尝过。”

云老王爷见状，知道自家宝贝孙女已经不生气了，他心里顿时舒坦了，望着云筝的眼神要多慈祥，就有多慈祥。

两人愉快地吃了一顿午膳。

闲谈时，云筝与云老王爷聊了一下自己的修炼规划，当她说到要一个人去如焰之森实战修炼时，云老王爷第一反应是不同意。

云筝道：“爷爷，我已经长大了，可以独当一面了，不必时时活在舒适的空间内。有句话道，今日雏鹰展翅飞翔，他日雄鹰搏击长空，经历磨难后才能更坚韧地成长！”

云老王爷听见她这一番话，惆怅的同时十分欣慰。

“可是，如焰之森很危险。”云老王爷还是有些迟疑。

云筝笑道：“爷爷，你忘了，我还有神兽二白呀。如果遇到强大的高级灵兽，它可以利用血脉的威压，为我争取逃跑的时间，你就放心吧。”

云老王爷闻言，点头妥协了。

云筝没有跟爷爷说，她会在去如焰之森前，将姑姑的身体完完全全治愈，她要给爷爷一个惊喜。

今晚就是灵天拍卖会开拍的时间，她一定要得到紫蘚花果！

她今日并不是跟着江奕辰去的，而是昨天她派青风以她的名义，从琳琅堂管事手中用五张提速符文交换，得到了一张请帖。

她手中的灵石不是很多，只有六万多，这怕是不够。

云筝见时间差不多了，便笑眯眯地道：“爷爷，我先回去云扉阁修炼了，没什么重要的事，今晚不要来打断我修炼，因为我隐隐感觉到突破的契机了。”

云老王爷闻言，宠爱地说道：“好，有什么事就叫爷爷，爷爷时刻都在！”

云筝看到自家爷爷露出这么宽慰的神色，突然有些心虚。

云老王爷见她离开后，忽然猛地一拍大腿，想起自己还没告诉云筝今晚拍卖会的事。

原本他是想带着她一起去见见世面。罢了，让筝儿丫头今晚好好修炼吧，以后还有机会。

云筝回到云扉阁后，换上一袭男装白衣——扮作男子时，她喜欢穿白衣；身为女子时，她喜欢穿红衣，随后拿起玉冠束起头发。最后，她将银色面具戴上，露出了半张美得雌雄难辨的脸。粉颊红唇，真是翩翩少年郎。

云筝偷偷溜出了云王府，她穿过人群，往灵天拍卖会赶去。

一路上，引得不少人为她注目。

原因当然是，她太惹人注目了，气质非凡，一身白衣风度翩翩，露出的半张容貌惊艳四座。

“这小公子是谁呀？为何我从来没有见过他？”

“他不似我们大楚国的人，难道又是一个为了灵天拍卖会而来的异国人？”

“估计是，听说这一次拍卖会，有许多稀世珍宝，连三品丹药都有！”

听到路上修炼者的议论，云筝心底大概有了数。这次，拍下紫藓花果恐怕又增加了一些难度，因为大楚国家族长老以及家主都出马了，甚至别国的人都出动了。

这一次灵天拍卖会真是声势浩大！

云筝眼神微眯，她得尽快去灵天拍卖会搞到灵石才是。

灵天拍卖会门外。

云筝出示请帖，很顺利就进去了，可能是因为来得早，所以人还不多。

一个长得水灵的侍女将她引进灵天拍卖会会场，非常礼貌地说道：“公子这边请，您的请帖显示是二楼二零七房。”

“你叫什么？”云筝问。

侍女愣了愣，微笑道：“回公子的话，我叫阿颜。”

“阿颜，可否带我去见你们的鉴定师，因为我有一些符文想替家师出售。”

符文？阿颜瞳孔微缩，态度不由得更恭敬了些：“尊客先稍等一下，我现在去禀告鉴定师胡长老，去去就回。”

云筝点头。

阿颜离开之后，云筝就站在原地，百无聊赖地环顾四周。

前方是一个偌大的高圆台，高圆台之上是镂空的，一共有五层，除了第五层，每一层都有八个包厢。

突然，一个灰青袍的中年男人从楼梯上走了下来，怒容满面地走向她，沉声道：“你是何人？在我们灵天拍卖会做什么？”

“我应邀而来，在等人。”云筝语气淡淡的。

中年男人目光闪烁，嘲讽地嗤笑一声：“应邀而来，那你的请帖呢？”

她的请帖被阿颜拿走了，她现在身上哪有什么请帖？

“在一个叫作阿颜的侍女身上。”云筝冷冷地说道，对待一上来就出言不逊的人，她自然没有好脸色。

“你随便乱说一个名字，就以为我会相信你吗？”中年男人眼珠子一转，阴戾之色闪过，沉声道。

“来人，将这个来历不明的人赶出灵天拍卖会！”

云筝皱了皱眉，看着眼前这个满怀着恶意的灰青袍中年男人，这人要么是想与她结仇，要么就是和那个叫作阿颜的侍女有些矛盾。不然，灵天拍卖会怎么会有这么蠢的人？

单单是他贸然下结论这一条，就足以让他从灵天拍卖会中走人了！

他的话音落下，就有四个护卫围了过来。

云筝嗤笑道：“你真的要赶本公子走？到时候你想请本公子回来，可就要三跪九叩了！”

中年男人的脸色一僵，闪过一丝迟疑。

“你莫不是看见本公子无一人在身旁伺候，所以才这么看低本公子？”云筝又道了一句。

中年男人似乎被说中了心声，他神情慌乱地掩饰，扯着大嗓门道：“胡说八道，赶紧将这个赖皮的小子赶出灵天拍卖会！”

护卫们听到此话，立马上前就要“请”云筝出去。

可是云筝往后退了一步，颇为潇洒地一笑：“我自己会走，就不麻烦了！”

中年男人看见云筝笑眯眯的模样，不似难堪被赶，反而一副胜券在握的姿态，心头涌上一阵不安。

这小子该不会真的有背景吧！

但是他感应到云筝只有灵者六阶的修为，想到这儿，中年男人不禁露出轻蔑的神色。

这小子戴个面具，估计就是来装神弄鬼罢了！

云筝转过身去，耳中敏锐地听到楼上传来的脚步声，嘴角微扬，心道，来了！

“你停在这里干什么？还不快滚！”中年男人骂道。

云筝闻言，眼神一凛，再次转身，一双冷眸盯着中年男人，那冷得蚀骨的眼神吓得他浑身一哆嗦。

只见云筝抬手，刹那间一张明黄色符文出现在她的两指间，以迅雷不及掩耳之势朝中年男人飞去——

中年男人被一品爆裂符文炸了个正着，梳理得很好的头发瞬间像狮子头一样乱糟糟的。

这一幕被阿颜以及她请来的鉴定师胡长老撞了个正着。

中年男人已经是灵王级别的修为，被一品爆裂符文砸中，只是受了一点儿轻伤而已。

他阴沉着一张脸道："你居然在拍卖会用灵力攻击！岂有此理，来人，给我杀了她！"

这时，已经被声响引来的灵天拍卖会护卫等人都出现了，正想出招攻击云筝……

云筝说话了。

"欸，先别动手！"云筝漫不经心地用两根手指捏着一张新的明黄色符文摇了摇，邪肆地笑道，"我用的是符文，并不是灵力。"

所有的目光都聚集在她那葱白两指间的明黄色符文上。

"是三品符文！居然是三品爆裂符文！"

一道欣喜若狂的声音响起，众人只见一个灰色的影子一闪，白衣少年的面前就多了一个老头子。他激动得身体不自觉颤抖了起来，一直盯着云筝手中的三品爆裂符文，两只手刚想要去碰那符文，符文却突然消散了。

"去哪儿了，符文去哪儿了？"他疯狂地问道。

云筝道："不好意思，本公子收起来了。"

胡长老赔笑道："这位公子，听阿颜说，你是来找我鉴定的，快拿出来，让我鉴定鉴定。"

"本来是想找您鉴定鉴定，然后合作一把的。可惜啊，你们灵天拍卖会的人要将我赶出去，还说要杀了我，这真让我心寒啊！"云筝仿佛遗憾，说完还故意将视线停顿在那中年男人的身上。

"什么？这是怎么回事！符文师你们都敢驱逐！"胡长老闻言脸色不禁沉了下来，凌厉的目光扫过在场的众人，他们纷纷低下头来，不敢说话。

胡长老盯着中年男人："金荣，你来说说发生了什么事！"

金荣触及胡长老的眼神，顿时慌了起来。他看了眼笑盈盈的白衣少年，有苦吐不出来。他怎么知道这灵力低微的小子居然是个符文师，手中还持有三品符文。要知道，他们大楚国灵天拍卖会中见到三品符文的概率只有千分之一！

金荣支支吾吾，半句解释的话都说不出来。

"说！"胡长老厉声喝道。

金荣磕磕巴巴道："胡长老，是因为他没有请帖，所以我才误会了……"

此时，阿颜站了出来，拿出请帖，冷冷地瞪着金荣，道："这位公子的请帖在奴婢手中！"

说完，阿颜向胡长老跪了下来，背挺直，不卑不亢道："胡长老，金荣这几个月来，一直在暗地里陷害我，目的是让奴在灵天拍卖会待不下去。奴之前没有说，是考虑到金荣有靠山，怕背地里遭到报复。这次，金荣怕是又想陷害阿颜……"

金荣闻言，慌张地打断她："你胡说，胡长老你别听信她，她谎话连篇！"

胡长老冰冷地扫了金荣一眼。

金荣的脸色微变。

"胡长老，金荣此人自私自利，罔顾灵天拍卖会的利益，连三品符文师都拒之门外，将来还不知道会为拍卖会带来多少损失！"

胡长老当即一掌拍向金荣，将他打得倒地吐血，大怒道："金荣，你区区一个管事，居然敢自作主张，罔顾灵天的利益，你该死！来人，将他扔进地牢，拍卖会结束后再处置！"

金荣的脸色刹那间变得煞白："胡长老，我是庆长老的侄子，你不能这么对我！"

胡长老皱了皱眉，直接施了一个法诀，让金荣开不了口。

突然，一直沉默的云筝说话了："胡长老，他冒犯了我，我说过要他三跪九叩才会继续留下，不然……"

胡长老心里一直惦记着云筝手中的三品符文，没考虑多久，就点头吩咐让金荣三跪九叩。

金荣三跪九叩完，就被押进了地牢，这件事暂且揭过去了。

胡长老先是对手下说道："还有三个时辰拍卖会就开始了，届时邀请的贵客都来了，给本长老打起十二分的精神，切勿再出乱子！"

"是！"

胡长老将云筝带到了二楼的鉴定房内，亲切慈祥地笑道："不知阁下如何称呼？"

"在下姓容，你可以唤我容公子。"云筝微微颔首，她一时半会想不到其他姓氏，先借用容烁那家伙的姓氏来用用。

胡长老试探道：“好的，容公子，听闻这三品符文是由尊师炼制成的？”

云筝笑了笑，说道：“自然是，莫非胡长老以为我这十五岁的年纪，能够炼制出三品符文？”

“哈哈哈，容公子真是幽默风趣！”胡长老大笑。

两人你来我去地暗暗交锋了一会儿，最后云筝如他所愿，将一张三品爆裂符文拿出来，让他好好鉴定。

胡长老的眼珠子像是粘在了符文上，看得十分认真。

良久，胡长老十分欣喜道：“容公子，经过我的鉴定，这的确是一张三品符文，而且品级已经达到超品！不知容公子可否与我们灵天拍卖会交易一番？”

云筝点头：“好，我想将这张三品符文放在今晚的拍卖会上，因为我现在急需灵石！”

胡长老闻言，露出果然如此的表情，他随即爽朗一笑：“能够与容公子交易，自然是我们灵天拍卖会的荣幸。只是冒昧问一句，尊师还有没有炼制其他类型的三品符文？”

云筝眼眸微暗，这老头子没有正面给她回答，反而试探她，灵天拍卖会的人除了那个金荣盲目自大，自以为是，其他人确实有两把刷子。就连一个小小的侍女阿颜都能利用她来扳倒金荣。她还真是小看了那个阿颜，竟被利用了。不过，她倒也没将这点儿小事放在心上。

“家师自然炼制了其他类型的符文，但是现在我手上只有一张三品爆裂符文，若是此次与拍卖会合作愉快的话，我自然会跟贵拍卖会继续合作。”云筝笑道，说的话滴水不漏，反将一军。

胡长老干笑了两声，然后跟云筝说了几句场面话。

胡长老答应她，会在今晚拍卖会加上这张三品爆裂符文，作为重磅拍卖品之一，拍得的金额会分给她九成。

三品符文的价格，在十万块下品灵石以上。毕竟，三品符文足可抵挡灵皇低阶的一击。更何况云筝的三品爆裂符文可是超品的，足以抵挡灵皇中阶的一击，价格还要往上。

胡长老笑道：“寻常交易，都是按照二八来分账的，这次是看在容公子以及尊师的面子上，就按一九分，我们灵天拍卖会是很想与容公子继续合作的！”

云筝客气地笑了笑：“自然自然，等家师再送我三品符文时，我再来与贵拍卖会合作。”

“不知尊师可在大楚国？”胡长老突然问了一句。

云筝感叹道：“家师行踪缥缈，只有他找我的时候才会出现。”

胡长老遗憾地表示：“这样啊，真是可惜没能见到尊师，要不然我肯定上门拜访……”

云筝跟胡长老谈完之后，就被热情的胡长老送到了她的请帖所显示的二楼二零七房包厢内。

过了一会儿，胡长老有事要忙离开了。包厢内只剩下云筝一人，她环顾四周，发现前面是一块透明的晶石，可以透过晶石看到外面，而在外面的人是看不见包厢里面的。

每张座椅的旁边都设置了一个类似按钮的晶石，一按下去，就可以对外叫价。云筝坐在座椅上，将二白从契约空间中拎了出来，舒服地撸了一把。

夜晚降临，外面渐渐变得热闹起来，被邀请的人尽数来了。

当云筝看见自家爷爷也来了的时候，口中的茶差点儿喷了出来。

她怎么忘记了？爷爷应当在受邀行列当中，先不说他云王爷的身份，就是他身为灵皇强者，也能得到众人的尊重。

不过，就算爷爷受邀，她也不可能跟着他来，毕竟她要得到紫藓花果的事不想让爷爷知道。

不多时，一切就绪。一个肤白貌美的女人走上了圆台，她身着一袭开衩黑裙，走动时，一双大长腿勾人心魂。

一楼中不少修炼者忍不住吹哨喧哗。

那女人见状，抬起手指做了一个噤声的动作，大方得体地笑道：“诸位不要让陈月为难，现在就开始拍卖吧，想必今天的拍品会会让你们比看到我还要激动兴奋。”

“真的吗？那赶快开始吧！”

陈月笑了笑，拍了拍手，身后就走出来六个护卫，他们托着一个巨大的四四方方的被红布遮盖的东西上来。

当物品出现时，二白就异常地躁动起来，甚至想穿破那块透明晶石出去！

“怎么了，二白？”云筝皱着眉问道。

“吱吱。”二白流露出悲愤与委屈的情绪。

云筝鲜少感应到二白这么强烈的情绪，她伸手揉了揉它的脑袋，猜测道：“二白，你是想要下面那个被红布盖住的东西吗？”

二白闻言，猛地点点脑袋，那双通透的琉璃眸子含着强烈的渴望。

云筝叹息了一声，无奈又宠爱地道：“我也不知道能不能拍下来，但是二白你这么想要，我尽量吧！”

她现在身上只有六万多块灵石，加上那张三品爆裂符文，最后应该有二十万块左右的灵石，不知道能不能同时拿下紫蘚花果和二白想要的东西……不过，超出预算也没事，她还有三品符文，可以用符文来抵债！

“吱吱。”二白用毛茸茸的脑袋蹭了蹭云筝的手心。

云筝莞尔一笑：“不用谢，你的事就是你主人我的事。”

陈月的手放在红布之上，她有意无意地扫视了一眼周围，神秘一笑：“接下来，就让诸位贵客看一下我们这次拍卖会的第一件拍品！”

话音刚落，陈月就抬手掀开了红布。

映入眼帘的是一个巨大的铁笼子，里面有一只已经奄奄一息的火红色的鸟。

那只鸟浑身的羽毛被灵力灼烧得不堪入目，看不出种类，它趴在铁笼子内，一双漆黑色瞳孔涣散，看上去快要死了。

一楼的人瞬间炸开了锅，有些恼怒道：“陈月，这是怎么回事？怎么弄一只快死的灵兽出来当拍卖品？”

“对啊，这灵兽看着就晦气！”

“陈月，你们是不是在耍我们？”

骂声此起彼伏。

不仅一楼的人疑惑，二楼以上的厢房中，也有不少人疑惑不解。

不过，有少数人倒是看出了端倪。

此刻，云筝怀中的二白再次情绪失控，要不是被云筝死死摁住，估计二白现在就已经大杀四方了。

云筝看到下面那只灵兽时，心里莫名闪过一丝异样，她本能地感觉到，它的来历不会那么简单。

云筝刚想开启血瞳，将那灵兽仔细看一遍的时候，包厢里突然多了一个人的气息，她敏锐地回头看去，只见青风朝她作揖行礼。

“你怎么出来了？”

青风神情有些激动道：“云小姐，下面那只灵兽是一只凤凰，只不过这只凤凰体内的精血被人夺走了，才会跌落到圣兽境界。若是让它重新凝聚凤凰精血的话，还能达到神兽级别，所以青风觉得云小姐可以将其拍下。”

云筝一听，柳眉微挑，原来是只落难凤凰！

“吱吱。”二白叫了两声，表示赞同。

云筝看着青风和二白那充满期待的表情，轻笑道：“好。”

云筝表面上笑着，但是内心有着深深的担忧，从此，她又要养一只准神兽……

这时，陈月笑着解释道：“诸位，我陈月何时坑过你们？这只火烈鸟可是圣兽初期的境界！”

众人的眼神不由得一亮，圣兽初期相当于灵皇中阶的修为，若是能够和它建立契约，这将给自己的修行多一份强大的助力！

青风听到陈月将凤凰说成“火烈鸟”的时候，不禁轻嗤了一声，翻了个白眼，心里暗忖：真没见识！

有人嚷嚷了起来：“陈月，这圣兽多少灵石起拍啊？”

“这圣兽病怏怏的，该不会拍回去之后，就死掉了吧？”

“对啊，要是死掉了怎么办？”

陈月面对此情此景，并没有丝毫慌乱，展颜一笑，说道：“各位不用担心，在拍卖完之后，我们灵天拍卖会会将‘火烈鸟’治愈六七成，并不会让它死的！之所以没有在开拍之前治疗它，是因为怕它兽性大发，误伤了人。”

“原来如此！”众人恍然大悟。

陈月见状，趁热打铁：“诸位，在我们小国当中，圣兽初期的灵兽何其难得！这只‘火烈鸟’起拍价为十万块下品灵石！”

云筝没有立马叫价，想先看看情况再说。

等到一楼的散修叫价少了起来后，二楼的一个包厢中传出了一道如莺歌般好听的声音：

“十五万块下品灵石！”

此言一出，一楼的散修们顿时歇了心思——他们没有那么多灵石！

云筝撇了撇嘴，眸光十分冰冷，她听出这声音是方家的方知阮发出的。

“十五万三千块下品灵石！”三楼的一间包厢内传来苍老的声音。

方知阮的声音再次传来，仿佛势在必得：“十五万四千块下品灵石！”

“十六万块下品灵石！”

方知阮不甘落后，忙道：“十六万一千块下品灵石！”

“十八万块！”三楼的三零八包厢传来一道温润的男声，直接将价格抬到了十八万块下品灵石。

方知阮脸色微微狰狞了一瞬，正当她想继续叫价时，一旁的方思言喝止了她：“知阮，够了，我们方家只带来三十万块下品灵石，我们的目标并不是这只圣兽！”

方知阮咬了咬唇，眼里闪过几分不满，倒也没再叫价。只是她的视线一直落在那“火烈鸟”身上，她总觉得这“火烈鸟”隐约藏着什么秘密！她的直觉一直很准，就像当年她觉得云君樾不一般……

她年少时，曾在如焰之森见过他御空而行！

后来，她去问云君樾，可是他没有承认，只是说自己看走了眼，将别人当成了他。

陈月笑着，环顾四周，问道：“还有人出更高的价吗？没有的话，我数三声，三声之后，‘火烈鸟’就要归给三零八的这位贵客了！”

“一！”

“十九万块下品灵石！”云筝那雌雄难辨的声音传了出去。

陈月闻言，嘴角扬起：“还有没有人出比这位贵客更高的价？”

“二十万块下品灵石！”三楼那道温润的嗓音再次响起，令人如沐春风。

“吱吱。”云筝怀中的二白急了，她揉了揉它的脑袋，自信地笑道，“二白，别着急，我答应过你的事，自然要兑现。”

云筝按下旁边的按钮，漫不经心地道：“三十万块下品灵石！”

话音刚落，全场哗然。

有像她这么叫价的吗？一抬价就是整整十万块下品灵石！要知道，十万块下品灵石可是够一个大家族整整一年花销了。

就连青风也被她吓到了，不是因为那么一丁点儿下品灵石，而是为她这份狂气而震惊！

他跟在她身边已经有一段时间了，知道她并没有那么多灵石。

三楼那温润的声音再次响起："四十万块下品灵石！"

众人惊讶，才第一个拍卖品，就花费了这么多灵石，他们两个不肉疼，他们这些人都替这两人心疼！

其他包厢内的人不禁对这两个包厢的主人产生了好奇。

陈月眼中的笑意越来越深。

青风听到那人再一次报价时，皱了皱眉，看向云筝，问道："云小姐，你若是灵石不够的话……"我可以借给你。

还没等青风说话，云筝猛地摁住按钮，雌雄难辨的声音带着潇洒不羁："我出四十万零一千块下品灵石！"

刚才你叫那么多，现在才叫一千块？太离谱了吧！众人纷纷看向云筝所在的包厢方向，齐齐露出了难以言喻的表情。

此刻青风的心情跟所有人一样。

云筝没有理会其他人的感受，她回过头看着青风，疑惑地问："你方才说了什么？"

"没什么。"青风尴尬地笑了笑，犹豫了几秒，还是忍不住好奇地问，"不过，云小姐，我想问一下，为什么你刚才加价十万块下品灵石，而现在才加一千块下品灵石？"

"我本来以为可以一举拿下，谁知三楼那人这么富有，只能采用迂回战术了！"云筝可惜地叹了口气。

青风闻言，眼睛一亮，还能这样？

等了一会儿，那道温润的声音迟迟没有传来。

陈月问道："还有人出价吗？"

无人回答。

四十万零一千块下品灵石拿去拍下一只受伤严重的圣兽"火烈鸟"，他们还没傻到这份儿上呢！看这"火烈鸟"奄奄一息的模样，恐怕伤到了修炼根基，再也无法精进，他们还是留着灵石拍更有用的东西吧。

若是他们现在知道，这是一只凤凰的话，恐怕倾家荡产也要将其拍下。

凤凰乃上古神兽，岂是一般血脉的灵兽能与之匹敌的？

陈月道："若是没有人再叫价，那么这只圣兽就归二零七号房包厢的主人拥有！"

"一！

"二！

"三！"

陈月笑道："恭喜二零七号房包厢的主人得到圣兽！"

紧接着，铁笼子被抬了下去。

众人心中不禁疑惑，这三楼的三零八房包厢的主人为何不再加价？明明另一个人只是叫多了一千块下品灵石而已。

而此刻，三零八房包厢内，两个相貌俊美约莫十八岁的年轻男子并肩而立，一个身着蓝袍温润如玉，一个身着浅紫锦袍意气风发。

"无渊，干吗不继续拍下去？"身着浅紫锦袍的男子不解地问道。

钟离无渊笑了笑："对方志在必得，我又不是非那'火烈鸟'不可，与其继续争下去，不如日行一善。"

燕沉显然不相信他的话，但也没再继续这个话题，兴致勃勃地笑道："听说前段时间如焰之森有神兽出世的迹象，你说我们这次去如焰之森会不会遇到神兽？要是和神兽建立了契约，那得多有面子啊！"

"别想一些有的没的，谨记我们要在这一年中将实力提上去，才能更有把握考进圣院。"钟离无渊睨了他一眼。

燕沉撇了撇嘴，嫌弃道："无渊，跟你在一起去历练实战，实在是太无趣了。"

钟离无渊木着脸，没搭话。

云筝的包厢门被敲响，云筝给青风使了一个眼色后，青风便躲了起来。

云筝打开门，见是侍女阿颜。

阿颜眼眸微闪，脸上瞬间堆起完美的笑容："公子，是长老让奴来提醒你，拍卖会结束之后，请到三楼的灵阁去拿走您的拍卖品。"

"好，不过在此之前，你得帮本公子一个忙。"

云筝正准备摇动铃铛叫人来，刚好侍女阿颜来了，她也省掉不少麻烦。

"什么忙？"

"帮本公子将胡长老寻来，就说我有要事与他相商！"

"好的，公子请稍等。"阿颜恭敬地点头。

阿颜走后，云筝坐回去开始观看第二件拍卖品。

第二件拍卖品是一件灵器，底价是八千块下品灵石，最后成交价为一万八千块下品灵石。与第一件拍卖品价格相比起来，后面的就显得平淡无奇了。

一刻钟后，胡长老来了。

胡长老摸着花白的胡子，笑呵呵地问道：“容公子，有什么要事啊？”

云筝从储物戒指中拿出一沓明黄色符文……

胡长老看到她手中的明黄色符文，眼睛都直了：“这，这是……”

云筝抬眸看向胡长老，抱歉地道：“不好意思，刚才跟胡长老你撒了个小谎，其实我这里还有十张三品符文，包括爆裂符文、隐身符文、引雷符文。”

“刚才之所以没跟胡长老说，是因为家师不允许我这么张扬，将数量这么多的三品符文暴露出来，毕竟我实力低微，会被别人盯上。”

胡长老强忍心中的激动，敛了敛神色，问道：“那容公子为何此刻又拿出来？”

云筝笑了笑，说道：“胡长老应该知道我方才拍卖了一只圣兽，但是我没带够灵石，所以才想再跟贵拍卖会进行一次交易。”

其实，胡长老在她拿出这一沓三品符文时，就已经猜到了。现在听到她这么说，确定事实后，不禁激动起来。若是将这十张三品符文拿出来拍卖，肯定会造成一次极大的轰动，这也有利于扩大他们大楚国灵天拍卖会的名声。

胡长老爽朗地大笑，眼睛都眯了起来：“能与容公子交易，是我们灵天拍卖会的荣幸！”语毕，胡长老立即拿出一张红晶卡递给云筝，说道，“容公子，这张红晶卡中有一百万块下品灵石，就当是十一张三品符文的定金，到时候拍卖完后再和容公子清算余额。”

“好，先谢过胡长老了。”云筝抬手接过，然后将她另一只手中的十张三品符文递给了胡长老。

胡长老拿到这十张三品符文时，手都是颤抖的。

云筝跟胡长老聊了几句后，胡长老就匆匆离开了，他宝贝似的将符文藏在怀中。

云筝垂眸看着这张红晶卡，心中感慨，果然啊，还是得勤奋些画符文挣钱！

“接下来，这个拍卖品一定会让大家眼前一亮！”陈月颇具感染力的声音缓缓响起，煽动着在场众人的情绪。

护卫把拍品端上来放在展示台上，等待陈月的揭晓。

“话不多说，想必诸位已经等不及了！”陈月说话的同时，伸手将红布掀开，露出一本破旧、黯淡无光的书。

众人一见，眉头就皱了起来，这就是让他们眼前一亮的东西？不就是一本破书吗？

“陈月，这就是你说的好东西？”

“就是啊，这本书已经残缺到这种程度，就算是玄品战技功法，也没有多少价值好吗？”

“该不是糊弄我们吧？”

“欸，先别这么着急下结论，虽然这书残破，但是也可能是一样好东西。”

云筝见到此书时，心脏莫名跳动，她紧紧地盯着这书，心中有种感觉，好像这本书本来就是她的东西！

她柳眉微蹙，清澈的眸子闪过一丝不解，这是怎么回事？她从来没有见过这本书……

面对众人的质疑，陈月嘴角噙着笑，解释道：“诸位先别着急，待我慢慢道来，这的确不能称之为一本书，因为它只有二十多张残页而已。不过，它里面清楚地描述了几种丹药的炼制方式！”

众人一听，纷纷嗤之以鼻，他们又不是炼丹师，这二十多张残页拍来有何用？大部分人顿时没了兴趣，只有想成为炼丹师的人，对之兴致盎然。

炼制丹药的方子，很少现世，但只要出现，就会被炼丹师揽入囊中，而这次居然有几种丹药的方子！

陈月道：“这丹方残页起拍价为一万块下品灵石，价高者得！”

“我出一万两千块下品灵石！”一楼席位中的一个散修喊道。

“一万五千块下品灵石！”

三楼中的某个包厢内传出一道苍老的声音：“两万块下品灵石！”

云筝这次也参与了，她雌雄难辨的声音传了出去：“两万一千块下品灵石！”

“本皇子出三万块下品灵石！诸位若是没有会炼丹的本事，就不要继续争夺此丹方了，本皇子是拍来送给大楚国皇室的二品炼丹师公冶昶大人的！”三楼三零六包厢传来楚允衡的声音。

此言一出，让不少人歇了心思。大楚国只有一个炼丹师，就是公冶昶。三皇子打着公冶昶的名义，他们哪里还敢与其相争？

陈月的眼底闪过一抹恨意，但很快被掩下。

“没人叫价了吧？”楚允衡颇为高傲地说道。

众人面面相觑，没有再开口。从异国来的人，也不在意这二十多张残页丹方，所以也没有出声。

正当三零六包厢内的楚允衡露出满意的笑容时——

“我出三万一千块下品灵石！”桀骜不驯又似漫不经心的声音响起。

楚允衡的笑容僵住，略带威胁地说道：“二零七房包厢的主人，你可想清楚了？”

云筝反唇相讥：“嗬，本公子要不是想清楚了，怎么会开口叫价呢？早就听闻大楚国三皇子是蠢货一个，没想到今日一见，还真是蠢得可以回炉重造了！”

楚允衡怒得拍碎了一张桌子，刚想说话，却被身边的白衣女子拉住，她劝说道：“殿下，不要因一些无谓的人而生怒，也许他就是想激怒你让你放弃拍卖！”

听到这番话，楚允衡稍许冷静了些，可心中憋着一团火发不出来，从来没有人敢当众出言嘲讽他蠢……

楚允衡长吁了一口气，平复了一下心情，然后看向旁边的白衣女子道：“容儿，还是你聪明。”

苏容微微摇了摇头，善解人意地说道：“你只不过是为了帮公冶大人得到丹方着急了些而已，容儿哪里能及殿下聪慧。”

楚允衡看向苏容的眼神更为满意了。苏容真是体贴过人，比那个唯唯诺诺的云筝好了千万倍！

随即楚允衡道：“本皇子出三万五千块下品灵石！”

云筝笑道：“三万六千块灵石！”

楚允衡脸色更黑了，咬牙继续道：“四万块下品灵石！”

云筝懒洋洋的声音再次响起：“四万一千块下品灵石！”

“四万两千块下品灵石！”

“四万三千块下品灵石！”

…………

两人僵持了一段时间，从三万块下品灵石叫价到了六万一千块下品灵石。

楚允衡再好的脾气也忍不住了，他咬牙沉声道：“二零七房包厢的这位公子，请你正常叫价！”

“你管本公子呢？你这么不服可以退出啊！”云筝隐含笑意的声音传出，“或许你将价格叫到很高之后，我就会放弃哟……”

“砰——”楚允衡气得又拍碎了一张桌子。

这次苏容的脸色也变得难看了起来，二零七房包厢的主人这么说，也猜不准他是故意抬价，还是真的想要。

其他人听到云筝的话，也怀疑她跟三皇子楚允衡有仇，所以故意抬价。

不过，这与他们无关，火不烧到他们身上，只当看一场好戏罢了。

陈月对此喜闻乐见，本来她对楚允衡那番隐含威胁众人的话心生不喜，现在有人将价格抬上去，她乐见其成。

苏容抿了抿唇，说道：“殿下，要不我们放弃吧，容儿觉得那位来历不明的公子是故意在针对你，他故意将价格抬高，为的就是让殿下耗掉更多的灵石！”

楚允衡其实在方才就已经不想叫价了，可碍于面子，一次一次把价格往上抬。他今日只带了十万块下品灵石，他这次的目标是地品低级的紫蘚花果和二品符文。这丹方完全是他意料之外的拍卖品，原本以为可以用三万块下品灵石拿下，现在的价格已经是预期的两倍了。

听了苏容这番话，他点了点头，顺着台阶下，沉声道：“既然你这么想要这份残破的丹方，那本皇子就让给你吧，希望你不要后悔！”

云筝笑了笑，然后故作着急道：“别啊，三皇子你快点儿叫价，本公子保证不会跟你抢这没用的丹方残页！”

楚允衡与苏容一听，面面相觑。

苏容道：“这人果然是跟我们故意抬价的！他现在是不是在作茧自缚？”

楚允衡闻言笑了，为自己的聪明抉择而感到骄傲，语气欢快道：“陈月，已经没人叫价了，快点儿宣布结果，拍下一件拍卖品吧！”

“欸，三皇子，你要不再考虑考虑？”云筝的语气急了。

楚允衡冷笑道：“这么好的丹方，还是留给你吧！”

“别啊……”

陈月例行询问，没人再叫价，这本丹方残页最终为云筝所得。

就在几乎所有人都以为云筝阴沟里翻了船时，云筝雌雄难辨的笑声再次传来：“真是多谢三皇子成全了，本公子还以为要十万块下品灵石才能拍下，没想到三皇子让给了本公子，这等肚量，不得不让本公子心生佩服！”

楚允衡的脸色僵住了，手紧紧攥成了拳头，脸色越来越阴沉，似乎下一刻就能滴出水来。

“你不是说她是在骗本皇子的吗？”楚允衡猛地看向苏容，脸色狰狞。

苏容张了张口：“容儿，容儿也不知道……”

说着说着，苏容的眼眶蓄满泪珠，一副可怜兮兮的模样看着楚允衡。

“算了！”楚允衡再一次心软了，他没再责怪她，但是气得不想跟她说话，心里还是暗暗埋怨她多嘴误事。

四楼四零三房包厢内。

一个头发半白的老头子不禁爽朗地大笑了起来：“真是痛快！”

云海无奈地笑了笑，他知道自家老王爷对那个三皇子不喜已久，能看到三皇子被人耍得团团转，老王爷自然高兴。若是让云老王爷知道，耍三皇子的人正是他的宝贝孙女的话，估计嘴角都要咧到天上去了。

拍卖会继续进行，凡是三皇子楚允衡想要的，云筝都会掺和一脚。

不仅仅是三皇子，还有方家两兄妹以及苏家家主有想拍的物品时，都会遭到云筝的捣乱。

结果无一不是他们要不痛失所要，要不就高价才拍得。

他们现在对这个来历神秘的二零七房包厢的主人，简直痛恨至极！太可恶了！

时间过得很快，下一件拍卖品就是地品低级紫蘚花果。

陈月介绍道：“这件拍卖品是地品低阶的紫蘚花果，紫蘚花五十年一开花，五十年一结果，生长在雪山极地之中，具有活化祛浊气、生肌壮骨的作用，我们灵天拍卖会仅得这么一颗紫蘚花果，其价值诸位心中自有衡量。拍卖底价为两万块下品灵石！”

立马有人喊道：“三万块下品灵石！”

“三万五千块下品灵石！”

“我出四万！”

“老夫出四万三千块下品灵石！”

这次明显多了许多陌生的声音。

楚允衡的脸色阴沉，听到紫薛花果的价格一下又一下地飙升，他的胸膛就宛如被人一拳又一拳地击打着，郁闷极了。

“本皇子出五万块下品灵石！”楚允衡道。

这时，雌雄难辨的声音再次不紧不慢地传了出来：“本公子出六万块下品灵石！”

楚允衡气得咬牙切齿：“可恶！又是他！”

“十万块下品灵石！”四楼的某个包厢内传来一道阴森锐利的声音，让人不禁头皮发麻。

云筝愣了愣，很快回过神来，神色严肃了不少。这四楼包厢内所在的人物都是灵皇强者，而这个人的声音令她隐隐感觉到不舒服。那人，绝不是好打发的！

云筝回头问道：“青风，刚才那人的实力如何？”

青风闻言，散发精神力去探查了一下，如实回答：“那人有灵皇八阶的修为！”

灵皇八阶？比大楚国的那些家族的老祖宗还要高。不过，就算他实力高强，她也不可能将紫薛花果让给他！云筝按动传声器，道：“十一万块下品灵石！”

“十五万块下品灵石！”阴恻恻的声音再次从四楼的某个包厢内传出来，不禁让人毛骨悚然。

云筝依旧跟注：“二十万块下品灵石！”

对方愣了愣，继续道：“三十万块下品灵石！”

众人一惊，这价格已经远远超过紫薛花果原本的价值了！

寻常时候，一颗紫薛花果最多要价十五万块下品灵石，现在已经翻了一倍，四楼的那位强者果然财大气粗！

不过，这一向捣乱的二零七房包厢的主人，怎么敢跟四楼的灵皇强者叫价，不怕没命拿吗？虽然他们不知道二零七房包厢的主人是谁，但是灵皇强者想知道的话，还是轻而易举的。

云筝一双眸子紧盯着下面那颗像六角星的紫色果子，抿了抿红唇，道："四十万块下品灵石！"

话音落下，众人目瞪口呆。

"这小子该不是傻了吧？"

"一颗紫薛花果值得他出那么多灵石？他是真的想要还是故意抬价？"

"故意抬价来惹怒一个灵皇强者，这值得吗？除非他们两个之间有深仇大恨……"

"二零七房包厢那小子是真聪明，还是自作聪明？"

众人看待云筝的态度开始转变了，从一开始的不以为然，变得有些欣赏，现在又变成了鄙夷和疑惑。

云筝没有理会众人的心思，她今晚来这灵天拍卖会就是因为紫薛花果。

灵石花了就花了，没什么大不了。

突然，一道精神力朝云筝袭来，青风正准备帮她阻挡，云筝却抬了抬手，让青风别管。

云筝眸子微眯，红唇微扬，双指迅速地在眼前一抹，漆黑的眸子刹那间变成了瑰丽的赤红色。此刻，在云筝的眼中，那道精神力已经化为实质，如同白色飞絮。

"灭！"她红唇微启，在无人能看见的空间内，无数如同细线的红光迅速地将那白色飞絮状的精神力绞杀！

四楼的某个包厢内，一个身披黑袍的神秘人倏然皱眉，紧紧抱着脑袋，痛苦地吼叫了起来。

云筝抬眸看向四楼的某个包厢，血瞳透过晶石看到了一个身披黑袍，看不清容貌的人正痛苦地抱头跪地。

青风震惊地看着她，像看到了什么怪物似的。

"方才……方才，你的眼睛怎么了？"青风诧异得结结巴巴地问道，"还有那道精神力怎么消失了？这是怎么回事？"

此时云筝的双眸已经恢复了正常，她看着青风，笑得阴恻恻的："千万不要泄露我的眼睛的事，不然我可是会杀了你的哟！"

青风被她眼底的冷漠之色惊得心脏怦怦跳。

反应过来后，云筝已经坐在位置上，开怀地展颜一笑，因为陈月已经宣布紫蘚花果是她的囊中之物了。

“有了紫蘚花果，已经成功了一半。”云筝笑道。

青风看着云筝这般模样，似乎刚才她威胁自己的事，只是他自己的幻想……

青风暗暗猜测，帝尊八成是想培养云筝成为他的亲卫之一。

无人发现云筝和那神秘人之间的汹涌流动，众人的注意力很快被拍卖品吸引了。

陈月笑着：“我相信诸位一定会喜欢这件拍卖品的，因为这是三品破阶丹药！”

“三品破阶丹药，能够帮助大灵师九阶突破到灵王级别！”

陈月说话的同时，纤纤玉手上拿着一个玉瓶。

众人又开始了一轮激烈的叫价，最后三品破阶丹药以五十一万块下品灵石的价格被大楚国的修炼者所得。

接下来，是五张银色羽令。

在众人疑惑的时候，陈月开口道：“这是我们灵天拍卖总会分发下来的五张银色羽令，凭此令能够进入灵宗强者的墓地，众所周知，强者的墓地隐藏着无数的财宝以及传承机缘，若是能够从中得到一二，都算赚大发了。”

话音刚落，众人的心思激动了起来，东洲灵宗强者甚少，在他们这些小国中，更是从未出现过。这时，有人提出了疑问：“不过，在哪里可以找到灵宗强者的墓地，从而利用羽令进入？”

“对啊，若是墓地跨越了好几个国家，这就很难办了！”

“先说清楚灵宗强者的墓地在哪里！”

陈月眼眸微闪，笑道：“只要穿过了如焰之森，抵达日不落山脉的深处，到了那个开启的时间点，持着羽令就可以自动进入灵宗强者的墓地！”

有人惊呼：“什么，日不落山脉？！”

“怎么了？这么大惊小怪，那是什么地方？”有人疑惑不解地问道。

“那可是血色弥漫之地，危险数不胜数，单单是外围就已经很难进去了，更何况是日不落山脉的深处！”

“大灵师以下的人去了，就是去送肥料！”

云筝柳眉微微蹙起，她的脑海中也没有日不落山脉的记忆，她对这个大陆的基本认知还是匮乏了些。回去后，她要到王府的藏书阁找些资料，将这大陆好好了解一番。

日不落山脉听起来是个实战历练的好地方！云筝多了几分兴趣。

此刻，三零八号包厢内。

两个俊美的男子相互对视了一眼，燕沉说道："想不到啊，这么一个小国居然也有银色羽令拍卖！"

钟离无渊若有所思地点了点头，道："这个边缘小国离日不落山脉近，灵天拍卖会会将银色羽令拿出来拍卖，也是理所应当的事情。毕竟离得远了，很多人不想过来。"

燕沉闻言，贱兮兮地凑到钟离无渊的身旁，笑道："不过，他们只是银色羽令，而我们两个拥有的是金色羽令，能够直接被传送到墓地核心的位置！"

钟离无渊将他的脑袋狠狠地推开，睨了他一眼，语气淡淡地说："还有三个月时间，墓地大门就要开启，你还是先好好修炼吧。"

燕沉长叹了一口气，坐回了自己的座位。

陈月没有说有金色羽令的存在，直接报了银色羽令的拍卖底价，一枚羽令八万块下品灵石。

第一枚羽令以十二万块下品灵石的价格被四楼的那个神秘人所得。

第二枚以十三万块下品灵石的价格被云老王爷所得。

第三枚以十五万块下品灵石的价格被方思言所得。

第四枚以十四万八千块下品灵石的价格被苏家所得。

第五枚以十五万一千块下品灵石的价格被楚允衡所得。

楚允衡本身带了十万块下品灵石，他向苏容借了五万一千块下品灵石，才买得起。

云筝没有掺和进去，因为她听到了自家爷爷的声音。

"最后一件拍卖品是三品符文！"陈月掀开了红布，盘子上整整齐齐地摆放着十一张明黄色的符文。

云筝来了兴趣，她想看看自己炼制的三品符文能够拍卖到多少灵石。

"我的天哪，怎么会有这么多三品符文？快来掐掐我，看看我是不是在做梦！"

有人当即就掐了他的胳膊，他不禁哀号："哎哟，疼疼疼！"

“这是真的！我第一次见到三品符文！”

“三品符文能够阻挡灵皇强者的一击，有了它，岂不是多了一条小命？”

“听说，三品符文还能够多次使用，具体要看它的使用率！”

“还能多次使用？”

陈月看到众人眉飞色舞的神色，嘴角扬得更高了。

“经我们鉴定师胡长老鉴定，这三品符文的使用率是九成八，也就是说，用它来对付大灵师级别的修炼者，至少可以用十次，如果是灵王级别的修炼者，也可以用四五次。若是遇到灵皇强者，可以使用它后得到快速逃跑的时机。”陈月笑道。

“这么厉害！”众人不由得震惊。

就连钟离无渊与燕沉都惊讶了，因为他们从来没有见过符文的使用率可以达到九成八之高的！

他们不仅有三品符文，还有四品符文，但是使用率很低。

燕沉感慨道：“若是有机会遇到的话，我想拜访一下这位厉害的符文师。”

“要不先拍一张隐身符文来看看？我对隐身符文还是挺好奇的。”钟离无渊建议道。

“好。”

经过陈月的解释之后，众人对这十一张三品符文虎视眈眈。

有人刚开始花费了太多的灵石，现在垂头丧气地捶胸难过，恨不得现在就飞奔回家，找人借灵石。

“这张以十万块下品灵石开拍！”

“十一万……”

“十五万……”

云筝没想到这符文这么挣钱，听到拍卖的价格飙升，笑容满面。

她刚拿起桌子上的一杯果茶饮了半口，突然——

“本王出三十万块下品灵石！”

云筝没忍住一口茶喷了出去。

云筝猛地站起身来，向前两步，一道赤红色从她眼中闪过，通过血瞳，她看见自家爷爷激动得站起身来叫价，他旁边的云海侍卫长则一副无奈捂脸的神情。

云筝捂住隐隐作痛的胸口，欲哭无泪。爷爷，我这里还有很多三品符文，我回家给你耍着玩，你别花灵石啊……

由于云老王爷势在必得，第一张三品隐身符文以三十三万一千块下品灵石的价格为他所得。

云筝的心隐隐抽痛，幸亏下面十张三品符文，爷爷都没有参与竞拍。

最后，十一张三品符文总共拍得四百一十万块下品灵石。

如果按照胡长老所说的那般，那么她就可以收入三百六十九万块下品灵石。云筝还是挺满意的。

陈月宣布这次拍卖会圆满结束之后，众人纷纷离场，拍到物品的人要到三楼的灵阁去一手交灵石，一手交货。

拍到物品的人若是后悔不要了，想偷偷离开的话，必定会遭到灵天拍卖会护卫的拦截。因为进来的每一个拍卖者都打上了灵天拍卖会的精神印记，所以是逃不掉的。除非，此人精神力非凡，能够破开其精神印记。

拍卖会有隐秘性，会给每个包厢发放一身黑袍以及黑色的面具，以保护客人的隐私。

云筝穿上宽大的黑袍，戴上面具，让青风先行隐退后，打开了包厢的门。

侍女阿颜在门口等待，见用一身黑袍将自己裹得严严实实的云筝后，恭敬地向她行了一礼，笑道：“公子，请随奴来。”

云筝应了一声，刚迈出几步，就有好几道目光落在她的身上，带着极具威慑力的探究。

“公子，请跟紧奴，奴帮你甩开他们。”侍女阿颜凑到云筝的身旁，压低了声音说道。

云筝微微点头，凤眸中闪过一丝惊讶，嘴角微微扬起：“好。”

阿颜步伐诡异快速，云筝也迅速地跟上，左绕右拐。

这个过程中，让云筝略微惊讶的是阿颜带着她走的几步是为了开启幻境阵法！

后面跟着她的几条小尾巴渐渐地没了方向，像无头苍蝇一样乱找。

很快，阿颜便带着云筝到达了三楼的灵阁门口，她低着头用两个人才能听得见的声音说道：“奴利用了公子一次，现在算还了公子一个人情。”

云筝闻言，面具之下的柳眉猛地挑了挑，轻轻地点了点头道：“谢谢。”

灵阁很大，有不少的黑袍人被拍卖会的侍者指引着，她一进去，就猝不及防地被胡长老拉到了一个角落。

“容公子，这是帮你扣掉所买东西之后剩下的下品灵石。”胡长老扯着她的衣袖，将一张紫晶卡放入她的手中，笑眯眯地说道。

云筝低头看了眼紫晶卡，用神识扫了一下，发现金额无误，便将其扔进了储物戒指里。

她看着胡长老，礼貌地微微颔首道：“谢谢胡长老，不知我拍的东西在哪里？”

“这个空间储物戒指中有你拍卖的物品，你查收一下。”胡长老笑呵呵道，拿出一个储物戒指递给了云筝，补充道，“由于灵兽比较特殊，‘火烈鸟’就放在了灵阁旁边的包厢内，有劳容公子跟我走一趟了！”

云筝点了点头。

灵阁隔壁的包厢内，一只浑身毛发焦黑惨不忍睹的“火烈鸟”被囚在铁笼里。兴许是被治疗过，它现在没有那么萎靡了，还能勉强睁开眼看一下周围。

云筝与它对视的第一眼，就感觉心中有莫名的电流闪过。她愣了一秒，然后走上前蹲了下来，隔着铁笼子的栅栏欲要伸手摸摸“火烈鸟”的头……

“容公子，别动！”胡长老神色紧张地大喊，谁料下一刻，他就震惊得目瞪口呆了，“这……这……”

只见“火烈鸟”的脑袋温驯地靠在云筝白里透红的手掌心上，还亲昵地蹭了蹭。

云筝契约空间内的二白也躁动了起来，想要出来跟“火烈鸟”好好交流一番。

云筝柔声问道：“你可愿成为我的同伴？”

在云筝的识海中响起了一道孱弱的小女娃的声音：“吾愿意……”

云筝笑了，她的精神力毫无阻碍地进入了它的识海，与它签订了平等契约。

这过程，只有两三秒，所以在胡长老的眼中，云筝只是简单地摸了摸它的脑袋而已，可是下一刻，“火烈鸟”就消失了。

胡长老猜测云筝有兽宠空间，所以才能将“火烈鸟”收回去，他并未往他们两个已经结成契约的方向想。因为寻常人，哪里能够那么顺利地和神兽建立契约。别说是万中无一，就算是百万中也无一，驭兽师都未必能在几秒钟内和神兽建立契约。

胡长老说道：“容公子，这次你买了这么多的东西，而且每一件都招人眼红，离开拍卖会之后要小心些！”

“谢谢胡长老的提醒，我知道了。”云筝颔首，笑道，“下次有机会我们再合作！”

胡长老闻言，爽快地大笑了起来：“好！就等容公子你这句话呢！”

云筝手中突然多了一张三品爆裂符文，她在胡长老震惊的目光注视下，将这张符文塞给了他。

两人对视一眼，一切尽在不言中。

第六章
龙凤双戒

夜色渐浓，拍卖会门口人来人往，此刻的云筝已经脱下黑袍，恢复了一副白衣翩翩少年郎的形象。

云筝发现，暗处有不少目光凝聚在她的身上，似乎，还有灵皇级别的强者。

如果她没有猜错的话，那灵皇强者就是四楼包厢的那个神秘黑袍人。

云筝外表还是一副桀骜不驯的张狂模样，但是内心已经在迅速考虑怎么脱身了。

有青风在，她不害怕会被击杀，只是，若下一次没有青风，她又该如何应对呢？云筝变强的心越发坚定，她毫不在意般大摇大摆地离开这里。她知道后面跟了一串的小尾巴，他们都想抢夺自己竞拍所得的物品。

走到阴暗偏僻的小巷，云筝的步伐越发迅速诡异。

这时，云筝的脑海中传来了青风的声音："云小姐，需要我出手将他们都解决掉吗？"

云筝轻轻摇了摇头。

青风见状，不意外她的选择，但是心里还是忍不住为她担心。毕竟有几个人比她强了好几个境界，不知道她能不能对付得了……

几道结伴而来的身影手持各种各样的武器，将云筝围了起来，其中一个凶神恶煞的汉子大喊道："识相的，就交出手里的东西，不然就让你死无全尸！"

"快交出来！"

云筝环顾四周，发现有五个人，实力都在大灵师八阶左右，而暗中还有几个灵王实力的人。

他们五人估计没有发现，暗中还有人，正所谓，螳螂捕蝉，黄雀在后！

云筝邪肆地笑道：“有本事你就过来抢！”

其中一人大喝一声，挥着大斧头就向云筝袭来，斧头处凝聚着灵力，威力极强。

云筝闪身避开，然后眼疾手快地抓住那大汉的手腕狠狠一折，骨裂的声音轰然响起，让人听得牙莫名一软。

云筝提脚侧踢直击对方的腹部，大汉忍不住退后了几步。他发出一声怒吼，招呼其他四人一起攻击云筝。

云筝跟他们打了几十个回合。

兴许躲在暗处的人，将云筝的大概实力摸了个八成，所以便纷纷出来争夺云筝拍下的物品。

那五个大灵师境界的修炼者见到灵王强者的出现，停留了一会儿就跑了。

云筝挑了挑眉：“终于肯出来了？我等你们很久了！”

三个灵王的修炼者闻言，眸中皆闪过一丝惊讶，不过很快就消失了，纷纷露出不屑轻蔑的神色：“少废话，今日是你时运不济，遇到了我们。”

云筝看得出他们并不是一伙的，眸光微闪，露出一副惊慌失措的表情大喊道：“诸位大人饶命啊，我这就交出来给你们，你们不要杀我！”

说着的同时，她快速地摘下手上的一枚戒指，扔给了他们其中一个人。

三个人见到这一幕，都纵身上前去抓那枚戒指。

突然，“轰”的一道巨声响起，三个灵王强者纷纷被炸飞，戒指被莫名的力量吸取，飞向了那个黑乎乎的角落！

定睛一看，只见那个黑乎乎的小巷角落中缓缓走出来一个黑袍人，他身躯高大，宽大的黑帽遮住了他的容貌。

“你是……啊！”其中一人刚出声，就被一道强大的力量扼住了脖子。

另外两人见到这一幕，惊恐万分地逃窜了。

神秘黑袍人微微低头看向这枚戒指，谨慎地用精神力扫了一遍，结果发现里面空空如也。

黑袍人愠怒，猛地捏碎了这枚空间戒指，再抬眸看去，只见四周无人，那小子逃了。

他散发精神力去扩大寻找，却没有发现那小子的任何气息。

“可恶！”阴鸷无比的声音响起，黑袍人抬手一扬，戒指的粉末洋洋洒洒地飘下来。

云筝利用三品隐身符迅速离开了一段距离，可是她不敢轻易泄露自己的气息，要不然那灵皇八阶的强者肯定会找到她。

云筝靠在小巷的墙边，屏息凝气。

黑袍人还在四处搜寻，一副势必要找到她的架势。

青风在暗处看着云筝的行为，不由得赞叹她的聪明。这次她没有选择硬拼，而是选择智取！

青风看着看着，突然瞪大了双眼，嘴巴也不自觉张开了些，因为云筝的面前多了一个墨袍挺拔的身影。

是帝尊！帝尊怎么现在来了？

云筝看着突然出现的容烁，也很疑惑，丰神俊朗的容貌映入她的眼帘，让她的呼吸瞬间乱了一拍。

也正是这一拍，让正在四处搜寻的黑袍人发现了，身影一闪，来到了小巷。

“滚！”低沉而充满磁性的声音缓缓响起，带着惊人的力量朝黑袍人袭去。

黑袍人瞳孔微缩，连忙闪身离开。

“你怎么来了？”云筝看着面前这个尊贵的男子，柳眉微微蹙起。

容烁突然弯腰将她打横抱了起来：“本尊想通了。”

为避免掉下去，云筝的双手环抱住了容烁的脖子，不解地问：“你想通什么？你怎么每次都奇奇怪怪的！”

容烁垂眸睨了她一眼，薄唇轻启：“回你房间再说！”

房间？云筝慌了一瞬，很快镇定下来，她嘿嘿地对容烁笑道：“大哥，能不能给我三年时间？我们暂时不要走到这一步，好吗？”

“嗯？”

完了完了，他好像不太高兴。云筝双手环抱着他的脖颈儿，略带讨好地笑道：“大哥，我觉得相融的命盘不是那么好解的，要不我们再相处一段时间？”

“你在说什么？”容烁不悦地微微皱眉。

很快，容烁带着云筝回到了云扉阁。

容烁深邃的眸子凝视着她，然后一字一句地说道：“本尊这段时间都会住在你这里，直到你挪窝去别的地方历练实战！”

云筝听到这话，没有像之前那样一口回绝。因为这段时间以来，她清楚并深刻地认识到自己的见识太少，一样功法战技也没有开始学。若是有了像容烁这样的强者督促教导的话，她或许能进步得更快。

相对于轻松愉快的生活，她还是向往冒险刺激的生活，前提是把实力提上去。

云筝眉眼一弯，精致绝色的小脸洋溢着笑：“那就有劳帝尊大人等我了，我估计要半个月的时间，才能够挪窝到历练实战的地方。”

“嗯。”容烁高冷地应了一声，便抬步向云筝的闺房走去。

云筝一见，凤眸闪过一丝惊讶，她连忙上前拉住他的衣袖：“大哥，你怎么还要去我的房间？”

“本尊今晚要睡在你这儿，你另寻他处吧！”容烁抬起那修长骨节分明的手指将衣袖从云筝的手中扯了回来，语气冷冷地说道。

听到前半句，云筝心头的大石刚落下，听到“另寻他处”之时，她的一股气堵在了胸腔中。她仰头看着容烁，拉着脸用商量的语气说：“大哥，要不你考虑一下我云扉阁的客房吧？你这么堂而皇之地住在我的房间中，若是让我爷爷知道了，他肯定抽死我……”

容烁淡淡地说道：“本尊不会让他知道我的存在，你尽管放心！”

“可是，每天早晚上，我的丫鬟都会进来伺候我，要是她知道我不在这儿，而是在另一个房间的话，会生疑的！”

“的确。”容烁赞同地点了点头，“那你进来睡软榻吧。”

云筝咬牙切齿地对他笑了笑：“好。”容烁，你给我等着！

容烁低头看了一眼云筝的神色，嘴角不经意地上扬，不过，很快又被压下。

在暗处的青风惊得下巴都快掉了，帝尊居然会让一个女子跟他同处一室，这是多么骇人听闻的一件事啊！

原本他认为帝尊是想培养云筝来当亲卫的，可是现在这种情况，他怎么也不可能相信他们两个之间是清白的。

青风激动不已，他此刻很想跟墨雨他们一起讨论这件事。

房内。

容烁站在床榻边，朝云筝招了招手：“过来。”

云筝脸黑了，这个动作让她想到了招呼宠物，若是能打得过容烁这家伙，她早就将他按在地上“摩擦”了！

她突然想到，他这么一张俊美无双的脸蛋如果灰头土脸了，那应该很狼狈吧。不过，狼狈归狼狈，还是挺好看的。

云筝胡思乱想一通，回过神来，只见容烁静静地看着她。

云筝捂嘴轻咳了几声，走到容烁的面前，问：“怎么了？”

容烁用眼神示意她坐到床榻上。

云筝也没多犹豫，便坐在了床上，然后抬头看着他，疑惑不解道：“你有什么事吗？”

容烁淡淡地说道：“把手伸出来。”

云筝柳眉微蹙，还是听话地将双手都伸了出来。她的手很好看，白皙娇嫩，骨节分明。

在云筝震惊的眼神下，容烁蹲了下来，她的左手被温暖的手掌包裹，紧接着，一枚冰冷的戒指塞进了她的中指。

下一刻，她的手指刺痛，她能感觉到手指上的血液被吸取了一些。

容烁见凤星戒这么快就认主了，深邃的眸子闪过一丝微光。

凤星戒散发着一道光芒，云筝略微不适地闭上了双眼，再次睁眸时，她来到了一个陌生的地方。这里的灵气充沛，比外界多了三倍有余。

她前面靠右的位置有一块石碑，上面龙飞凤舞地写着“凤星空间”，左边有一条河流蜿蜒流淌，正前方是一座阁楼，阁楼的牌匾写着几个她不认识的古文字。

正当她抬脚打算往前走一步时，空间内响起一道中气十足威严无比的声音：“滚出去！”

顷刻间，一股强悍的力量朝她袭来。

云筝脸色一变，想召唤符文灵器，可是符文灵器根本没有反应。她被这股力量振飞了数十米远。

而此刻在外面的容烁感应到了云筝紊乱的气息，眸中多了几分担忧。他抿了抿薄唇，道：“云筝，你若能撑住，本尊母亲的凤星戒就归你了……”

凤星空间内。

云筝刚站起身来，忽然又有一股力量朝她的背后袭来，她忙弯腰躲避。

她手中没有任何武器，还要面对这比她强了好几倍的力量攻击，形势严峻。

那道中气十足威严无比的声音再次响起：“滚出去！”

云筝目光一凛，虽然不知道容烁在搞什么鬼，但他终归不会伤害自己的性命。

她刚才飞快地算了一下，结果令她意想不到，她若赢了，就会与此物并肩成长，而此物能为她带来许多方便之处。

还有一个关键信息，模模糊糊令她无法看清。一般这种信息，是她生命中最重要的人或物，或者是与她的生命气息牵连不断的人或物。

这些暂时都不重要，最重要的是渡过眼前这个难关。

一个巨大的白色人形傀儡出现在云筝的不远处，正怒视着她。

霎时间，它朝云筝冲了过来，与之而来的是空间气流的挤压，让她的身体差点儿爆裂，幸好她凝聚灵力挡了一下，迅速地躲开了。

人形傀儡一直追着云筝攻击，她左躲右闪，勉强在它的手下过了百余招。

云筝咬牙，双指并拢在双目前飞快地一抹，血瞳再现。

瑰丽的赤红色光芒在她眸中闪烁，她红唇微动：“天目启，裂之！”

无数的红色光线将白色人形傀儡笼罩了起来，如同锋利坚硬的细线割裂白色人形傀儡。

白色人形傀儡浑身多了一道一道割裂的口子，但它依然继续朝云筝攻击。

“砰！”白色人形傀儡的一条胳膊被割断，砸在了地上，沙尘飞扬。

它剩下的那只手继续朝云筝袭来，云筝迅速凝聚灵力于掌中，猛地踏地向前攻击那只手。

两股力量相撞，爆发出强烈的声响。

一丝腥甜从喉咙中涌出，云筝的嘴角溢出一丝鲜血，头脑也开始嗡嗡地响。白色人形傀儡的力量逼得她连连后退了好几十米，强烈的罡风划破她的脸蛋，留下了一道道细小的红痕。束发的冠玉也在那一瞬间分崩离析，墨发飞扬，肆意不羁。

容烁感觉到云筝的气息越来越乱，在看到她嘴角溢出一丝鲜血后，瞳孔微缩，一闪身便进了凤星空间中。

容烁追悔莫及，他不应该让她现在就接受凤星戒指，她还太弱了！

正当容烁准备出手攻击那白色人形傀儡时，一道清冷坚定无比的声音猛地响起："容烁，这是我的猎物！"

容烁一愣，微抬的手也放了下来，他看着云筝不屈的小脸，心脏莫名跳动了一下。他抿了抿唇，直直地凝视着她，他不该轻视她的。她的意志比谁都强，既然要战，就会战到最后！

云筝的血瞳更为妖异幽深，她沉声厉喝道："给我裂！"随着话音落下，白色人形傀儡当即分崩离析，碎成了一小块一小块的石头，最后化作一层雾气消散了。

战斗结束，云筝猛地吐出一口血来，差点儿跌倒。容烁见状，手微云筝动了一下，又慢慢蜷缩起来，攥成了拳头。

云筝踉踉跄跄地走向容烁，笑着问道："容烁，我是不是很厉害？"

容烁的眼眸中闪过几分道不清说不明的情绪，低低地"嗯"了一声。

她又问："你相信我三年后能成为灵帝吗？"

"你……"容烁在她满怀期待的眼神下，薄唇轻扬，给予了肯定的回答，"你，云筝，一定会在三年后成为灵帝！"

云筝得到肯定的回答，心情舒畅，一下子就放松了，这一放松，就昏倒了。

容烁眼疾手快地将云筝揽入怀中，他低头看了她一眼，然后将她温柔地抱了起来。容烁朝着左边的奶白色的灵液池而去，将她放入灵液池中。

容烁看着她小脸上的红色血痕慢慢消失，身上的其他伤也在逐步愈合，心中的担忧也消散了些。

翌日。云筝迷迷糊糊间，感觉筋脉剧烈疼痛，还闻到了一阵臭味。她微微睁开双眼，眼前的一切都有些模糊，待看清后，才发现自己身在一个温泉中。

"好臭……"云筝正准备抬手捂住鼻子，却发现自己的手上有黑色的污泥，她赶紧往下一看。

以她为中心，周围的奶白色泉水被污染成了黑色，身上的白衣也成功被黑色污泥占据，云筝惊得大叫了一声。

云筝环顾四周，发现没有任何生人的气息，她连忙脱下自己的脏衣服，然后钻进了奶白色温泉干净的另一边。她搓呀搓，洗了差不多一个时辰，才勉强从温泉中上来。

云筝发现自己手上有两枚戒指，一枚是寻常普通的空间戒指，另一枚是外表古朴且雕刻着展翅凤凰的戒指，看起来就很不一般。

云筝从自己的空间戒指中，拿出一套衣服穿上，才有心情研究另一枚戒指。

她想将其摘下来，只是无论她怎么拔，这枚雕刻着凤凰的空间戒指还是纹丝不动。

容烁这家伙到底怎么回事？无端端地送给她一枚这么贵重的戒指干吗？这枚空间戒指不仅有温泉、生灵，还有一座神秘的阁楼，以及白色人形的傀儡……

每一样都诉说着它的不平凡。

云筝合上双眸，想要出去问清楚，第一次不成功，第二次成功了。可是，她一出来就砸在容烁的身上。

她的手撑在他的头旁边，映入她眼帘的是一张放大的俊脸，五官完美得无法形容，云筝尴尬地笑了笑："不好意思，我……我降落得不准确，下次保证不会了。"

云筝说完，想从他的身上下来，可是一只大手扣住了她的腰。兴许是他刚睡醒，慵懒低沉的声音让人听了身体不禁酥软起来："云筝。"

云筝跟他离得很近，近到能够感受到他独特的气息，她的心脏不争气地快速跳动了好几下，却故作镇定地咳嗽了一声："怎么了？"

"云筝，你昨天做得很好。"

"啊？"

"本尊说，平时不要偷懒。"

怎么两句不一样？还没等云筝问出口，容烁就将她推到旁边，然后从容淡定地起身，披上外袍，头也不回地道："本尊有事，晚上再回来。"

无人发现他的耳尖红得像熟透了一样。

而此刻的云筝正捉摸不透，容烁怎么每次都离开得那么快，没给她问话的机会。

她伸出左手，看了看中指上的凤凰戒指，不解地喃喃自语："他为什么要送我这么贵重的空间戒指？这下好了，我跟这枚戒指建立了契约，摘又摘不掉，解开契约又不知从何解起，我没钱还给他啊……”

突然，云筝脑海中多了一道故作深沉的娃娃声：“主人，你现在手中这枚戒指就算用一百亿块上品灵石也无法拿下！你估计是还不起了。”

“一百亿块上品灵石都无法拿下？”云筝惊疑不定地问书灵。

书灵道：“对，这枚戒指应该就是传说中十大灵宝之一的龙凤星戒中的凤戒！随着实力的提升，你不仅能够开拓空间的面积，种植灵物，还能够提高空间内灵气的浓郁程度。最重要的是，那座传承阁楼！传承阁楼中，每通过一关，就有相应的奖励，听说有九九八十一关。”

“你还能够将活人装进去，刚才主人你之所以没能用神识出来，是因为那位大人昨晚让你泡在了灵液中，所以你的身体自发地吸纳了灵液，从而洗筋脱髓了。”

云筝听完凤星戒有这么多优点，并没有感到开心，而是觉得欠容烁的人情大到无边了。

传说中的十大灵宝？听起来就很厉害！她苦恼地叹息了一声，虽然他们两个命盘相融，但他没必要给她这么贵重的东西来让她快速成长吧！

其实，云筝心中隐隐有个猜测——容烁喜欢自己。但是，她又找不到确切的证据。

书灵眼里闪过几分不明意味的情绪，他并未告诉云筝，这龙凤双戒，是可以当作定情信物的。那位大人身上的血脉有些奇怪，应该不希望他告诉自家主人！

门外，月季的声音响起：“小姐，你醒了吗？王爷叫你去用膳！”

云筝一个鲤鱼打挺坐了起来，应声道：“月季，你进来吧，我要洗漱一番。”

“好的，小姐。”

云筝洗漱过后，便带着月季去了王府的大厅中。

踏入大厅，只见自家爷爷心情颇为愉悦地让她坐下。

云筝挑了挑眉，问道：“爷爷，这是怎么了？今天怎么这么高兴？”

“昨天爷爷拍了几样好东西，你猜猜都有什么。”云老王爷故作神秘地笑道。

云筝心里哭笑不得，昨晚爷爷拍得了什么，她自然一清二楚，只是现在不好戳破自己的身份。她只得做出一副思考状，道："是不是丹药？"

"没有，筝儿你再猜猜。"云老王爷摇了摇头，笑呵呵道。

云筝连说了十几个，都没有猜中。她不急，反倒是把云老王爷惹急眼了。

云老王爷皱着眉头看着她，恨铁不成钢般叹了一口气，道："筝儿，不是爷爷说啊，你这智商跟你爹爹相比差得实在有点儿远了……"

云筝闻言，哭笑不得，但是表面上装作生气地冷哼了一声，道："爷爷，你不许人身攻击！"

云老王爷见她有生气的迹象，赶紧哄道："筝儿，别生气啊，爷爷就是开个玩笑。"

云筝听到这话，转过头来看向他，两人对视了一眼，然后默契地笑了起来。

爷孙俩度过了一个美好的早膳时间，在此期间，云老王爷将他昨天拍到的三品隐身符文以及银色羽令给了云筝，让她好好收着。

他将银色羽令的用途跟云筝讲了一遍，其实云老王爷不希望她去灵宗墓地历练，但是这么好一个机会摆在眼前不珍惜的话，有点儿可惜。

云老王爷警告了云筝好几遍，让她突破大灵师八阶后才能够去那儿。

云筝看着手上熟悉的三品隐身符文，心中掂量了许久，还是将它收了起来，这是爷爷的一片心意，她怎能不领？等治好了姑姑之后，她就将她是符文师的消息告诉爷爷。

用完早膳后的云筝，去了云妙的闺房中。云妙的身子骨越来越弱，脸色惨白。

见到这一幕，云筝抿了抿唇，随后拿出紫藓花果，抬手将紫藓花果推送在云妙的上方，令它在云妙的上方飘浮着。

云筝双手一动，施了一个法诀，下一刻，紫藓花果里的灵气飘了出来，洋洋洒洒地落在了云妙的身体上。霎时间，不少黑气从云妙的身体中飘出来。

云筝素手一扬，一张三品灵器符文出现在空中。

明黄色的符文瞬间转化成一支细长的金色毛笔，散发着隐隐的天地威压，云筝五指并拢，毛笔自然而然地就落在了她的手中。

她习惯性地转了几圈，然后迅速在空中勾画了几个符文。

“天地浮沉，祛气灭浊！

“以吾符文，锁之生气！”

云妙的手指微微蜷缩了一下，眼皮也动了几下。

云筝在云妙的房间一待就是半个时辰。

云筝将失去了五成灵气的紫藓花果收了回来，打开房门，看到月季端着一碗药在旁边等候。

“小姐，药刚刚煎好了。”月季将那碗药端到她的面前。

云筝接过碗，刚想转身回去喂药给云妙，却被一个丫鬟拦下，那长相清丽的丫鬟道：“小小姐，你端的这碗药来历不明，不可以给妙小姐喝！”

云筝看着她，脑海里迅速回忆起几个细碎的片段，眸光微冷：“本小姐是姑姑的侄女，难道本小姐会害自家姑姑吗？”

月秀低了低头，不卑不亢地说道：“奴婢并没有说小小姐会害妙小姐，只是奴婢觉得小小姐年纪尚小，容易被人诓骗，况且小小姐独自进去了那么久……”

云筝听到这话，立刻发怒了：“月秀，你竟敢怀疑我？你僭越了！”

月秀闻言，并没有一丝慌乱，她抬起头来看着云筝，言辞恳切道：“奴婢所思所说都是为了妙小姐考虑，希望小小姐能明白奴婢的苦心！”

云筝冷笑道：“本小姐为什么要体谅你的苦心？区区一个小丫鬟也敢阻拦本小姐，我看你是活腻了吧？”

此言一出，月秀吃了一惊，不经意间迎上云筝冷漠的眼神，身子更是忍不住发冷发颤。

云筝冷淡的视线落在旁边守门的一个侍卫上：“你，将她押入地牢，让人教一下她什么叫作云王府的规矩！”

“是！”侍卫愣了一下，然后恭敬地应道。

月秀瞳孔微缩，连连退了两步，震惊地问道：“小小姐，你怎么可以这么对奴婢？奴婢未曾犯错，奴婢只是对妙小姐关心则乱而已！”

月秀字字句句都在控诉云筝，似乎云筝做了人神共愤的错事。

云筝冷冷地扫了她一眼，便抬脚进了房里。

月季见状，看着月秀笑道：“别以为你是伺候妙小姐的丫鬟，就可以对我们小姐指手画脚，以前是小姐没有长大，给你几分薄面。你还真把鸡毛当令箭了！”

“月季你！”月秀气急。

月季抬了抬下巴，朝着杵成木头样的侍卫示意：“还不将她押入地牢！”

侍卫一听，立刻将月秀的双手反扣，毫不留情地押了下去。

作为云妙小姐的贴身丫鬟，月秀平时就拽得不行，以一副女主人的模样自居，还吩咐他们这些人做这做那的。要不是以前的云筝信任她，听信她的话，估计他们在妙阁的这些丫鬟和侍卫早就暗戳戳地举报月秀了。

月秀费劲地挣扎开，撕心裂肺地喊道：“小小姐，你听奴婢说，奴婢没有以下犯上，只是好心提醒……”她的求饶声渐行渐远。

云筝给云妙喂了药，然后用浸过热水的帕子拧干，细心地为云妙擦了擦脸。

“姑姑，我知道你现在能听得见了，等明日再治疗一次，你就能醒过来了。”云筝道。

在云筝看不见的地方，云妙的手指蜷缩了一下。

“我明日再来看你，姑姑。”云筝留下这句话就出去了，她叮嘱妙阁的丫鬟和嬷嬷们小心伺候。

云筝回到云扉阁中后，又关上了房门修炼。

月季看着自家小姐变得这么勤奋，心里五味杂陈，最终还是欣慰地长叹一声。

约莫两个时辰后，云王府来了一个不速之客。

“三皇子请。”管家林福弯腰恭敬地说道。

楚允衡一路直入大厅，坐在了右侧的座位上。

“三皇子稍等，容许奴才去请王爷！”

“慢着，本皇子此次前来并不是找云老王爷，而是找云筝。”楚允衡伸手叫住了他，缓缓说道。

管家林福听到他来找云筝，笑容顿时淡了不少，秉承规矩对他点了点头，说了句“好”就离开了。

林福并没有先去找云筝，而是绕道找了自家王爷：“王爷，三皇子说他要见小小姐，您看？”

“看什么看？本王的宝贝孙女岂是他那种人能看的！”云老王爷暴跳如雷，声音响彻整个书房。

林福害怕地咽了咽口水，嘿嘿地笑着：“那……”

云老王爷气得挥袖：“告诉他，筝儿已经入睡了，有本事他就等两三个时辰！”

“好的，王爷，属下这就去回话。”

林福回到大厅中，朝着楚允衡行了一礼，委婉道：“三皇子，小小姐已经入睡了，王爷交代过不允许任何人打扰。”

楚允衡的脸色瞬间变得难看，以往他一来云王府，云筝就会马不停蹄地跑过来，如今倒是变了。难道她在欲擒故纵，还是另有隐情？要不是为了那批杀手的事，他今日不会来试探云筝！

林福见楚允衡一副思考的模样，眼珠子转了转，笑道：“三皇子，小小姐可能睡两三个时辰就醒了，你要不等一会儿？”

楚允衡闻言，脸色变得阴沉，云筝果然是欲擒故纵！要不怎么会让他在这里等待？

楚允衡沉着脸道：“你告诉云筝，这次她不来见本皇子，她会后悔的！”

林福闻言，眸光微冷，不卑不亢道：“三皇子，我们小小姐已经入睡了，你若是等得起就等，等不起就改日再来。”

楚允衡脸色一变，用阴鸷的眼神看向林福：“你说什么？”

林福不卑不亢地笑道：“三皇子，无须动怒，奴才只是转达王爷的意思而已。想必三皇子也知道，上次三皇子退婚，王爷就已经很生气了。”

楚允衡猛地拍碎了旁边的桌子，他站了起来，挥掌向林福袭去。

只是，林福的实力远远高于他。

大厅里的声响惊动了外面的侍卫，侍卫们纷纷持剑冲了进来。

“你们敢挥剑指向本皇子！”楚允衡环顾四周，一声怒喝。

侍卫们面面相觑后，将剑收了起来。

楚允衡道：“林福，你好大的胆子，居然敢刺杀本皇子！”

林福一听，就知道楚允衡想要安一个罪名在自己的头上，正想开口说话之时，远处传来一道清冷又漫不经心的声音：“楚允衡，你真是不要脸了吗？”

楚允衡闻言，脸色僵住，循声看去，一个身着红衣的绝色女子缓缓走来……

云筝手中握着一支细长毛笔，神情慵懒，好似不在意，笑道："楚允衡，这是王府，岂容你胡言乱语？"

"还有，这里有谁看见福伯要刺杀你了？你若是将此事禀告皇上，你看皇上会不会治你一个欺君之罪？"

楚允衡望着她那张精致得无可挑剔的小脸，柳眉微弯，眉宇间带着散漫与自信，举手投足间尽显大气。

怎么一个月没见，云筝竟发生了天翻地覆般的变化？而且，她怎么变得伶牙俐齿了？以前的她总是含羞低头，一副唯唯诺诺的模样，让人见之生厌。

"你不是睡了吗？难道你们王府的人都在欺骗本皇子！"楚允衡眉头紧紧地皱起，眸中含着不悦。

云筝手中的毛笔微顿，嘲讽道："本小姐方才的确在午睡，只是午睡的过程中，没料到王府会有狗吠声，竟将我吵醒了。"

"本皇子怎么不知道王府中有狗……"楚允衡沉声道，说着说着发现不对劲，霎时间，他怒目瞪向云筝，"你居然敢暗讽本皇子是狗！"

云筝轻笑了一声："三皇子不用着急对号入座。"

"放肆！"楚允衡大怒，手中凝聚灵力就要向云筝攻去。

"小小姐，小心！"林福惊慌地大喊。

云筝冷眸微眯，两指间夹着的毛笔骤然一动，细长的毛笔刹那间划破虚空，奔向楚允衡的右眼。

楚允衡双目微缩，迅速改变攻击的方向，只是，那毛笔直接穿破他的灵力罩，径直朝楚允衡的右眼而去。

楚允衡脸色微变，在最后的关头，他侧头躲避开那支来势汹汹的毛笔，不过，右脸颊还是被罡风划伤了几道口子，鲜红的血顺着伤口往下滴落。

他抬手抹掉脸颊上的血迹，眼眸幽深地盯着她："云筝，你能修炼了！"

云筝似笑非笑："不如你猜一下？"

"少在这儿装模作样！云筝，本皇子知道你做的这一切都是为了讨好我。想玩欲擒故纵的把戏，就你也配？"楚允衡嘲讽道。她根本就不可能修炼！她利用灵器混淆视听，故意想要引起自己的注意，没想到她为了吸引自己的目光，这么煞费苦心！

“怎么，云筝，你被本皇子戳破了龌龊的心思，现在都不敢说话了？”

话音刚落，王府大厅诡异地安静。

云筝嘴角噙着淡淡的笑，这笑却让人毛骨悚然。

楚允衡皱了皱眉，心里不由得涌起一阵恐慌。

这时，云筝开口了：“福伯，以后别放狗进来，吠得让人心烦！”

林福闻言，立马恭敬地应道：“是，小小姐。”

“你说谁？”楚允衡怒了。

“众侍卫听令，关门打狗！”云筝没有理会他的话，直接挥手让众侍卫一起上。

楚允衡嗤笑道：“云筝，你敢以下犯上？你疯了吧！”

没等他们反应过来，管家林福就身先士卒挥掌攻向楚允衡。其他人一看，纷纷拿出武器一起上。

云筝默默地退出了群攻的圈子，好整以暇地看着楚允衡被打得落花流水。

“放开本皇子，你们云王府的人以多欺少！”

“云筝，你这样做，本皇子是永远都不会喜欢你的！”

楚允衡一边对抗他们，一边嚷嚷。

良久，楚允衡被揍得鼻青脸肿，俊美倜傥的公子形象荡然无存，玉冠松了，头发凌乱不已。

云筝道：“行了。”

林福当即领着众侍卫退至一旁。

正当所有人都以为云筝准备扶起楚允衡的时候，她却粗暴地揪起他的衣领，将他提了起来。

“你要做什么？”楚允衡愤怒地伸手推开她的手，却在瞬息之间，被狠狠砸到了地上。

所有人目瞪口呆，像被吓傻了一样。

楚允衡感觉自己身体的一些骨头都裂开了，双腿更是没知觉了一样。

云筝嘴角微翘，道：“楚允衡，既然你跟苏容是一路人，那想必她经历过的事情，你应该也有兴趣来经历一番！”

楚允衡本就被砸得脑袋有些混沌，听不清云筝说的话，但是他捕捉到了“苏容”的名字，以为云筝在吃醋。他歇斯底里地喊道：“本皇子是不会喜欢你的！”

云筝闻言，精致的小脸上闪过一丝嫌弃，这楚允衡该不会是被砸傻了吧？

云筝拎着他的衣领，将他拉了出去。每当楚允衡想挣扎开她的魔爪时，都会遭受她凶残的一击，砸过几回，他就安分了下来。

“月季，你快去将此事禀告王爷！我先跟过去看着小小姐。”林福看着同样愣在原地的月季，催促道。

月季闻言，连忙点了点头，然后匆匆离开了。

林福带上几个侍卫，朝云筝的方向走去。

一路上，地面上每隔一段路就落下几滴血，看得林福等几人都忍不住后怕，小小姐太猛了！

一些丫鬟和嬷嬷见到这么诡异的一幕，都忍不住退后半步，生怕冒犯了云筝。

云筝拎着意识模糊的楚允衡来到了王府大门。

两侧的侍卫见到她，纷纷作揖行礼，道：“小小姐。”

云筝微微颔首，然后环顾了一下四周，说道：“楚允衡，那日苏容也是被本小姐派人驱逐出王府。今日的你更荣幸，能得到本小姐的驱逐，也不枉来这么一趟了！”

云筝说完手中骤然用力，将楚允衡猛地提起，然后扔了出去。

街道上的行人一惊，纷纷低头看向这个不明物体。

原本在王府门口等着自家殿下的四个黑色衣袍侍卫一见，匆匆上前将楚允衡扶了起来。看到自家殿下头破血流，浑身狼狈不堪，沾染灰尘时，四个侍卫既愤怒又害怕。

“殿下，殿下……”可是任由四个侍卫怎么呼喊楚允衡，楚允衡都没有回应。

“云筝，你大胆！竟敢如此对待殿下！”为首的侍卫怒道。

云筝认得这个侍卫，他叫南承，是楚允衡最看重的一个侍卫，以往没少鄙夷原主。

云筝眸光冰冷地看向南承，南承心头大惊，下一刻，他整个脑子就变得混沌起来，不受控制地站起身来，然后“扑通”一声，朝着云筝的方向跪了下来，额头重重地磕在了地面，留下一道血印。

众人见到这一幕，大为震惊。

其中一个侍卫去拉南承的手，试图让他停下来，可是没有用。

围观的百姓对此议论纷纷。

“那个侍卫我有点儿眼熟……不过他为什么无端端地朝着云王府叩拜磕头？”

“咦，这人似乎是三皇子，他怎么会这么狼狈？”

“怎么可能是三皇子！别瞎说！”

“我记得这个侍卫就是三皇子的贴身侍卫南承！”

这时，云筝清冷好听的声音响起来：“三皇子来云王府对本小姐死缠烂打，还想要非礼本小姐，本小姐命令侍卫对三皇子略施惩罚，希望三皇子以后不要吃着碗里的看着锅里的！”

周围的人闻言，脑海中不由得拼凑出了一些画面。

三个黑衣侍卫面对此等情景，第一时间就想把自家殿下送回去治疗。

云筝转身，刚好碰到了不远处正板着脸的云老王爷。

“爷爷……”面对自家爷爷，云筝还是有些心虚。

云老王爷沉声道：“过来。”

云筝乖乖地走过去，仰起小脸，笑嘻嘻道：“爷爷，我今天做得还不错吧？”

云老王爷屈起手指，敲了敲她的额头，语气严肃却带着一丝宠爱：“胡闹，你若是不喜楚允衡，爷爷自会替你教训他，何必你出手！”

云筝摸了摸被敲的额头，亲昵地抱着云老王爷的胳膊，撒娇道：“爷爷，自己动手比别人动手畅快了百倍，你说是不是啊？”

“确实是。”他赞同地点了点头。其实，他也没有生气，内心还有那么一点儿窃喜。宝贝孙女这么霸气，他自然是欢喜的。

云筝顺着他的话道：“那爷爷可以帮我一个忙吗？”

“当然可以，你尽管说。”

云筝在他耳边说了几句话，云老王爷眼神变了，看着云筝的眼神越发骄傲，心里更是甜滋滋的。

“好，爷爷知道了。”他愉快地应道。

随后，云老王爷叫人备马车，进了皇宫一趟。

夜凉如水，云筝在灯火摇曳中的房间内，合上了眸子，打坐修炼。

突然，房间内多了一道清冷独特的气息。一个墨色身影缓缓走近床边，正当他欲抬手触碰云筝的发丝时，手却被猛地一拉，他的身子被推倒在床榻之上，肩膀被两只柔软的小手用力地按着。

抬头间，女子那双熠熠生辉的双眸映入他的眼中。

“容烁，我等你很久了。”

容烁微微一愣，望着云筝，云筝倒是没有察觉到他的神色变化，她伸出纤细的左手在他的眼前晃了晃：“容烁，你把我左手上的这枚戒指摘下来吧。”

容烁将思绪拉回，缓缓道：“为何？”

云筝轻哼了一声：“你都没有问过我的意见，就主动为我戴上这枚凤凰戒指，是想让我欠你一个很大的人情吗？”

容烁看着她，沉默着。

云筝被他那双深邃的眸子直勾勾地盯着，忽然感觉周身开始不自在起来。

“云筝，本尊有件事想跟你说。”

云筝被他忽如其来的严肃认真口吻吓了一跳，惊疑不定地问道：“你想说什么？该不会又是那档子事吧？”

容烁抬手重重地弹了弹她的脑门，眉头紧皱，说道：“你这一天到晚，脑子里都在想什么？”

云筝摸了摸自己的脑门，鼓着小脸，气呼呼地瞪着容烁，凶巴巴地道：“容烁，你下手太重了。”

“真疼了？”

“那当然，要不你给我弹一下。”云筝说着，一只大手伸了过来，精准地覆在她的脑门上，然后轻轻输入灵力揉了揉。脑门被弹的地方，瞬间就不疼了。

云筝手足无措地看着容烁的动作，总觉得他今天晚上有些不寻常。

容烁低头看向她，声音低沉而磁性，含着几分道不清说不明的情愫：“还疼吗？”

云筝愣了愣，随即脑袋摇得像拨浪鼓一样：“不疼了，不疼了，我突然感觉好困啊，我要去睡了。”

云筝话说得极快，动作也十分迅速，立即跳下了床榻，还没穿鞋子就跑向不远处的睡榻，麻利地掀开被子钻了进去。

容烁忙道：“云筝，本尊还有话没说……”

“我已经睡了，有事明日再聊。”隔着被窝传来她急促的声音。

容烁望着睡榻之上那个裹得像蚕蛹的人，心想，她是不是察觉到了什么？

第七章
离家历练

两天后。

云筝终于为云妙治疗完了，她让月季叫爷爷过来。

云老王爷很快就到达了妙阁，他的左眼皮跳得很快，心中隐隐感觉有什么大事要发生。他推开房门，看见云筝负手站在云妙的床边，他唤了一声："筝儿。"

"爷爷，你来得真巧，你快看看姑姑。"云筝笑着朝他招了招手。

云老王爷听到这话，抿了抿唇，眼眸中含着期待，加快了步伐。

突然，一声轻微的嘤咛声响起，云老王爷心头大震，下一刻脸上溢满了狂喜之色。床上躺着的人睫毛轻微地颤动，没过多久，就缓缓睁开了双眼，迷茫地望着上方。

"妙儿，我的妙儿啊！"云老王爷激动地扑到床边紧握着云妙温热的手，一个铁血铮铮汉子刹那间热泪盈眶。

"爹爹……"云妙苍白的脸转过来，望向云老王爷，虚弱地喊了一声。

云老王爷连忙点头："爹爹在这儿。"

云筝本来想悄无声息退出去让他们先说说话的，却没想到云妙此刻望了过来。两人对视一眼，云筝读懂了她的眼神，回之一笑："姑姑，你先跟爷爷聊，筝儿去吩咐他们做些热食过来，让你暖暖胃。"

云老王爷欲言又止："筝儿，谢谢……"

云筝打断他的话，笑道："爷爷，都是一家人，哪有这么生分的。这是筝儿给你的惊喜。放心吧，姑姑不仅能醒过来，还能正常修炼！"

"那就好，那就好。"云老王爷点了点头。

云筝出门吩咐几个嬷嬷去做一些清淡的饭菜，就回了云扉阁。

她推开自己的房门，环顾四周，发现容烁不在，提着的心也放下了。

她从储物戒指中拿出一支毛笔和一张白纸，提笔写了一封信。她招来月季，让月季一个时辰后，把这封信交给爷爷。

月季不解地问道：“小姐，有什么事你不能亲自对王爷说吗，还要写信？”

云筝轻咳了一声，正色道：“这是别人让我转交给爷爷的，我现在有急事要出门一趟，你记住我的话。”

“小姐，你要出门为何不带奴婢啊？而且妙小姐刚刚醒来，你不去陪陪她吗？”

云筝拍了拍她的肩膀，道：“我很快就会回来的，况且送信这么重要的事，自然是交给你我才放心。”

月季听了之后，莫名地欣喜，小姐还是一如既往地相信她，她一定不会辜负小姐的信任！她信誓旦旦：“好，小姐你放心，奴婢会亲自将这封信交到王爷手中！”

云筝闻言，不由得有些心虚。

云筝在王府门口停了几秒，派人去取了一匹黑马，骑上就走了。

云筝骑着黑马往城外的方向走，不禁感慨，这一走恐怕要几个月才能回来了。

约莫一个时辰后，云王府爆发出一阵惊雷般的骂声：“臭丫头！”

云老王爷气得在原地跳脚，一众下人连气都不敢大声喘，生怕触了自家王爷的霉头。

云老王爷捏着手里这封皱巴巴的信，想扔又舍不得，又拿起来看了一遍。

信上写着：爷爷，筝儿要去历练，历练的地方不明，你无须派人来寻我，我每隔一段时间就给你报平安。这段时间是姑姑的康复期，你要好好照顾姑姑，不要让别有用心的人再次加害姑姑。想必爷爷你自然晓得如何安排，才是对姑姑最有利的。最后，不用担忧我，我现在的实力已经达到灵师六阶了。

我在爷爷你的书房里放置了一个木箱，那里面有不少我孝敬你的东西，记得收入囊中，切勿被他人发现。

爷爷，待筝儿归来之日，就是扬名大楚国之时！

勿念！

云老王爷看着看着，心底的气消散了不少。他将这信放在桌面上，用掌心抚平，然后小心翼翼地放入信封里，再收入储物戒指中。

他抬头一看，触及众人略带调侃的眼神。他气急败坏地挥袖，沉声道：“看什么看？本王的宝贝孙女第一次写信给我，本王难免有些激动罢了，该干吗干吗去！”

“是，王爷！”众人连连应是。

云老王爷看向低着头、正伤心难过的月季道：“月季，你以后就贴身服侍妙小姐吧，这是筝儿在信上说的。”

月季闻言眼睛一亮：“真的？小姐在信上提到奴婢了？”

“自是如此，难道本王还会费心思骗你？”

月季开心得微微俯身行了一礼，道：“奴婢知错，奴婢现在就去妙阁伺候妙小姐。”

云老王爷挥挥手，让她离去。

他负手而立，望向蔚蓝色的天空，长叹了一声，终究等到雏鹰展翅了！

另一边。

云筝骑了两三个时辰的马，终于到了如焰之森的入口之处，她将马匹放走，然后迈步走进去。

忽然，云筝听到身后传来一阵嘈杂声，回头一望，只见一队牛高马大的佣兵走了过来。他们的手臂上都有一个形似狼头的印记，为首那人约莫三十五岁，一副儒雅书生的长相，虽然比其他佣兵稍微矮小一些，但是身上的嗜血杀气比其他佣兵的都要强烈。

云筝只看了两眼，就收回了视线，毫不犹豫地往前方走去。

“小妹妹，里面很危险，别往里面走！”有一个汉子大喊道。

云筝听到这话，抬起右手随意地挥了挥，然后就彻底消失在这群佣兵的面前。

刚才喊话的汉子惊讶得磕磕巴巴地道：“这，这妹子，该不会是精怪吧？！”

形似儒雅书生的人睨了他们一眼，微微颔首道：“那姑娘只是用了三品隐身符文而已。”

“什么，那姑娘身上居然有三品隐身符文？”

“怎么可能？一个小姑娘而已！”

“她该不会是哪个大家族的子弟吧？”

儒雅书生笑了笑，合起折扇敲了敲那脸上带有三条疤痕的男人，忽然认真地道：“王空，人不可貌相，海水不可斗量，更何况作为佣兵的我们，更不要以貌取人！”

王空闻言，撇了撇嘴，埋怨道：“老大你说话文绉绉的，我听不懂！”

云筝来到如焰之森，终于可以将二白光明正大地放出来遛一遛了。只见小小的二白蹲在她的肩膀上，而那只落难的凤凰被她用术法治疗了一番后，便陷入了沉睡中。

书灵告诉云筝，它这是自动休眠了，醒来的时间不定。或许是一个月后，或许是半年后，也可能是百年后……

进到如焰之森后，书灵这家伙也幻化成一个四五岁的可爱小男孩的模样跟着她。

“我总不能一直叫你书灵吧？”云筝说道，“要不我给你取个名字吧？”

书灵面无表情地点头：“可以。”

云筝看见他故作深沉地板着一张脸，不由得失笑。她仔细端详小书灵，他的头发是微黄色的，发梢自然卷曲，一双眸子是妖异的赤红色……

“叫你卷卷吧，好不好听？”

书灵愣了一下，木着脸摇了摇头道：“不好听。”

还没等云筝说话，书灵抬手指了指她肩膀上的毛茸茸二白，问：“为什么它叫二白，我要叫卷卷？”

“吱吱。”二白随即表达了不满，它也不想要叫二白，不够威武霸气！

云筝失笑，摸了摸他的头发，询问道：“那叫你三卷？”

此言一出，二白呆住了，它没有想到自家主人是这么个脑回路！

书灵再次摇了摇头，正当二白觉得书灵聪明之时，书灵语出惊人道：“要做就做老大，我要叫大卷！”末了，他补充一句，“我要统领二白它们！”

二白惊得脚一滑，从云筝的肩膀上掉了下去。连云筝都难以置信，诧异地看向书灵。

二白朝着大卷叫唤了两声。

大卷看着它道：“叫我大哥！”

云筝十分怀疑这个可爱的小孩是个假书灵！

二白气得不行，谁不想当大哥，但可气的是，它现在不会说话。

这时，大卷俯身将二白抱起来，安慰道：“你是二哥，以后除了我和主人，你还会有很多的小弟小妹。对不对啊，主人？”

大卷与二白齐刷刷地看向云筝。

都养了两三个，要是再多几个小弟小妹，她怎么养得起！云筝扭头，移开视线，环顾四周然后点了点头道：“这里风景挺好的。”

大卷一手抱着二白，一手上前扯了扯她的衣袖，认真地问：“你是在转移话题吗？”

“大卷，我劝你善良。”云筝低头，似笑非笑地盯着他。

大卷触及她的眼神，绷着脸一本正经地点了点头：“这里风景挺好的，主人，我们进去找几只灵兽给你先练练手吧。”

“乖孩子。”云筝欣慰地揉了揉他的脑袋。

于是，如焰之森多了一支由一个红衣少女和一个四五岁的小男孩组成的队伍，这自然惹来不少人注目。更有几个心术不正的人对云筝伸出魔爪，只不过最后魔爪都被砍了。

云筝在如焰之森的第一个夜晚，是躺在一棵百年巨树的树枝上度过的。她抬头仰望星空，心中多了一丝惆怅。不知道那些老头子怎么样？会不会有人因她的离开而黯然神伤？

突然，一道低沉而充满磁性的声音在她耳畔响起：“你在想什么？”

云筝吓得脚一滑，眼看就要掉下去，可下一秒就跌进了一个温暖的怀抱。

“容烁……”

“你在彷徨什么？”他问。

云筝抿了抿唇，眸光微闪，随即她摇了摇头，恢复了以往笑容满面的模样：“我没有彷徨，我只是在思考问题。”

容烁深邃的眼眸注视着她，薄唇轻启：“那你为何这两日都在躲本尊？”

云筝愣了一下，随即笑呵呵地道：“我才没有躲着你，只是这两天有点儿忙。对了，你先解除我手上凤凰戒指契约吧，我自己无法解除。”

容烁看了一眼后，便收回视线，冷淡地道：“这枚戒指已经送给你了。”

“这么贵重的东西……”云筝皱了皱眉，迟疑道。

容烁冷漠地道：“这个是作为拜师礼物送给你的，别多想。”

“拜师？”

容烁低低地“嗯”了一声，将云筝放在了地上。

云筝疑惑地问道：“容烁，你怎么会想要收我为徒？”

容烁听到这话，脑海中回想起了今日见到的那个人……

那人拥有一头火红色的头发，眉间有一个红色火焰的印记，眉目精致，一双狐狸眼十分迷人，浑身散发着玩世不恭的气息。他惊呼：“容兄，你竟然有心悦的女子了！”

“而且那女子不喜欢你，察觉到你要表白的意图后就开始躲着你。我倒是好奇是哪个奇女子能够抵挡住你的诱惑！”他摸了摸下巴，眼神中多了几分好奇。

“柏零，你觉得如何处理才好？”

柏零听到这话，揶揄道：“容兄，没想到你居然有一天也会为情所困。”

“说人话。”

柏零迫于容烁的威严，正色道：“容兄，你才认识那女子一个月左右，就想向她表白，还把十大灵宝之一龙凤双戒中的凤星戒给她了，她能不察觉到你的意图吗？现在她躲你了，证明她不能接受或是在害羞！”

“不过我觉得她应该属于前者，所以你现在最好编一个谎言，比如说……”柏零说着，做沉思状，摸了摸下巴，“对了，可以将那凤星戒当作拜师的礼物！这样你可以以她师父的名义陪伴着她，然后就可以日久生情了！”

“不可。”容烁没多想就拒绝了，师徒最后若是成为伴侣的话，会对她的名声不好。

柏零一听，便猜测到容烁大概在想什么了。

柏零笑道：“容兄，思维是可以变通的，你虽说收她为徒，但是你不让她公之于众，也不让行拜师礼，那么你们便是‘假师徒’了，所有问题都迎刃而解了！”

容烁将飘远的思绪拉回，他垂眸看向神情茫然的云筝，不自然地捂嘴轻咳了一声，然后道：“你的天赋不错。”

“就是因为这个？”云筝惊讶地道。

容烁微微颔首。

得到容烁的认可以及凤凰戒指这事解决之后，云筝提起来的心彻底放下了。

云筝左脚往后退了一步，正想单膝跪地，抬手作揖行拜师礼时，有一股无形的力量将她托了起来。

云筝愣住流露，抬头，只见容烁转过身，背对着她，他微微转过头，完美无瑕的侧脸被一层阴影笼罩着，格外动人心魄。他冷着声音道：“本尊不喜欢多礼，你我之间就免去那些烦琐的礼仪。还有，切记莫在外人面前提起或传出本尊是你师父的消息，因为本尊不喜。”

云筝听到这些话，心中暗忖，果然强者都有一些怪癖吗？

“是，师父。”云筝话语里多了一丝敬重。

容烁那掩盖在衣袍之下的手微微攥紧，他怎么感觉这将两人的关系推远了些，柏零是不是在坑他？他沉吟片刻，道：“早点儿休息，明日即可开始实战历练。”

云筝笑了笑，应道：“好的，师父。”

容烁眉头微蹙，淡淡地道：“以后别叫本尊‘师父’，别扭。”

不叫师父叫什么？云筝正想问他，可是他一眨眼就消失了。

“奇奇怪怪！”云筝嘀咕了一声，然后轻点脚尖，回到树枝躺着，不一会儿就合上眸子睡过去了。

而此刻将身形隐匿起来的容烁，深邃的眸子微动，夜色中，他抬起了左手，看着那枚古朴的刻着龙纹的戒指，心中轻叹：“这样做真的可以吗？”

翌日天还没亮，容烁就把云筝拎了起来，无情地将她扔进了一个狼窝中，让她独自跟二三十只凶猛残暴的烈刃狼战斗。他还吩咐青风带二白去更深处历练了。

云筝看着一群来势汹汹的五阶烈刃狼，又抬头看了一眼那个脚踩虚空、俊脸冷漠的身影。

“半个时辰之内，解决掉所有烈刃狼，没有做到的话，你要接受更严厉的战斗！”

云筝第一次看见他这么冷酷无情的模样，忽然产生了错觉，之前遇到的并不是他！她怎么会以为他喜欢自己？

云筝不再多想，与那群烈刃狼战斗了起来。她手持一把烈焰长枪，长枪所刺之处，一片鲜红。不一会儿，云筝的脸上被溅满血珠，整个人显得十分妖异。

顷刻间，一头烈刃狼从云筝的背后袭来，云筝被前方的狼拖住了动作，所以慢了一瞬，可就是这一瞬，让云筝的背后被尖锐的狼爪划破了，后背赫然多了几道血淋淋的伤痕！

云筝闷哼了一声，忍住疼痛，挥枪后刺，正中那匹烈刃狼的头部。她正准备开启血瞳之时，不远处传来了一道冷淡的声音："只能用灵力！"

云筝闻言，心里暗骂了一声，捏紧枪柄，再次朝剩余的烈刃狼杀去。

大约半个时辰后，云筝的周围一片狼藉，她浑身乏力地躺在地上，大口大口地喘气。

这时，一个高大的阴影将她的视线笼罩住："你失败了，多用了一刻钟，跟本尊来。"

"我不能休息一下吗？"云筝嗓音微哑，委屈地问道。

"不能。"容烁一口回绝。

云筝闻言，猛地站了起来，兴许是失血过多，她站起来的那一瞬，踉跄了几步，差点儿又倒了下去。

容烁那修长的手微微抬起，但很快又放下了。

云筝站稳脚跟后，撇撇嘴嘀咕了一句："比那些老头子还要魔鬼！"

"你在说什么？"容烁回过头来问。

云筝连连摆手，心虚地笑道："没说什么。"

容烁的视线往下移，看到她的双手有几道触目惊心的划痕，眸子微动："手伸过来。"

云筝看了看自己的双手，然后伸了过去。

容烁抬手朝着她左手的凤星戒方向轻弹了一下，一阵微妙的力量闪过，云筝感觉到凤星戒多了一些东西。她用神识探入其中，发现一个角落中多了一排架子，架子上摆着密密麻麻的丹药和药膏。

各种功效、各种品级的都有，差不多有两百多瓶，每一瓶中有五颗丹药。

"这是——"云筝抬头望着他，不可置信地道。

容烁触及她那亮晶晶的眼神，不自在地避开了视线，语气淡漠却隐藏着一丝别扭：“这也是拜师礼之一。”

“谢谢师父！”云筝高兴得一把抱住了他的胳膊，然后小脑袋欣喜地蹭了蹭他的胳膊，笑道，“我很喜欢，谢谢师父！”

容烁感受到来自手臂上的温度，耳尖有些许燥热与不自在，身体僵硬着。

“师父你这么抠门的人，居然会送这两个贵重的礼物给我，我真是太开心了！”

容烁的脸色由晴转阴，用一根手指戳了戳她的小脑袋，沉声问道：“谁跟你说本尊抠门的？”

云筝察觉到他的语气不对，再抬头一看，只见他冷着一张脸。她缓缓松开了手，试图用笑脸蒙混过关。

幸好，容烁也没跟她计较这件小事，让她先吃一颗疗伤丹药后再出发。

云筝挑了一颗三品的疗伤丹药，没多久，体内就感到有一股暖洋洋的气流在涌动，整个人舒服了不少。只是，外伤却没有治愈。

“我准备好了。”云筝莞尔一笑，显然心情不错。

容烁看了看她的外伤，若是不及时处理，恐怕会留下疤痕，便道：“你闭上双眼。”

云筝有些疑惑，但还是闭上了双眼，因为她莫名地信任他。

容烁手一挥，手中便多了一瓶膏药，他运用灵力将药膏化成一团缥缈的灵气，然后轻轻挥了一下，那团灵气自动地贴合在她的伤口上。

云筝感觉伤口处有些痒痒的，温温凉凉的。

“可以睁眼了。”

云筝睁开眼，第一时间就是观察自己的伤口，发现它已经愈合了。

“拿着。”容烁将手中的玉瓶抛给了她，“这是玉露膏药，能够治愈伤口。”

云筝低头看了看手中的玉瓶，然后道谢：“谢谢师父。”

容烁睨了她一眼：“该出发了，拉着本尊的衣袖。”

“好。”云筝也不矫情，立马拉住了他的衣袖。

她被带到了一个陌生的地方，这里阴森恐怖，黑色的雾气缭绕，地面不是坚硬的泥土，而是潮湿的沼泽。

云筝察觉到，那沼泽之中似乎藏着兽息。

“这是浊气，这里是如焰之森的沼泽之地，本尊在另一边的出口等你，你在这沼泽地可以使用所有术法，只是务必小心。”容烁道。

云筝惊讶地问道：“师父你不陪我一起吗？”

容烁摇了摇头：“这是你自己的历练。”

“好，我知道了，你在那边等着我吧。”云筝点了点头。

容烁情不自禁地抬起手，摸了摸她的头。待他反应过来时，心猛地跳动了一下，却装作无事般收回了手，没有打一声招呼，便离开了。

云筝没有察觉到容烁的异常，所以没有多理会与深思。她看着眼前阴森潮湿的沼泽，召唤出一支细长的黑色毛笔，在虚空中勾画了一个祛浊气的灵符。她用毛笔的底端朝停顿在虚空中的灵符一戳，灵符瞬间消散，朝她飘过来，与她的身体融为一体。

云筝进入黑色缭绕的雾气中，她的身体表层仿佛有一层淡淡的光芒，将黑雾隔绝开来。

沼泽里有几块浮现在外的黑褐色的石头，云筝抬脚踩了上去，她能明显感觉到脚下的石头往下沉了沉。她连忙踩住一块石头，就在她安然无恙地踩了几块石头之后，身后突然传来一阵异动！

云筝骤然攥紧手中的毛笔，回头一望，那原本看似黑褐色石头的东西动了起来。定睛一看，原来那是几只伪装成踏路石的六阶沼泽毒鳄！

顷刻间，她脚下正踩着的“踏路石”也狂躁地动了起来。它的头一甩，欲将云筝甩到沼泽泥潭之中，只是云筝极快地跃了起来，踩在另一条沼泽毒鳄的头上。

突然，有几条毒鳄仰头向她喷射浓郁恶臭的毒液！

云筝迅速一闪，可她的裙摆还是沾染到了一些毒液，“刺啦”一声，她的裙摆被侵蚀腐烂了。

云筝眸光一寒，这沼泽毒鳄并不是那么好对付的！

越来越多的毒鳄从沼泽泥潭深处浮出头来，密密麻麻的一片，向云筝发起攻击。

毒鳄不仅能喷射毒液，还有锋利尖锐的利齿，正气势汹汹地朝云筝张牙舞爪。

“可恶！”云筝暗骂了一声，素手一扬，一张明黄色的符文出现在她的面前，符文迅速化成一支烈焰长枪。她猛地握住枪柄，然后挥动长枪，一股灵力化作熊熊烈焰飞快地向毒鳄们扑了过去，被火焰灼烧到的毒鳄发出凄厉的吼叫声。

但形势依旧严峻，腐蚀性极强的毒液不间断地朝她攻击，即使她挡得了前面，后面也无法顾及。

云筝一边抵挡，一边轻点脚尖跃到不同的毒鳄头上。

眼下只有使用瞳术了！云筝停下步伐，右手持枪，左手双指凝聚灵力快速地在双目前一抹，下一刻，她幽黑灵动的瞳孔变成了赤红色。

“天目启，驭！”清冷的声音响起，话音刚落，无形之中，有无数条红色光线进入那一头头毒鳄的识海中，将它们的精神力层层控制起来。若是此时被别人看到这一幕的话，恐怕会震惊得说不出话来，因为那一头头毒鳄如同石像一样，一动也不动了！

云筝感觉到这次施展的瞳术带给她的压力极大，因为她还是第一次控制数十头六阶灵兽。精神力似被一块巨石狠狠挤压，不留缝隙，让她的识海隐隐作痛。

一刻也不能耽误！云筝速度极快地踩着毒鳄的头颅向前方飞去。

在距离沼泽边还有十数米的路程时，毒鳄们挣脱了她的瞳术束缚，狂奔着追了上来。

庆幸的是，她在最后一刻来到了沼泽边上，精致的小脸扬起一抹笑容，她挥了挥手，笑道：“拜拜了。”

毒鳄似乎听到了她的话，气得喷射出更多毒液，可是偏偏就是喷不中。

云筝虽然离开了沼泽之地，但是前方依旧有些诡异。地上铺着零零散散数的白骨残骸，树木葱茏，荒无人烟。

忽然，前面传来一道求救声。

“救命！啊啊啊！不要过来，不要……”

云筝皱了皱眉，撕下衣裙的一块布料，然后将之当作面纱戴上。

突然，云筝脸色一变，因为前方有一个浅紫衣袍的俊美男子吓得脸色煞白跑了过来，他的身后跟着一群密密麻麻的暗红色巨蚂蚁。

浅紫衣袍的男子看见云筝，眼神中充满了惊喜，他一边跑，一边喊：“姑娘，救救我！”

云筝嘴角狠狠地抽搐了一下，救你？我想踹死你！

嗜血嗜肉的巨蚂蚁数量让人不禁起了鸡皮疙瘩，比那些六阶的毒鳄鱼还要吓人好几倍！

云筝转身就想原路返回，可当她看见那阴暗潮湿的沼泽地中，一头毒鳄都没有的时候，心不禁凉了一半。连毒鳄都怕这巨蚂蚁！

寻常人一走进沼泽泥潭中，就会深陷其中，就算她有灵力，能利用自身轻盈的优势，但也不可能走完这么长一段距离。

“姑娘，等等我啊！

“姑娘，快救救我啊！”

云筝闻言脸色一黑，她转身的那一刹那，那男子就倒在了她的面前。

云筝毫不留情地将他一脚踹到一旁，男子发出了一道闷哼声，不解地看着她。

云筝睨了他一眼，冷声道：“一边待着去！”

云筝素手一抬，一张三品爆裂符文出现在她葱白的指间，她输入灵力触发爆裂符文，将它往前一抛，刹那间响起了一阵阵巨响，随即传来一阵肉香味和焦味。

可怕的是，后面的巨蚂蚁毫不客气地将前方受伤濒临死亡的蚂蚁啃咬殆尽，然后继续冲了过来。

“太可怕了！”男子的脸色煞白。

连云筝都忍不住蹙了蹙眉，看着愣在一旁的俊美男子，沉声道：“还愣着干吗，已经无路可退了，唯有一战！”

俊美男子恍惚间，只见云筝召唤出长枪，灵力乍现，毫不畏惧地朝前方攻去。一只只巨蚂蚁被刺穿，然后被挑飞。云筝的长枪横扫千军，将巨蚂蚁一个个烤熟！

他还是第一次看到动作这么干脆利落的女子！有了云筝的鼓励，他的斗志被熊熊点燃，顷刻间，他召唤出利剑，加入了战斗。

一个时辰过去了，云筝有些体力不支，她今天早晨就开始战斗，直到现在还没有歇息过。看着数量不减反增的暗红色巨蚂蚁，云筝愤怒了：“是你们逼我的！”

她将长枪收回，素手一扬，另一张明黄色符文出现，她轻喝一声：“巨斧，来！”

云筝的手上瞬间多了两把金灿灿的巨大斧头。斧头比她的人还高，她一手一把，一时之间显得特别诡异。

云筝冷笑道：“这是我最喜爱的武器，今日就让你们这些小东西试一下它的威力！”

斧头划破虚空，形成了一道道强烈的罡风，将不少巨蚂蚁横扫在地。

男子神色僵硬地望着画风清奇的云筝凶狠地“收割”巨蚂蚁。他看了看手中纤细的利剑，再抬头看了看云筝手中两把金灿灿的大斧子，突然觉得自己好柔弱……

突然，一道清冷的声音穿破虚空传至他的耳畔，让他震耳欲聋：“你再不战斗，我就宰了你！”

男子一听，身体下意识地攻击起了那些巨蚂蚁。他心里暗道，无渊快来救我，我好像招惹了一个特别残暴的女子！

半个时辰后，地面上躺着数不清的巨蚂蚁尸体，巨蚂蚁的数量剧减，剩下的巨蚂蚁许是害怕了，都争先恐后地跑了回去。

云筝深呼了几口气，将两把巨大又金灿灿的大斧子收了回去，走到一旁的树底下，挨着树干坐了下来。

斗志消失后，身体才感觉到疲惫，浑身发软，完全提不起劲来。这副身体之前没怎么锻炼过，体力差得不是一星半点！

男子走到云筝的面前，郑重地道谢：“谢谢姑娘的救命之恩！”

“嗯。”云筝没力气搭理他。其实，她也不想救他，完全是时势所迫！

男子没看出云筝的疲惫，以为她性子冷，继续道：“姑娘，你是我燕沉见过的女子当中，最为威武霸气的一个，我可以有机会认识你吗？”

云筝眼皮微抬，无情地拒绝了：“没有。”

燕沉的眸子中闪过几分失落，他这还是第一次被人拒绝，丢脸不至于，但是觉得遗憾。

这时，远处传来了嘈杂的脚步声。

“这里有战斗过的痕迹，快看！”

“咦，怎么会有这么多食肉巨蚂蚁的尸体！”

“几乎都是一招致命，谁这么厉害啊？”

“巨蚂蚁外壳极厚，若是没有一定的实力，是绝不可能一招就断绝其性命的！”

云筝与燕沉同时循声看去，只见一队佣兵从远处走了出来，他们的手臂上有形似狼头的印记。

云筝记起了昨天刚入如焰之森时见到的那队佣兵，没想到还会再次遇到他们。

突然，又有一队人马从另一个方向而来，云筝目光微沉，是楚允衡与江奕辰他们……

燕沉似乎看到了熟人，兴奋激动地想要去寻找他，可是衣角被人拉住了。回头一看，只见云筝抬头看着自己：“我可以跟你交朋友，前提是你帮我一个忙。”

燕沉闻言，眼睛一亮：“你说。”

云筝跟他说了几句话，燕沉只深深地看了她一眼，没考虑多久，便点头答应了。

楚允衡与江奕辰等人看到这遍地都是巨蚂蚁的尸体，忍不住头皮发麻，没有像佣兵们那样肆意谈论。

楚允衡身边的灰袍老者警惕地在他耳边叮嘱：“殿下，要提高警惕，这里十分危险。那队佣兵是八级狼牙佣兵团，能交好就交好，不能交好的话，也不能交恶。”

楚允衡闻言，若有所思地点了点头。

江奕辰则挑了挑眉，嘴角露出一抹轻蔑的笑。狼牙佣兵团向来看不惯皇室中人，怎么可能会跟皇室中人交好？

身着一袭粉裙的楚允柔此刻直勾勾地盯着那蓝袍俊美男子，用甜美的声音问道：“钟离哥哥，你觉得这丑陋的巨蚂蚁是谁动手杀掉的？”

钟离无渊眉头微皱：“不知。”

“钟离哥哥，柔儿想……”

楚允柔还没说完，就被一道爽朗的少年声音打断：“无渊，我在这儿！”

钟离无渊循声看去，只见一个偏僻的角落中，一个浅紫衣袍的俊朗男子脸上洋溢着兴奋欣喜之色，朝他招了招手。

正是因为这一句话，两队人马的目光都聚集在了燕沉以及挨在树边坐着的女子身上。

钟离无渊看到燕沉安然无恙，提着的心放了下来，便无视他人，迈步向他走了过去。

楚允衡与灰袍老者对视了一眼后，招呼众人道：“我们也去看看。”

与此同时，狼牙佣兵团的儒雅书生相的老大也说了一句：“去问问他们怎么回事。”

于是，两大队人马浩浩荡荡朝着云筝与燕沉走了过去。

云筝无奈地撑着额头，看着燕沉的背影，压低了声音道：“我让你叫你的同伴过来，没叫你当众呼喊，这下好了，把所有人都招来了！”

她的话里透着浓浓的怨恨，若不是顾及她现在的身份，她都跳起来给他一拳了！

燕沉听到这话，回过头来，心虚地对她笑了笑，道：“我下次不会了。”

云筝挑了挑眉，还有下次？

钟离无渊一来就将燕沉拽到一边，压低了声音问：“燕沉，这是怎么回事？”

燕沉下意识地看了一眼云筝，得到云筝的指示后，清了清嗓子，便毫不掩饰音量地道：“无渊啊，刚才太吓人了，我与妹妹小云遇到了一大批巨蚂蚁，就在我们以为死定了的时候，一个道骨仙风的老者出现了。当时你是没看见，那老者横扫千军，将那些巨蚂蚁逐个攻破。唉，我与小云想帮忙都帮不上。”燕沉说完，深深地叹息了一声。

钟离无渊看着他装模作样地说出这些话，眸光闪动，心中有了数。

妹妹小云？神秘老者？

钟离无渊嘴角微扬，很快又被他压下，他抬手拍了拍燕沉的肩膀，用劫后余生般的语气道：“你们两个没事就行。”

说罢，他看向挨坐在树边的云筝，出口询问：“小云这是怎么了？”

燕沉闻言，表面上虽不显，但是心里莫名地紧张了起来。

“无渊，我被毒蛇咬了一口后，身体有些麻痹，暂时无力，起不来了。”云筝抬眸看着他。

云筝偏清冷的声音，让钟离无渊诧异地挑了挑眉，他还以为她是一个娇滴滴的女子，没想到……

“钟离公子。”

钟离无渊身后传来一道低沉阴冷的声音，他转身，来人正是楚允衡……还有一群佣兵。

“无渊，他们是谁啊？”燕沉皱了皱眉，用胳膊肘撞了一下钟离无渊，抬了抬下巴，疑惑地问道。

未等钟离无渊说话，楚允衡就已经自我介绍了：“我是大楚国的三皇子楚允衡，想必这位就是钟离公子的同伴了吧？”

钟离无渊点了点头，然后跟燕沉简单地解释：“我与你走散后，就遇到了他们，他们邀请我同行，我答应了。”

燕沉点头：“原来如此。”

燕沉礼貌性地对楚允衡微微颔首示意。

这时，一直不说话的儒雅书生开口了：“你说方才你与你的小妹遇到一名老者，在下能问问那名老者去哪儿了吗？”

燕沉蹙眉摇了摇头：“我也不知道他的具体去向，只知道他往东去了。”

儒雅书生听到这话，视线在燕沉的脸上停了一下，然后看向云筝。

不过，云筝此刻垂着脑袋，众人看不清她的神色，更何况她还戴着一条面巾。但他有种直觉，这女子不简单！

灰袍老者朝儒雅书生的方向拱了拱手，笑道：“南宫团长，久仰大名。”

南宫契也拱手跟灰袍老者打了声招呼：“不敢当，不敢当。”

佣兵队伍中的王空一直盯着云筝，看着她身着的红衣，感觉有几分熟悉，可就是想不起来在哪里见过。

南宫契跟灰袍老者敷衍地聊了几句后，便道：“既然无事，我们狼牙佣兵团就先行离开了。”

说完，他挥了挥手，带着身后一大群佣兵大汉们向深处去了。

待佣兵团的人走远之后，楚允衡抱着拉拢的心思，笑问道：“钟离公子，你们不如继续跟我们一同去深处历练吧。”

“对啊对啊，钟离哥哥，遇到危险时，人多也能够互相帮忙。”楚允柔抬起手指优雅地理了理鬓间的头发，笑盈盈地道。

云筝看到楚允柔这副矫揉造作的模样，忍不住笑出了声。

一时间，所有人的目光都落在了她的身上。楚允柔眸中闪过一丝怨毒。她看着云筝，故作柔弱地询问道：“这位姐姐，你在笑什么啊？”

云筝差点儿被她娇滴滴的声音恶心吐了，以往这楚允柔面对原主时，总是盛气凌人，拿鼻孔瞪人，一不快就拿出鞭子抽人。现在，倒装成小白莲花的样子了。

不过说实话，楚允柔还没有苏容三成功力。

云筝笑道：“我只是突然想起了食人花在猎食的时候，会装作小白花，刚刚看到楚姑娘的姿态，脑海中不知为何联想在一起了。”

“你个……”

若不是楚允衡猛地拉了拉她的手，估计她现在就将那粗鄙的话说出来了。

楚允柔眸中闪过一丝狠辣，咬牙忍了下来。

她居然敢将自己比喻为食人花！

“还有，不要叫我姐姐，因为你看起来比我老多了。”云筝毫不留情地呛她。

楚允柔听不得别人说她老，本就怒意横生，现在又被这么一激，她的声音瞬间变得尖细锐利：“你，本公主要砍了你！”

话音落下，她从身后的侍卫手中拔出一把剑，银色寒光闪烁之际，锋利的剑尖就来到了云筝的面前。

“不可！”楚允衡大惊。

江奕辰则一副事不关己高高挂起的模样。

燕沉愠怒，当即凝聚了一掌灵力，将差点儿得手的楚允柔拍飞了！

楚允柔的身躯如同断了线的风筝往一边砸去，砸到了一棵大树树干上，然后反弹了出去。她倒在地上后，吐出了一口鲜血。

楚允衡目眦欲裂，担忧地冲了过去：“柔儿！”

“公主！”其他皇室众人纷纷惊呼一声，然后也跑到了楚允柔的旁边。

楚允衡抱起半昏半醒的楚允柔，轻轻拍打了一下她的脸，担忧地喊道：“柔儿，柔儿……”

灰袍老者见此，挣扎了一瞬，忍痛将一颗一品丹药塞进了楚允柔的口中，又为楚允柔把了脉，心下微安。他恭敬地向楚允衡禀报：“殿下，公主暂时没什么大碍，只是受了点儿内伤，暂时昏厥而已。”

楚允衡松了一口气：“那就好。”

他看了一眼双手抱胸毫无愧疚之意的燕沉，一阵怒意涌上心头，他将怀中的楚允柔交给一个侍卫照看之后，便站了起来。

楚允衡走向他们，面容阴沉，责问道：“将本皇子的皇妹打成这样，难道阁下不应该给个交代吗？”

燕沉闻言，吊儿郎当地嗤笑了一声，漆黑如墨的眸子微冷：“你有皇妹，难道我没有妹妹？刚才是你的皇妹想要杀了我们家小云，我才出手的！若是我没有出手，我们家小云恐怕就不止受伤了！”

旁边的钟离无渊听到“我们家小云”时，诧异地挑了挑眉，燕沉这家伙倒是十分自来熟。他们走散还没有两天，他就这般维护这个“小云妹妹”了？别看燕沉这家伙实力没有多强，但是他是一名二品炼丹师，平时对其他人可是十分不屑的！

钟离无渊清楚，这家伙心底自视清高得很，这次竟这样维护一个女子，让人不得不好奇啊！

楚允衡听到这番话，脸色变得难看起来，沉默片刻，自以为想了一个折中的法子，说道：“等柔儿醒来，你向她道个歉，这事就这么过去了。”

此言一出，燕沉冷笑了一声，扭头看向钟离无渊，嘲讽地道：“钟离无渊，你是怎么忍受跟这么自以为是的人在一起这么久的？还把这些人招到我面前！”

钟离无渊无辜“躺枪”，支支吾吾道：“这事……”

“闭嘴！”燕沉呵斥了一句，“你不帮我将他打一顿，这事就没法了断，以后丹药你自己去买吧，反正我没有。”

钟离无渊闻言，哭笑不得。

楚允衡听着这些夹枪带棒的话，心里的怒火更甚：“你这是什么意思？”

燕沉反唇相讥：“就是你想的那个意思！”

楚允衡咬牙切齿道：“别以为你是钟离公子的同伴，本皇子就不敢对你怎么着！”

燕沉挑眉，语气不可一世：“我就站在这里，你有本事就打啊！”

楚允衡虽然理智，但是也受不了眼前这浅紫衣袍的男子这么挑衅。

“这是你自找的，你可别后悔！”

“废话少说！”

楚允衡从储物戒指拿出一把利剑……

一旁坐着的云筝眨了两下眼睛，怎么事态发展得越来越古怪了？

楚允衡运起大灵师七阶的灵力，输入利剑中，朝着燕沉的右手臂砍去，心道，他这么轻狂，就让他从此成为一个断臂之人！

“轰——”

“咔嚓——”

楚允衡震惊地看着眼前的景象，只见一袭蓝袍陌上人如玉的俊美男子左手微抬，一股强悍无比的力量就让他的利剑寸寸爆裂。

眼看着那股强悍无比的灵力就要朝着楚允衡的胸口袭来，灰袍老者提起楚允衡的领子，将他扔到了一边，自己承受了这次攻击。

老者被这道攻击逼得退后了一步，浑浊的眼睛闪过一抹暗光，没想到这个钟离无渊的实力已经达到灵王六阶之上，恐怕连他都不是这钟离无渊的对手！

灰袍老者双眸微眯："钟离公子，为何要下如此狠手！"

"只是以其人之道还治其人之身而已，楚允衡敢这么对本公子的兄弟，就要做好心理准备。"钟离无渊道。

"这两日我们待你不薄，你居然这么狼心狗肺！"楚允衡从地上爬了起来，怒骂道。

钟离无渊脸色微变，温和的双眸瞬间犀利如炬地望向楚允衡。

"燕沉说得没错，你就是烂人一个，区区一个小国皇子愚蠢到这种地步。啧啧，还真是让人'大开眼界'。"

燕沉点头附和道："就是，真是令人恶心！"

闻言，不仅楚允衡脸色难看，大楚国其余几个家族子弟和侍卫们的脸色都不大好。

燕沉对于他们的反应嗤之以鼻，他上前拍了拍钟离无渊的肩膀，道："我们走吧，不必跟这种人置气！"

钟离无渊听到这句话，微微颔首。

两人的目光看向云筝。

其实云筝早就休息够了，她站了起来，走到两人的面前，微微抬了下巴，说道："走吧。"

三人结伴离开了此地，留下了脸色阴沉得快滴出墨的楚允衡等人。

他们不敢阻拦他们，一个钟离无渊的实力就这么强了，如果另外两个人都是同样的实力呢？

而且，听他们的语气，他们应该来自更大的国家，惹不起！

一直充当隐形人的江奕辰看着前方三人的背影陷入了深思，这女子有点儿像……她。

待三人走远了之后，燕沉才傻笑着问云筝："我刚才表现得怎么样？"

云筝笑道：“八分吧，还差两分，以后继续努力！”

“没问题。”燕沉拍了拍胸口保证道。

钟离无渊见到这一幕，眉头紧紧拧了起来，怎么两天没见，燕沉这家伙似乎成了这个来历不明的女子的小跟班？

燕沉想起了什么似的，扭头看向钟离无渊，道：“无渊，我向你介绍一下，这是我新认识的朋友，云筝！”

“你好，我叫钟离无渊。”钟离无渊对她点了点头。

云筝道：“那我以后叫你无渊吧。”

钟离无渊不甚在意：“无所谓。”

燕沉看着他们两个不冷不热的模样，心里长叹了一声。

走了一段路程，云筝突然向他们告辞：“我有事，就不与你们一道了。”

燕沉道：“你有什么事？若是不紧要的话，也可以带上我们。”

钟离无渊听到燕沉这番话，暗暗地摇了摇头，从未见燕沉对一个女子热情到这种地步，他该不会是喝了什么迷魂水吧？

“不了。”云筝拒绝了，没有过多解释。

燕沉神色失落，随即说道：“这一别再见面就不知道是什么时候了，我是极明国炼丹燕家的嫡子，你若是想来找我的话，可以到燕家来寻。”

“对了，这是令牌，你收着。”说罢，他从储物戒指拿出一块黑黝黝的令牌递给她。

云筝低头看了一眼，也不矫情，收下了。

“我是大楚国云王府的云筝，你若是想找我也可以来，不过这几个月我不在府中。”云筝肯暴露自己的身份，完全是因为对方是个心性不错的人。

燕沉有些诧异，他以为云筝这等实力身法，应当是个中等国家以上的人，没想到是个小国家的人。不过，在小国中都能有如此不凡的实力，更觉厉害了！

“好。”燕沉笑道。

云筝面巾之下的红唇微扬：“有缘相见！”

“等等。”钟离无渊喊了一声，他从怀中掏出一块桃花状的玉佩抛给她，“接着。”

“这是？”云筝不解地望着他。

“你也可以来找我，我是钟离国太子钟离无渊。”

云筝与燕沉他们告别之后，就迅速朝着前方而去。她的心里只有一个目标，就是找到容烁的所在地。

期间，她偶尔遇到几只低阶灵兽，越往后遇到的灵兽级别就越高。

云筝也在这次历练中逐渐找到了感觉，愈杀愈猛，体力也逐渐地提上去了。

云筝穿过了沼泽之地，来到了一个湖边后，终于看到站在湖边的挺拔的墨色身影。

“容……”云筝下意识地想叫他的名字，但是发现不对后，便换成了一句“师父。”

“过来。”低沉的嗓音让人的心都酥酥麻麻的。

云筝迈步走了过去，直到走到与容烁并肩的位置才停下，她停下抬眸看向容烁：“师父。”

容烁微微侧首睨了她一眼，发现她站在他的身边，完全没有身为徒弟的半分认知与规矩，心里一时不知是喜还是忧。

“你今天先歇息一下吧，明日继续，训练会一天比一天更难！”容烁道。

“好！”云筝愣了一下，然后笑着点头。

容烁淡淡地说道：“还有，以后别叫我师父，唤我姓名便可。”

“为什么？”

“我不喜欢师父这个称号。”容烁撒了一个小谎。

云筝听到这话，皱了皱眉，并未追问，而是顺从地说道：“好，那我以后还是叫你容烁吧。”

容烁扫了她一眼，嘴角微扬，而后没多久又恢复了一副冷清的模样。

此后的半个月，容烁将云筝扔到不同的兽群中去战斗，直到云筝对速度的控制以及对灵力的掌握能力都提升了以后，才教她战技功法。

容烁将云筝带到了如焰之森深处的一处天然瀑布前，道：“我这半个月发现你习惯用长枪，所以今日我要教你两个战技功法，一个适用于你的长枪，另一个是在没有武器的情况下凝聚灵力攻击的功法。”

“好。”云筝认真地点了点头。

容烁看着她：“把长枪拿出来！”

云筝闻言掏出一张三品符文，素手一翻，符文变成了烈焰长枪，她一把握住。

“然后呢？”她抬头问道。

在云筝迷茫的目光注视下，容烁走到她身后，骨节分明的手握住她温软的小手。

云筝的心莫名跳得快了些，她回过头想问他话，红唇却不经意地碰到了他的下巴，她的心更是狂跳如擂鼓了！

云筝想看看容烁是什么表情，却不料，他似乎没有察觉到，声音如同以往一般冷清：“看前面。”

不知道是心虚还是什么，云筝听到后立马将自己的小脑袋扭向了前面，精致的小脸透着薄薄的红晕。

“接下来我教你的是九霄断魂枪的第一式——烈焰夺魂枪！”

还没等云筝反应过来，她手握长枪的那只手就随容烁而舞动了起来。

容烁带着云筝示范了一遍，招式凌厉，火焰随着枪尖舞动。最后的攻击落在那瀑布的中间，硬生生将那瀑布的水流隔断。

本来是水克火，现在容烁带她挥的那一枪，竟然将不少的水尽数灼烧殆尽。云筝震惊不已。虽然早知道容烁很厉害，可她还是会忍不住震惊。

“会了吗？”低沉的嗓音在耳畔响起，让云筝感觉耳朵有些酥痒。

说实话，她刚才走神了。

容烁见她不说话，便猜测到了。

“容烁，你再教我几遍呗，我又不像你天赋这么高，一次自然是记不住的……”云筝熟稔地扯住他的袍子，然后噘嘴装可爱，眨巴着眼睛。

这半个月来，容烁每每想跟她说教时，都被她一番装乖扮巧蒙混过去，这次也不例外。

“再来。”容烁冷着脸道。

云筝知道容烁退让了，顿时展颜一笑，精致的脸蛋上五官也灵动了起来，让周围的景色都黯淡了不少。

接下来，容烁再次握着她的手，带着她练了四五遍烈焰夺魂枪。

然后，容烁就静静地看着云筝在瀑布之下一遍又一遍地练习着。

容烁对云筝的天赋还是挺惊讶的，因为她做什么都能很快上手，在这贫瘠的东洲，她的天赋属实是顶尖的了。

黄昏退去，黑夜降临。云筝从清晨练到日落西山。

云筝回凤星空间中沐浴了一番，出来便笑着问道：“容烁，今晚我去打猎，吃点儿野味怎么样？”

容烁微微颔首，叮嘱道：“你要小心。”

云筝闻言，不以为然地笑了笑，调侃道：“再危险，不是有你来救我吗？”

许是她说得理所应当，容烁笑了笑。被她信赖的感觉，还是挺不错的。

“我走了，很快回来。”云筝朝他挥了挥手，然后就轻点脚尖离开了。

容烁看着她的背影，薄唇微抿，眼神里多了一丝宠爱。

突然，容烁脸色微变，薄唇的血色瞬间消退，他痛苦地闷哼了一声，紧紧地捂住胸口的位置，“扑通”一声，单膝跪了下来。

他整个人冒着冰冷的寒气，眉宇间结了一层又一层的霜：“有人动了本尊的本体……”

他眉宇间闪过一丝犹豫，最终还是缓缓合上了双眸。

此刻，远在中灵洲的某个宫殿，一个坐着的墨袍冷酷男子猛地睁开双眸，立刻朝着面前那人击了一掌。

蒙面的中年男子眼露震惊之色，来不及躲避，就已经被击中了胸口，一股强悍无比的力量轰然冲击着他的身体。他的身躯瞬间炸开，血肉飞溅，却怎么也沾染不到墨袍男子的身上。

爆炸的声音之大，瞬间将殿外的人全部引来。一个六七十岁的老头子出现得最快，他看了眼地面上的痕迹，眼珠子微动，俯身作揖行礼道：“属下来迟！恳求帝尊恕罪！”

被唤作帝尊的墨袍男子站了起来，高大的身躯，冰冷的气息，给人压迫感十足。

“本来本尊想留你一命的，可是这次你招惹到本尊了！”

容烁冷声说完，老头立马就想逃离此地，可是容烁手一抬，将老头硬生生吸了回来。

“帝尊饶命……啊……”

他毫不犹豫地拧断了对方的脖子。

刚赶来的人看到这一幕，心头大震的同时，全身被恐惧席卷，帝尊居然将护殿左卫仇天齐灭了！

容烁冷冷地扫了他们一眼，众人纷纷单膝跪地，垂着脑袋，声音颤抖：“属下参见帝尊，恭迎帝尊出关！”

容烁看着眼前的场景，莫名升起一股烦躁的情绪，脑海中浮现出那红衣少女的身影，手微微攥紧了些。他收回了心思，看着他们，沉声道：“墨雨呢？”

“墨雨大人今晚出了殿外。”一人回答。

容烁听到这话，便猜了个七七八八，冷声道：“本尊继续闭关，任何人不得打扰，违令者——死！守卫无晏居的人各自领罚一百鞭，可有异议？”

“没有！”众人齐声回答。

容烁处理完一些琐事之后，便回到无晏居内。他坐下合上眸子，想继续与分身保持联系，却被一股莫名的力量阻挡了。

这是怎么回事？难道是分身损伤严重？他再次尝试，可还是不行！

之前他去东洲，可是东洲的压制太强，让他不得不衍生一个适合东洲环境的分身出来。

容烁深邃的眸子闪过一丝不明意味的情绪，他做了一个决定——跨越四巍海域去找云筝。

至少，他要把话说明白，不能无缘无故地消失！

第八章
帝尊失忆

东洲，如焰之森。

云筝抓了两只兔子，刚想去抓第三只的时候，心头莫名跳动了一下。她脸色微变，连忙赶了回去。当看到一个几乎被寒冰包裹着的容烁时，她的眸子一闪，心头涌动着不安。

云筝拿出一张三品驱寒符文用在被寒冰包裹着的容烁身上，可是，寒冰只消融了一丁点儿。她清楚地认识到，这次的寒冰跟以往那次不一样，这次更严重！

“容烁，容烁。”云筝试图唤醒他，可是毫无作用。

云筝开启血瞳，无形的红线将冰块一块块地割裂。一炷香后，容烁身上的冰才被消除，只是这花费了云筝的一大半的精神灵力。云筝再次意识到，自己还是太弱了！

云筝轻轻地拍了拍他的脸，道：“容烁，你能听见我说话吗？”

云筝并拢双指在他的鼻尖探息，瞳孔一缩，身上的气血像是刹那间被抽干一样……

“容烁，你别吓我啊！”云筝使劲摇晃着容烁的肩膀，眼眶不知不觉湿热了。

“容烁，你是在跟我开玩笑吗？我认输了，好不好？你快起来！”云筝眼眶微红，语气急切。

“你再不起来，我就亲你了！”说完，云筝一手捏着他的鼻子，一手掐着他的脸颊，然后俯身弯腰给他做了人工呼吸，可还是毫无作用。

在识海中看到这一幕的书灵，不禁叹息地摇了摇头，喃喃自语：“一向聪明的主人怎么会突然昏了头？明明两人的命盘相融，其中一人死，另一个就要亡……”

“果然还是当局者迷，旁观者清，我要不要告诉她呢？”

殊不知，这些话毫无保留地落入了云筝的耳中。她稍稍冷静下来，发现自己的行为好像……是有点儿昏头……

她撇了撇嘴，低头看着这个被她亲得有些狼狈的容烁“尸体”，陷入了尴尬。

他应该不知道吧？容烁可是自己的师父，虽然是挂名的，但这种行为似乎不太妥当。她连忙从储物戒中拿出一条干净的帕子，擦了擦他的薄唇，再捏着他的脸，左看看右看看。

好了，现在没有作案痕迹了。

云筝再次探了一下他的鼻尖，发现还是毫无气息。

云筝看了他一眼，素手召唤出一支细长的毛笔，然后在虚空中勾勾画画。

她的口中说了几个字，然后虚空逐渐呈现了几个大字：因祸得福！

云筝看到这四个大字的时候，忍不住挑了挑眉，什么叫作因祸得福？难道他死了一次后，再次醒过来之后就会更强？

不过，这四个字让她担忧的心彻底放下了，没死就好！方才吓得她差点儿为他掉了几滴眼泪。

云筝不知道的是，因祸得福的“福”是她！

云筝将他移到那棵树底下，好心地为他身下添了一床被子，然后又盖了一张被子，免得他醒来之后觉得肮脏。

云筝想起之前他因为她而碰到一些泥土时，一整天那一张俊脸都紧绷着，一句话也不说……

虽然他没表达出来，但傲娇的他还是会时不时看她几眼。

云筝失笑了，她笑着笑着忽然想到了一个很严峻的问题，他若是知道她亲了他，会不会别扭一个月之久？

思绪至此，云筝连忙地摇了摇头，绝对不能让他知道！

翌日清晨，云筝半梦半醒间，感觉鼻尖被熟悉的气息萦绕着，细腰被一条铁臂搭上，还没等云筝睁开眼，脸颊上就被一个温凉的东西贴了一下。

“娘子，嘿嘿。”

娘子？什么娘子？云筝猛地睁眼一看，眼前的俊脸放大了几倍，是容烁！

云筝下意识想将眼前这个人推开，因为他和她离得实在太近了，却不想他还将那张俊脸凑得更近了。

“娘子，我想要亲亲。”容烁将她搂得紧紧的，两人力量悬殊，她根本就推不开！

云筝看到他的薄唇就要凑到她的红唇上，立马扭头躲避，结果他亲上了她的脸。

“容烁，你个混蛋！”云筝运起灵力欲要将他震开，与此同时，她的膝盖微曲，往容烁的腿间顶去！

许是容烁的本能反应，他躲开了，然后委屈地噘着薄唇，一双深邃的眸子透着幽怨委屈之色盯着她：“娘子，为何要打我？是不是我做错了什么？”

云筝闻言，抬眸看去，发现此刻的容烁的气质已经变了，从尊贵冷漠变成了傻里傻气！

别告诉她，容烁这家伙是因为寒毒，失忆变成了傻子！

容烁指着不远处的幽蓝色的蝴蝶，兴奋道：“娘子，我们去扑蝴蝶，蝴蝶飞飞。”

他站了起来，像个小孩子一样拍着手掌，做着与成年人不符的动作。

“蝴蝶飞飞，娘子，我也学蝴蝶飞飞。”说完，他展开双臂，然后围着她绕圈圈。

云筝的嘴角抽搐了一下，她现在能肯定容烁真的脑子坏了。不然他那么冷漠高傲的人，怎么会做出这么幼稚的行为？

这就是卦象中的“因祸得福”？云筝还是第一次怀疑自己的玄术水准。

于是，她又试了一次，跟昨晚显示的内容一模一样。

云筝眼神古怪地盯着眼前高大俊美的男人学小孩子扑蝴蝶的模样，然后陷入了深思。

突然，他蹲在了她的面前，傻傻地笑着：“娘子，你好漂亮，跟蝴蝶一样。”

云筝无奈地扶额，问：“你为什么叫我娘子？”

“因为你是我娘子啊。”容烁理所应当地回答。

若不是因为他是容烁，还是失忆变傻的容烁，她早就一拳捶到他的脸上了。但他是容烁，她忍了。于是，云筝柔声道：“我不是你娘子，你可以叫我云筝。”

“好的，娘子。”容烁那张俊美的脸上写满了乖巧，他自然而然地拉起了她温软的小手，“娘子，我们去玩吧。”

这娘子的称呼是不会改了吗？云筝深深叹了一口气，望着他道：“希望你早点儿恢复原来那样，你这样我有点儿消受不起啊。”

容烁则歪了歪头，露出懵懂无知的神情：“娘子，你在说什么？”

云筝在他方才歪头的时候，心脏就已经怦怦跳个不停了，不得不说，容烁这副俊容做出这样的动作，杀伤力格外大！迷倒万千少女，不在话下。

“娘子，你的脸好红，是不是生病了？”容烁抬起手抚摸了一下她的脸。

云筝瞬间如触电般往后退了一步。

“娘子，你怎么了？”

云筝让容烁乖乖待在旁边，让书灵出来照看着他，然后开始练习昨天容烁教给她的九霄夺魂枪的第一式——烈焰夺魂枪！

云筝白天一遍又一遍地练习枪法，夜晚她的神识就进入凤星戒指中打坐修炼，将丹田内积累的灵力沉淀。

而容烁白天在一旁撑着俊脸静静地看着云筝练习枪法，晚上就紧紧地搂着她的手臂，依恋地靠在她的肩膀上睡觉。

这个举动，云筝一开始是拒绝的。但是看到他一副委屈的模样，她的心又软了。

时光荏苒，又过了两个月。

这一天，在瀑布之下，云筝挥动长枪，使出了九霄夺魂枪的第一式——

“烈焰夺魂枪！”一声轻喝响起，瀑布的中间被一道细长的火焰拦腰隔断。随火焰而来的犀利的罡风，将瀑布后的山硬生生地震碎了一部分，碎石猛地掉落。

云筝见到这一幕，嘴角微扬，心想，终于练成了六七成。霎时间，云筝丹田之内的灵力溢满，这是要晋升的征兆！

一束微光笼罩在云筝周身，如焰之森中萦绕着的灵气开始暴动，纷纷朝着一个方向而去。

“这是有什么天地灵宝现世了吗？”

“灵气暴动得这么厉害！”

“该不会有圣兽冲击神兽境界吧？”

“你以为神兽是大白菜吗？这么容易就可以晋级为神兽！”

“肯定是有天地灵宝现世，快走！”

灵气暴动让处在如焰之森中的人大惊，以为是有灵宝现世，纷纷向灵气的方向赶去。

而造成灵气暴动的人正全身心地沉浸在从大灵师九阶冲击灵王的喜悦中。云筝周身的微光白雾越来越多，容烁见状，傻乐道：“娘子好棒！娘子好厉害！”

躲在云筝识海中的大卷却紧皱着眉头，没想到主人晋升灵王境界，居然造成这么大的轰动，一大群人正在赶来。而它现在不能贸然出去，它一出去必会惊动沉浸在晋升当中的主人。

若是她心性不稳的话，可能会晋升失败，轻则受伤，重则毁掉根基。不是它不相信主人，而是赌不起。正当它忧愁之时，一个浓眉大眼的中年男人出现了。

中年男人盯着云筝，面露惊愕：“居然是一个小女娃在冲击灵王境界！”

这时，又来了一个白衣老者，看到是一个小女娃正在晋升灵王的时候，也暗暗心惊。

“原来不是什么天地灵宝，这下要让很多人失望而归了！”白衣老者抬手捋了捋胡子，笑道。

突然，白衣老者注意到了不远处的墨袍俊美如仙的男子，惊奇地“咦”了一声。

浓眉大眼的中年男人也发现了容烁，从他的身形容貌以及完全看不透的实力，暗暗猜测他是一个强者。

中年男人与白衣老者对视了一眼，两人上前，距离容烁五步远的位置停了下来，然后作揖行礼道：“见过尊者。”

容烁扫了他们一眼，并没有搭理他们。在他的心里，任何人都没有他的娘子重要！

白衣老者与男人面面相觑，以为容烁的行为是强者的漠视，对他更加敬畏了。

这时，一阵阵嘈杂的交谈声以及急促的脚步声传来。一大群人聚集在一起想要探寻天地灵宝。待众人看清灵气暴动的根源时，惊呼道：“怎么回事？天地灵宝呢？”

“看来是我们想错了，原来灵气暴动是因为她的晋级！”

“她看起来年龄不大，修为却已经达到了大灵师九阶，着实厉害！”

众人议论纷纷。

人群中大楚国的人看着云筝这张熟悉的脸庞，顿时蒙了。

“这人怎么跟云筝那么像？”

“我也觉得好像！”

“我觉得不像，明显眼前这个女子更加漂亮，那云筝不能修炼，更不可能有这么高的天赋！”

大楚国的人闻言，觉得有道理，便没有深究了，以为眼前这个女子只是跟云筝长得颇为相似罢了。

人群中，有人看不惯正在晋级的云筝，想要阻止她晋级。一道攻击猛地朝云筝的方向袭去！

云筝察觉到危险，皱起了眉头。正当那道攻击快落到云筝的身上时，一道墨色身影出现在云筝的面前，硬生生地为她挡住了这道攻击。

众人被容烁的出现吓了一跳之余，眼神里全是惊艳之色。

特别是女性修炼者，看到容烁时，两眼发光，沉迷于他的美色中，久久难以自拔。

云筝的眉头皱得更紧，加快了晋升的速度。

众人讨论完容烁那惊艳的容貌后，又起了疑惑。

“为什么要这么蠢自己挡掉攻击？何不用灵力消解掉？”

就连最先来的白衣老者以及中年男人也很不解，因为这自损的行为本身就令人很不解。

“他怎么不说话，还转身过去看她了？”有人疑惑。

“他该不会是个哑巴吧？”一道嘲讽的声音响起。

“我来试试，他会不会喊疼！”有一个长得贼眉鼠眼的矮小男子十分猥琐地说道。他凝聚灵力，狠狠地朝着容烁的背后砸去。

“砰”的一声，攻击毫无阻碍地砸在了他的背后，但是他的衣服依旧完好无损。

不少人看上了容烁的墨色衣袍，因为这件衣袍极有可能是灵器，千金难买。

这次遇到了，还是被一个好像脑子不太行的人穿在身上，这岂不是老天爷给他们的机会！

“喂，你要是能说话就说一句！”那贼眉鼠眼的男子大喊。

没人回应。

贼眉鼠眼的男子有些恼怒，刚想出手再次攻击他时，却被另一个人抢先。

这一次，攻击落在了容烁的腿上。但容烁依然动也不动，像个木头人一样。

而此刻潜伏在云筝识海中的大卷，气得咬牙切齿，心中暗忖，若不是烁大人失去了记忆，你们这些人，根本不用烁大人动手就灰飞烟灭了！

“他该不会是在保护那个女子吧？”

“应该是，要不然他站在那里干吗？”

“很好，要不我们一起攻击那女子，看看他怎么做？”有人起哄道。

大部分人表示赞同，只有少部分人退在一旁，不愿参与这种“游戏”。

而白衣老者和浓眉大眼的男人此时眼中充满困惑，明明感觉到墨袍尊者的身上有深不可测的灵力，为何他不反击呢？两人对视一眼，白衣老者轻叹一声摇了摇头。

怀着恶劣心思的人还是挺多的，他们纷纷朝着云筝挥掌攻击。

众人只见一个快到几乎看不到的墨色身影在女子的周围不断闪现，于是，全部的攻击都落在了他身上。

众人一惊，这人也太强了吧？没等他们深思，那个贼眉鼠眼的男子又开口了：“快，我们连续攻击，我就不信他承受得住！”

许是被那贼眉鼠眼的男子煽动了情绪，他们头脑一热继续向云筝攻击。

只是无论他们攻击多少次，全部毫无意外地落在了容烁的身上。

“再来！”

正当他们再次运起灵力攻击的时候，突然，一阵刺眼的白光爆发，众人纷纷别过头去。待他们回过头来，只见那个原本正在冲击灵王境界的红衣女子站在了墨袍男子的身前。

而原本面无表情的墨袍男子此时正看着红衣女子傻笑。

“娘子……”容烁一如既往地喊道。

云筝闻言，看了他一眼道：“乖，去那边等着我。”

“好。”容烁听话地点头。

待容烁走得远了些，云筝的凤眸彻底冰冷了下来，眼神散发着寒意：“这么喜欢欺负人吗？”

众人一愣，有几人笑了起来，恶劣地道：“小姑娘，你心疼了？”

云筝嗤笑了一声，眸中不含一丝温度，反讽道：“我心疼你娘要失去你这个儿子了！”

这话一出，不少人脸色微变。

“小姑娘，即使你成为灵王，也不要太嚣张，这里也有几名灵王！”

“不知天高地厚！”云筝冷眸微眯，素手一扬，一支烈焰长枪即现！

攻击她的那群人见状，不由得嘲笑起来。就这么一个小姑娘，还敢跟他们叫嚣？

正当他们要嘲讽云筝时，云筝动了，一道强烈的罡风朝着他们袭来，让他们不得不运起体内灵力阻挡。

刹那间，一道像鬼魅般的红影迅速地穿过他们之间的空隙，长枪刺破血肉的声音响起，疼痛随之而来。众人大惊失色。

“她……”那个长得贼眉鼠眼的矮小男子的话还没说完，云筝就单手持着烈焰长枪将他挑了起来，紧接着将他甩了下来。云筝的身手快得惊人，冰冷的目光微闪，她紧握着长枪猛地朝他的胸膛刺去，长枪的尖端正中他的心脏。

“不——”矮小男子瞳孔紧缩，凄厉地喊道。

众人震惊地望着云筝的背影，陷入惊慌中。

死去的男子是灵王三阶的修为，却在这刚晋升为灵王的小姑娘手中毫无反抗之力！

云筝利落地抽出长枪，缓缓转身看向他们，漆黑明亮的眸子里藏着摄人的杀气。

他们见此虎躯一震，心头涌上一阵浓烈的不安。有人咽了咽口水，指责道：“我们方才只是开玩笑，你这个小姑娘干吗这么认真！”

“就是，你真的不怕他的同伴来找你复仇？”

“小姑娘，我劝你不要太嚣张，要知道山外有山人外有人，你这么横，迟早会吃亏！”

云筝听到这些话，冷声道：“开玩笑？你们把我当傻子吧？”

谁开玩笑，会在别人晋级修为的时候攻击？一旦他们攻击成功，后果不堪设想，到时候的她轻则重伤，重则一生修为将会断送甚至死亡。

况且他们这群人敢这么对容烁，她是如何都忍不了的！

他们听到云筝的反问，有的心虚眼神躲避，有的则不以为然……

云筝冷笑道：“你们都一起上吧，若是能够打败我，我就放你们走！”

“我想走就走，还用得着你放我走？”一男子轻狂道，且说话的同时转身大摇大摆地离开。

不少人对云筝的话嗤之以鼻，他们这里这么多人，刚刚只是没来得及防备她，所以才被她伤到了。要是他们认认真真地跟她打，必定是她惨败！

白衣老者和浓眉大眼的中年男人对视了一眼，白衣老者颇为惋惜道：“这女娃倒是个好苗子，可惜呀，有些轻狂。”

中年男人点头道：“年少气盛，倒也可以理解。”

突然，一道清冷有力的声音响起：“来！”

众人循声看去，只见那红衣少女合上了眸子，红唇微微吐出一个字。正当他们疑惑之时，远处传来了一阵阵兽吼声。

众人转身看去，无数灵兽从远处奔来，以他们为中心，将他们围了起来。

“我们不会这么倒霉吧！为什么兽潮会在这个时候出现？”有人脸色煞白。

“快逃！”

不知是谁喊了一声，众人纷纷转身想逃跑，只见云筝站在前方，手持长枪，笑盈盈地看着他们。而云筝身后是一处高崖瀑布，水流又急又猛，攀爬上去实在太危险了，一成胜算都没有，众人瞬间心凉了一半。

要知道，只有灵宗的修为才能御空而行，他们之中最高修为的也不过到灵王而已。

此刻的白衣老者和中年男人也对这突如而至的兽潮感到诧异，他们两个的目光放在了那一脸淡定自若的红衣少女身上。只见她不惊不慌，气质内敛，又仿佛利剑马上就要出鞘。

难道是她弄出来的兽潮？不过，这一想法很快就被他们两个打消了。一个灵王小姑娘能够召集群兽，说出来，无论谁也不会相信！不过下一刻他们被狠狠“打脸”了。

云筝抬眸看着它们，笑道：“兽兽们，坐下。”

话音落下，原本狂暴的灵兽们瞬间安静下来，然后乖巧地就地或蹲或坐。

众人目瞪口呆，不可置信。有的人使劲地揉了揉自己的眼睛，有的人使劲地掐了掐自己。

有人掐得自己手臂都红肿了，发现这令人难以置信的一幕依旧存在之时，猛地扭头看向了云筝：“你是驭兽师？！”

除了驭兽师，没人能够让这些与人类水火不容的灵兽听话！

“这小姑娘居然是驭兽师，这里面最强的灵兽有八阶的修为，证明她已经是中级驭兽师了！”白衣老者震惊道，怎么会有这么年轻的中级驭兽师！

驭兽师的等级分为低级、中级、高级、驭兽大师、驭兽宗师等。

这小女娃看起来十多岁的模样，就已经是中级驭兽师了，还不是一般的中级驭兽师！哪个中级驭兽师，能够同时控制成千上万只灵兽？

白衣老者眼中流露出欣赏之色，生了想收她为徒的想法。

而浓眉大眼的中年男人此刻盯着云筝的双眼亮得惊人。这是个顶级驭兽天才！要是能进他们驭兽盟会的话，将来她肯定会将驭兽盟带向顶峰！

“还走不走？”云筝挑着眉，冷着脸问道。

众人闻言，都快要哭了，心想：你叫成千上万只灵兽将我们围起来，我们怎么走得出去？

不少人现在肠子都悔青了，怪不得方才她这么笃定，原来是个驭兽师。为何当时要听信那个矮小男子的话，去攻击这小姑娘呢？

“放过我们吧，我们刚才是听信谗言，才对你动手！”

“对啊对啊，我们并不是故意的，我们向你道歉，对不起。”

“小姑娘，你大人有大量，原谅我们吧。”

这些人七嘴八舌地将自己的错误推给别人，一口一句不是故意的，就可以将方才的事情揭过？不可能！

云筝手持烈焰长枪指着他们，冷声道：“我刚刚说了，打赢我，你们才能走！要不然，我跟兽兽们一起围攻你们！”

众人一听，冷汗直冒，看到那些密密麻麻的灵兽，他们慌了。

他们肯定选择一同出手将她打败！谁会这么蠢选择被她和群兽围攻！

为首的那个男子道：“我们选择与你作战，可是你不能驭众兽背后偷袭！要是你打不过我们，也不过让群兽来帮忙！”

云筝嗤笑了一声：“你们以为我会像你们一样，搞那些偷袭的手段？”

他们的脸色青了又紫，却无可辩驳。

云筝淡淡地道：“来吧。”

众人面面相觑，顷刻间召唤出武器，然后朝云筝发起攻击。他们这么一大群人，除了五名灵王，其他都是大灵师级别或以下的。各色的灵力光芒闪烁不停，武器交织在一起，发出一阵阵刺耳的响声。

云筝身形如鬼魅般游走在他们之间，时不时便有惨叫声响起。长枪在她的手中灵活得不行，似乎有了灵魂一般。

容烁的视线一直跟随着云筝的身影移动，没有任何情绪的他，如同没失忆前一般，不怒自威。

约莫一刻钟后，地面上瘫倒了一群人，他们痛苦地呻吟着。而云筝额间只是多了一层薄汗，没有受任何伤。

云筝将长枪收回，睨了他们一眼，冷着脸道：“滚，别再出现在我的面前，不然下一次，我的枪尖就刺破你们的命穴！”

她虽然不是个冷血的刽子手，但是睚眦必报。

“是是是！”负伤的众人连滚带爬，正想离开的时候，却看见了那一双双瘆人的兽瞳，吓得连退数步。

他们看向云筝，脸色煞白，张了张口：“这……这……”

云筝抬眸看向群兽：“放他们离开！”

兽兽们闻言，立即从中间开辟了一条小道给他们。

众人还是迟疑着不敢上前。

“不想走了吗？”云筝的语气微微上扬，极具压迫感。

“走！走！”众人连连点头，忍受着内心的恐惧，猛地向小道狂奔而去。

因为小道颇窄，所以他们的速度慢了下来。突然，一声尖叫声赫然响起，只见一只七阶狂虎向其中一个人龇了一下尖锐的牙齿，那个人顿时吓得尖叫了起来，还隐隐听到淅淅沥沥的声音——他被吓尿了！

待他们逃跑之后，她上前几步摸了摸为首的那只八阶雷豹：“谢谢你们。”

刹那间，成千上万的灵兽吼了一声，似乎在回应她的话。

那逃跑的三四十个人听到这么大声响，以为是云筝派群兽来追杀他们，跑得更快了。

雷豹蹭了蹭她的手心，兽瞳中含着一丝不舍。但它还是带领着其他的灵兽一哄而散。

云筝看着群兽散去，便收回了视线，朝容烁招招手：“阿烁，过来。”

容烁闻言，兴高采烈地闪现到她的面前：“娘子。”

云筝抬眸看着他，心口蔓延着一股难言的情绪。她抬手捏了捏他的俊脸，凶巴巴地问：“你刚才为何傻傻地站着不还手？”

容烁攥紧她的手，将温度传递给了她，傻傻地笑着：“我要保护娘子，娘子没有叫我动手，我就不动手。”

云筝闻言心里酸酸的：“以后谁敢欺负你……还有我，你就出手，留他们一口气就好。”

容烁展颜一笑：“好，听娘子的话。”

云筝抿了抿唇，问：“疼不疼？”

容烁将脑袋摇得像拨浪鼓一样，傻乎乎地道：“不疼。”

“真的？”云筝用怀疑的眼神紧紧盯着他。

“有一点点。”容烁委屈地道。

“待会儿进空间，我帮你看看。”云筝有些忍俊不禁，他还学会撒谎了。

“练完枪法了，我们现在去别的地方玩吧。”云筝习惯性地牵起他那修长的温热的手。

容烁傻笑道：“娘子，我们去玩。”

正当云筝想带着容烁离开的时候，有两道身影出现在他们的面前。

云筝凤眸微冷：“有事吗？”

白衣老者和中年男人听到她的语气，联想到自己方才袖手旁观的行为，有一丝丝惭愧在心底蔓延。

中年男人很快收敛了心思，温和地问道：“不知道小友知道驭兽盟会吗？”

驭兽盟会？云筝挑了挑眉，驭兽盟会是东洲最强的势力之一。

“嗯。”云筝不冷不热地应了一声，她对驭兽盟会没有兴趣。

中年男人见她如此冷淡，继续问道：“小友可想加入驭兽盟会？”

云筝果断拒绝了：“不好意思，我现在年纪还小，暂时不想加入。”

中年男人皱了皱眉，不死心地说道：“我们驭兽盟会拥有的修炼资源很多，以你的驭兽天赋，肯定能够得到盟会的重点栽培。而且，我们驭兽盟会的驭兽术法应有尽有，小友，要不再认真考虑一下？”

云筝其实是用瞳术驭兽的，她会玄术，改动一下灵气布局，就能让灵兽亲近她。这个大陆的驭兽术，她真的一窍不通。而且她不想因加入一个组织，就禁锢自身的自由。

“不了，谢谢。”云筝依旧拒绝。

中年男人眸中闪过惋惜之色，叹息了一声，还是不放弃地道：“小姑娘，你年纪小，可能不知道驭兽盟会在东洲代表什么。如果你加入驭兽盟会的话，你的权势、地位、资源、金钱都会提升。”

没等云筝说话，中年男人旁边的白衣老者便开口了：“此言差矣，小女娃要是去了驭兽盟会，那些嚣张高傲的驭兽师肯定会给她一个下马威，说不定还会给小鞋穿！”

中年男人脸色微僵，却说不出什么辩解的话来，因为事实的确如此。

他也是驭兽盟会的一分子，而且是中级驭兽师。当年加入驭兽盟会的时候，那些高高在上的人也给他下了绊子。驭兽天赋越高的天才，就越招驭兽盟会那帮人眼红。

除非，自身有一定的背景，能让他们忌惮收敛，不然便会被他们欺压。

白衣老者看着中年男人吃瘪的模样，眼底多了一丝笑，他和善地看着云筝道：“小女娃，你不如拜老夫为师，老夫虽然是个散修，好歹也有灵皇七阶的修为，能教不少功法战技给你。”

“不了，谢谢两位的厚爱。”

中年男人听到这话，胸腔中升起一股失落，却无可奈何。

而那白衣老者浑浊的眼中闪过一抹恼怒，他沉下脸来：“老夫让你拜我为师，这是便宜你了，你今日不拜也得拜！”

云筝意外地挑了挑眉，正想开口说话，旁边的容烁就动手了。

容烁抬手间，那白衣老者来不及反应就被一股强悍无比的力量震飞了几十米远。

伴随着白衣老者的惨叫声，数棵被他砸到的树也骤然断裂。

中年男人见状，瞳孔微缩，讳莫如深地盯着这个方才一直沉默着的墨袍男子。只见他垂眸看着云筝，一副小孩的语气：“娘子，他凶你，我给你出气。”

云筝当即哭笑不得，她踮起脚揉了揉他的青丝，笑道：“阿烁真乖，我们走吧。”

容烁眉眼微弯，傻笑道，“好。”

云筝笑了笑，小手牵着大手便要带着容烁向另一个方向走去。

而中年男人愣在原地，久久不能回过神来。

待他们两人走远了，中年男人遗憾地道：“没想到实力这么强的男子，居然是个傻子……”

走到没人的地方，云筝便带容烁进入了凤星空间中，两人的气息瞬间消失了。

“娘子。”

“乖，把上衣脱下来，让我看看有没有伤。”云筝对他说道，其实这两个月以来，这还是他第一次受伤，所以她才会这么生气。

容烁欢快地应道：“好的，娘子！”

他随即解开了腰带，将墨色外袍脱了下来，很快，他就将上衣脱完了。

云筝看着他的上身，小脸发烫，眼神飘忽，没敢在他裸露的肌肤上停留太久。

她让他转了一圈，仔细看了几眼后，没有在他身上发现瘀青或受伤的痕迹，心里的担忧终于放下了。

果然，强者都是有一定的自愈能力的！

“穿上衣服，我们就出发。”云筝将他刚刚脱下来的衣服递给他。

“好的。”容烁应了一声，便把衣服快速地穿上了。

“娘子，我们要去哪里？”

“日不落山脉！”

“日不落山脉在哪里啊？”

“我带你去。”云筝看着容烁的眼神中带有一丝宠爱。

他们从凤星空间中出来之后，云筝抬手点燃了一张符文，符文燃烧后散发出一阵阵香气。

此刻，如焰之森的另一边深处，一只威猛无比、怒目短耳的白虎正在对付那几只圣兽，突然像是感应到了什么，它猛地看向某个方向，兴奋得龇牙咧嘴，从高大威猛的白虎刹那间变成了一个毛茸茸的小毛团。

几只圣兽很疑惑，问它这是怎么了，今天的训练还没有结束啊……

陪伴着二白的青风见状，皱了皱眉，刚想开口，只见这小不点毛团撒着欢飞快逃离了这里。

青风见到这一幕，连忙跟上去。

二白是上古神兽白虎，本来在陆地上就跑得很快，加上它特别兴奋，速度自然更快了。

“二白，你要去哪儿？”青风在它身后追问。

“吱吱。”主人喊我回家了。

说实话，青风第一次见到它这么异常，只好跟在它的后面，看看到底发生了什么事。

不久后，青风感应到自家帝尊的气息了，心里暗忖，难不成是帝尊和云小姐召唤了他们？

果不其然，青风看到了自家帝尊，心中一喜，正想作揖行礼，就听到二白的尖叫。抬头一看，自家帝尊不悦地将扑到云小姐怀里的二白扫开，小毛团就这么可怜巴巴地掉在了地上。

青风诧异，可令他更为震惊的，是接下来帝尊的话。

“娘子，它好丑。”

青风此时此刻全身心似乎都裂开了，帝尊叫云小姐娘子？！

帝尊什么时候变得这么狂放了？以前的帝尊就算喜欢一个人，也不会这么孟浪地叫一个女子娘子，还是两人没有成亲的时候！

“吱吱。”我才不丑！二白蹬着小短腿表示抗议。

这时，自云筝的体内出来一层红色的雾气，雾气幻化成一个小男孩，他有着一头浅黄色的卷发，一双赤红色的瞳孔，神情冷淡而老成。

“主人，烁大人。”大卷朝云筝与容烁点了点头，二话不说就将二白拎了起来，带着它进入了凤星空间。

“吱吱。”二白惊呼，我要跟主人叙旧，放开我！

这下，只剩下了三个人。

云筝先抬眸看着容烁，说道：“以后别欺负二白，它是自己人。”

容烁与她对视，然后猛地点头，保证道：“我以后不欺负它了。”

青风在一旁看着他们两人的互动，再迟钝也察觉到了什么，心底升起了不安的预感。

“青风，正如你所见，其实在两个月前，你们的帝尊就已经莫名失忆了。”云筝将视线移向青风，缓缓地解释道，“现在他应该只有几岁孩童的智商。”

青风大惊，立即看向容烁。

容烁的视线一直落在云筝的身上，他的手拨弄着她额间的青丝，看起来熟练极了。

“帝尊……”青风难以置信地张了张口，然后猛地攥紧拳头，凶狠地盯着云筝，脖颈儿间的青筋暴起，看起来可怖极了。

“你为什么不早点儿告诉我？为何要隐瞒两个月？你到底有什么企图？还让帝尊喊你娘子，你不要脸！”他语气又急又冲，将全部的责任都推在了云筝身上。

“你居然凶娘子，你这个坏人！”容烁发怒了，当即挥掌想要拍向青风。

云筝抬手将容烁的手拦下，制止道：“阿烁。”

容烁不解地看着她，云筝解释：“他也是自己人，不能打。”

容烁闻言，生气地摇了摇头，语出惊人：“娘子，不要让他做自己人！他坏！”

青风闻言，愣在了原地，黯然神伤。

云筝语气微沉：“阿烁，你先回凤星空间。”没等容烁说话，云筝就强行让他进了凤星空间中。现在，只剩下云筝与青风了。

青风的情绪不似刚才那般激动，两人对视了几眼，许是云筝的眼神太过冷漠，青风先移开了视线。

云筝冷声道：“我有必要跟你解释几点。第一，你们的帝尊失忆，并不是因为我。第二，是你们的帝尊失忆之后自己唤我为娘子，并不是我心生歹念想要乘虚而入。第三，我没想过隐瞒，原本我以为他过几天就好了，谁知他没有任何恢复记忆的迹象。我没有尽早通知你，这是我的过失。”

青风听到这些话，内心有一丝丝惭愧内疚。但是，他并未完全相信她说的话。毕竟，帝尊这样的人，哪个女子不会为他心动？之前在中灵洲，就有不少善良温柔面孔的女子为了能够得到帝尊的青睐，变得不择手段……虽然感觉云筝不太像她们这类人，但是防人之心不可无！

云筝察觉到了他的顾虑，似笑非笑道："说实话，你虽然是容烁的属下，但若把他交给你的话，我也不是很相信你，谁知道你会不会想加害于他。"

"我才不会！"青风梗着脖子辩驳道。

云筝挑着眉，淡淡地说道："知人知面不知心。"

青风被她这么一反讽，顿时就急眼了："你！你……"

云筝抬眸睨了他一眼，不想再跟他聊关于信任的话题。她开口问道："在东洲，你家帝尊有没有认识的医师或炼丹师？"

"有。"青风愣了两秒后点了点头。

她继续问："厉不厉害？"

青风疑惑地拧着眉头："云小姐这是什么意思？"

"找人治你家帝尊的失忆症，我在东洲没有认识的厉害炼丹师或医师，所以只能拜托你去找人了。"云筝回答。

青风警惕地看着她："你想调开我？"

云筝失笑，她第一次见防备心这么重的下属。不过，这样也挺好的，至少忠诚且谨慎。

"以你的实力，在东洲的最东边到最西边来回，最多花费半月，你就这么害怕我对容烁下手？"

青风沉默了。

云筝继续说："若我真对你家帝尊不轨的话，你大可将我杀了，我住在哪里，你又不是不知道。"

青风闻言，看了她一眼，用充满威胁的语气说："我暂时将帝尊交托给你，若是帝尊有任何不测的话，你们整个云王府都要为此付出代价！"

云筝闻言凤眸中闪过一丝微光："我跟容烁在日不落山脉等你。"

"等着！"青风留下这句话，便离开了。

两日后，一个红衣少女与一个戴着金色面具身穿墨袍的男子出现在日不落山脉的入口，绝色的容貌让四周的风景都黯淡了不少，少女的肩上蹲着一只毛茸茸的小白团。

“娘子，我们到了吗？”墨袍男子问道。

云筝点头：“对，这里就是日不落山脉。”

日不落山脉入口与如焰之森衔接，虽然看似不分彼此，但还是有段距离。

如焰之森，树木葱茏，光线微暗。而日不落山脉树木茂盛，群山成列，山势起伏，向一定方向延伸，状似脉络。

此时日不落山脉的人比如焰之森的人还多，兴许是因为半个月后灵宗强者墓地开启，所以才聚集了这么多人。

因为日不落山脉的危险程度比如焰之森高了一大截，所以这次来的人，全都是灵王境界以上的。

云筝心中五味杂陈，好不容易提升到灵王一阶，结果来到这里，又成了垫底的。

突然，云筝远远地看见了一个熟人——方思言！

之前拍卖会时，方思言也得到了一枚银色羽令。他身旁有两名灵王巅峰的方家长老为他护航，而他也是灵王一阶。

不可能！云筝皱了皱眉，之前在流市的时候，她就伤了他，按道理来说，他的修为应该只减不增。只有一个可能，就是他吃了什么提升实力的丹药！

云筝思考之际，忽然察觉到一道视线望了过来。她抬眸看去，只见神色震惊又惊恐的方思言死死地盯着她。

两人对视，方思言瞳孔微缩，他正想向云筝的方向走去，却被两位长老拉住了手臂。

其中一个长老眉头紧锁道：“大少爷，你要去哪儿？我们要出发了。”

方思言望着他们，震惊地道：“我看见云筝了！”

“哪里？”两位长老虽然不相信云筝会出现在日不落山脉，但是自家少爷的情绪波动那么大，还是有必要问清楚。

方思言听到问话，当即抬手指向云筝。

方家两位长老顺着他指着的方向看去，什么人也没有！两人对视了一眼，说：“大少爷，你应该是看错了。”

方思言闻言，抬眸看去，瞬间呆若木鸡，喃喃自语：“怎么可能？

我明明看到她了……”

他们见方思言如此失神，暗暗摇了摇头，既失望又惋惜。方思言从三个月前开始，体内的灵力就在不断流散，还经常出现幻觉，家主求得一颗四品丹药，这才让他免于沦为一个失去所有灵力的……废物。

这次的灵宗墓地开启，方家唯一的一枚入门银令就给了大少爷。

一个长老劝说：“大少爷，我们现在别管云筝了，这次来的人那么多，个个实力不弱，少爷的言行举止得收敛一些，别招惹到强者。”

方思言听到这些话，心里不舒服，这是在警告他吗？他眼底闪过阴郁之色，整个人显得阴恻恻的，沉声道：“走吧。”

云筝拉着戴着金色面具的容烁走到了一棵大树底下，这个位置恰好阻断了方思言等人的目光探寻。

容烁看着她，说道：“娘子，这里好多人，比如焰之森多多了。”

云筝眉眼间萦绕着淡淡的愉悦，问道：“阿烁怕不怕？”

“阿烁不怕，但是我发现有好多人看着你，他们盯着你的眼神让我不开心。”

听到容烁气鼓鼓的语气，云筝忍俊不禁，她踮起脚抬手摸了摸他的头，耐心地哄道：“你就当他们是一个个安静的蘑菇，漠视他们，蘑菇没有眼睛，所以他们不会盯着我的。”

容烁掩盖在金色面具之下的眉头微蹙，深邃的眸子闪过几分疑惑，他总觉得哪里不对，但是好像又没有什么不对。

许是思考让脑子有点儿疼，他猛地摇了摇头，变回乖巧的样子，点了点头，傻笑道：“好的，娘子，我听你的话，将他们当作蘑菇！”丑丑的蘑菇。

云筝莞尔一笑。

为了不被认出来，云筝还是将她之前的那半张银色面具戴上了。

“吱吱。”主人真好看。二白亲昵地蹭了蹭云筝的脖颈儿，却突然被一根修长的手指硬生生隔开了。

“娘子是我的，你不能蹭！”容烁凶巴巴地道。

“吱吱。”哼，主人也是我的！

容烁似乎听懂了二白的兽语，眉头紧紧地拧起，怒气在眼底闪烁，他想要将二白扔掉……

只是，他想起前两天娘子跟他说的话。这丑东西是自己人，不能欺负！想到这里，容烁抬起的手就放下了。他气得双手抱胸，冷哼了一声，像小孩子生气般转身到了一边，不再看这丑二白。

二白也学着他“吱吱”叫了一声。

在云筝识海中的大卷见状，开始为二白的余生担忧。若是烁大人恢复了正常，回想起这一幕，估计不会给二白好果子吃的。二白还是太年轻了些！

云筝哭笑不得，她看着容烁的背影，凤眸闪烁了一下。若是容烁记起来了，应该会把这段糗事抹掉吧？想到这儿，云筝心里升起一股淡淡的失落。

云筝沉默了几秒，然后将心思收起来，伸手扯了一下容烁的衣角：“阿烁，出发了。”

容烁原本就在等云筝哄他，她一出声，他就很欣喜地转过身来，十分自然地牵住她的手，欣喜地欢呼道：“出发咯！”

云筝笑着握住他的手。

两人在寻找灵宗墓地的路上，遇到了很多素未谋面的生人。

有一部分人也像云筝一样戴上面具，以此来掩饰自己的真实身份，但大多数人还是以真面目示人。

突然，一群人狼狈不堪地从里面匆匆跑了出来，一边跑一边惊恐地大喊：“有……有迷幻毒蛇！”

“快逃！”

突然，那群人中有一人挥起了手中的武器，像疯了一般砍向身侧的那些人。

“去死吧，你们这群毒蛇！全都给我死！啊啊啊！”

“孙鹏疯了！”

“他陷入了迷幻境中！别靠近他！”

突然，人群中又有几个人像疯了一样，不断袭击着身边的人。而疯了那些人中，裸露的皮肤上或多或少有一个毒蛇咬的印子。

虽然离得并不近，但是云筝还是下意识地抬手将容烁护在身后。

容烁道：“娘子，我不怕，我保护你。”

云筝叮嘱他：“听话，你现在的任务是好好保护自己，你娘子我很厉害，肯定可以保护自己。”

容烁信任地点了点头，笑道：“好。”

云筝隐隐约约中听到了窸窸窣窣的声音，呢喃道：“看来，又是一场恶战！”

似乎是为了应验她的话，这方圆半里的人全部被密密麻麻的迷幻毒蛇围了起来。

迷幻毒蛇的肉身呈彩色，兽瞳绿油油的，让人看了心中一阵恶寒。

迷幻毒蛇密密麻麻，数都数不清，众人毛骨悚然，头皮发麻。

云筝想让容烁回凤星空间，但是突然消失一个人的话，其他人肯定怀疑她身上有灵宝，到时候就麻烦了。

云筝从储物空间中拿出一沓符文，将它们塞给了容烁，道：“拿着这些，若是有毒蛇靠近你，你就输入灵力砸它们！”

容烁乖乖点头。

“阿烁等我。”

“我等你，娘子。”

云筝看着容烁，眸中闪过赤红色微光。她拍了拍二白，询问道：“你要与我并肩作战吗？但是现在不能变成战斗模式。”

“吱吱。”要要要！二白终于等来了跟自家主人并肩作战的一天，这叫它如何不高兴？

云筝环顾四周，见众人已经呆滞，清冷的声音响起：“将它们一起干掉，我们才有活路！”

“说得对，不就是一群小泥鳅，将它们全部火烧做成酱！”一个十三四岁的小少年豪放地吆喝道。

云筝闻言，讶异地挑了挑眉，循声看过去。两人对视了一眼，慕胤双手叉腰，一副地主家顽皮儿子的模样，还朝她得意地抬了抬下巴。

他身侧两个貌美的侍女犯了难，自家少主言语太过粗鄙，怎么办？

其他人也高呼了起来：“对，将这些劳什子的‘小泥鳅’剥皮抽筋！”

“有本事就咬我！”

众人瞬间斗志高涨，不过，这也气坏了那些迷幻毒蛇。

被迷幻毒蛇包围的人开始进攻。只不过迷幻毒蛇数不胜数，而且动作灵敏又迅速，一时不察便会中招。

云筝手持长枪一挥，便有数十条毒蛇被拦腰砍断。她时不时回头看向站在原地的容烁，不知道是不是因为他体内的灵力太过雄厚，那些毒蛇根本不敢靠近他。

二白第一次与云筝并肩作战，刚开始有些生疏，但是渐渐得心应手起来。

二白的速度比那些毒蛇快上好几十倍，动起来时几乎是一道看不清的白影，在迷幻毒蛇群中来回“收割”它们的性命。

它的爪子虽小，但胜在尖锐、攻击力强，又狠又准！

云筝有些惊讶，经过青风的两个月训练，二白强了不止一星半点。

而此刻慕胤冷冷瞪了那两名侍女一眼：“别碍着本少主历练！”

两名侍女对视了一眼，不约而同地退后了一步，让慕胤自行发挥。

慕胤这才满意地点了点头，神采飞扬。他一转头看到云筝那杀伐果断的招数，生出要与她较量的心思。

慕胤召唤出武器，是双刀。他将左手那把刀甩了出去，一下就“收割”了一片毒蛇蛇头。而他右手持刀迅速地对付着眼前的迷幻毒蛇。

不一会儿，飞出去的那把刀重新落回他的左手中，又开始了新一轮的收割。

不少人被慕胤的实力震惊。

“这小少年居然有灵王三阶的修为，他才几岁啊！”有人惊叹道。

有的人一辈子也修不到灵王三阶，而个中翘楚在十三四岁的年纪就已经达到了别人一辈子也无法达到的高度，如何不让人羡慕嫉妒恨？

那两名貌美的侍女与有荣焉地站在原地，眼里偶尔闪过几分轻蔑之色。

不少人心生与那小少年交好的心思，这等天骄，身份、地位，肯定不简单。

不久，几乎有三分之二的人被迷幻毒蛇咬到了，开始神志不清地想要乱砍人。这时，云筝将长枪收回，手上多了一支细长的毛笔，她指尖微凝，在神志不清的人的脸上飞快地勾画两三下，然后那人就晕倒了！而细看，那人脸上并没有什么痕迹……

两名侍女见到这一幕，皱了皱眉。

“这手法，从未见过。”

“她是符文师吗？”

“可能，也许她也是那边来的人。”

“那位公子气质内敛，看上去就不像寻常人。”

两人说着说着，将视线移向了那个身着一袭尊贵墨袍且戴着金色面具的男人。

云筝冷声道："那些入幻的人，我来搞定，其他的就交给你们了。"

慕胤狂傲不羁地将两把刀扛在肩上，笑道："没问题！"

"拜托了，不能让我的好兄弟死去！"

"请救救我的妹妹……"

诸如此类的话不断响起，这次云筝却没有回话。

云筝如法制炮，在他们的身上勾画两三下，无形之中，有一道浅蓝色的符文侵入他们的脑海中，触动他们的神经，让他们暂时昏迷。

等做完这一切，云筝就召唤二白回来，让它进凤星空间去洗澡了。

云筝来到容烁面前，看着他手中完好无损的符文，不由得笑了笑。

容烁抬手将符文递给云筝，道："娘子，这个我用不着，因为那些毒蛇都不过来。"

"既然我都送给你了，你就收着吧，或许有一天会有用。"

"好，谢谢娘子。"容烁闻言，高兴地将手中的符文当宝贝似的塞进了怀里，又问道，"我们要走了吗？"

云筝环顾四周，点了点头。

这时，容烁将手抬起来，眼神充满期待地等着她牵手。

云筝抬眸对上他的眼神，愣了一下，然后展颜一笑，牵住了他的手。

正当她与容烁迈开步伐之时，身后传来了一道稚嫩狂躁的声音。

"不许走！"

声音的主人下一刻就来到了云筝与容烁的面前，展开双臂做了一个截拦的姿势，他紧拧眉头，傲气地问道："喂，女人，你叫什么名字？"

云筝第一次被别人这么叫，心里哭笑不得的同时，重新审视起眼前这个小少年。

小少年的头发编成了一条条的辫子，然后高高束起，特别有精气神。

容烁上前一步，以身高的优势轻松地俯视他："你不能这么叫我娘子！"

"娘子？"慕胤震惊，他看着云筝不可置信地问道，"你居然成亲了？"

云筝睨了他一眼，道："与你无关。"紧接着，她紧握着容烁的手，想要绕开他离开。

慕胤却倔强地想再次将他们两个拦住，却猝不及防迎来了一记横扫腿。他惊得连退几步，可还是中招了，痛得捂着肚子弓起身子，面目狰狞。

云筝冷声道："小屁孩，话不要太多。"

慕胤一愣，随即恼羞成怒。他才不是什么小屁孩！他正准备反驳，一抬头，却发现两人不见了。

"春花，秋月！"慕胤怒喝了一声，两个身着白裙的侍女瞬间来到了他的面前，俯身弯腰，恭敬地道："少主。"

"他们呢？"

春花恭敬地道："婢女也不知道他们两个去哪里了，不过婢女猜测那红衣女子是个符文师，或许她用隐身符文离开了。"

"那你们为何不盯着他们的去向？"慕胤愠怒，清秀的小脸带了一丝烦躁。

一旁的秋月滴水不漏地回答："少主，家主让婢女们盯着你，不允许让你有丝毫损伤，所以……希望少主体谅。"

慕胤气得不行，他暗暗咬了咬牙，一定要甩掉她们两个，然后一个人逍遥自在。至于自家老头的话，他根本就没听进去过。春花、秋月两人的实力比他高许多，现在逃的话肯定会被她们抓回来。等进了灵宗墓地，什么事都好办了！

他抬手摸了摸下巴，然后看着春花、秋月两人道："你们将那些毒蛇搞定吧，本少主累了。"

春花、秋月两人对视一眼，眼底闪过一丝无奈的笑。

十天后，日不落山脉。

身着一袭青衣劲装的男子与一个身着大红袍的妖孽男子在日不落山脉上空御剑飞行。兴许是他们施了障目法，底下的人根本就没有发现他们的存在。

"他们在哪里啊？"妖孽男子摇着白色羽扇漫不经心地问道。

青风紧皱着眉头："属下也没有找到他们的踪迹。"

妖孽男子轻笑一声，将白色羽扇抛了出去。刹那间，白色羽扇像有了意识一样，朝着日不落山脉的某个方向飞快地飞去。

"跟上来。"妖孽男子语气慵懒地道。

青风见状，眼睛一亮："好。"

很快，白色羽扇停了下来，悬浮在某个地方的上空。

而此刻跟在云筝身后的容烁似乎感应到了什么，抬头看了一眼，微微抬手，悄无声息地将白色羽扇收到了手中，然后快速地藏在了背后。

云筝发现他的小动作，并未多想。

可是，容烁站住不动了，还拉了拉她。

云筝不明意味地回过头看他："怎么了？"

容烁笑道："刚才我看到天上有一把白色羽扇。"

云筝挑了挑眉，天上有羽扇？真是稀奇物。她抬头扫了一眼，发现什么也没有。但云筝没有怀疑他，所以更加警惕了。

"娘子，送给你。"他扭扭捏捏地将藏在身后的白色羽扇捧到云筝面前。

云筝看了这白色羽扇一眼，就断定了这不是寻常之物。

难道容烁误打误撞截取了别人的信物？

看着容烁满怀期待的眼神，云筝还是打算先接过。

突然，"咻"一下，白色羽扇化为一道白影朝某处飞去。

容烁见白色羽扇自己跑了，怒了，这是他送给娘子的！抬眸看去，两个人影映入眼帘。

一个身着青衣劲装，另一个身着一袭松松垮垮的大红袍，精致好看的锁骨动人心魂。而白色羽扇已经落在这人手中，只见他嘴角噙着笑，姿容足以颠倒众生。

"参见帝尊！"青风没有注意到三人之间的暗流涌动，他见到戴着金色面具的帝尊，心中欣喜，当即抬手作揖半跪下来行礼。

容烁根本没看他，而是盯着那妖孽男子手中的白色羽扇："还给我！"

柏零听到他说话的语气，震惊地挑了挑眉，没想到他的情况比想象中还要严重。虽然抱得美人归，却不料将自己弄傻了，这可能是高傲帝尊人生中一大污点吧。柏零暗暗摇了摇头，果然感情会让人冲昏头脑。

但这可是千载难逢的机会，以往他都是被容烁全方位压制得死死的，现在……柏零起了逗弄的心思，想糊弄一下这万人尊崇的帝尊……

柏零嘴角扬起，晃了晃手中的白色羽扇，道："本座就不还给你，有本事你求本座啊。"

半跪着的青风听到这番话，猛地扭头看向柏零，眼神中充满不可置信与惊恐，柏零大人这是在戏弄帝尊？！

还没等容烁有动作，云筝眼眸一暗，不悦地道：“这羽扇留给你回家上香用吧。”说完，她看向容烁，安抚道，“阿烁，我不喜欢这东西。”

容烁闻言，心中的怒气瞬间散去，然后温柔地看着云筝道：“我以后找更好的东西给娘子。”

不远处的柏零原本被云筝伶牙俐齿的话激怒了，现在又看见眼前这两人温馨的情景，突然感觉自己就是个多余的人。

柏零刚刚只是扫了一眼云筝，现在终于有时间重新审视她。

云筝身着红衣烈焰长裙，脸上戴着半张银色面具，精致如画的眉眼透着灵动与一丝邪气。

而此刻的青风差点儿因云筝刚才那句话而心跳骤停，柏零大人也是她能随便呛的吗？

“云小姐，我将柏大人带来了。”青风说道，“让柏大人为帝尊看一下吧。”

云筝闻言，自然不会拒绝，轻轻点了一下头。

柏零摇了摇羽扇，漫不经心的眼神瞬间变得锐利：“本座治疗容烁的时候，不希望有外人在。”

云筝抬眸对上柏零的视线：“好。”

柏零有些惊讶于她的回答，他还以为她会像刚才那般回呛他，结果却温顺得很，他有些看不清这女子了。

他们却不知，云筝掩盖在衣袖之下的手攥紧了。她抬头看着容烁，笑盈盈地道：“阿烁，你先跟他们玩一会儿，我待会儿再来寻你。”

容烁听到这话，急了：“娘子你要去哪儿？”

“我有事要去别的地方一趟，你跟他们玩一会儿，我过会儿就回来了。”云筝笑道，“阿烁别怕，他们是自己人。”

容烁委屈巴巴地盯着她：“你以往都是带着我的……”为什么这次不带我？

“听话，阿烁。”

容烁生气地哼了一声。

云筝循循善诱道：“我真的很快就会回来的。你是个男子汉，不能每时每刻都粘在娘子身边，要学会独立，以后才能更好地保护娘子，对不对？”

容烁想了想，看着云筝，然后郑重地道：“娘子，你去吧，我要变得更厉害，然后保护你。”

云筝展颜一笑，随后，她朝着青风和柏零的方向微微颔首，便离开了。

走了很久的云筝，突然倚在一棵大树上。她抬头看向天空，心中涌上一股怅然若失的感觉，陪伴她两个多月的傻子容烁，今天或许就不见了。

这时，大卷从她体内飘了出来，抬头看着她：“主人，你是不是舍不得烁大人啊？”

云筝口是心非：“才没有。”

“其实吧，烁大人恢复正常的话，还是同一个人啊。”

这哪能一样？云筝心想。不过，如果恢复正常的话，她还是替容烁感到高兴的。以他那神秘的身份，应该有很多事要做。

大卷一本正经地道：“主人，我能感应到日不落山脉底端的灵气在不寻常地移动，想必不到一个时辰，灵宗墓地就会开启了！”

云筝闻言，若有所思地点了点头。

大卷继续道：“主人，三凤最近应该能从沉睡中醒过来，不过它现在的实力大不如前，只有圣兽二阶的修为。”

云筝听到三凤的时候，嘴角抽搐了一下，这个名字并不是她帮凤凰起的，纯粹是大卷和二白两个自己商量好的。

“嗯，它什么时候醒来，你喊我一声，我用瞳术继续为它治疗。”

“收到。可是主人你已经很久没有修炼瞳术了，实力跟玄术进步的同时，千万不要忘了瞳术啊。”大卷板着一张小脸，语气颇为埋怨。

云筝心虚地咳嗽了两声，然后挤出笑容保证：“从灵宗墓地出来之后，我就全身心地修炼瞳术，直到回京城参加圣都考核名额赛！”

“绝对不能颓废！”大卷语气严肃。

“知道了，我的好大卷。”云筝蹲下身子，将大卷抱了起来，揉了揉他浅黄色柔顺的头发。

大卷故作深沉的脸上泛起了红晕，严词拒绝道：“主人，我不是小孩子，不要用哄烁大人的方式哄我。”

云筝哭笑不得，伸手在他那张小脸捏了捏：“知道了，我们的大卷可是凤星空间中的大哥。”

大卷听到“大哥”两个字，小脸更粉了。他回到了凤星空间，走到灵液温泉旁，指着正在用小爪子扒拉灵液的二白道：“以后不许喊我大哥，要叫卷哥。”

二白蒙了。

大卷问：“听到了吗？回话。”

“吱吱。”你是大哥，你说什么都可以。

大卷这才满意，回到识海中调息凝神。

另一边，柏零正凝聚灵力进入容烁体内察看。

只是容烁的身体抗拒柏零的灵力，柏零试了一次又一次，还是不行。

而此刻的容烁合上了双眸，飘浮在空中。

柏零试了很久，还是无法突破他的防御，心中不由得暗叹容烁的实力。

最终，柏零退而求其次，给容烁喂了一颗魂丹，然后为他准备了一张干净的睡榻让他躺下。

青风见状，上前担忧地问道：“柏零大人，帝尊为何会变成这样？”

柏零道：“本体召唤，造成分身受损。”

青风闻言，心中更为担忧了。帝尊的本体远在中灵洲，到底出了什么事？

在青风与柏零背着容烁交谈的时候，突然有一束快到无法用肉眼看见的流光进入了容烁的额间。

第九章
灵宗古墓

容烁的睫毛微微颤动，紧接着他就睁开了双眼，如墨曜石般漆黑明亮的眸子露了出来。

他眉头紧紧地拧起，顷刻间，脑海中飞快地闪过许多记忆片段——他一副憨傻样叫着云筝“娘子”，还向她撒娇，求抱抱。

容烁的脸色越发阴沉，当从记忆中看到自己凑到她面前，然后亲了她的脸好几口时，耳尖“唰”一下变得滚烫，俊脸也泛起一丝红晕。

这时，有脚步声响起。容烁迅速合上了双眸，装作一副昏睡的模样，他并不想探究自己是心虚还是害羞。

柏零与青风两人走到容烁的榻前，青风察觉自家帝尊的俊脸上有一抹红晕，以为他出事了，着急地道：“柏零大人，帝尊怎么脸红了？该不是发生什么异常了吧。”

“脸红？”柏零闻言认真地盯着容烁的脸看了一会儿，微微颔首道，“或许是方才吃了魂丹之后的症状，无须担心。”

青风一听，这才放心下来。

柏零道：“你去告诉那个女子，本座先把容烁带走了。”

青风有些迟疑：“若是帝尊醒来后，发现我们骗了他，会不会……”

柏零持着白色羽扇晃了晃，桀骜不驯地笑道：“骗了就骗了，你家帝尊现在这个情况，还能打得过本座？别说是现在，就算他恢复实力，也未必能承受本座一掌！”

“嗯？”一道低沉且极具威慑力的声音传来。

柏零立即低头往下看，只见昏睡在睡榻之上的帝尊大人睁开了双眼，那双深邃的眼眸让人毛骨悚然。

柏零吓得往后退了几步，白色羽扇都掉在了地上。

“容……容烁！”柏零自然能清楚地辨别这个眼神就是原本的帝尊，因为每当他看到这个眼神时，心里就忍不住发毛。

“帝尊，你恢复了！”青风欣喜若狂地道。

容烁缓缓坐起来，冷漠地扫了青风一眼，沉声道：“回到中灵洲之后，自行去泣鬼深渊领罚一个月！”

青风闻言，愣在了原地，为何帝尊一恢复，就要处罚他？还是去泣鬼深渊！

青风抬手作揖：“属下领命！只是属下想问帝尊，属下做错了什么事？”

“对她不敬。”帝尊冷着脸回了一句。

青风听到这话，一下子就联想到了云筝。他的确对云筝不敬，可没想到帝尊这么在乎她……

柏零趁他们两个交谈的时候，想要偷偷溜走，可是——

“柏零。”容烁冷声唤了一句，深邃的眸子盯着他妖艳的身影，“你的羽扇不要了？”

柏零听到此话，心中忐忑不安，容烁果然要秋后算账了，早知道就不那么嘴快了。他拉着脸，抬手拍了拍自己的嘴巴，随即转过身来，谄媚讨好地赔笑：“容烁，我方才只是想试一下刺激疗法，才会说出那些大逆不道的话，想必帝尊大人不会怪罪于我吧。”

青风看着柏零完全没了之前那嚣张的气焰，心里暗忖，之前帝尊没恢复的时候，柏零大人一口一个本座，现在怕了？果然啊，帝尊一出现，柏零大人瞬间安分了下来。

容烁站起身轻拂了一下衣袍，漫不经心道：“等你回中灵洲之后，本尊会向你发起挑战！”

柏零顿时面如死灰。

还没等柏零有机会求饶，容烁便不容置喙地道：“你回你的地方吧，这里已经不需要你了。”

柏零愤愤不平道：“容烁，你太无情了吧！”

容烁挑眉：“嗯？”

柏零的俊脸上堆起笑容，立马回答：“好的，我现在就回去。”他抓起地上的白色羽扇，御剑飞行离开了这里。

“青风。”柏零离开之后，容烁将视线移到青风身上。

青风心里“咯噔”一下，帝尊该不会还要和他秋后算账吧！

“过来。”

青风迟疑了两三秒，然后低着头往他的方向走去：“帝尊，有何吩咐？”

容烁的眸子幽深，叮嘱了青风几句话。

正是这几句话，让青风的脸色微变，不可置信。

容烁负手而立，低沉的声音缓缓响起：“记住了吗？”

青风当即抬手作揖，坚定地道：“谨记帝尊令！”

云筝等了一个时辰左右，日不落山脉的地面突然跌宕起伏，地面之下像是有什么东西在蠕动。

身处其中的众人对此惊奇不已，只有持有灵宗墓地羽令钥匙的主人，才对此反应有所了解，他们纷纷从储物空间里拿出羽令，等待着灵宗墓地召入。

大部分持有银色羽令，只有极少数人持有金色羽令，而这两种颜色的羽令显然不是一个级别的。

云筝此刻也拿着一枚银色羽令，冷静地看着周围的一切。当她看到那个墨色身影出现时，心头一震，像是有什么东西轰然倒塌了。

“阿烁……”

高大的墨色身影，脸上戴着金色面具，即使地面如水浪般跌宕起伏，但是他走得很坚定。

云筝一时之间，分不清他是帝尊容烁还是那个傻子容烁。直到他走到自己的面前，十分自然地握起自己的手，然后如同往常一般喊了一声“娘子”。

云筝有些讶异。

容烁委屈巴巴地说：“娘子，你说好要回来的，可是我等了很久，都没有见你回来，所以我出来找你了。”

云筝心情复杂得很，青风带来的那个人没能将他治好？

“娘子，怎么了？”容烁抬起另一只手在她的眼前晃了晃，疑惑不解地问道。

云筝问道：“阿烁，他们两个呢？”

他摇了摇头：“他们两个被我甩掉了！”

云筝闻言，莞尔一笑。

“那……阿烁小心！”云筝的眼神突然一变，周围骤然变黑，云筝感觉自己在坠落，意识也在涣散。迷迷糊糊之间，细腰被一条有安全感的铁臂揽着，她整个人跌入了一个温暖的怀抱中。熟悉的独特清冷气息，是阿烁！

“筝儿……”

云筝意识模糊间，听到“筝儿”两个字，她迷茫了，不是阿烁。但还没等她想明白，她就彻底陷入了昏迷中。

灵宗古墓。

云筝醒来的时候，发现自己躺在容烁怀里，而他应该一直在等自己醒来。

“娘子，你醒了。”容烁欣喜地道。

“嗯。”云筝皱着眉头应了一声，她抬手揉了揉太阳穴，感觉有些难受。

容烁见状，深邃的眸子闪过一丝幽光，又很快销声匿迹，恢复了懵懂的眼神。

“娘子不疼，我揉揉。”说着，他就抬手替云筝揉了揉太阳穴。

云筝突然盯着容烁，看得容烁心一紧，难道他露馅了？不可能，他已经扮演得很像记忆中的自己了。他敛下心思，傻笑：“娘子，你看着我干什么？”

云筝抬手触摸他发红的耳尖，问道：“你怎么耳朵都红了？”

容烁一愣，这下不止他的耳朵红了，他的脸更红了，只是他戴着面具，她看不见而已。

“我也不知道。”容烁装傻。

云筝没有深究这个问题，她站起身来看向四周，这是古墓的外面，周边还有三十多人处在昏迷当中。

古墓的大门是一座石门，右门上面雕刻着上古四大神兽的浮雕，每一个都栩栩如生，认真看的话，会被其反噬。

云筝趁现在没有人醒来，双指并拢在双目前一抹，试图透过古墓浮雕大门看到里面。可是，有一道扭曲的光芒反扑了回来。云筝连忙收回视线，手中一支细长的毛笔乍现，然后使用玄术挡住了那扭曲光芒力量的反扑。

她的瞳术这段时间真是毫无长进，怪不得大卷会出来提醒她。

她原本想把实力提上来之后，再修炼瞳术会更容易些，却不承想，反而懈怠了这一术法。

云筝皱了皱眉，心想，这次出去后，她要潜心学习新的瞳术。

一旁的容烁静静地看着云筝思考。他心想，会反思就好，反思才能有更大的进步。

云筝回头看着容烁，问道："阿烁，你没有羽令是怎么进来的？"

容烁掩盖在衣袍之下的手指微缩，他模仿着失忆的自己，疑惑地道："我也不知道，我是跟着娘子你进来的。"

云筝多看了他两眼，这让容烁警惕了起来。他知道她聪明，没想到她这么敏锐，希望她不要发现什么不对劲，这样他才能以"傻子阿烁"的身份在她的身边多待一会儿。因为不久后他就要启程回中灵洲了，这一别，或许要很长时间才能见面了。

"阿烁，待会儿跟在我身边。"云筝忽然笑了笑，向他招招手。

容烁一听，艰难地维持傻笑的表情，来到她跟前。

云筝踮起脚尖，然后在他的头上摸了摸："阿烁，乖乖。"

虽然想拒绝，但是有点儿留恋，这是怎么回事？容烁低低地"嗯"了一声。

云筝的手微顿，随即继续揉了揉他的青丝。

不多时，众人渐渐醒过来，这让云筝想动手开门的心暂时收了起来。

"这是哪里？"

"我的头好痛啊，这是怎么回事？"

"咦，你们看，这是灵宗强者的墓地大门！"

"居然猝不及防就将持有羽令的我们拉了进来，可是为什么我们在古墓外面？"

这一问题，引起众人的深思以及不满。寻常古墓都是直接传送至古墓之中，现在他们这是被拒之门外了吗？

不少人开始尝试打开浮雕大门，但都无果而归，甚至，有的人被反扑受了重伤！

"这到底是怎么回事？不是有银色羽令就能进入古墓吗？现在这样算什么！"有一个人暴躁地喊道。

云筝循声看去，原来是方思言！他现在双眼无神，眼底一片青黑，整个人显得阴森颓废。

云筝察觉到他的实力从灵王一阶倒退到大灵师八阶，而且大灵师八阶的修为是个空壳子。想必他虽然吃了什么灵丹妙药，但是依然阻止不了灵力的散失。她姑姑为了救他，中毒瘫痪在床七年，方思言却以姑姑瘫痪昏迷不醒为由退婚，他这种人就该受到这样的惩罚！

突然，古墓大门上的浮雕动了，一道苍老的声音随之响起：“这次本宗的墓地开启，由于太多人来此，故先统一拒之门外。”

太多人？这里拢共才三十多个人，不算很多吧。

“那前辈如何才肯放我们进去？”一个风度翩翩的男子开口询问。

“对啊，前辈告诉我等如何行事吧！”

众人纷纷附和。

“唉，本来不想让你们再进去的……但是你们这么诚恳，那本宗最多放十五个人进去探寻财宝功法，至于名额由你们定夺，本宗就不参与了！不过，进去的时间有限，请各位认真定夺。”

此言一出，众人的脸色微变。原本站在一起的人，互相变得防备了起来。

一个三十来岁的男子阴沉地询问：“年轻人以后有的机会，不如这次就让给我们。”

岁数比较大的人对此表示赞同，但是年轻人就不同意了。

方才那个风度翩翩的男子开口：“既是机缘，哪有分年纪大小的！”

“对啊，我们才不让！好不容易走到了这一步，怎么可能放弃？”

“你们年纪大的也不必争了，因为你们前途一片渺茫！”

岁数大些的人听到这话，怒气填胸，这些黄口小儿居然敢讽刺他们天赋不高！

“找死！”一声暴喝响起，众人混战成一团。

年纪略大的人抱团，想要将那些毛头少年们都驱逐。

云筝看着这么混乱的场面，柳眉微蹙。

“去死吧！”一个长着一副刻薄相的男子朝云筝挥了一掌。

云筝指间捏着细长的毛笔挡住来人的攻击，然后凝聚灵力于毛笔之上，朝着那刻薄相的男子刺了过去。

周围的人看着云筝，面露忌惮之色。

云筝没有在乎别人的眼光，她抬眸看向那座四大神兽浮雕大门，心中隐隐察觉到不寻常。那浮雕石门中四大神兽的眼睛开始诡异地转动，露出的神情带着邪恶之色，不似光明圣洁的四大神兽，反倒像邪兽或凶兽。

“吱吱。”二白通过神识急切地喊了她一声。

这时，大卷说话了：“主人，二白想告诉你这座浮雕石门上根本就不是四大神兽，而是假冒货！主人，你开启血瞳看一眼四周，就会发现端倪了。”

云筝闻言，下意识牵住容烁的手，蓦地，血瞳开启，赤红色的光在凤眸中闪烁。她环顾四周，脸色越发凝重。

云筝猛地回头看着容烁，认真地道：“阿烁，你在这儿等着我。”

“好。”

容烁淡定的反应让云筝的心头莫名一颤，但现在不是想这个的时候。她收起了心思，松开了握住容烁的手，然后轻点脚尖，素手一扬，烈焰长枪在她手中乍现！

她迅速地用长枪一挑，将一把利剑打落。以为自己就要死的一名女修察觉被救了，愣怔地看着那抹耀眼的红色身影。

“全部给我住手！”云筝一声大喝，在古墓外面显得格外响亮。

有的人停下来了，可是也有人不以为然想趁此机会偷袭别人……

云筝眼神如炬地望着那个方向，长枪不知何时脱离她的手，插在了那个心怀不轨的人面前。

众人一惊！

云筝在他们呆住的时候，将烈焰长枪召唤了回来。长枪一抬，指向了那个浮雕石门，冷声道：“这是一个骗局！”

“刚才那道声音的主人想让我们自相残杀，我们一死，便能为他制造源源不断的死气，来供给浮雕石门上的鬼兽！”

鬼兽？什么是鬼兽？众人惊疑不定之时，四周响起了一阵阴森苍老的声音：“没想到你们当中还有一个聪明人，不过，你们休想安然无恙地逃离这里，乖乖地做本宗的小宝贝们的肥料吧！”

话音落下，浮雕石门上的“四大神兽”从石门上脱离了出来，变成了四个魂体。

不过它们的外貌不再是四大神兽的模样，而是身长脚短的黑毛怪，它们的手像八爪鱼一样，软体黏稠，让人恶心；口中还有一排长獠牙，没有五官，看起来特别恐怖！

云筝还是在云王府的藏书阁中认识这玩意的。

鬼兽生长在潮湿阴暗的地方，繁衍迅速。最可怕的是，这鬼兽能够食人的灵魂。那些邪修就是以养育鬼兽来滋养自身的魂体。

这里根本不是什么灵宗强者墓地，而是一个已经死去的邪修引诱生人的一个陷阱罢了。邪修想要复活，首先就要滋养残魂，然后找寻机会来夺舍一副身体，从而重生。

云筝冷声道："不想魂飞魄散的话，就合力攻击鬼兽的头部！"

没有人回应，云筝疑惑地看了他们一眼，发现他们一副魂不守舍的模样。她用血瞳一看，才知道他们方才受伤的伤口中蔓延出一股死气，导致他们的行动都缓慢了下来。

"小女娃，本宗劝你束手就擒，鬼兽们可是很喜欢你们这些身娇肉嫩的小姑娘哟！"那道阴森苍老的声音阴魂不散地响起。

云筝讽刺道："别太得意了，要是没有了鬼兽，你这种邪修还有复活的一天？"

"你！"那道苍老阴森声音的主人气得语塞，随后他又大笑起来，"本宗这几个小宝贝可是能匹敌灵皇境界的，就你这个刚晋级灵王的小女娃敢对抗，不过是聪明了些，逃过死气那一劫罢了。"

"是吗？"云筝冷笑道，裸露的半张精致小脸露出一丝邪气。

老邪修在暗中见状，眼睛半眯了起来，以为她要开启什么大招……

"二白！"云筝话音刚落，一个白色毛茸茸的小毛团就出现了。

老邪修见到这一幕，暗叹自己太过草木皆兵了，就这么一个小女娃，能有什么本事，召唤一个可爱无用的小灵宠出来做什么？为了给他的鬼兽小宝贝们添一份口粮？正当老邪修准备出言嘲讽时，他的话顷刻间就卡在了喉咙中，浑浊的眼中闪过一丝震惊。

二白开启战斗模式，变成了威风凛凛的白虎。

云筝与二白对视一眼，她拍了拍二白的头，笑道："这是我给你的历练！"

"吼！"二白欢喜地回应。

"挑翻它们——"云筝素手一握，持着烈焰长枪朝着其中两只鬼兽而去。二白同时朝着另外两只鬼兽奔去，脚下如同踩了白色的旋风一样，快得无影无踪。

二白尖锐的虎爪三两下就刺破了鬼兽的身体，鬼兽怒得龇牙咧嘴，它们伸长爪子想将二白缠绕住。可是二白的速度很快，次次都逃开了，不过二白也很难近身攻击鬼兽。

云筝也察觉到了这种情况，她通过契约联系，叮嘱了二白几句。

老邪修原本看到二白是上古神兽白虎，第一时间有些恐惧，但当他发现，这是白虎幼崽，还是一个先天不足的白虎幼崽，只有相当于人类灵皇四阶的修为时，恐惧瞬间转变成了贪婪。如果能用上古神兽的魂体滋养他的残魂，他肯定能够重生！

老邪修低声笑道："这真是天赐良机啊！"

一直在原地站着的帝尊大人，神色认真地盯着云筝的身影，这是属于她的历练，在她没受到生命危险之前他都不会出手帮她，她也不屑活在别人的庇护之下。

"烈焰夺魂枪！"火光冲天，剧烈的罡风划破长空，斩断了其中一个鬼兽的头。头部是鬼兽的弱点，没有了头，鬼兽瞬间化成一摊腐烂恶臭的黑水。

云筝见状，满意地笑了笑。容烁教给她的枪法，还真是强，能够跨一大境界作战！

云筝下意识回头看向容烁，发现他认真的眼神，刹那间变得不知所措起来……

云筝红唇微扬，很快便收回了视线，继续与另一只鬼兽作战。

而此刻的帝尊大人身躯僵硬愣在原地，云筝的目光来得太快，他一时之间不知道该做出什么反应。她该不会有所察觉吧？容烁眉头微蹙。

而此刻的二白利用速度极快的优势，带着鬼兽绕来绕去，直到将两只鬼兽的爪子都捆绑在一起。二白前爪一抬，凝聚强悍的力量，然后朝着鬼兽被"捆"住的爪子猛地一划，两只鬼兽发出了怪叫声，痛苦至极！

白色的巨影顷刻间来到那两只鬼兽前面，"刺啦"的声音响起，两颗圆滚滚的黑色头颅落在了地上，两只鬼兽蓦地化作一摊黑水。

而云筝这边也刚好干掉第二只鬼兽。

"吼！"二白凑到云筝的面前，亲昵地喊了一声。

云筝摸了摸它的脑袋，笑道："干得漂亮！"

二白心中欢喜。

而此时此刻的老邪修脸色大变，魂体的颜色黯淡了许多。

“怎么可能！我的鬼兽！”老邪修怨愤地盯着云筝与二白，恨不得将他们两个挫骨扬灰，咬牙切齿道：“这是你们自找的！”

话音刚落，古墓的外面开始动荡起来。古墓浮雕石门大开，将所有人都吸了进去。

云筝立即让二白回到凤星空间，然后朝容烁招手：“阿烁！”

容烁闻言，立刻来到了云筝面前。

云筝一把牵住他温热的手，凑近他，凤眸中闪过一丝狡黠，笑道：“阿烁，我们去看看那个邪修搞什么花样。”

其实她发现，本应该进来古墓的人，少了很多。

第一个可能就是，他们根本没有进来；第二个可能是，他们被传送到了不同的地方。相比于前者，后者的可能性更大。

容烁看着这个几乎依偎在他胸膛的女子，薄唇微扬。

“阿烁，你怎么了？”云筝听不到他的回答，便抬头看着他。

容烁僵硬地露出傻笑：“娘子说什么就是什么。”

云筝凤眸微闪：“走吧。”

不同于其他人的被动吸入，云筝和容烁是自己走进去的。

在背后暗暗观察的老邪修看到这一幕，心情复杂得很。明明只是个灵王级别的小女娃，怎么能抵抗住旋风阵？看来他们两个还是有底牌的，那么他们两个也有资格成为他的一部分！老邪修半眯着眼阴恻恻地笑了笑。

两人进入墓中后，一阵狂风就围绕着他们转动。

里面昏暗无光，云筝发现那些人被吸走之后，就自动消失了。而他们两个似乎没有触发到某个点，所以还在这里。

正当幕后之人老邪修想动手也让他们两个消失的时候——

只见云筝的指尖上捏着一支细长的毛笔，迅速地在飓风中勾画了一个符文。

“轰”的一声，飓风瞬间消散！

这可惊呆了背后的那个老邪修。

“没想到她还是一个符文师，看起来级别不低，怪不得能一而再再而三地破本宗的陷阱……”老邪修的脸色凝重。既是符文师，又能收服上古神兽白虎，这女娃难不成有什么大背景？难道是那边的人？他的眼底多了几分谨慎。

老邪修故意将云筝二人引到最危险的那个通道。

可是，当云筝一次又一次地解除危机，又将他生前累积下来的那些财宝都收走的时候，他就不淡定了。这哪里是个小丫头？分明就是一个扮猪吃老虎的小魔女！

云筝一边捡，一边吐槽："怎么这个邪修的宝物才这么一丁点儿，而且寒酸得很，根本拿不出手！"

老邪修心底咆哮：你嫌寒酸就还给本宗！要不是他大部分魂体在那个地方进行祭祀，他都想出去将这小丫头剁了！拿他的东西，还要嫌弃他！

云筝环顾四周，问道："阿烁，你说那邪修乌龟躲哪里去了？"

容烁心里清楚云筝想用激将法让那个邪修露出马脚，他摇了摇头，低沉的嗓音缓缓响起："娘子，我不知道。"

老邪修怒气填胸：你才是乌龟！你全家都是乌龟！

这时，传来一道推开门的声音。云筝警惕地看去，发现是一个白衣小少年。

只见那白衣小少年欣喜若狂地盯着云筝，迫不及待地跑到她面前："女人，是你！终于见到一个活人了！"慕胤激动地想要拉云筝的手，跟她一起庆祝。

容烁掩盖在面具之下的脸色微沉，将云筝略显娇小的身子搂了过来，避开了慕胤的爪子。

云筝挑了挑眉，然后抬眸看着容烁，问道："阿烁，怎么了？"

容烁心一紧，紧张得耳尖都红了，红着脸憋出一句："娘子只能是我的！"

还没等云筝说话，慕胤皱着眉头，语气颇为嫌弃："你这家伙好生小气，你娘子和我碰一下都不行！"

容烁听到这话，嘴角抽搐了一下。他是跟这小屁孩计较，还是不计较呢？不过，现在他是一个智商如同孩童一般的傻子，而且云筝在看着，还是……跟这小屁孩计较一番吧！

"你碰你的娘子，不许碰我的娘子！"容烁搂着云筝的肩膀，赌气地说。

“行了。”云筝心里既无奈又好笑，当即喝止了他们两个幼稚的对话。

云筝看着慕胤，问道：“怎么只有你一个人？”

“我进来后就甩掉了那些人，但是在那以后我无论如何寻找，都寻不到一个人的踪影，我还以为我一直在原地打转呢！”慕胤解释着，他的眼神扫了一下周围，犯难地问道，“你们是不是也在这周围原地打转？”

云筝淡淡地回答：“并不是。”

“你们有没有看见其他人呢？”慕胤紧拧着秀眉。

“还没有。”云筝忽然抬头往左边看去，血瞳开启的那一刹那间，有一缕白雾迅速地逃离。

“灭！”她一声大喝，手中的一张明黄色符文飞快地飘去。突然，“轰”的一声巨响，那个角落的墙壁爆炸了，碎石散落一地，烟尘飞扬。

“怎么了？”慕胤紧盯着那个方向，好奇地问道。

云筝笑了笑，说道：“只是一只乌龟逃窜了。”

“啊？”慕胤很茫然，这里还有乌龟？

“走吧，待会儿想走可能都走不了了。”云筝说着，拉着容烁向门外离开。

慕胤看着他们一墨一红的背影，心里暗忖，还挺般配的，就不知道他们两个面具之下的容颜如何。不过，这个红衣女子看上去年龄跟他一般大小，怎么就成婚了呢？

慕胤想了一会儿，再抬眸看去，前面已经没有人影了。

“喂，你们两个等等我啊！”慕胤急眼了，大步往前跑去，试图追上那两人。

出了门后，就是一道窄高的通道，墙壁两边一排排的烛火摇曳着，给昏暗的通道添了一抹光明，只不过，也多了一份阴森恐怖的氛围。

“等等我啊！”慕胤看到他们渐行渐远的背影，一边跑，一边大声嚷嚷。

所幸，他跑得够快，没多久就追上了他们两个。

由于通道的宽度只能容纳两个人并行，所以慕胤不得不跟在二人身后。

“为什么不等我啊？”慕胤喘了一口气，埋怨道。

云筝回头扫了他一眼："我们没有义务等你，况且刚才不是叫你了吗？是你自己发呆才没有跟过来。"

慕胤闻言，只能撇撇嘴，却说不出什么反驳的话。他抬头看着云筝的背影，自来熟地问道："那我们现在去哪儿？"

云筝沉默了一瞬，一抬手，指尖多了一支细长的毛笔。她以灵力为墨，手腕转动之间，在虚空中描绘了一个神秘符文。

"去！"毛笔应声而起，自动飘浮起来，往前面不紧不慢地飞去。

云筝回答道："我们去人多的地方。"

人多的地方？慕胤那双澄澈的眸子微闪，这个灵宗古墓果然不正常。看来，他们似乎有办法找到春花、秋月，于是慕胤立即回应道："好，我们快点儿去吧！"

云筝牵着容烁的手，在前面开路。

很快，被符文包裹着的毛笔带着他们穿过了通道，来到了一个封闭的空间。当他们踏入的那瞬间，石门迅速关上了。

四周都是墙壁，看起来还很坚硬！

"这是怎么回事？喂，女人你快想想办法！"慕胤那张清秀的小脸变得慌乱，尽管他实力强，但年纪小，哪能一点儿都不害怕？

"别怕。"云筝安抚了一句，随后，她盯着被符文包裹着的毛笔，只见毛笔在半空中跳了几下，然后猛地插在中央的地面上。

云筝见状，凤眸闪过一丝不明的意味。

这时，之前那道苍老阴森的声音响起了："没想到你们会自动入网，也好，免得本宗一而再再而三地引诱你们入局。全都给本宗下去吧！"

话音刚落，地面刹那间分开两半，失重感袭来，然后三人就坠下去了。

容烁早就知道底下是什么东西，他厌恶地皱了皱眉。但看了看那抹红色身影，将心中的恶心忍下。不能暴露，也不能干预她的历练！他缓缓合上双眸。

三人像下饺子一样，掉进了一个充满浓郁血腥味的血池当中。

慕胤不会凫水，掉进去的时候，口中呛入一口血水，恶心得反胃，一直在呕吐。

云筝掉下来的那一刻，就运起灵力延缓掉落速度，然后轻盈地落在血池中，这才避免像慕胤一样。她朝容烁的方向看了一眼，只见平日里尊贵雅致一尘不染的帝尊大人，这次沾染到腥臭的血水，竟没有露出厌恶的表情，反而朝她露出了僵硬的傻笑。

云筝轻笑了一声，容烁的脸色随即僵住了，该不会被发现了吧？正当容烁担忧被发现的时候，云筝已经移开了视线，开始环顾四周。

他们处在一个巨大的血池中，一条条木桩竖在血池里，而那些木桩上都绑着人，场面极其壮观与血腥。

“救救我……”

“救我，救救我们！”

“你们快逃！”

那些人虽然脸色苍白，但是意识尚存，有人求救，有人善意提醒！

云筝在他们之中，看到了熟悉的人——江奕辰、楚允衡和苏容。

“没人逃得过本宗的血池，你们都来当本宗滋养新身体的养料吧！”那道苍老阴森的声音阴魂不散地响起。

随即，一个厚实的魂体出现在血池之上，老头身着一袭暗灰色长袍，眉宇间阴郁之色浓重，邪气与鬼气聚集。

识海中，大卷严肃地提醒：“主人，虽然这丑老头只是一个魂体，不及生前那般厉害，但是他现在也是半步灵宗，比你高了几个境界，需要谨慎行事。”

“好。”云筝多了一丝谨慎与防备。

老邪修怒目瞪向云筝，沉声道：“小女娃，交出白虎！”

众人一听，原本黯淡无光的眼睛都骤然亮了，是上古神兽白虎吗？所有人都看向云筝，包括慕胤。

云筝轻蔑地挑衅：“你想要？拿你的乌龟命来取！”

老邪修暴怒：“岂有此理！本宗要剥了你的皮！”

他说完，身子一闪，伸出泛黑的五指猛地抓向云筝。云筝避之不及，肩膀被五指猛地刺穿，她痛苦地闷哼了一声。

容烁的手蓦地攥紧。

“小儿张狂，今日就让你知道‘死’这个字怎么写！”老邪修阴沉地说道。

云筝咬着牙，右手召唤出一把金灿灿的大斧朝着老邪修劈去。

老邪修身子一闪，躲开了云筝的攻击，他正准备嘲笑云筝不自量力的时候，身后一声巨响，他回头一看，瞳孔一震，他的阵眼被毁了！

只见一个偏僻角落的墙壁上被一把金灿灿的大斧子嵌入，当大斧子离开那个地方时，那里就像破了风的洞似的，鬼气不断从洞里消散。

老邪修这下已经顾不上云筝了，因为若是此次炼魂阵眼被毁，他多年的心血就毁于一旦了！

他身子一闪，想要凝聚灵力来弥补刚才被那巨斧弄破的阵眼，可不知为何，无论他输入多少灵力，都被全部吸入，毫无作用。

而此刻的云筝唇色略显苍白，她倒了一颗丹药给自己吃下后，便捂住鲜血淋漓的肩膀，盯着慕胤道：“快去帮他们解绑！”

慕胤被她方才的行为震撼，愣了愣。

“快！”云筝又说了一句。

慕胤反应过来，连忙点点头，然后召唤双刀迅速为众人解开了那些束缚灵力的绳索。

而云筝察觉自己受伤后，体内的生气在一点点被吸走，这是血池的作用！

云筝素手一扬，十张白纸符文一一立在空中。

不少人被她这一行为吸引了目光。

“她要做什么？”

“这是什么东西？”

“是符文吗？可是符文不是有专门的符文纸吗？这明显是一张张白纸啊！”

“她怎么不救我们！还愣在原地干什么？她傻了吗？”

有人疑惑，有人破口大骂！

“以吾符文，净化！”随着话音落下，十张白纸符文迅速地散落到各个地方，然后旋转了起来。

霎时间，隐藏在血池中的鬼气慢慢地被白纸符文吸纳。

这一举动，惊动了正在修补阵眼的老邪修，老邪修见状越发震怒。他分出一半魂体，变成了两个一模一样的老邪修。一个继续修补阵眼，一个猛地攻击云筝。

“小心——”有人高呼。

云筝抬起金巨斧一挡，但还是被他的力量震得虎口微震，连退了两步。

老邪修见又被她逃过，满腔怒气。

“二白！”

一个化作原形的白虎突然出现在老邪修的背后，露出尖锐凶猛的牙齿想要将老邪修撕个粉碎。

老邪修想要躲开，只是——

云筝身子微动，背对众人，赤红色的光在她瞳仁中闪现，无形之中，无数条红线将老邪修束缚住！

“怎么回事？”老邪修发现自己动弹不得，震惊不已。

还没等他弄明白，二白张开虎口，一口咬掉了他的头颅，前爪也在刹那间将他的身躯撕了个粉碎。

云筝见老邪修消散的魂体想要回到另一半身躯内，忙唤出一支细长毛笔，以灵力为墨，迅速地一笔勾画出一个神秘的灵力图案。

云筝抬起纤纤玉手拍向图案，顷刻间，灵力图案扩大，将老邪修细碎的魂体笼罩。

“驱！”云筝冷声道。

灵力图案包裹着细碎的魂体，净化驱灭，正在修补阵眼的那半个魂体惨叫连连。

“二白，回来。”云筝其实不想让他们知道她有神兽，可是方才如果没有二白相助，她是绝不可能成功的。

二白一出现，他们当中就有不少人觊觎二白。

云筝体内的灵力像被掏空了一样，身子有些站立不稳，差点儿跌入血池中。

一条铁臂将她搂入怀中。

“阿烁……”她疲惫地喊了一声。

“嗯。”她喊他，他就回应。

容烁深邃的眸子中闪过一丝心疼，抿着薄唇看着她。

云筝往嘴里塞了一颗丹药，然后将他推开。她没有看他，而是抬眸看着那些已经解开束缚的人，沉声道：“想要出去，你们就杀了那老邪修！”

“你难道不一起吗？你不会想逃走吧？”有一女子用揣测的目光盯着云筝。

“对啊，把白虎放出来，我们才会更有胜算。”一个身着白色衣裙的美貌女子柔声附和道。

云筝目光微冷，是苏容。若不是想留着苏容到圣都考核名额赛上，她早就动手了！

一个看似温和，眼神却隐隐带着算计之色的男子缓缓道："姑娘，借白虎给我们一起并肩作战吧！"

"对啊，就算你不出力，你的白虎也要出力啊！"

"快将白虎召唤出来吧！"

这些人，你一句我一句都不离白虎。难道真的是为了杀老邪修？嗬，说出来都没人信！

解救完春花、秋月的慕胤，听到这些话，不由得心生厌恶，暴躁地道："够了！你们要不要脸？"

被这么一声厉喝，众人想说的话都卡在了嗓子眼儿里。

慕胤怒道："你们这群人，活该你们被困！"

众人的脸色当即不太好看了。

"你这话什么意思？"有人不服气地道。

慕胤冷笑道："你们这群人现在应该对付的是那老邪修，而不是在这里道德绑架她拿出白虎，别忘了，她可跟我们所有人都没有什么关系！"

"她救我们是情分，而不是本分，你们有什么资格要挟她召唤白虎？简直可笑！"

在场不少人听了这番话，脸青了又红，红了又紫，难看得要命。

云筝颇感意外，没想到这个看似顽皮自傲的小孩，能说出这样的话来。

"你们今日都得死！给本宗去死！"苍老沙哑得瘆人的声音猛地响彻整个血池，回音萦绕。

灰袍老邪修面目狰狞，魂体也逐渐变幻成无脸黑鬼兽的模样。

众人一惊，惊恐万分。

只见老邪修化作鬼兽，身上的灰袍被裂开，身躯变得越来越大，十数条黑不溜秋的形似章鱼的爪子朝着最近的那些人抓去！

被那黑色黏稠的爪子缠绕住的人，仅仅几个呼吸间，就已经被硬生生地吸取了血肉，只剩下一堆白骨。

十数只黑爪飞速地缠绕血池中的其他人。每当它吸取一个人的血肉以及魂力，它的身躯就凝实壮大一些。

“不要！”

“救命啊，救救我……”一个女修被腥味浓稠的黑爪缠绕住了腰部，她想要逃，可是最终还是命丧于此。

有人见此，目眦欲裂，大喊道：“你这个邪修，我跟你拼了！”说完就提起利剑狠狠地砍向黑爪，只是黑爪颇具弹性，不但没砍断，反而被它趁机缠住了身体。

这一幕幕，无一不冲击着众人。

而此刻云筝拉着容烁退到了一个角落，神情淡然地看着这一切。

“娘子，你疼不疼？我给你吹吹。”容烁盯着云筝受伤的左肩膀，放缓了语气，如同以往那般装傻道。

云筝抬头有些愕然地看着他，然后点了点头。

容烁得到她的应允后，便俯身弯腰在她受伤的肩膀上吹了吹，与此同时，掌心凝聚起一股温和的灵力覆盖在她伤口处。

云筝感觉到左肩膀处一阵温热，她笑了笑，又很快恢复一副淡然的模样。

慕胤远远地看见云筝两人，心情复杂。

这时，春花开口道：“少主，我们先离开吧。”

还没等慕胤说话，秋月就接话道：“少主，婢女与春花已经消耗了不少的灵力，现在暂时没有办法保护少主。”

“本少主不需要你们保护！”他冷着一张脸，视线似有意似无意地掠过远处那抹红色身影。这个女子的年纪应该与他相当，他修为比她强，但是实力与底牌好像都不及她，她到底是谁呢？他决定了，以后就将这个女子当作对手，有机会他要跟她切磋！

“少主……”

“无须多言，本少主这次是来历练的，不能遇到危险后就像丧家犬一样离开！”慕胤抬手挥了挥，那张清秀小脸微沉，不知想到了什么，他皱眉问道，“不是说那些人也来吗？”

春花和秋月对视了一眼，都在对方眼中看到了为难。

春花心中思忖了一下，如实回答：“听小道消息说，他们绕道去另一个小型秘境了。”

“你们怎么不早告诉本少主？！”慕胤闻言心中一惊。

春花顿时噤声，她的眼神有些飘忽不定，心里暗忖，还不是你跟莫家少主一见面就掐架。家主叮嘱她们，此次出行要让少主静下心来。为了避免少主暴躁，她们自动忽略了有小型秘境这件事情。

“好得很！”慕胤用手指指了指她们两个，咬牙道。

“少主……”

“你们成功将本少主惹怒了！”慕胤召唤出双刀，刀上的银光一闪，寒芒乍现。他猛地转身，由数条辫子扎成的马尾一抖，运起灵力，纵身一跃身，脚踏血池，朝着那巨型鬼兽袭去。

春花和秋月见状，瞳孔一缩：“少主！”

白衣染红的清秀小少年转动双刀，暴喝一声：“风刃刀！”

随着他的声音响起，一阵飓风在他的周身萦绕，而他双刀一出，飓风跟着双刀而出，逐渐化成了暴戾的飓风狂刃刀，在血池中卷起一阵阵血色浪花。

慕胤与鬼兽战斗了起来，但是鬼兽还是太强了，慕胤有些抵挡不住，他往身后大喊：“还不快来帮忙！”

春花和秋月义无反顾地上前帮助慕胤，而有些人在原地再三权衡利弊，有些良心的人也跟着上前一起攻击这巨型鬼兽了……

而那些心怀鬼胎的人见云筝受伤，互相对视了一眼，心照不宣，趁着慕胤他们对付鬼兽时，迅速来到云筝的面前。

“快召唤出神兽吧，要不然我们都会死在这里！”

“对啊，你们这么强，不出一分力就想靠着我们离开此地吗？”

“快让你的神兽出来，这样对你我都有好处！”

云筝嘲讽道：“人不要脸，天下无敌！”

容烁的眸子闪过一丝杀气。

那些人闻言，虽然脸色微僵，但是丝毫没有影响他们继续逼迫云筝交出二白。

“快交出来！”

“不然我们就出手抢了！”

云筝知道神兽吸引人，可没想到这些人为了得到神兽，在这么危险的状况下，居然还厚着脸皮跟她要她的二白。果然，人心险恶！

一个目光颇为猥琐的男子恐吓道：“小姑娘，再不交出来，你应该知道后果，看你皮嫩肉细的，应该……啊！”

一颗人头落在了血池中，溅起一阵血花。

“聒噪！”一道低沉冰冷似乎从地狱中来的声音响起。

突如其来的强大威压让血池中的所有人都气血倒流，实力弱的更是当即吐了血。

巨型鬼兽像听到了什么恐怖的声音，想要迅速逃跑，可是它的身躯就像被锁住在原地，根本动弹不得。

云筝愣神间，突然被搂住了细腰，她的身体也随之悬空，脱离了血池，飘在了半空中。

她回过头看容烁，只能看见他的下巴。

众人被强大的威压压得腰都直不起来，更妄谈抬头看那一对脚踏虚空的佳人了。

红衣少女在墨袍男子的怀里，显得格外娇小。

容烁深邃的眸子泛着寒光，薄唇缓缓一动：“死！”

血池中瞬间掀起了一阵又一阵的血花，血腥味浓重，甚是震撼人心。

剩余的那些人以及化作鬼兽的老邪修吓得瑟瑟发抖。

太强了！这到底是什么人？为何方才他的灵力还是大灵师境界，却一下子就变得如此厉害了？

而此刻忍受威压的慕胤眼睛发亮，原来这女人的伴侣这么强，有机会一定要跟他打一架！

“怎么处置？”容烁突然看着云筝道。

云筝冷笑道：“帝尊想怎么处置都行，反正与我无关。”

容烁一听立马慌了，她以前从来不会这么叫他的。他看着底下这群人，越发觉得碍眼。仅弹指之间，那个老邪修便灰飞烟灭了。

众人更加恐惧，生怕下一刻就是他们。

云筝突然道：“我们走吧。”

容烁愣了愣，然后本能地应“好”。他搂着云筝，单手撕裂虚空，带着她离开了。

苏容望着他们离开的方向有些发愣，随即闪过一丝意味不明的眼神，她也想要这么强大的男人！

忽然，一道声音将她的思绪唤了回来：“容儿，我们找出路吧。”

苏容仰起好看的小脸看向楚允衡，心里多了一丝不满。为什么这个世界，有的人一出生就拥有滔天权势与极高的天赋，而有的人只能碌碌无为一生。

她不甘愿做平庸的那一个！她一定要夺得去圣都的考核名额，那样才有机会结交更多的天才，或许……遇到更好的伴侣人选后，她会毫不犹豫地放弃楚允衡！

见她发呆不回话，楚允衡皱了皱眉，问道："容儿，你这是怎么了？"

苏容摇了摇头，温婉地笑道："啊？没什么，只是被吓着了。"

楚允衡揉了揉她的头，安抚了她几句。

容烁和云筝离开以后，剩余的人只能自行寻找出路。

慕胤扫了一眼周围，没有看到熟悉的人后，便收回了视线。他从储物戒指中拿出一张卷轴，打开卷轴的瞬间，一阵扭曲的空间的力量在慕胤的周身流动，白光耀眼。紧接着，慕胤以及春花和秋月三人瞬间在血池中消失了。

"空间卷轴！居然是空间卷轴！"

"刚才那小公子居然有空间卷轴，他究竟是谁啊？"

众人纷纷感叹，有人捶胸后悔自己没能与那小少年交好……

云筝出来之后，伸手拍了拍容烁搂在她腰间的手，面无表情道："松开。"

容烁松开了，正准备说话的时候，云筝却迈大步向前走去。

容烁追上去，一把抓住她的手。但云筝转身甩开他的手，目光灼灼地盯着他："帝尊大人，耍我好玩吗？"

"我没耍你。"我只是想跟你这样相处，至少你不会避着我。

云筝冷冷地问："好，那你告诉我，为什么要隐瞒我你已经恢复正常的事实？"

容烁深邃的眸子中含着几分道不清说不明的情愫，缓缓地道了一句："本尊心悦你。"

云筝之前就猜到了，但听到他说出口后，心脏跳动得有些快，气息也有点儿紊乱，她张了张口："我……"

"本尊要离开了。"容烁的手微微蜷缩了一下，他终于还是选择逃避。他将一本天品的功法战技塞到她的手里，"这是适合巨斧的功法，好好练，记得三年之约。"

容烁深深地看了看她露出来的半张精致的小脸，像是要将之印在脑海中，随即转身撕裂虚空。他正要消失的时候，一道清冷好听的声音有些着急地问道："你什么时候回来？"

“等我忙完。”

云筝看着撕裂的缝隙慢慢缝合，他的身影远去，她猛地上前一步。她捏着手中那本散发着强悍气息的天品功法战技，抿了抿唇：“等你回来，我再告诉你……我的心意。”

时光匆匆，自灵宗古墓开启已经是两个月后，而距离东洲各国的圣都考核名额赛还有一个月的时间。各国的天才十分紧张激动，铆足了劲想要争取一个考核名额。

如焰之森的某个地方。

“轰！”一道晋阶成功的声音传出，群鸟惊飞，山林震动。而如焰之森中的人对此，已经见惯不惊了。

因为每隔一段时间，如焰之森深处的某个地方就会出现一阵灵力动荡，他们想去查探，就会被一群高阶灵兽挡住去路。

能让一群高阶灵兽护法，想必那神秘人是极厉害的。但就是有人不死心，妄想偷偷溜进去，最终落得一个被灵兽撕碎的下场。

有人摇了摇头：“唉，估摸着是个天才，不然怎么跑到这么危险的地方来晋级？”

“此言差矣，能驱动这么多灵兽为她护法，说明那并不是危险的地方，相反是最为安全的地方。我也想让这么多灵兽为我护法啊……”一人语气酸溜溜地说道。

“这么多灵兽，应该是个驭兽师吧。”

“驭兽师，不可能吧！”一人皱眉道，“也许只是那人的实力太强，能让那些灵兽臣服。”

“也是。”

在东洲中，驭兽师少得稀罕，所以众人根本没将那神秘人想成是驭兽师。

第十章
平定祸乱

从一处幽深的洞穴，缓缓走出来一个红衣女子，一个小毛团看到后，扑腾着小短腿，跳到了女子的怀里。

“吱吱。”恭喜主人晋升为灵王六阶。

云筝笑道：“谢谢二白。”

识海中，板着脸的大卷，脸上多了一丝欣慰。这两个月来，主人的修为不仅突破了灵王六阶，“异瞳术”也正式入了门，取得了不小的成就。

“出来这么久，也该回去看看爷爷和姑姑了。”云筝揉了揉二白的脑袋，望向蔚蓝的天空，感慨地笑了笑，“不知道他们想不想我。”

远在云王府的老爷子突然打了个喷嚏，他拧起眉头道了句：“肯定是那臭丫头念叨我了，怎么还不回来？”

当云筝抱着二白回京城时，百姓都被她的容貌惊艳了，只觉得她看着眼熟，却想不起眼前这人是谁。

因为将近半年的时间，云筝长开了，五官变得更加精致，气质更是一改以前的唯唯诺诺，变得清冷自信。

众人见这绝色的女子走到了云王府的大门前。

云王府的守门侍卫正想拦住她，可是待看清了后，瞪大眼睛道：“小小姐……”

云筝笑了笑：“嗯，我回来了。”

云筝抬脚迈进王府，而云王府门口的百姓见状，十分震惊。这女子是云筝？

云老王爷对外宣称送她去乡下修心养性，没想到近半年没见，她竟变化这么大！

云筝抱着小毛团坐在大厅右侧的位置，等待着侍卫的大嗓门将自家爷爷喊过来。果然，还没等她屁股坐热，大厅外就响起了一道中气十足的嗓音：“好你个臭丫头，舍得回来了！”

人未到，声先至。

云筝循声望去，只见自家爷爷手里拿着一根如成年人手臂粗的长棍，气势汹汹地向她走了过来。

云筝见状，手一抖，猛地从座椅上蹦了起来。

“吱吱。”主人我先溜一步，二白迅速回到凤星空间，剩下云筝一个人“孤苦伶仃”地面对爷爷。

“王爷，你别冲动！”月季跟在云老王爷身后急忙劝说。

云筝心中感动，还是月季贴心。

“王爷，你试试这个，这个或许更好用一些。”月季说完，从背后拿出一条带荆棘勾刺的鞭子，愉悦地递给云老王爷。

云老王爷回头看了一眼，满意地点了点头，扔下棍子，接过鞭子，笑道：“这个不错，打起那臭丫头来，她不得嗷嗷大叫！”

月季，我看错你了！

“爷爷。”云筝隔着老远喊了一声，露出一个甜美的笑容，试图让爷爷免除责罚。

云老王爷板着脸，沉声道：“你还知道我是你爷爷？哪有孙女一句话都不跟自家爷爷说，就跑路的！”我哪里是跑路？不就是出去历练吗？但因为是不辞而别，她还是有一点儿心虚。

突然，一根鞭子以迅雷不及掩耳之势朝云筝挥了过来，云筝瞳孔一缩，侧身避开了这道攻击。她望着云老王爷，不可置信地问道：“爷爷，你来真的？”

云老王爷冷哼了一声，傲娇地反问：“我不跟你来真的，还来假的？”

说罢，他挥起鞭子又向她抽了过来。云筝无奈之下，只好左躲右闪。

大厅的桌椅都被抽碎了，看得旁边的月季有些心疼，这得花多少钱啊！

“爷爷，我错了……欸，别打，别打。”云筝一边躲，一边道歉，装作一副无辜可怜的模样，可是这次自家爷爷没有缓和态度。

而云筝没有回手，一是因为自家爷爷心中那口气需要发泄，二是她知道自家爷爷想验收一下她的历练成果……

云老王爷从大厅打到了后花园，一片狼藉，看得月季可心疼了。这都是白花花的钱，早知道就不配合王爷演这场戏了。

坐着马车从皇宫回来的云妙，一回来就被门口的侍卫告知，自家小侄女回来了。她提起裙摆就往王府里面跑，一点儿也不像个长辈，反而有着妙龄女子的娇俏。

其实，云妙没年长云筝多少岁，况且云妙昏迷了七年，她的心理年龄还停留在七年前，并不成熟。

云妙身后的两个丫鬟面面相觑，然后大喊："小姐，你跑慢点儿。"

云妙提着裙摆跑了一段路，便听到云老王爷火爆的声音，心里不禁捏了一把汗，爹要算筝儿的旧账了！

不行！她要去帮筝儿！正当她匆匆赶到现场的时候，便听到一道好听的声音响起。

"爷爷，我说每隔一段时间写信，又没规定多长时间。"

云老王爷怒喝："你还敢狡辩！"

云妙见到了将近半年没见的云筝，只见她一袭红衣如烈焰，举手投足不羁洒脱，自信张扬，心里涌动着一股莫名的情绪。

云筝躲了一鞭之后，指着云妙的方向，笑道："姑姑来了！"

云老王爷以为她骗自己，道："少转移视线了，你是不是想溜走？"

"真没有。"云筝耸了耸肩，苦笑道。

云老王爷刚想说话，背后传来了熟悉的声音。

"爹，别打了，歇歇吧。"

云老王爷闻言神情微微一僵，回头一看，果真是云妙回来了。

云妙杏眼微弯，上前将云老王爷手中的鞭子取走，笑道："爹，筝儿好不容易回来了，你板着一张脸干什么？别以为我不知道，你经常偷偷摸摸看筝儿的书信，念筝儿念得紧！"

"你这丫头，跟那个臭丫头是一伙的！"云老王爷气得骂了一句。

云妙暗中朝云筝使了个眼色，云筝会意，立即上前亲昵地抱住他的手臂，撒娇道："爷爷，我知道错了，我肚子好饿啊，已经好几天都没进食了。"

云老王爷闻言，心一紧："饿着了？"

云筝见有戏，当即一手捂住肚子，虚弱地道："我想念你们，所以不眠不休地赶了回来，没想到爷爷你这么狠心，一回来就责罚我。”

云老王爷一噎，目光微闪，咳嗽了一声，转头看向一旁的月季，吩咐道：“叫厨房做一顿大餐！”

“是，王爷。”月季微微俯身行礼。

云筝与云妙相视一笑。

云老王爷看着云筝，低声询问道：“筝儿，你现在的实力怎么样？”

云筝挑了挑眉，故作神秘地回答：“爷爷，你猜猜。”

“没大没小。”云老王爷当即瞪了她一眼。

云筝朝他顽皮地吐了吐舌头，云老王爷心里哭笑不得，神色中充满宠爱。

“我猜筝儿已经突破大灵师级别了！”云妙猜测道。

云筝笑着摇了摇头。

云老王爷没好气地道：“看这丫头的嘚瑟劲儿，估计修为已经到灵王级别了。”

“爷爷还是挺懂我的。”云筝说着，夹起一块肉放进他的碗里。

这下轮到云妙震惊了，如果她没有记错的话，筝儿是从半年前才开始修炼的，没想到现在居然已经到灵王级别了！

她从小开始修炼，现在也只是大灵师八阶的修为。这么一比，有些自惭形秽，心想，她也要努力修炼，不能太落后了！

云筝跟他们聊了一些在如焰之森以及日不落山脉的趣事后，询问了有关圣都考核名额赛的相关事宜。

云老王爷说道：“大赛预计在这个月的月底开始，参赛者至少是大灵师五阶的修为。大赛采用抽签对战的方式，届时会有圣都的人来进行考核，也确保了大赛的公平、公正、公开。报名将在这个月的二十号开始，持续三天。”

云筝闻言，转头问云妙：“姑姑，你是不是也参加？”

云妙双手紧了紧，眼底闪过一丝痛恨，声音透着坚定与几分恨意：“我一定会参赛，因为我要当众废了方思言！”

云老王爷与云筝对视了一眼，表示支持。

三人共进了一顿愉快温馨的晚饭。

云筝回到云扉阁后，就扑到了自己的床榻上，尽情翻滚，滚着滚着，倦意袭来，便沉沉地睡过去了，一觉睡到第二天的中午。

云筝好久都没有这么舒服地睡过觉了，所以她醒来之后，身心都觉得舒适了不少。

洗漱完之后，她原本想描绘几张符文，谁知月季过来告诉她：“小姐，林公公传旨，说皇上宣你入宫。”

云筝挑了挑眉，皇上的消息果然灵通。她才回来第二天，就召她入宫了。

看来，皇上是觉得她有实力了，所以才毫不避讳地召见她，即使其他人知道她能修炼了，想必也没有那么轻易能将她除之而后快。

云筝笑道：“走，我们去皇宫看看。”

云妙听到云筝要独自一人入宫，有些不放心，想随她一起去，却被云筝拒绝了。

“姑姑，我都长这么大了，只是进一趟皇宫而已。我既然去了，即使是龙潭虎穴，我也有把握出来。”云筝握着云妙的手，安抚般轻轻拍了拍。

云妙看到这么自信的侄女，一时心中五味杂陈。

七年前，筝儿还是一个小孩，她再睁眼，似乎所有的事物都变了，又好像什么都没变。她心底隐隐有种感觉，筝儿以后会走得更远。

“姑姑，怎么了？”云筝见她发呆，轻轻唤了一声。

云妙回过神来，笑了笑，说道：“我刚才想到你小时候的事情，既然我们家筝儿已经长大了，姑姑也就放心了。”

自家侄女这么厉害，身为姑姑与有荣焉。爹曾说，筝儿不仅会医术，对符文也比较熟悉。这也说明筝儿天赋异禀，将来定是人中龙凤，能跳出大楚国，去往更广阔的地方！

“姑姑就会打趣筝儿。”

云筝笑着跟她聊了两句，便由月季陪同，上了马车。

约莫一刻钟后，两人到了金碧辉煌的皇宫大门前。

这时，一个长得颇为淳朴的小太监向她们走来，微弯着腰低头询问：“是云筝小姐吗？”

“嗯。”云筝应了一声。

“皇上特地派奴才在此等候云筝小姐的到来，请随奴才来。”小太监低着头，眼神躲闪，抬了抬手。

云筝睨了他一眼：“麻烦带路。”

小太监轻声道："不麻烦，应该的！"

皇宫门口侍卫见到小太监出示了身份令牌以及手令，当即将云筝一行人放进宫中。

小太监一边带路，一边解释："因为皇上有要事与云筝小姐谈，所以选了一个比较隐秘的地方，希望云筝小姐能够体谅。"

云筝笑着说道："无妨。"

小太监目光微闪。

月季总觉得这个小太监哪里怪怪的，心底涌起了不安，她想提醒自家小姐，却一而再再而三地被这个颇为"话痨"的小太监打断。

小太监带着她们逐渐来到了一个看起来毫无人烟的地方。周围的建筑看起来有些旧了，而且蜘蛛网密布，鼠蚁也有不少。

"小姐……"月季抬头看自家小姐，刚想说两句悄悄话，小太监就说话了。

"不知道云筝小姐回乡下的这几个月过得怎么样？"小太监的身体已经挺直了，笑容令人感觉不舒服。

月季怒喝道："放肆，你竟敢随意向我家小姐提问！"

突然间，那小太监脸上的笑容消失了，取而代之的是一片阴森之色，跟他淳朴的容貌格格不入，他抬手欲要拍月季一掌。

一股属于灵王三阶的灵力朝月季袭来，只是这一掌还没落到月季身上，就已经在中途消散了——云筝漫不经心地转动着细长的毛笔，白皙的手与漆黑的毛笔对比，形成极具色彩差异的美感。

"敢打本小姐的人，你问过本小姐了吗？"

小太监狰狞的脸上闪过一丝诧异，他连忙查探云筝，结果却发现她没有任何灵力。他震惊地问道："你为何能挡掉我的攻击？"

云筝莞尔一笑："你猜？"

小太监被她这明晃晃的笑刺激到了，恼羞成怒道："你竟敢装神弄鬼！"

说罢，他三两步上前，迅速伸出五指想要按住云筝的肩膀，可是下一刻——

云筝姿态慵懒地随手用毛笔敲了一下小太监的手背，骨裂的声音随之响起， 他的手开始迅速地红肿了起来，像个馒头似的。

月季见到这一幕，心里除了震撼，还有说不出来的惊喜："小姐你太厉害了！”

云筝笑着看了她一眼，便转头凝视着小太监：“是谁叫你来的？”

小太监闻言，往后退了一步，警惕地盯着她。他不敢再轻举妄动，因为手背传来阵阵剧痛，让他不得不打起精神。

云筝毫无灵力，竟还能一而再再而三地反击，真是太诡异了。

小太监想先行离开，暂时将刺杀云筝的事放下。可是，当他的脚要动的时候，一支细长的毛笔径直穿过他的小腿。

小太监痛苦地喊了一声，用憎恨至极的眼神瞪向云筝。

云筝却丝毫不在意，笑着问：“本小姐让你离开了吗？”

小太监面目扭曲地瞪着她，大喊：“你不是云筝，你到底是谁！冒充一个废物对你来说，有什么好处！”

云筝并没有回答他的问题，反而一步步上前，虽然她是笑着的，但是让人感觉寒毛倒竖，压迫感十足。

小太监拖着伤腿，不自觉地退了几步。

突然，眼前银光一闪，一支烈焰长枪锋利的尖端对准了他的脖颈儿。云筝冷声道：“说，是谁派你过来的？”

小太监看了眼抵在他脖颈儿上的锋刃，不屑地道：“你以为我会告诉你？别做梦了！有本事你就杀了我！”

声音刚落，枪尖挑起了一张人皮面具！小太监那张脸，变成了一张布满皱纹的老脸。

月季见状，震惊地瞪大眼睛，捂嘴惊呼了一声：“小姐，他是三皇子身边的人！”她曾经见过他，是三皇子身边的一个暗卫长老！

“我不是三皇子身边的人！”这人见月季认出了他，目光微闪，身体猛地往枪尖撞。

云筝愣神间，长枪来不及收回，导致眼前这人成功借助她的武器自尽了。

老太监的身躯轰然倒地，口中鲜血不止，目光开始涣散，最终身躯颤抖了一下，死了。

月季见状，小脸煞白，而云筝微微皱了皱眉。

这时，不远处传来匆匆的脚步声，云筝循声望去，只见来了一群人，以林公公为首，身后是一群禁军侍卫。

林公公看到一袭红衣的云筝手握一支长枪，长枪尖端有几滴鲜血滴落。一个身着小太监服饰的人倒在了地上，脖子处有一抹鲜红。云筝身后的小丫鬟虽脸色苍白，但还算镇定。

林公公眼珠子一转，心中疑虑甚多。他本在宫门前等待云筝到来，可是有一个小宫婢突然以皇上有急事为由支走了他。没想到回来后，却被人告知云筝已经被一个小太监带走了，用的还是他的手令。

当时，林公公才发现陛下给他的手令被偷走了。

林公公暗道一声坏了，急忙带着一群禁军侍卫来寻找云筝，没想到竟然看到这么惊世骇俗的情景。

云筝将长枪扔给月季，看着林公公道："林公公，皇上在哪里？"

林公公应道："奴才在，皇上在养心殿等候云小姐，云小姐没有受伤吧？"

"这样啊。"云筝低头看了眼地上的尸体，笑道，"麻烦林公公帮我一个忙，派人将这尸体带到养心殿门口。"

"这……"林公公为难地皱起了眉头，贸然将一个死人带到养心殿门口，于情于理都不太合适。皇上乃九五至尊，岂能被这等人污了眼？

正当他想拒绝之时，云筝笑了笑，道："林公公，你放心，皇上绝对不会怪罪于你的，有什么事，我担着就行了。"

林公公犹豫着，找借口道："不是担不担罪的问题，而是不能让晦气冲撞了皇上的龙体。"

"哦？难道本小姐在皇宫遇刺之事，就要这样不了了之？"云筝依旧笑着，只是眼中没有了温度。

皇上楚承御曾经浴血沙场，所向披靡，哪会这么脆弱？

林公公劝说道："云小姐还是先随奴才去见皇上吧，遇刺一事，自然有大理寺来查。"

"不必了，因为我已经知道真相了。"云筝在林公公诧异的目光下，拽起那老太监的一条手臂。

"走吧，去见见皇上。"话音落下，没等他们反应过来，云筝就拖着老太监的尸体走了。

月季愣了愣，抱着长枪连忙跟了上去。

林公公等人怎么也没有想到云筝会这么做！眼看着云筝拖着尸体走得有些远了，林公公急得跳脚："糟了。"

要是让云筝这么一路走到养心殿，必定会引起轩然大波。虽然皇上不会责怪云筝，但肯定会责罚他们办事不力。

他原本觉得，云筝平时听话得很，想将这件事就这么揭过去，谁知道她竟然来这么一出！当务之急，是先将她稳住，别让她众目睽睽之下这么走到养心殿。

林公公追上去，气喘吁吁地道："云小姐，让小五来帮你吧，你一个弱女子多有不便。"

一个高大威猛的禁军侍卫接到指令，想要接过云筝手中的尸体，可是偏偏云筝不如他们的意。

"砰！"

云筝将尸体抛到了另一边。

林公公等人一愣，月季在心中暗呼，小姐好厉害！

"本小姐身强力壮，这等小事还是能做的。"云筝冷笑道。

"噢，你们提醒了我，在五六个月前，三皇子楚允衡也是被我这股狂野的力量，甩得头昏脑涨。"

"我也是一路从王府大厅中将他拖出王府大门的！"

林公公等人虽对此事略有耳闻，但之前并未在意。

如今，从她嘴里听到又是一番别样的心情，因为看到了她这么暴力的一面……

"云小姐……"林公公还想开口劝说几句，可是她已经走远了。他急得挥了挥拂尘，忙带着众禁军侍卫跟了上去。

宫中之人纷纷用惊疑的目光看着他们，云筝神情淡然，林公公的老脸都羞红了，他从未见过如此彪悍的女子，这可怎么办啊？云筝虽然是个废物，但是她在皇上心里颇有地位，不然皇上怎么会默默关注她！

他有些后悔刚才拒绝云筝的请求了，若是他不拒绝的话，现在事情也不会落到这种地步。

这一路上，他们招惹了许多目光。

云筝还没来到养心殿，事情就已经传到楚承御的耳中了。

身着一袭明黄色龙袍的中年英俊男子冷眉倒竖，沉声道："这是怎么回事？"

"听说云小姐在宫中遇刺，那刺客现在已经变成了云小姐手中的尸体……"跪在地上那人犹豫着回答。

楚承御皱着眉问道：“遇刺？这是怎么回事？”

跪着的那人当即将事情的经过禀报给了楚承御。

楚承御的脸色越发阴沉：“你说死的人是衡儿身边的一个暗卫长老？”他凝视着底下跪着的人，威严十足，“把三皇子叫过来！”

“是！”侍卫起身行了一礼，走出养心殿时刚好遇到了云筝等人。

侍卫朝着云筝微微低头拱了拱手后，便先行离开了。

云筝若有所思地看了他一眼，挑了挑眉，还没等她说话，殿内便传来了楚承御那颇有威严的声音：“云筝进来。”

云筝从衣袖内掏出一块手帕，然后擦了擦手，将手帕递给月季后，便迈步进了养心殿。

近半年时间没见，云筝第一眼就发现皇上的面色憔悴了些，而且额头之上笼罩着乌云，显然有厄运劫数。

“筝儿丫头。”楚承御站在高台之上，朝她招了招手，原本严肃的脸上多了一丝真切的笑容，“过来让朕瞧瞧。”

云筝暂时掩去那些情绪，向他走了过去，抬头笑道：“几个月不见，皇上伯伯似乎更英俊了。”

楚承御一听，笑得更灿烂了，紧接着觉得不妥，又微微皱眉瞪了她一眼：“你这丫头，还挺会花言巧语，跟你爹一个样。”

还没等云筝回话，楚承御便感慨道：“的确长大了不少，身上的锋芒逐渐显露出来了。”

云筝听到他话里隐藏着一丝深意。

“筝儿，朕请求你一件事。”

她隐隐约约能猜到楚承御想要对她说什么，一国之君，能对小辈用“请求”二字，不得不说，的确让人十分受用。云筝也不例外，更何况这还是和自己有一定交情的长辈。

云筝抬头看着他，说道：“皇上想说什么就说吧。”

楚承御眸子微黯，顿了几秒后，便开口道：“其实朕方才听闻了你在皇宫中遭遇之事，朕也知道罪魁祸首是谁，只是希望你能看在朕的面子上，放过他一次。”

云筝笑了笑，说道：“皇上，你不必请求筝儿一个小辈，这大楚国的一切不是都由您决定的吗？”

楚承御摇了摇头：“不，朕看得出来，你若认定一件事，便不会轻易退让。”同她的母亲一般，他补充道，“再加上，你是他们两个的女儿，朕不想因此事而将关系弄僵。圣都考核名额赛在即，朕不想唯一有胜算的衡儿在这个阶段陷入不好的舆论风波中……”

云筝听到这些话，心头微动。如果楚承御以一副高高在上唯我独尊的姿态，来命令她将此事不了了之的话，她估计明面上不说，但是暗地里会搞点儿小动作。但是他现在动之以情晓之以理，摆在明面上跟她说，她能接受。

不过，此事也不能这么轻易揭过去！

“皇上，你可知，这种事已经不止一次了，是两次。”云筝冷声道，“我可以在这段时间不做任何事情，但他一定要受到重罚！还有，我们需要事先说明，他若是再犯，就别怪我到时不留情面了。”

楚承御听到不止一次的时候，颇为震惊，震惊之后一股强烈的怒气涌上心头。

这个不成器的东西，居然干出这等荒唐事来！

“筝儿丫头，你放心，朕一定会重重地惩罚他，如若他再犯这等糊涂事，朕……不再管他的生死！”楚承御沉声说道，最后一句几乎是咬着牙说的。

这时，殿外传来一道声音：“皇上，三皇子已经到了。”

“让他进来。”

楚允衡眼眸微闪，咽了咽口水，忐忑不安，因为他看到了暗卫长老的尸体。

云筝居然敢告状！他眼底闪过一丝狠辣，心想，等出宫之后，他一定要让她后悔莫及！

楚允衡刚踏进去，便听到自家父皇说：“来人，把门关上。”

殿外门口的御前侍卫一听，立即将门关上。

楚允衡愣了愣，回过神来后，心里莫名地有些惊慌。他暗暗跟自己说，怕什么！刺杀区区一个废物哪里值得父皇大动干戈？况且，父皇一向不待见云筝。届时，他随便找个理由糊弄过去就行了，反正父皇不会细查，就算云老王爷想让父皇查，父皇也会帮自己的！

想到这里，楚允衡镇定了不少，恭敬地作揖行礼：“参见父皇……”

“跪下！”

一声暴喝让楚允衡愣在原地，还没等他反应过来，便有一道强悍的威压将他压得挺不直腰来。他的膝盖重重地跪在地上，整个人差点儿往前扑去。幸好他用双手撑住了地面，才避免了“五体投地”的狼狈。

“楚允衡，你可知自己犯了什么错？”熟悉威严的声音在他头顶上响起。

楚允衡慌了，父皇这是要替云筝追责他？不，不可能！

楚允衡抬头望着楚承御，装作一副镇定自若的模样，摇了摇头道：“儿臣不知。”

云筝在一旁见状，冷冷地笑着。

楚承御沉声道：“铁证如山，你还想抵赖。你是不是派你的暗卫长老去刺杀筝儿？老实交代，朕还能酌情从轻发落，你若依旧执迷不悟，那就别怪父皇我不留情面了。”

楚允衡听到这些话，眼珠子转了转，抬头看向楚承御。

只见楚承御负手而立，神情极为严肃，怒容满面，让人望而生畏。

“儿臣，儿臣……”楚允衡慌了。

“你是说不出来，还是想让朕派人将你押至地牢审讯？”

“父皇，儿臣只是跟云筝开个玩笑而已。”楚允衡看了一眼神情淡然的云筝，脑海中灵光一闪，张口就道，“对，儿臣只是听闻云筝回来了，派人去逗一下云筝，儿臣并无恶意！”

云筝嗤笑了一声：“哦？三皇子以前不是极其嫌弃我吗？为何听闻我回来，就派一个暗卫过来跟我开玩笑？”

楚允衡自然听得出她话里的讽刺意味，但他没有放在心上，因为现在最重要的是在父皇面前将这件事糊弄过去。

能做皇帝的，没有几个傻子，楚承御自然也不傻，一听就知道楚允衡在撒谎。

楚承御眼底露出失望之色，长叹了一口气：“筝儿，他就交给你处置了。”别打死就行了。

楚允衡闻言，眼睛都瞪大了。

云筝笑道：“那就谢过皇上了。”话音落下，云筝便朝楚允衡慢悠悠地走过来。

楚允衡看到云筝精致的小脸上露出的熟悉的笑容，脑海中不禁浮现当日在云王府受辱的情景。

“父皇……儿臣知错了！”楚允衡扭头看着背过身去的楚承御，

慌张地喊道。

楚承御毫无反应，甚至连一个眼神都不给他。

云筝双手抬起，做了个运动的手势。

楚允衡怒目圆睁："你别过来，别以为你没有灵力，本皇子就会对你手下留情！"

云筝闻言，挑了挑眉，然后露出一个甜美无比的笑容，在楚允衡震惊的眼神下，转头看向楚承御告状："皇上，三皇子说要打我！"

楚承御沉声道："楚允衡，你若是敢反抗，朕就免了你皇子的身份，将你贬为平民，驱逐出大楚国。"

"父皇……"楚允衡不可置信地望着他的背影，连声音都是颤抖的。他不想变成平民，成为大楚国的笑话。

他攥紧了手，手背上青筋暴起，为何……为何父皇帮云筝，不愿帮他，明明他才是父皇的亲人。他不明白！

他低着头，眼底闪过一丝恨意。

云筝见状，柳眉微拧，她终于看出来了，原来楚允衡就是楚承御的劫数。

忘恩负义，真是个败类！

云筝嘴角微扬，握起拳头挥向楚允衡，对他一顿拳打脚踢，且拳拳到肉。

虽然没有使用灵力，但是以云筝那能够匹敌灵兽的强悍躯体以及力度，足以让楚允衡喝一壶的了。

殿外的林公公等人隐约听到打斗的声音以及三皇子的惨叫声，但是没有皇上的命令，他们只能在原地等候。

林公公皱着眉，想起在冷宫时，云筝所说的话，难不成主谋者是……三皇子！

这一念头乍起，非但没有让他觉得震惊，反而觉得合情合理。

一炷香后。

皇上唤了林公公进殿内，让林公公扶起倒在地上脸颊青一块紫一块的楚允衡出去。

林公公暗自心惊，扶起被打得有点儿迷糊的三皇子后，又偷偷看了一眼笑盈盈的云筝，连忙收回视线。

楚承御看着云筝，问道："满意了吗？"

“还行。”云筝笑着回答，突然想到了什么，笑容微敛，认真地道，“皇上，有句话不知当讲不当讲——”

“筝儿有话就直说。”

云筝想了想，还是提醒了一句：“最近两个月，皇上要小心提防身边的亲人。”

楚承御闻言，目光微沉，很快恢复如常：“好。”

云筝便不再多言。玄术于自己可以无所不知，只是言于他人要谨慎。

因为，言多则是泄露天机，轻则容易让自己小病小痛，重则减短寿命。

云筝跟楚承御聊了大半个时辰，便离开了养心殿。

从养心殿到宫门口这一段路程，众多带着探究与打量的目光落在她的身上。

回到马车内。

月季兴奋地问道：“小姐，刚才你是不是在皇上面前打三皇子了？”

云筝哭笑不得，然后弹了弹她的额头：“我是打了他，不过你怎么这么高兴？”

月季轻呼一声，捂住额头揉了揉，认真地道：“自然高兴，月季觉得小姐就应该这么霸气，不要因这么一个伪君子而心生不好的情绪。”

云筝闻言，笑着说道：“再也不会了。”

两人相视一笑。

此刻，慈宁宫中。

一个微胖的嬷嬷凑到那坐在主位之上的华丽宫装妇人的旁边，轻声耳语了几句。

华丽宫装妇人脸色冷了下来，“砰”的一声，将茶杯重重地砸在桌面上，茶水溅了出来。

“她好大的胆子！”

殿内的宫婢、侍女和太监等人害怕得不敢喘一口气。

华丽宫装妇人站起身来，优雅端庄的脸上带着一丝怒容。

“太后息怒！”那胖嬷嬷上前劝说道。

“哀家都不知道皇上到底为何要纵容一个外人来打自己的皇儿！”太后说着，脑海浮现了那一抹惊艳绝色的身影，思绪渐渐被拉远。

胖嬷嬷不敢多言皇上的不是，只静静地站在她身旁。

太后最终合上眼眸，心中轻叹了一声。终究是皇上欠了云君樾夫妇二人的，所以才想方设法弥补云筝，为此，不惜让她暴打自己的亲生皇儿。但皇室的尊严不容践踏！

太后缓缓地说道：“荣嬷嬷，明日去云王府，就说哀家要邀请云筝赏花。”

“是，太后。”荣嬷嬷应道。

结果第二天，荣嬷嬷带人接云筝进宫的时候，却被云老王爷告知，云筝感染了风寒，不宜出门，更不宜进宫，怕传染给太后。

真正的原因，荣嬷嬷等人不知。但是看到身为灵皇强者的云老王爷用那死亡般的眼神凝视着他们，他们也不敢轻举妄动。

荣嬷嬷等人最后还是无功而返了，太后也暂且将这件事放在脑后，如今大楚国即将迎来三年来最为盛大的考核名额争夺赛，她还得忙着打点。

不止大楚国，现在各个国家都挺热闹的。毕竟，圣院招生在东洲是一件大事。

转眼就到了报名的日子。

大楚国的报名地点在武场，排队的人从武场排到了大楚国的城门口，其中大多为散修。报名现场还算井然有序，因为要本人才能排队，他人代替或是插队，一律取消争夺名额的资格。

云筝一大早就被自家爷爷拎起来丢进了马车，她半梦半醒间枕着自家姑姑的腿又睡着了，气得云老爷子都快冒烟了。

“你个臭丫头，快到城门口了，你还不赶快醒来？”

云妙护着云筝，笑道：“爹，你就让筝儿睡一会儿，到了那里再叫醒她不就行了？”

云老王爷怀疑地问道：“妙儿，你确定她能够醒来？”

云妙面对他怀疑的眼神，笑了笑，低头看着云筝，温柔地问道：“筝儿，你能不能醒来？”

等了两秒，云老王爷刚要急眼，却听到一道含糊的嗓音：“嗯。”

云妙闻言，当即用得意的眼神看着云老王爷，似乎在说“怎么样？听我的准没错”。

云老王爷转头“哼”了一声。

道路上人潮汹涌，所以马车有一点儿颠簸，再加上外面一片喧闹，把云筝的瞌睡虫都赶走了。

云筝一醒来，就看到自家爷爷紧皱眉头的模样，忍不住露出了笑容，揶揄道：“爷爷，我都睡了一觉，还没有到城门口啊……”

“筝儿说得对，爹，你要学会变通才是。”云妙打趣道。

云老王爷语塞，这两个臭丫头，不尊老！

云筝掀开车，看到密密麻麻的三排人，瞬间感觉到一阵脚麻。这得排多久啊？而且马车行驶得极其缓慢……云筝心里当即考量了一番，看向云妙，问道：“姑姑，我们要不要下马车走一段路到城门口？”

听到此话，云妙点头答应了。

“爷爷，我们先行一步了。”

“好，注意安全。”云老王爷叮嘱了一句，又想了想，开口道，“若是有不长眼的人来招惹你们的话，便派人来告诉我。”

云筝与云妙相视一笑，点了点头。

云王府的马车上下来了两个女子，一个身着一袭淡黄色绣花衣裙，另一个身着一袭火红的衣裙，两人一出现，便让不少人纷纷驻足。

众人当然认出了她们两个是谁，两个都是云王府的掌上明珠，而且这两人都被退婚过。

城门口。

云筝和云妙终于排上队了，可是出了一些小状况。

“你个废物来排什么队！你不知道报名的要求吗？实力要在大灵师五阶及以上，你连灵力都没有，还妄图参加圣都考核名额赛，快滚到一边去！”一个嚣张跋扈的绿衣女子指着云筝大声骂道。

“允柔公主说得对，若是连这个规则都不清楚的话，那她实在是太愚蠢了！”

“对啊，怪不得三皇子会退婚。”

“我平生最讨厌这种自以为是的女子，看到她就心烦！”

楚允柔听到众人的言语，气焰越发嚣张，嘲讽道：“快滚吧，别在这里碍眼！”

而站在楚允柔旁边的一个着白衣的温婉秀丽的女子温声细语道：“云筝妹妹，公主说的不无道理，你身上毫无灵力，是不能排队的。若是到了报名主事那里，可是要治你的重罪的！”

楚允柔语气中多了一丝埋怨：“苏容姐姐，你干吗还要提醒她？”

苏容笑了笑，说道：“云筝妹妹应当不是故意的，也许只是陪云妙小姐过来而已。”

苏容的目光落在了云筝的脸上，心里冷笑——来得真是巧啊，今日就让你的名声更臭，最好你因此而想不开，以后就不用在我面前晃悠了。

可是，云筝没有搭理她们的话，反而像没听见一样，跟自家姑姑排在了同一支队伍。

云妙黛眉紧皱，刚想说话时，便听云筝道：“姑姑，我们不必理会一些只会发疯的狗。”

此言一出，苏容温婉的神情有一瞬间的扭曲，但是很快恢复原来的模样。

楚允柔气得胸口起伏，用手指指着云筝：“你有本事再说一遍！”

“其实……”云筝轻笑了一声，转头望向楚允柔，眼神冰冷，让人毛骨悚然，只听她缓缓道，“我不喜欢有人用手指指着我。”

楚允柔第一次指着她，她看在皇上的面子上，就没跟她计较。

楚允柔触及她的眼神，心底有些发毛。但在这么多人的目光下，她不能被一个毫无灵力的人吓得胆怯。她强装镇定，嘲笑道：“就你也敢说出这样的话来，本公主不仅要指你，还要将你捏圆搓扁，你……”

她还没说完，便见云筝抬起纤纤玉手，葱白的指间捏着一支细长的黑色毛笔。

云筝漫不经心地转动了几下毛笔，然后迅速地虚空中点了几下。

“轰——”一道预料不到的强悍灵力朝楚允柔袭来。

楚允柔瞳孔微缩，急忙凝聚灵力抵挡，“砰”的一声，巨大的冲击力余波瞬间侵入了她的保护区。

楚允柔发出了一声尖细锐利的惨叫，方才那只指着云筝的右手食指被炸伤了。原本白皙的手指如今却裂开了，鲜红与焦黑混杂在一起，格外难看。

几乎崩溃的楚允柔接连发出惨绝人寰的尖叫声，云筝不悦地皱了皱眉：“闭嘴！”

这话听在楚允柔的耳中，尤为刺耳，她目露凶光，阴毒地盯着云筝：“你居然敢伤本公主？本公主要你付出代价！”

说着，楚允柔拿出一把利剑，就向云筝刺了过来。

苏容见状，眼底含着迫切！

云妙有些担忧，下意识想为云筝阻挡攻击。只是云筝比她更快，她还没来得及看清云筝的动作，就听见楚允柔又发出一声惨叫。

“扑通”一声，众人只见细长的黑色毛笔似乎轻轻地搭在楚允柔的肩膀上，楚允柔就已经坚持不住跪在了地上。

只有楚允柔自己清楚这力度有多大，她几乎能听到自己肩膀处的骨头传来细微的“咔嚓咔嚓”声。

云筝环顾四周，清冷好听的声音坚定有力地响起：“我，云筝，现在告知各位，我有资格站在这里排队，你们没有资格驱逐我！”

话音落下，云筝抬手朝楚允柔的旁边位置挥了一掌。掌风落地，一个深坑乍现，灰尘扬了楚允柔一身，让她瞬间变得蓬头垢面。

众人目瞪口呆，心中震撼不已！

云筝挥掌的这一幕，恰好被刚到的楚允衡与江奕辰见到，他们两个跟城门口的众人心情差不多。

楚允衡羞恼成怒，云筝居然能修炼，而且实力不弱。她骗了自己！难怪她的力气这么大，而且反应速度这么快，怪不得他派出去刺杀她的人没有一个成功的！

楚允衡现在无暇顾及楚允柔，只一心想问云筝，为什么她要隐瞒自己。

“云筝！”他步履匆匆地走到云筝的面前，憋着一股怒气，不满地问道，“你为什么要骗本皇子？”

云筝觉得莫名其妙，她现在跟他一点儿关系都没有，骗他什么了？

“你干吗不说，你在心虚什么？”楚允衡大声问。

云筝柳眉微蹙，反问道：“我跟你有关系吗？”

楚允衡想要质问的话堵在了嗓子眼儿，难受得紧。对啊，他现在跟她毫无关系，为何还要理会她是否能修炼？他抿了抿唇，神色阴沉。

“本皇子警告你，不要以为你能修炼了，本皇子就会喜欢你，你最好不要缠着本皇子！”楚允衡话里话外透着威胁。

云筝撇了撇嘴角，这难道就是普通又自信的男子吗？她看着他骂了一句：“啥玩意儿。”

楚允衡闻言，脸羞恼得一红，他刚想说什么，便被一道好听如莺歌般的嗓音打断了。

“殿下。”

他循声望去，只见苏容来到了他旁边。

楚允衡唤了一声：“容儿。”

苏容咬了咬唇，声音中含着一丝埋怨：“公主还跪在地上呢！”

楚允衡一听，这才看向动弹不得的楚允柔。他急忙将楚允柔扶起来，却听到楚允柔发出凄厉的一声惨叫。

伴随“咔嚓”一声，楚允柔痛哭了。

周围众人的目光再次投向云筝。

“皇兄，柔儿好痛。”楚允柔的小脸因疼痛而皱起，她朝着楚允衡喊道，“皇兄，帮柔儿除掉云筝！”

楚允衡闻言并没有像以往那样第一时间回应楚允柔，而是犹豫了几秒，才大义凛然地道：“柔儿，现在是圣都考核名额赛的报名时间，我们身为皇室的人，应该维护排队秩序！”

这时，苏容眸子微闪，走到了楚允柔旁边，然后用只有两个人能听见的声音说道：“对啊，公主你想报仇，可以在圣都考核名额赛上狠狠地教训云筝，赛场上，生死有命！”

楚允柔想了想，觉得皇兄与苏容的话都在理。

在赛场上，生死有命！即使是云老王爷也拿她没辙，毕竟规矩摆在那里！

而此刻云筝与云妙已经排到了人群之中，与他们相隔起码数十个人。并且，江奕辰不知何时跟在了云筝的身后，似乎想主动找云筝搭话。

这一幕落在楚允衡眼中，格外碍眼。云筝有了灵力，就跟别的男人眉来眼去，简直是水性杨花！

最终，楚允衡让侍卫先护送楚允柔回去疗伤，而他则与苏容一起排队。

在漫长的等待中，楚允衡一直观察着前面不远处的云筝、云妙、江奕辰三人。

苏容也发现了楚允衡的异常，她心里恼怒的同时在谋划着别的出路，她并不傻，知道楚允衡并不是那么靠谱。她想去往更广阔的地方，嫁给一个更有地位的男人，而不仅限于一个小国的皇子妃。

她抬眸看了眼前方不远处的那抹红色身影，心中莫名地有一种感觉——云筝一定是她去往更广阔地方的绊脚石！思及此，苏容眼中多了一丝杀气。

而此时的云筝似乎有所感应，转过头来，两人的视线恰好对上，苏容因为心虚一下子愣在了原地。

云筝挑了挑眉，收回了视线，继续和云妙有一搭没一搭地交谈。

苏容觉得云筝的表情是在挑衅自己，恨得磨了磨牙，她很后悔在半年前没有置她于死地。

渐渐地，日落西山，终于排到了云筝她们。

前面有一个测灵石，云妙把手放上去，显示出来的实力是大灵师九阶修为，年龄二十四岁。年龄与实力都过关，云妙成功报了名。

轮到云筝时，周围的人探究与打量的目光不断，显然他们听闻了今天早上云筝跟允柔公主发生的矛盾。

“把手放上来。”测试官多看了云筝几眼，眼里闪过一丝怀疑。

云筝识海中的大卷开口道：“主人，尽管放上去，烁大人给你的那个镯子，能够掩盖你真实的修为，你想自己是什么修为就是什么修为。”

听到“烁大人”三个字，云筝就想起了那个风光月霁、尊贵高雅的身影。她的心跳微微加速，他现在在哪儿呢？

云筝从来没有打探过容烁的身份，毕竟他想让自己知道的话，便会主动跟她说。已经有两三个月都没有见到他了，莫名……有些想念。

云筝将飘远的思绪拉了回来，然后在众人的目光下，将手放在了测试灵力的晶石上。

晶石亮起光芒——大灵师五阶的修为！年龄十五岁！

众人惊了，云筝年纪这么小，就已经到大灵师五阶了！

“我们大楚国年轻女子当中，第一天才是苏容，实力是大灵师八阶，不过苏容已经十八岁了，她当初十五岁的时候，也没有大灵师五阶的修为！”

“当年江奕辰十五岁时也没有大灵师五阶的修为！”

“对啊！”

“云筝太厉害了，比江家少爷江奕辰还要厉害。”

众人说着说着，将苏容与云筝对比，话题又逐渐转移到了江奕辰身上。

江奕辰在云筝的身后，听着这些话，心中无奈的同时，又有些钦佩云筝。无论她以前是扮猪吃老虎，还是半途才修炼的，都不能磨灭掉她的天赋。

江奕辰其实知道这些年来，云筝受的委屈与屈辱，只是当时他与她不熟，况且她唯唯诺诺见人就躲。说实话，他并不喜欢她以前那个性子。还是现在好，落落大方，自信张扬，潇洒不羁。

江奕辰真心地夸赞道："云筝，你现在算是扬名整个大楚国了，从此以后你不是废物，而是众人艳羡的天才了。"

云筝笑而不语，她并不在乎这些虚名，她只想要强大、再强大。先履行与容烁的三年之约，然后逐渐变强，终有一天，她会超越他的！

云筝已经不知不觉中，将容烁当成了目标。

不远处的云老王爷乐呵呵地摸了摸自己的胡子，跟旁边的江家家主等人说道："本王的孙女，本就是不凡之人，之前是你们眼拙了！"

江家主与另外几人对视了一眼，然后看着高兴的云老王爷，问道："云老王爷，能问一下，你的宝贝孙女是何时能修炼的？"

云老王爷闻言，神情一沉。随即，他又呵呵地笑了起来，含糊其词："自然是天赐良机之时！"

江家主几人一听，心里暗骂这只老狐狸。

"云老王爷，恭喜呀，有这么一个好女儿，还有一个这么厉害的孙女。"江家主笑着拱手恭喜。

其余几人纷纷附和。

他们表面上虽然笑着，但是内心在想，云王府现在子孙辈没有男丁，只有两个女子，就算女子再厉害又能如何？最终还不是要嫁作人妇？

虽然云筝能参加圣都考核名额赛，但是比她强的人也有，她是绝不可能得到名额的。前期天赋好，但是后期不发力的人占据了多数。云筝能走多远，这个可说不准！

云老王爷自然能看出他们的口是心非，但是听到别人的夸赞，他的心情还是抑制不住地高兴。

云老王爷笑着摸了摸胡子："是她们两个争气。"

云筝测完以后，便填了表，报完名后就与云妙一起向云老王爷走去。

"本王就先走了。"云老王爷见状，大手一挥，向江家主他们道了别，然后带着云筝她们两个回云王府了。

待他们走后，有人摇了摇头，酸溜溜地道："我认为云筝没有那么高的修为，应当是吃了什么丹药将灵力提了上去。”

“我也觉得。”另外一人认同地点头。

“云景天为了撑面子，还真搞了这么一颗丹药给她啊！”

越说，他们几人就越发认为云筝是在弄虚作假，纷纷唾弃云王府。

而江家主沉思着不说话，方才云筝经过他的时候，他暗中探了一下她的实力，没有任何异常，就是寻常的大灵师五阶的修为。而且他查探时被她发现了，她看着自己笑了笑。

江家主总觉得云筝并没有那么简单，而且他发现自家儿子对她的态度跟对其他女子都不同。

云筝回到自己的房间后，便换上了一身白衣小公子装扮，戴上了半张银色面具。

她熟悉地走到流市的入口，将一百银两交给了守卫人之后，便进去了。碰巧的是，她又遇到了阿虚，只见他惊喜地迎上来：“公子，您来了。”

云筝笑着说道：“对，今天来进点儿货。”

“公子需要奴的帮助吗？”阿虚笑着问道。

云筝点头：“嗯，你陪本公子逛逛吧。”

“是。”阿虚颇为欢喜，因为云筝在他心目中已经是流市客人之中脾气很好的一位公子了。陪同在他身边，偶尔也能得到他的一些指点。

可是，接下来他被云筝的财大气粗惊讶到了。

一路上，云筝喜欢哪个，就毫不犹豫地买了，特别是那些灵草灵药，更是全部扫光，那些商人乐得笑容满面。

阿虚咽了咽口水，这么多灵草灵药，难道这位公子是炼丹师？

阿虚看着她，问道：“公子，奴冒昧地问一句，公子可是炼丹师？”

周围的人听到“炼丹师”三个字，耳朵都竖了起来。若这小公子是一名炼丹师，那就非常值得结交一番了，毕竟，谁不会受伤中毒呢？

只是，云筝接下来的话让他们失望了。

“我不是炼丹师，就是买着玩而已。”

不是炼丹师，却买这么多灵草灵药，还买着玩？这不就是败家子吗？有人眼红，有人嫉妒，有人哭笑不得……

阿虚得到回答之后，神情也有些失望，抿了抿唇。

云筝看得出他似乎有些心不在焉，但是她没问。逛了好一会儿，两人站在了琳琅堂门口。

“阿虚，本公子要进琳琅堂与管事谈一些事，你若是没空的话，就先离去吧。”云筝说完，就从储物空间拿出一袋下品灵石递给他，“这是你的酬劳。”

阿虚看着这一袋沉甸甸的灵石，有些惊讶，惊讶过后，向云筝道了谢，然后婉拒了：“谢谢公子，但是阿虚只是陪你逛了一圈，并不值得拥有这么多酬劳。”

云筝看着他将那一袋灵石推回到她面前，凤眸中划过一丝无奈，她从未见过哪个小侍这么诚实的，声音微沉，说道：“给你的，你就拿着。”

“可是……”

云筝道：“里面或许有你想要的东西，若是你有朝一日成为强者的话，就帮我一个忙。”

阿虚闻言，眼眸一亮，自己想要的东西？他想要的只有一个，就是一枚治疗丹田破裂的三品丹药。

“公子您说。”

人多嘴杂，所以云筝选择了传音：“本公子欠大楚国云王府云景天一个人情，若是有朝一日云王府有难，你要帮！”

大楚国云王府？阿虚看着云筝那双清澈明亮的眼睛，眼眶湿润了，点了点头：“谢过公子。”阿虚心中暗自下定决心，公子的嘱托，他一定会记住的！

“我相信你。”云筝抬手拍了拍阿虚的肩膀，笑着说道。

云筝之所以会帮阿虚一把，是因为他品性不错，而且他身上朦朦胧胧有一股绿色气运。

气运从低到高为红、橙、黄、绿、青、蓝、紫。

其中，红色气运的人居多，拥有此气运的人，多半一生平庸，碌碌无为。

紫色气运，她只在容烁身上看到过。

皇上楚承御、爷爷云景天以及江奕辰都只是黄色气运。

至于阿虚，她第一次来就注意到他了。虽然他身上的绿色气运不是很浓，但是在大楚国已经是最好的了，证明他的前途比大楚国的其他人更为广阔。

云筝与阿虚聊了几句后，就进了琳琅堂。

琳琅堂的侍者一见到云筝，就立马恭敬地迎了上去，毕竟这位白衣公子是管事特意叮嘱过要好好招待的人物。

“公子，您来啦！”侍者笑容满面地问候。

云筝微微颔首，然后问：“管事今日在吗？”

“在，公子稍等，小的这就去找管事。”侍者说罢，就去阁中寻找管事。

云筝环顾四周，发现今天晚上流市的人并不是很多，估计是因为今天是圣都考核名额赛报名的第一天，排了一天的队，大家都累了。

不多时，侍者很快走了出来，露出标准的笑容，做了一个“请”的动作，道：“公子，我们管事请你去内阁。”

云筝点了点头。

琳琅堂内阁。

云筝进去之后，便见到了一个长得高大威猛、拥有一张严肃的国字脸的中年男人。

“管事，好久不见。”

琳琅堂管事闻言，爽朗地大笑了起来，看着她的眼神中有惊喜也有意外，他感慨道：“好久不见，容公子，我还以为你和你师父离开了大楚国，没想到还能再见到你！”

云筝笑了笑，说道：“的确，兜兜转转几个月，还是回到了大楚国，这不还是想跟管事再交易一番。”

听到此话，管事显然更加愉悦了。

“容公子，你的二品符文的效果不遑多让于寻常的三品符文的效果。既然容公子说要跟我琳琅堂交易，那我也不多说什么废话，只是希望容公子能卖给我琳琅堂更多的二品符文。”管事笑着说道。

她的符文一经出售，就受到流市的追捧。不为什么，就是因为她画的符文比一般的三品符文都强，而且种类更多。有的符文，流市总部都没有。

“可以。”云筝微微颔首，突然话音一转，“只是我希望琳琅堂能将全部的符纸都卖给我，还有一些灵草灵药，我都要，越多越好。”

管事闻言，犹豫了几秒后，咬着牙点头答应了。

云筝道：“这次交易的数量，相较之前，要减少一大半。”

管事一听，眉头蓦地皱了起来，眼里带着深切的疑惑：“这是为何？”

见到管事的反应，她的嘴角多了一抹笑意，解释道：“因为这一次，不是卖给你们琳琅堂二品符文，而是三品符文，数量只能是十张，这是我师父交代的。”

十张三品符文？！管事被这一消息惊得目瞪口呆，因为他从来没有在大楚国流市分部中见过这么多的三品符文。而且如果是容公子的符文，那肯定是超品！

震惊过后，管事的胸腔内传来剧烈的震动。

“我……容公子，这……莫不是诓骗我吧。真的有十张三品符文？”他磕磕巴巴地问道。

云筝看着他一副被吓傻的模样，心里暗忖，这琳琅堂管事的心理承受能力是不是太低了。那位灵天拍卖会的鉴定师胡长老心理承受能力明显比他强。

其实，云筝不知道的是，三品符文在中等国家都算顶级的珍宝了，更何况是一个小国。若是琳琅堂传出有十张三品符文消息的话，估计不止大楚国沸腾了，就连大楚国周边的国家也会为之沸腾。

上次在灵天拍卖会之所以没有这种效果，一是因为三品符文的出现太突然，二是灵天拍卖会自身拥有深厚的底蕴，能够拿出十张三品符文不算太震撼。

云筝笑道：“是的，我已经将三品符文拿过来了，只要你这边给出令我满意的符纸以及灵草灵药，我就将这十张三品符文给你！”

此言一出，管事久久不能平复自己的心情。

等他情绪平复过来，已经过了半盏茶的时间了，而云筝在此期间就笑盈盈地看着他。管事不禁有点儿不自在，他重重地咳嗽了一声，随后认真地看着云筝道：“容公子稍等，我这就派人去清点你想要的东西。”

“好。”云筝微微颔首。

待琳琅堂管事离开后，云筝看了一眼周围，然后寻了一个位置坐下来，合上双眸，神识进入凤星空间。

凤星空间随着她的实力的增强而开始变化，不过变化较慢，应该是她现在的修为还不足以让凤星空间产生较大的变化。大卷告诉她，想让凤星空间发生第一个质的飞跃，就要突破到灵皇修为。她现在实际的修为是灵王六阶，还差四阶。

“吱吱。”毛茸茸的小白团一见到云筝，就跳起来扑到她怀里，然后用小脑袋亲昵地蹭了蹭。

云筝哭笑不得，伸手揉了揉它的小脑袋。这时，她发现了不远处有一只浑身皮毛宛如初生一般，长相颇丑的……小火鸟。

不，那是一只落难的凤凰。

只见它那双圆溜溜的漆黑的眼睛里泛着光，犹豫而警惕地看着云筝。

云筝抱着二白，缓缓走到小凤凰的面前，想要摸它的头。凤凰却迅速地转开了头，那双漆黑的瞳孔中透露着一丝防备和一丝杀气。

大卷说道：“主人，三凤的伤是人类造成的，所以它骨子里憎恨人类，对人类有很深的防备之心。它虽然跟你建立了契约，但是不代表它能接受你……”

云筝闻言，凤眸闪过一丝不明意味。

正当她思考之时，她怀中的二白就想朝三凤发起攻击，幸好她及时拦下。

“二白。”云筝皱着眉呵斥了一声。

被大声呵斥的二白委屈巴巴，三凤敢对主人起杀心，它只是教训教训它而已。

云筝也能猜到二白心中所想，她微微叹息了一声。现在两只神兽，不仅要养，还要留意它们的心理。

云筝看着二白，揉了揉它的小脑袋，柔声道：“现在三凤是我们家的一分子，不可以随便攻击它，更何况它现在受伤还没有痊愈，你要跟它打架的话，那就等到它好了。”

“你们打架切磋，我是不会反对的，但是不要下死手，谁敢下死手，我一定会剁了它，然后炖来吃！”云筝说完道理，又说了一番恐吓的言辞。

“吱吱。”主人我会听话的。

三凤在一旁看着云筝，只是待云筝看过来时，又低下头了。

云筝只是进来看看它们，察觉外面有人来了，便跟它们说了一句，就出去了。

“吱吱。”等你恢复伤势之后，你要是再对主人起杀心，我二白就向你发起挑战。

三凤自然能听懂白虎的兽语，但没有理它，只是扫了它一眼，然后就合上眸子休养生息了。

二白见状，心里气恼，立马掉头，扑腾着小短腿到灵液池中游泳了。

云筝睁开眼，便见管事喜气洋洋地走进来，手里拿着好几枚空间戒指。

“容公子，自从你上次要了符纸之后，总部那边就调了很多符纸过来，可惜当时你并没有再来，现在琳琅堂还有五百三十多张存货。”说着，管事就将其中一枚空间戒指递给了云筝。

云筝接下戒指之后，第一时间用神识扫了一眼，发现无误之后，便笑了笑，对他说道：“这个数量让我很满意，先谢过管事了。”

管事摆摆手：“欸，容公子说的这是哪里话。是我要谢谢你，有你这十张三品符文，我也算立功了。”

云筝没想到他会这么实诚，笑容更灿烂了，她就喜欢跟这样坦诚的人合作。

“容公子，这枚戒指里面有玄品的灵草三百株，黄品的灵草五十株。”管事说完又将一枚储物戒指递给她，这时他手中只剩下最后一枚空间戒指，“这里面是一些年数不等的灵药，容公子你查看一下。”

云筝接过之后，没有再探入神识查看。她从储物空间里拿出一沓明黄色三品符文，随意地递给了他，笑道：“这是十张三品符文，你可以找人鉴定一下。”

管事见到明黄色的三品符文时，眼睛亮了，咽了咽口水，将十张符文收下。

“那我先去找鉴定师鉴定一下。”还没等云筝来得及说话，他就急匆匆地离开了，离开的时候还撞到了旁边的桌椅。

云筝心中既无奈又好笑，她微微攥紧掌心的三枚空间戒指，面容中闪过一丝怅然。在离开大楚国之前，她要炼制很多的符文，交给爷爷以及姑姑防身所用，让爷爷他们更有底牌。

良久，管事回来了，只见他的嘴角怎么压也压不下。

“鉴定师说这是真的，而且全部都是超品！”

云筝闻言笑了笑，她描绘的符文自然是真的。

云筝跟管事聊了一会儿，便提出了告辞。

管事原本还想拿一些灵石作为额外的酬劳给云筝，云筝却拒绝了。

“灵石我就不收了，符纸和灵草等已经够抵三品符文了。”云筝将灵石推了回去，继续道，“大楚国云王府对我有恩情，云王府若是有难，希望管事到时候可以出手相助。若是我再回到大楚国，必定会跟管事继续合作！”

她要为云王府积攒一些人脉，届时离开后，也不会那么担忧。

管事一听，爽朗地笑着点点头：“自然可以！容公子尽管放心。”

得到管事的应允，云筝从储物空间中拿出一张明黄色三品符文，塞给了管事：“这是单独给管事的，希望管事多多关照云王府。”

管事震惊得瞳孔微缩，他没想到云筝会如此大方，一张三品符文说送就送：“太贵重了……”我不能要。

云筝当机立断：“你拿着吧。”

管事最终还是收下了，他心里暗忖，这云王府到底积了什么德，能让容公子特意为云王府攒人情？

云筝买完东西后就出了流市，跟上次一样，依旧有很多小尾巴跟随。

云筝用鬼魅般的速度，成功地甩开了他们，然后回到了云王府。

接连好几天，云筝都把自己关在房间，对外宣称要闭关修炼。

云老王爷望眼欲穿，等待着自家宝贝孙女出来。

其间，楚允衡来过一次，可是还没有进云扉阁的门，就被阻拦在王府门口，他只能羞恼愤然地离开。

这件事又被百姓们当作一件饭后笑谈。不过，这件事很快被更劲爆的消息淹没了——圣都考核名额赛报名中出了一匹黑马，一个叫作白子息的少年以二十岁的年纪，达到了灵王二阶的修为，比大楚国第一天才江奕辰还要高一阶！

第十一章
考核初赛

时间在众人的哗然间匆匆而过，终于迎来了圣都考核名额赛的初赛。

这次初赛总共有一百二十三人入围。

这一天，大楚国热闹非凡，百姓们纷纷挤去比武场看比赛。

云筝掐着点绘完五百张符文，听到月季与自家爷爷的叫唤声，迅速地收拾好东西，出了房门。

她一出门就受到自家爷爷的一击栗暴，随之而来的是震耳欲聋般的怒吼声："你这个臭丫头，知不知道今天是初赛日？"

云筝噘着嘴撒娇："爷爷，我知道。"

云老王爷见云筝这样，又不禁心软了。

这时，云妙身着一袭清爽利落的黑白相间的劲装走了过来，不悦地道："爹爹，你吼筝儿干什么。筝儿这几天都在修炼，本来就累了，你还这么凶！"

云老王爷闻言，心虚地看了云筝一眼，见云筝的神色真有一丝疲惫时，心里升起一丝内疚。

还没等他开口道歉，云筝就笑嘻嘻地搂住他的胳膊拉着他往外走："还愣着干什么？快走吧，待会儿迟到就不好了！"

云妙看着云筝笑了笑。

一听到"迟到"两个字，云老王爷便先放下担忧，带着她们两个快速去往比武场。

迟到，就意味着自动放弃。好不容易等到现在，怎么可能因为这个错失机会？

"快走快走！"云老王爷催促道。

来到比武场，虽然离初赛还有一炷香的时间，但这里已经是人山人海了。

云筝抬眸看去，只见坐在最高位上的是一个穿着青灰色衣袍的陌生中年男人。皇上楚承御坐在青灰色衣袍男人的右下方。

突然，有人扯了扯她的衣角。

“筝儿，我们比赛的通道在那边。”

云筝回头看去，只见自家姑姑看着自己，一双杏眼弯着，云妙笑道：“筝儿，刚才爹跟我说，他身为大楚国的王爷，要先入场，所以他先离开了。我们也赶紧去比赛通道准备吧。”

“好。”云筝应了一声。

两人来到比赛通道，出示了报名令，守卫确认后便放她们进去了。

她们两个进去之后，就看到了百余个稚气未脱的年轻人。云筝略微扫了他们一眼，目光在某个人身上停顿了一瞬，又很快移开。

突然，云筝发现云妙的情绪变化有点儿明显，她望去，发现自家姑姑一直盯着前方那个面容阴沉的男子和一个打扮得花枝招展的年轻妇人。

是方思言，还有他的正妻柳翠如！

云筝安抚道：“姑姑，漠视他们，等到比赛的时候，你再好好报仇，他们两个不一定打得过你！”

闻言，云妙愣了愣，随即收起不该有的神情，她看着云筝温柔地笑了笑：“嗯，姑姑知道了，你在赛场上一定要好好保护自己。姑姑知道你性子有点儿执拗，但是若是危及性命，一定要及时认输，什么都比不上自己的性命重要！”

“好。”云筝点点头。

云王府双姝一出现，就引起了不少人的注意。

参赛的人当中，以前或多或少欺负辱骂过云筝，所以当他们听到云筝来参加比赛时，心中别提有多震惊了。

一会儿，又有人从通道内进来，是楚允衡、江奕辰、苏容以及楚允柔。

楚允衡面如冠玉，一副翩翩公子的模样。

江奕辰风流倜傥，举止潇洒。

这两人一出现，就吸引了不少女子的目光，惹得她们面若桃花，心旌荡漾。

而苏容今日依旧是一袭白色衣裙，气质温婉可人，她笑盈盈的，让不少男子看迷了眼。

楚允柔着粉色裙装，头上戴着不少的步摇，走动时叮当叮当地响，不过这样的发饰并不适合今日的比赛。

众人看到楚允衡后，想到了前几天他被拦在云王府外的事，议论纷纷。

楚允衡听着众人的嘲笑声，环顾四周，找到了站在角落里的云筝。此刻，云筝指间夹着一支细长毛笔，慵懒的神色带着一丝漫不经心。

两人对视，楚允衡的心忍不住狂跳了一下。云筝的眼睛太漂亮了，漂亮得很有攻击性，他以前怎么没有发现……

不过，云筝的嘴角噙着的一丝淡淡的嘲讽，让楚允衡忍不住恼羞成怒，刚想要抬步走过去质问她，就被一道如莺歌般的声音硬生生止住了脚步。

“殿下，不要在乎他们的话。容儿知道，殿下去找云筝妹妹，只是为了把事情说清楚。”

楚允衡看着眼前的女子，抿了抿唇，心头涌上一丝愧疚。他去找云筝，并不只是谈事情，还怀有其他的心思。

苏容见他不说话，笑着继续道：“殿下，我们去那边吧。”

“好。”不知是出于愧疚还是其他心理，楚允衡答应了。

楚允柔冷哼道：“快走吧，这些不知死活的人，等结束比赛后，本公主去请求父皇将他们一一治罪！”

江奕辰将楚允衡他们的表情变化一一收入眼中，心里暗暗地摇了摇头。随后，他望着云筝的方向，抛了一个媚眼给她。

云筝见状，嘴角抽搐了一下。

云妙也见到了这一幕，她转过头看着云筝，调侃道：“筝儿，你觉得江奕辰怎么样？”

“还行。”云筝没察觉到她的意图，便随口答了一句。

云妙道：“江奕辰也算大楚国年轻一辈的第一天才，楚允衡此人不可靠，姑姑看那江奕辰对你还是挺有好感的……”

云筝听到这话，立刻打断她的话：“打住，姑姑，我跟他的关系最多算是普通朋友，而且……”我喜欢……

“而且什么？”

“没什么，姑姑你别乱点鸳鸯谱，我还小呢！”

云妙笑了笑，没再调侃。

一阵鼓声响起，坐在主位上的灰青色衣袍男人站起来发话：“一百二十三个参赛的年轻子弟，第一场初赛是混合群战。参赛的人全都在擂台之上，一起群战，直到剩下十个人！”

众人一听，愣住了。因为眼前这个擂台最多只能容纳五十来人，怎么可能容纳得下百余人？而且往年没有群战的规矩，是一层一层筛选的，今年怎么变了？

楚承御皱了皱眉，站起身来，看着那身着灰青色衣袍男人，客气地询问：“使者尊客，我们这个擂台容纳不下这么多人，您看——”

灰青色衣袍男人闻言，淡淡地睨了他一眼，然后抬起右手，一股强悍无比的灵力溢出。

只见他手中多了一个小型擂台样式的东西，然后他往上一抛，那小型擂台立刻变大，落在了原本的擂台上空，比原来的擂台大了不止一倍。

众人目瞪口呆，他们从来没有见过能自动缩大缩小的东西。

云老王爷一眼就看穿这是一件灵器，心中颇多感慨，果然外面的世界更加宽广。

听闻，灵器只有大国才会有。他之所以认识，还是云君樾给他看过。

云筝看到这个灵器的时候，不由得挑了挑眉，感觉这玩意儿挺不错的。

“比赛开始吧。”灰青色衣袍中年男人沉声道。

所有参赛者，都要自己飞上擂台。

云筝衣袂飞扬，红衣如烈焰，惹得众人纷纷注目。灰青色衣袍中年男人扫了她一眼，眉头微拧，这少女身上似乎有符文师的气息。

不过，他很快将这个想法压下了。一个小国的大灵师五阶修为的少女，怎么可能是符文师？不是他看不起人，只是就事论事。毕竟小国的资源有限，难以培育一个符文师。

见一百二十三名少年都上擂台了，灰青色衣袍中年男人眯了眯眼，沉声道：“此次圣都考核名额赛，事关重大，务必用心。擂台之上的打斗，不论生死，胆小者可以现在就选择放弃！”

擂台之上有部分人只是奉自家长辈的命令来陪跑的，所以听到“不论生死”，他们就慌了。

灰青色衣袍中年男人继续说道：“我数三个数，三个数后，你们就再也没有机会下擂台了，除非被打败。”

“一！

“二！”

正当他刚要说第三个数时，有一个人跳下了擂台。有了第一个后，又有好几个人跟着跳下了擂台。

灰青色衣袍中年男人见状，波澜不惊，淡定地喊出第三个数：“三！”

话音刚落，第十三个人掐着点跳了下来。

最后只剩下一百一十个人，而那十三个人被守卫带去了候赛场。

灰青色衣袍中年男人扫视了一下周围，确认无异常后，弹了弹指尖，一股强大的灵力瞬间笼罩着悬浮的擂台，紧接着形成的透明结界将他们围了起来。他严肃声明：“群战能留下的那十个人是站到最后的，而被打败的那些人只能趴着！”

此言一出，不少人为之一惊，这样的规矩，前所未有。现在这个规矩，显然比之前残酷了好几倍。

趴着……那岂不是说，晕倒或者死了！

擂台上大部分的少年呆住了，心底涌出一丝恐慌。

“我要下去！我不比了！”

“我也要下去，我不想比了，我自动认输。”

少年们的话，让灰青色衣袍中年男人的脸色微沉。

“大楚皇，你们大楚国的少年天才就这么胆小懦弱！若是这样的话，干脆直接放弃去圣都的三个名额！”灰青色衣袍中年男人将目光移到了楚承御身上，言辞犀利。

楚承御脸色不大好看，可是不敢反驳。他微微颔首，语气卑怯：“使者尊客息怒，请容我来解决。”

使者尊客淡淡地扫了他一眼，见大楚皇态度还算良好，他也不多为难。

“好，快点儿。”

楚承御喘了一口气，然后看向擂台之上的那些恐惧的少男少女们，有些恨铁不成钢地说道：“你们在擂台之上尽管比试战斗，朕能保证你们全都不会死！”

保证他们都不会死？众人看着楚承御的眼神惊疑不定。不论生死的规则是圣都使者尊客定下的，即使楚承御身为大楚国的皇上也是不能更改的。为何他会“口出狂言”呢？这样不就是明晃晃地跟使者尊客作对吗？

使者尊客听到此话，眉头微微皱起，但是没多说什么。

云筝原本在擂台边上悠闲自在地站着，突然一道目光落在她身上，她看过去，只见楚承御盯着她看。

云筝一下子就懂了他方才的话以及他现在的眼神代表的意思。

她有点儿哭笑不得，他竟然想要她帮忙，他真以为她无所不能？

楚承御见云筝毫无反应，十分着急，脑海中突然闪过一丝灵光，他抬眸看了看云老王爷，然后收回视线盯着云筝，状似不经意地抬起手来摸了摸胡子，不动声色地伸出了一个食指。

云筝暗骂他老狐狸，不愧是做皇帝的料子，一年怎么够？

云筝开始讨价还价，最终得到满意的答案后，她笑了笑。

没有人知道云筝以及楚承御二人暗中的动作，除了使者尊客。

使者尊客见状，对云筝生出了一点儿兴趣。

“别担心……”楚承御又开口安抚了他们几句，然后才转过头对使者尊客道，“使者尊客，可以开始了。”

“嗯。开始比赛！”

使者尊客刚宣布完，擂台之上就有不少人行动起来了，各种灵力球乍现。一时之间，擂台上混乱了起来。有不少人联盟想要干掉一些实力较强的人，因为这个规则，只有先打败强者，那些较弱者才有胜算，所以云筝就像被人遗忘了一样。

她也落得轻松，坐山观虎斗。

云妙现在已经主动去攻击方思言了，云筝之所以没有去帮她，是因为有些事情要自己做才能解开心结。

突然，楚允柔持剑偷袭一个少年——

云筝眼眸微动，凝聚灵力轻弹指尖，“锵”的一声，楚允柔持剑的虎口猛地一震，差点儿就握不住剑了。

“是谁！”楚允柔怒吼一声，环顾四周。忽然，她看见了倚在擂台边上的云筝，之前报名所受到的屈辱涌上心头，让她火气越盛。

楚允柔挥剑朝着云筝迅速扑过来。

在观看的云老王爷不由得心一紧，攥紧手心。

众人只见云筝的纤纤玉手突然多了一支细长的黑色毛笔，她漫不经心地转动着毛笔，那剑气便消散了。

怎么可能？楚允柔瞳孔一缩。

没等楚允柔反应过来，眼前的云筝就已经不见了。

众人在局外看得更清楚，云筝的速度极快，游走在那群少年当中，救了好几个濒临死亡攻击的少年。

众人诧异，她这是在干什么？

楚承御满意地笑了起来，但是笑容猛地僵住。只见云筝将她救的那些少年一一敲晕，然后将他们拖到擂台边缘堆叠起来。

不仅场外的观众呆住了，就连正在比赛的那些少年也愣住了。

“你这是在干什么？”有人震惊地询问。

云筝笑道：“自然是淘汰他们啊！”

他们还以为她救的是她联盟的人，没想到她怀着这样的心思。观众的嘴角更是抽搐不已。

“继续啊！”云筝笑着说道。

云筝奇特的行为，成功地吸引了其他人的注意，他们对视了一眼，然后结伴朝云筝的方向而去。

为首那人目光狠厉地盯着云筝，说道：“原本想留着你到最后的，没想到你自己出来蹦跶。那我们也就不留你了！”她的战斗速度很快，不尽快除掉，恐怕是一个隐患。

眼看着这八九个少年气势汹汹地想要围攻云筝，这让正在战斗中的江奕辰、楚允衡和苏容等人的目光不自觉落放在云筝身上，有担忧的、嘲弄的、幸灾乐祸的……各种视线聚集在一起。

而此刻的云筝依旧云淡风轻地转动了下毛笔，笑着说道：“你们想好了吗？”

“废话少说，上！”为首的那个黑壮的少年一声令下，其余几个人毫不犹豫地一起向她发起攻击。

“筝儿！”正和方思言与柳翠如战斗的云妙见到这一幕，目眦欲裂。

这时，柳翠如眼眸中闪过一丝狠毒之色，趁其不备，祭出长剑，锋利的剑刃朝着云妙的脖颈儿划过！

云老王爷见状，瞳孔微缩，猛地站起身来，怒吼一声：“小儿敢尔！”

云妙也察觉到了危机，她连忙轻点脚尖，可是谁料方思言这奸诈小人竟然在身后偷袭她。

进退两难！云妙一咬牙，就算会受重伤，她也要去帮云筝。

突然——擂台上轰然涌出一股强大无比的灵力，让擂台上的少年们忍不住后退了几步。

方思言与柳翠如低头一看，只见自己的剑毫无预兆地断裂了。

霎时间，一股烟雾散开，他们不适地眯了眯眼睛。待看清情况后，震惊得说不出话来。

只见那身着一袭红衣的少女脚踩着那个黑壮少年的背，那支细长的毛笔在指间转动着，而其他八个人都趴在了地上，一会儿痛哭流涕，一会儿面目扭曲地狂笑。

众人诧异，他们刚才只看见云筝拿着那支细长的黑色毛笔随手在虚空中比画了几下，怎么他们就变成了这样？这也太诡异了吧？究竟是怎么回事？

灰青色衣袍的中年男人眯了眯眼，眼底闪过一丝惊讶：“居然真的是个符文师。”还是一个厉害的符文师！

他的喃喃自语，被底下的那些人听到了，他们纷纷露出不可置信之色。

方家家主皱眉怀疑道：“她是符文师，不可能吧？”

云老王爷本来见到她们没事后，刚松了一口气，没想到听到方家家主的质疑，当即冷哼道：“怎么就不可能，我家筝儿就是天赋异禀，不仅修为了得，还是一品符文师！”

云老王爷的声音很大，几乎所有人都听到了。

众人震惊，十五岁的一品符文师？这是他们大楚国两百年来都没有出现过的符文天才！

观看的老百姓们，心情一时复杂难言。以前云筝可是大楚国出了名的废物，谁知如今竟成了一个绝顶的天才！

使者尊客扫了云老王爷一眼，心中颇为疑惑，这红衣少女根本不只是一品符文师，至少是二品符文师……不过他很快就想明白了木秀于林必摧之这个道理。

使者尊客深深地看了一眼云筝，这次小国中总算出了一个还算不错的参赛者。只是……修为太低了，幸好有符文师这一职业光环，才不会显得太过平庸。

比赛仍旧在继续，场上渐渐只剩下十七人了。其中晕倒在擂台上的大部分人，是被云筝“干掉”的。

观众一开始震惊她的蛮力，一敲一个准，然后逐渐习惯了。说真的，他们根本没看见她使用过灵力。有人来攻击她，她就用那支细长的毛笔随便比画两下，来人就直挺挺地倒下了。

她的动作这么随便，让他们误以为毛笔原来是这么好的一件武器……

此刻云筝不知道的是，等比赛结束之后，一大群人涌进了文房四宝殿，纷纷购买毛笔，在大楚国掀起了一阵买毛笔的浪潮。

很快，擂台上只剩下十个站着的身影，而其他人不是在地上喊叫，就是已经不省人事了。

这次的群战，无一人死亡。

使者尊客拂了拂衣袖，站起身来，目光深沉地看着擂台上剩下的那十人，宣布：“一刻钟后继续比赛，接下来是一对一晋级赛。”

话音落下，就有守卫上去将那些晕倒的人抬了下来。

云筝看了一眼，还剩下的那几个人——云妙、江奕辰、楚允衡、苏容、方思言，还有四个她不认识。

但是那个身着一袭玄袍的俊美男子，让她感觉到一丝神秘。

那玄袍男子发觉有人盯着他看，便回过头，发现一名红衣少女对他微微颔首，巧笑嫣然，算是打了个招呼。

白子息剑眉微拧，瞬间恢复了温文尔雅的笑容，他也礼貌地点了点头。

苏容将这一幕收入眼中，她咬了咬唇，眼底含着阴冷之色。云筝成长得太快了！她抬起右手微微按住左手腕，里面有一包粉末，如果对上云筝的话，她要让云筝在众人面前身败名裂！

“过来抽签！”使者尊客面无表情地看着他们，一副公事公办的模样。

云筝抽到了数字“二”。

和云筝对战的是苏家的旁系弟子苏筱。

云妙抽到的是数字“一”，恰巧方思言也是数字一。

方思言意味不明地盯着云妙，阴恻恻地笑道：“妙儿，你不如早点儿认输吧，我是不会手下留情的。我不妨告诉你，我还有底牌，你承受不住的！”

他的语气里充满挑衅，云妙的脸色微变，她反唇相讥道：“方思言，当年我救了你，你却忘恩负义，你以前欠我的，今日我就都要夺回来。”

方思言脸色一僵，看着容貌分毫未变的云妙，他想起了七八年前，云妙还会亲昵地喊自己一声“思言哥”。如今，物是人非事事休。他因权衡利弊，追求权势地位而放弃了云妙。可是，他不后悔！

“那就等着瞧吧！”方思言目光阴沉地放下狠话。

云筝见到这一幕，柳眉微皱，凤眸冷光乍现，赤红色的光在她的瞳孔飞速地闪烁，她隐隐看见方思言身上携带了一些邪恶的东西。当她想要看得更清楚些时，却发现有一道视线锁定了她。

云筝看过去，只见那身着灰青色衣袍的使者尊客眼含深意地盯着她。

她对使者尊客莞尔一笑。

使者尊客愣了愣，这才收回视线。

这使者尊客太强了，她稍微有些异动，他就会第一时间发现。

云筝看着云妙，提醒道：“姑姑，要小心方思言，他现在不简单。”

云妙回过神后，笑着点了点头：“好，姑姑知道了。”

一刻钟后，云妙与方思言上了擂台，就等着使者尊客一声令下了。

“开始！”

话音刚落，方思言就先发制人，祭出无数的剑雨朝云妙袭来。

“剑雨，去！”

云妙神色微凝，纤纤玉手并拢合掌，轰出了一掌，以灵力抵挡。

你来我往，两人坚持了五十多个回合。

众人一边看一边津津有味地评价：“他们两人的渊源真是深啊，抽个签，都能抽到一起。”

“听说当年云妙救了方思言，结果因为昏睡不醒被方思退了婚……”

“真不是个爷儿们！”

家主长老那边的观席座位上，方家家主嘲讽道：“嗬，我儿子人中龙凤，自然不会娶一个瘫痪昏迷的女人。不过云老王爷如果愿意的话，可以将云妙许给我们思言做妾！”

“轰！”顷刻间，云老王爷身上爆发出灵皇三阶的威压直接朝着方家家主碾压过去。

方家主顿感气血倒流。

“闭上你的狗嘴！”云老王爷的声音震得众人耳朵嗡嗡响。

楚承御见状，第一时间看了一眼使者尊客的脸色，发现他没有恼怒后，才把提着的心稍稍放下。这云老爷子太大胆了，竟敢在使者尊客面前放肆。幸亏使者尊客并没有留意到这个小插曲，而是专心地观看比赛。

楚承御利用自身的灵力将云老王爷的威压压了下来，传音给云老王爷：“云伯父，你若是不想云妙和云筝失去比赛资格的话，就赶紧停下来，今日的比赛重要。”

云老王爷闻言，深吸一口气，决定忍一忍，旋即，稍稍收敛了气息。

方家主抬手抹了抹嘴角的血，眼里带着愤恨之色盯着云老王爷的背影。总有一天，他会将这个老头子踩在脚底下！

云筝自然察觉到自家爷爷与方家主起了冲突，眼中寒意彻骨，好一个方家！

声响从擂台上传来，众人抬头看去，云妙被击倒，在地上翻滚了好几圈，直到碰到擂台边缘的柱子才停下来。

方思言笑得阴险毒辣，他怜爱地摸了摸手上戴着的铁皮手套，嘴角泛着一丝得意的笑容，道：“云妙，你认不认输？”

云妙能感觉到自己的肋骨断了一根，她恨恨地咬牙，用手撑住地面，然后站了起来，目光坚毅，含恨道：“我绝对不会向你认输。”

方思言神色不悦，低喝了一声：“这是你自找的！”他那戴着铁皮手套的拳头朝云妙挥过来。

只见云妙娇小的身体被方思言当作沙包一样打，在方思言那戴着铁皮手套的拳头下，云妙根本毫无反抗之力。

“妙儿！”云老王爷心疼得脸都皱了起来。

云妙只觉身上的骨头不断地断裂，痛得已经有些麻木了，她很想凝聚灵力反击，可是灵力还未汇聚就已经散了。

她不服，她跟爹和筝儿说了那么多要报仇的话，怎么可能放弃？

云妙刚想翻身站起来，突然“咔嚓”一声——

“啊！”云妙发出凄厉的惨叫声，冷汗直冒。

云妙的手腕被方思言用灵力狠狠地踏了一脚，方思言阴冷地笑道：“云妙，若是你今日废了，还会有人愿意娶你吗？我方思言不要的女人，谁还敢要？”

“妙儿！”云老王爷目眦欲裂地看着这一幕，心头在滴血。

众人见状，都忍不住皱了皱眉。

云筝眼底寒意彻骨，清冷的声音传遍整个比武场：“姑姑，认输！”

云妙眼眶湿润，她深切地明白自己已经没有力气战斗了，与其留在擂台上被方思言折磨，让爹和筝儿担忧，不如认输。留得青山在，不怕没柴烧，这是她对筝儿说的。她身为长辈，更应该以身作则。

云妙闭了闭眼，虚弱地道：“我认……”

方思言猛地抬脚踢中云妙的腹部，让她像断了线的风筝一样飞扬，然后重重地落在地上。

“我让你认输了吗？云妙！”方思言阴沉着脸，忽地扬起笑容，显得特别怪异。

云筝的手猛地攥紧，凤眸冰冷。

很好！他成功惹怒她了！

“方思言，你再敢动我姑姑一根毫毛，我将灭你方家满门！”清冷的声音传遍整个武场，清晰地传到每一个人的耳中，让人毛骨悚然。

众人一惊，随后，不少人开始嘲笑。

灭掉方家？仅凭她，一个大灵师五阶的修炼者？别说是她，就连整个云王府也未必能做到！

使者尊客见惯了有人在比赛擂台上报私仇，但是没有听过擂台之下的人口气这么大的。惊讶之余，他又觉得她太年少轻狂，恐怕以后的路走不长，不禁有些遗憾。

楚允衡诧异地望着云筝清冷的侧脸，感到古怪，她真的变了很多。

方思言闻言，仰天大笑：“可笑至极，就凭你竟然也想灭我方家！我不仅要动她，我还要帮她削发为尼，终身孤寂！”

说着，他召唤出一把利剑，银光闪烁间，眼看着剑刃就要削断云妙的头发——

突然，擂台之上乌云密布，一道银色雷电朝方思言劈了下来。方思言避之不及，瞬间被劈得昏昏沉沉，身上的衣服破破烂烂。

一阵飓风起将擂台之上的云妙刮了下来。

云筝轻点脚尖，上前将落下来的云妙抱住。感受到自家姑姑孱弱的气息，云筝的胸腔有一团怒火在燃烧，她在众人看不见的死角下，塞了一颗丹药给云妙。

她低眸看着云妙脸上的伤，眼神更冰冷了。云筝将昏迷的云妙交给云老王爷，道："爷爷，照顾好姑姑。"

云老王爷看到女儿变成这般模样，除了心疼，还有愤怒。

"筝儿……"云老王爷欲言又止。

云筝坚定地说道："相信我。"

而此刻的众人看得一愣一愣的，连使者尊客都十分震惊，他猛地看向云筝，难不成是她？

不，不可能！怎么可能有人能控制自然雷电？

云筝跃身飞上擂台，将劈得半昏半醒的方思言毫不客气地踹下去了。

众人愕然，方家人见状，刚要怒斥她，云筝先发制人："不好意思，轮到我比赛了，无关人员自然得下去，这有什么不对吗？"

正当方家众人想要辩驳的时候，使者尊客说话了："下面进行第二场比赛，准备好了便开始吧！"

苏筏愣了愣，便跃身飞上擂台。

苏筏倒是与云筝没什么恩怨，他礼貌地朝她拱了拱手："请赐教！"

云筝也拱了拱手。

"开始！"

话音刚落，云筝就动了。

云筝那红色身影如鬼魅般闪过，众人还没来得及看清，就见苏筏被踹出了擂台。

"这是我看过的比试当中最快的一场了！"

"苏筏好像是大灵师八阶，而云筝只是大灵师五阶，为什么云筝能够秒杀对方？"

"对啊，难不成她隐藏了修为？"

胸膛上留下一个小鞋底印的苏筏，瞬间羞得无地自容。

太丢人了！刚上场就被踹了下来，而且他根本没看清她的动作。

原本云筝没想这么快结束比赛的，只是有了方思言这个意外，让她不得不加快速度。

这些年，方家欠他们云王府的债是时候还了！

云筝在使者尊客宣布完这场比赛的结果之后，就跳下了擂台。

第三场比试，是苏容与另一个女修。

一炷香后，苏容胜了。

第四场比试，是楚允衡与白子息，楚允衡在白子息手底下过不了十个回合，便被淘汰了。

第五场比试，是江奕辰跟一个异姓世子，最终是江奕辰胜了。

比赛到了第三回合。

再一次抽签，云筝抽到二号，白子息跟苏容都是一号，方思言是二号，而江奕辰幸运地轮空，提前锁定了一个名额。

云筝看到对手是方思言时，嘴角微扬。她坐在座位上，拿起一杯茶，刚要饮，就被苏容打断了。

苏容用无辜的眼神看着她，柔声道："云筝妹妹，之前的事是姐姐做错了，这次我想向你好好道歉。"

说着，她端起另一杯茶，还没等云筝回话，她就借着敬茶的名义凑过来用手指不经意地碰了碰云筝的杯子……

云筝看到那细碎的白色粉末在光芒中散落，心中冷笑了一声，真是打得一手好算盘。

云筝敛了敛神色，回敬道："若是你喝了这杯茶，我就考虑原谅你。"

苏容闻言，心中升起一抹警惕。

云筝催促道："比赛快开始了哟！"

苏容听到这话，一着急，就将茶喝了进腹中，然后着急地对云筝道："云筝妹妹，你也喝。"

云筝笑了笑，扫了她一眼，然后将手中的茶水一饮而尽……

苏容见状，提着的心彻底放下，笑盈盈道："云筝妹妹，很快就到我比试了，我先走一步。"

"好。"云筝淡淡地扫了她一眼。

没过多久，白子息跟苏容的比赛就开始了。

苏容的实力虽在大灵师八阶，但是有几张底牌，不至于一上场就被身为灵王二阶的白子息碾压。

云筝看着他们的战斗，注意到白子息很明显没有使出全部实力，他在拖延时间。看来，这白子息也隐藏了修为。

擂台上。

苏容刚使出一掌，脸色就凝重起来，因为她能感觉到自己的身体异常燥热。

正当苏容愣神之际，白子息一剑刺中了她的肩膀。

“嘶……”苏容因疼痛而迅速回过神，羞恼地一掌拍向白子息。

白子息轻易地躲开了。

苏容面容阴沉地连连退了数步，一手捂住冒血的肩膀，唇间不经意发出了一声异样的娇媚轻哼。

白子息没发现她的异常，剑指苏容，淡淡地道：“你认输吧。”

此时的苏容已经听不清他在说什么，她脑海中只有一个想法，就是她好热……

几秒过去了，白子息见苏容依旧沉默，以为她不想认输，正想提剑直接结束这场比赛时——他温文尔雅的表情瞬间有点儿龟裂，因为对面的白衣女子猛地将自己的外衫撕开，露出了粉嫩的肚兜。

“苏小姐，请自重。”白子息瞬间移开视线，声音冷了下来。

“嗯……好热。”脸颊泛红的苏容朝白子息扑了过去。

苏家众人看到苏容这样，觉得身为苏家人的脸都被她丢尽了，以后这件事一定会被大楚国的人当作笑料的！

苏家的女子恨不得将苏容撕碎了，她这种行为，可能会影响到她们以后找夫家。

此时楚允衡的脸色红了又青，青了又紫，像调色盘一样精彩。现场有不少人用讥讽揶揄的目光看着他，他满脸铁青，又不能发脾气。

江奕辰见状，意味不明地看了一眼坐在座位上的云筝，他走过去，笑着问道：“云筝，看到苏容现在声誉尽毁，你高兴吗？”

云筝闻言，似嘲似讽地轻笑一声：“不用过来拐弯抹角地套我的话，我可以告诉你，我做事只会以其人之道还治其人之身。她现在这样，只是罪有应得而已。”

江奕辰没想到她这么坦诚，他尴尬地摸了摸鼻子，脸上堆起笑容：“云筝，到时候如果我俩对上，你能不能手下留情？”

云筝看着他，刚想说话，擂台那边传来一声巨响。

两人循声望去，只见衣不蔽体的苏容被轰下了擂台，嘴里一直呢喃着“好热好热”。眼看苏容就要奔向观众席位，苏家家主厉喝一声：“来人，将苏容带回来。”

云老王爷嘲讽道：“看来不让筝儿跟她交往是极对的，毕竟我家筝儿可不会像她这般！”

苏家的人听到后，更是气得不行。

擂台之上的白子息掸了掸衣袍，然后轻点脚尖，飞下擂台。

接下来的这一战，轮到云筝与方思言了。

众人的兴致被点燃了，毕竟方才方思言将云妙折磨得那么惨，云筝又放下了豪言壮语，这一定是一场令人期待的战斗！

到底是方思言继续完胜云王府的掌上明珠，还是云筝能够反击呢？

两人同时上了擂台。

使者尊客眼睛微眯了眯，然后沉声道：“比赛开始！”

话音刚落，方思言的眼神似毒蛇一般阴冷地扫向云筝，戴着铁皮手套的拳头迅速地挥向云筝。

云筝站在原地一动不动，像是被吓傻了一样。

众人都为她着急了：“这都不躲，她该不会有毛病吧？”

就当众人以为方思言的拳头就要砸在云筝身上时，却发生了一件让他们瞠目结舌的事情。

方思言的拳头就像定在了半空中，无法前进半分。拳头带来的罡风让云筝的青丝飘扬，她清冷又慵懒的身影深深地印在众人的脑海中。

“怎……怎么可能！”方思言狰狞着一张脸。

正当方思言准备收回铁皮拳头之时，云筝抬起眸来，那双漆黑的瞳孔映入众人的眼中，死寂而深邃。

不仅方思言，就连众人都感觉有一股寒意从脚底窜上心头。

方思言离她最近，感受最深，他恐惧地咽了咽口水。

“刚才好玩吗？”一道清冷、带着些许漫不经心的嗓音从她的红唇中传出，让人心中不自觉地升起一丝警惕。

方思言惊慌地哆嗦了一下，他强忍住心中的不适，怒吼一声：“你少在这里装模作样了！”

说罢，他再次凝聚起灵力朝云筝袭来。

云筝猛地抬手，握住方思言的铁皮拳头，然后蓦地扭断，另一只手的手腕微转，骤然拍向方思言的胸膛。

方思言的身躯顷刻间如同断了线的风筝一样落在地上，他猛地吐出一口血。这时，他抬眸看去，只见那少女一步一步地靠近他，如同地狱之主，让人遍体生寒。

方思言当机立断，开口道："我要认……"输！

"啪"的一声脆响，云筝隔空扇了他一巴掌，让他的话戛然而止。

紧接着，云筝俯身将方思言的手腕一把抓起，然后粗暴地将他翻来覆去地甩在地上。

也不知道云筝将方思言砸了多少下，众人咽了咽口水，莫名有些害怕。

此刻楚允衡复杂地抿了抿唇，看着擂台之上的那个红色身影，暗想，之前她砸自己倒没有那么狠，她是不是还喜欢自己？

方家主终于忍受不了，猛地站起身来，一声怒喝："云筝，我劝你不要肆意妄为，我方家不是好惹的！"

云筝似乎听到了他的话，停了下来。

这时，云老王爷怒吼一声："方焱，你别太嚣张，你们方家不好惹，我们云王府就好惹？"

"云景……"

"方焱！"一声清喝将方焱以及众人的注意成功拉回了擂台上，只听云筝冷笑道，"方焱，我要你看着你的儿子是如何被废掉的！"

"你敢！"方焱阴沉着脸道。

云筝嗤笑一声，反问道："有何不敢？"

话音刚落，在众人震惊的目光下，云筝猛地扭断了方思言的手臂。

方思言的惨叫声响遍整个比武场，此时此刻的方思言头发凌乱，额头上一片猩红，衣衫染了许多灰尘，整个人狼狈不堪。他还存留几分神志，急切地开口道："我要认……啊啊啊……"

云筝一把抓起他的头发，让他痛得连话都说不出来。云筝看着他，冷声道："方思言，你加注在我姑姑身上的痛苦，我将百倍千倍地奉还给你！"

随即，她环顾四周，掷地有声道："谁敢欺负我云王府的人，就会得到这般下场！"

说罢，她掌中凝聚灵力，一掌废了他的丹田。

方焱气得目眦欲裂："思言！"

方思言流血不止，整个人混混沌沌，浑身的灵力迅速地消散，“砰”的一声，倒在了地上。

江奕辰赶紧拍了拍自己的胸膛，呢喃道：“还好我没有惹怒她，要不然……”

“云筝，你真是好样的！”方焱浑浊的眼中杀气毕现，咬牙切齿地道。

云筝却轻笑了一声：“这还没完呢，方焱，我是不会让他再有翻身之日的！”

只见她素手一扬，一支烈焰长枪出现在手上。

众人还是第一次看见她使用武器。

使者尊客眼神微微波动，这是符文，而且不止三品。这少女隐藏得很深！他挑了挑眉，这个叫作云筝的少女可能是今年的一匹黑马，或许她勉强能进圣院。

云筝红唇微扬，她要他生不如死地当一个废人！

长枪的光芒闪烁，云筝漫不经心地手持长枪刺向方思言。

方焱怒不可遏，喊道：“云筝，你敢！”

长枪穿过方思言的腹部，只见他的腹部爆发一阵光芒，刹那间，方思言修炼的丹田破裂了。

丹田破裂，意味着从此以后再也不能修炼。除非有高级炼丹师炼制丹药修复，不然后半生只能做一个废人了。

众人背后发凉，这云筝太果断了吧！说废就废得彻底，让人毫无转机。

使者尊客眼底闪过一丝赞赏，在这强者为尊的世界，该果断时就不要犹豫！

云筝收回长枪，看着已经奄奄一息的方思言，将他朝着方焱的方向踹下了擂台：“接着你的宝贝儿子，回去治疗治疗，看看能不能救活。”

方焱抱住了奄奄一息的方思言，担忧地瞧了他一眼，听到云筝的话，瞬间怒火中烧。他将方思言交给旁边的长老，想上擂台，杀了云筝。

“滚！”一道蕴含着深厚力量的低喝声在使者尊客口中发出。

方焱还没接触擂台，就被一股强悍的灵力震飞了。

方焱砸在地上，地面瞬间被砸出了一个坑，他的嘴里猛地吐出一口鲜血。

使者尊客面容微沉："圣都考核名额赛，不容他人放肆捣乱，再有违抗，死！"

此言一出，让刚才蠢蠢欲动的人瞬间歇下了心思。

方家众人只好吃了这个哑巴亏，带着昏迷不醒的方思言以及受了内伤的方焱灰溜溜地离开了比武场。

"没想到啊，这云筝这么强！"

有人感叹道："原本我不怎么在意云筝，虽然她的实力一下子飙升到大灵师五阶，但是我想她应该过不了第一关的群战。可是，她真是出乎我的意料，一次又一次地碾压对方！"

不少人赞同地点点头。

"既然已经决出三强了，那你们三个分别获得了去圣都考核的名额，过来。"使者尊客站起身来，一只手负在背后，另一只手上拿着三个令牌，看着云筝三人道。

云筝三人上前。

使者尊客看着他们道："这是你们去圣都的考核令牌，我已经在里面打上了你们的印记了，没有人可以心生歹念取代你们。务必保存好考核令牌，因为这令牌关乎你们是否能在圣都参加新生考核赛。还有，从大楚国到圣都的距离极其遥远，你们需要在五个月内到达圣都！"

江奕辰闻言，疑惑地皱了皱眉，问道："尊客大人，您不带我们过去吗？"

使者尊客沉声道："这是你们的路，本使者并没有这个义务带你们去，因为本使者还要去其他小国观战考核！"

他们要独自前往圣都，这个过程中，是生是死，与他无关。

云筝悟出了一个道理——成为强者的这条路，不会有人帮忙，必须自己走！

这或许是圣院招生考核的重要一项。

大楚国距离圣都很遥远，而且他们现在还没有灵宗修为，不能御空而行。不过，有些大国的家族子弟本身就富裕，可以借助飞行灵器行路，所以对那些大国家族子弟来说，去圣都易如反掌。

使者尊客将三张具有不同精神印记的令牌抛给他们三人。

等云筝将令牌扔到储物空间之后，楚承御便从座位上起来走到使者尊客的面前，朝他拱了拱手，笑道："使者尊客，若是有空的话，不妨在大楚国停留几日，让我向您介绍一下大楚国的风土人情。”

“不了。”使者尊客一口回绝。

楚承御也不意外他的回答，毕竟像使者尊客这样的人，什么风景没看过，只是客套之术必不可少。

使者尊客离开之际，多看了云筝一眼。

云筝笑脸相迎，识海中忽然听到一道声音：“希望能在圣都看见你，三品符文师！”

云筝抬眸看向使者尊客，可是他已经背过身去，御剑离开了。

云筝看着他的背影，笑了笑，真不愧是圣都的强者，极其敏锐。可是，她已经不是三品符文师了……

她收回视线，想要往自家爷爷的方向走去，却在半路上被楚允衡伸手拦住了。

楚允衡蹙眉，不解地质问道：“筝儿，你为什么一直瞒着我？你明明可以修炼，为什么要伪装自己？”

云筝听到这话，莫名觉得有些好笑，似笑非笑地反问：“与你有何关系？”

“如果你告诉我，你不是废物，我肯定不会跟你退婚的……”

“楚允衡，别不要脸了，你配不上以前的云筝，也配不上现在的我，你以后若是再来跟我说一些毫无营养的话，我不介意将你也废了！”云筝冷声道。

楚允衡脸色一僵，看到云筝欲要绕开他离开，下意识地想伸手拉住她的衣袖：“筝儿……”

云筝眼神凌厉地看向楚允衡，让楚允衡遍体生寒，手停顿在半空中。云筝毫不客气地讥讽道：“去找你的苏容郎情妾意，别在这里恶心我了。”

若不是之前答应过皇上，她根本不会留下楚允衡！她不明白楚承御这么厉害的一个人，怎么会有这么愚蠢的儿子和女儿。

江奕辰在一旁见到这一幕，暗自摇了摇头。他走过去拍了拍楚允衡的肩膀，劝说道：“三皇子，现在的云筝已经完全不同于以前了，你就听她的话，少在她面前晃悠，不然我怕你被她打得很惨！”

楚允衡闻言，恼羞成怒，甩开他的手，瞪了江奕辰一眼，然后快步离开了。

一场圣都考核名额赛，从早晨开始，一直持续到傍晚时分，结束之后，众人纷纷散去，只是嘴里还在谈论着今天比赛的人或事。

云王府，妙阁。

一个头发半白的老头子在房间里急得踱步，忽地停顿下来，又急又忧愁地问那坐在床榻边沿的红衣少女："筝儿，妙儿她怎么还不醒啊？"

"爷爷，别担心。"云筝宽慰道，"姑姑及时吃了我的丹药，断骨能完全愈合，至于为什么还没醒……"说着说着，云筝叹了口气，解释道，"这是因为姑姑现在还没能克服自己的心理障碍，所以才没醒过来。"

言下之意，便是云妙因为今天比赛输给方思言一事，导致她心态崩塌，一时无法接受，所以才不愿醒来面对现实。

云老王爷沉默片刻，他盯着云妙那张小脸，一股酸涩涌上心头，随之而来的还有深深的愧疚。他身为一个父亲，却窝囊得不能替自己女儿报仇，还眼睁睁地看着自己的女儿被别人打。他有愧啊！

云老王爷那双浑浊的眼眶湿润，一股无力感萦绕在他的心头："妙儿，你快醒过来，方思言已经彻底成为一个废人了，以后你见到他，尽管打他骂他，一切都有爹撑着。即使让爹跟方家拼命，也不会让方家再伤你分毫！"

但无论云老王爷怎么说，云妙都毫无反应，房间里陷入一片寂静。

良久，云筝看了一眼云妙，开口道："爷爷，我想姑姑现在需要自己调整一下情绪，我们明天再来吧。"

"好。"云老王爷迟疑了几秒，终究还是点了点头。

两人出去后，昏迷中的云妙的手指微微蜷缩了一下，眼角滑落了一滴眼泪。

云筝回到房间后，叫月季准备热水来沐浴，她有气无力地趴在桌面上，心情有些烦躁。虽然赢了比赛，但是她现在怎么也高兴不起来。不仅仅是因为姑姑，还因想念那个人……

"容烁……他在做什么呢？"云筝支着下巴发呆。

此刻，中灵洲的某个地方。

一只巨型黑色丑陋的兽嘶吼着想要离开这深渊之地，可是下一刻，它的身体被一条长约二十米的黑色藤鞭抽了一鞭，身上瞬间多了一道血痕。

只见持着藤鞭的手骨节分明，在黑夜中，显得格外白皙、妖冶。

深渊之上，有一道墨色身影脚踩虚空，那双深邃的眼眸十分冷漠，让人不自觉地想要跪下臣服。

“放我出去！”巨型黑兽怒吼一声，整个深渊回音不绝。它张开巨大的嘴巴，想将容烁吞下去，只是还没等它开始吸入，它的嘴巴又受了一鞭，皮开肉绽。

“饕餮，这次封你七魄，你若仍旧妄想逃离此地，本尊就让你灰飞烟灭！”低沉的嗓音在深渊中缓缓响起。话音落下，容烁另一只手凝聚起一股恐怖的灵力，足以让整个深渊山崩地裂。一圈又一圈金色的法印犹如泰山压顶般将饕餮整个身躯锁住。

饕餮气得跺了跺脚：“放开老子！”

容烁冷漠地看着它挣扎，感受到它的气息在逐渐减弱。突然，他的眉头一皱，心脏传来一阵悸动。

容烁握紧藤鞭，恰巧此时，青风出现了。

青风半跪在虚空中，作揖行礼恭敬地道：“帝尊，柏零大人传信过来，请求支援。”

容烁负手而立，淡淡地问道：“他发生什么事了？”

青风回道：“其实是柏零大人的心腹传信过来，两个月前柏零大人进入一处秘境，久久未出来，而且那个秘境的入口再也寻不到了……”

容烁眉头微挑。

青风猜不透自家帝尊是什么心思，便提议道：“不如让属下去？”

“嗯。”帝尊大人应了一声。

正当青风以为这事就这么解决之时，自家帝尊大人的声音再次传来：“你跟本尊一起去。”

青风震惊了，支支吾吾道：“帝……帝尊，这点儿小事哪需要你亲自出马？”

“无妨。”容烁低沉的嗓音传至青风耳中，“走吧，先回万朔殿。”

青风愣了愣，然后点头应是。

后来青风才发现自家帝尊根本就不是怀着救柏零的想法去的，而是为了……

云筝沐浴完之后，走出房间。

月季一愣，自家小姐为什么突然出来了？以往小姐沐浴完之后不是准备入睡，就是打坐修炼。她迎上去，细心地问道："小姐，你是肚子饿了吗？"

云筝笑着摇了摇头："没有，只是想在王府里随便走走，月季你陪陪我吧。"

想在王府里走走？月季虽然心里疑惑，但还是笑着应下了："小姐邀约，月季怎么能不奉陪呢？"

云筝莞尔一笑，揉了揉她的头发："月季，以后你想找什么样的夫婿？"

月季小脸一红："小姐，你就别拿月季开玩笑了，我想永远待在小姐身边。"

忽然，月季想到了什么，眼里闪过一丝失落，随即，她坚定地道："即使小姐现在要去追逐更广阔的天地，我也会在云王府一直等着小姐回来！"

一股暖流在云筝心底流过，云筝朝着月季笑道："我不知道我什么时候回来，但是在此期间，你若是遇到了喜欢的人，可以放心地追寻，但是必须让爷爷看看，我怕到时候有坏人把我们家月季拐走。"

月季自小就与她一起长大，在记忆里，月季的关怀与真诚，不仅让原主感到温暖，就连她也不例外。

"小姐，你别说了。"月季感动得眼含热泪，紧紧地咬着唇。

云筝抬手捏了捏她的脸颊，柔声道："好啦好啦，我不说了，趁着满天星光一起走一走吧。"

"是，小姐。"月季吸了吸鼻子，一副泫然欲泣的模样落入云筝眼中，让云筝既无奈又好笑。

这一夜，云筝带着月季把王府的各个角落都走了一遍。

其他下人不明所以，只有月季隐隐约约知道。因为云筝手持那细长的黑色毛笔，每到一个地方，就随便勾画了两下。若不是一阵细微的灵力波动，月季还真察觉不出来。

云筝其实在为云王府布置玄术阵法，至于为什么选择今天晚上，是因为她今晚睡不着，也没有修炼的心情。

翌日清晨。

云王府门口多了许多来访的人，其中有一半是为了与云王府交好，另一半是想向云筝提亲的。不过，云老王爷将他们全部拒之门外。

“哼，他们这群势利眼，以前对我们云王府爱答不理，现在他们高攀不起我们！”云老王爷气呼呼地道。

云筝一连好几天都待在王府，时而照顾云妙，时而陪云老王爷聊天，至于修炼的事情就暂且被她抛之脑后了。

就这么安逸地过了半个月之后，江奕辰来云王府了。

云筝开门见山道：“江少爷，找我什么事？”

江奕辰摇了摇折扇，笑道：“云筝，我这次来找你，是想问你什么时候离开大楚国。实不相瞒，我其实一直在留意你什么时候出发……”

“哦？”云筝挑了挑眉。

江奕辰触及她那双似乎能洞察人心的眼睛，捂着嘴咳嗽了一声，然后尴尬地笑道：“我就是想跟你一起上路做个伴！”

上路做伴？这听起来怎么像是诅咒？云筝婉拒道：“不好意思，恐怕让你失望了，我这个人独来独往自由惯了，所以我会自己前往圣都，你还是另寻他人吧。”

一听到这话，江奕辰的俊脸就沉了下来，失望之色显露无遗：“云筝，你要不要再考虑考虑？我起码是一个男子汉，一路上也可以照顾照顾你。”

“我不需要照顾。”

“我能搬能抬，可以为你做一些粗重的活。”

“我自己可以。”

“这一路上，会经过几个危险的领域，两个人的话，相互有个照应。”

“我不需要累赘。”

任由江奕辰说得喉咙都哑了，都没打动云筝一分一毫，这让江奕辰感到无比挫败。

云筝看到江奕辰垂头丧气的模样，上前拍了拍他的肩膀，鼓励道：“你自己可以的。”

“真的不可以跟你一起去吗？”江奕辰委屈巴巴地看着她。

云筝摇了摇头，解释道：“我接下来会去一个地方办点儿事情，那个地方在圣都的反方向，所以我不便跟你一起前往。”

江奕辰听到这个回答，心情顿时好了一些，原来她是有事要办，所以才拒绝与他同往，他还以为她嫌弃自己呢！江奕辰应承道："好，那我就在圣都等你，你一定要来！"

云筝面容上透着坚毅之色，微微颔首道："我会的。"

等送走江奕辰之后，一个小太监带着圣旨来了，皇上宣云筝入宫觐见。

云筝看着眼前这个略微面生的小太监，柳眉微挑："本小姐之前怎么没见过你，林公公呢？"

林公公可是皇上身边的红人，而且有什么重要的事，皇上都是让林公公来传旨的。如今换了一个小太监，不得不让人怀疑。

小太监捏紧了手里的拂尘，身子有一些颤抖，脸色更是煞白，他强装镇定道："林公公不得空，所以才派奴才来。"

云筝的心一跳，表面上却不显露出来。

"那就走吧。"云筝正欲走，突然回头对月季说道，"你待在府中，我稍后就回来。"

月季虽然疑惑，但还是听话地应下了。

小太监刚带着云筝离开王府，云老王爷就出现了，他疑惑地问月季："筝儿呢？"

月季行了一礼，回答道："回老王爷的话，方才有太监来传旨，说皇上要召小姐进宫。"

"那你为何不跟随小姐一同前往宫中？"

"小姐吩咐，让月季留在府中。"

云老王爷闻言，皱了皱眉，沉吟片刻，然后挥手让月季先回云扉阁。

云筝一进皇宫，就感觉到莫名沉重，有一阵淡淡的血腥味传到她的鼻中，那些禁卫军像是换了一批人，而且巡逻得特别严密。

禁卫军统领看了云筝一眼，便上前朝着她作揖行礼道："云小姐，最近宫中不太平，皇上让属下来保护你的安全。"

云筝没搭话，只是略微扫了一眼首领身后浩浩荡荡的禁卫军，若有所思。

禁卫军统领见她沉默着不说话，眼眸微闪烁，生怕她察觉出什么端倪，赶紧道："云小姐，请随属下来。"

见云筝依旧不为所动，禁卫军统领暗暗使了一个眼色给小太监。小太监打了一个哆嗦，苍白脸附和道："云小姐，我们跟随统领大人一起去觐见皇上吧！”

云筝闻言，轻笑了一声：“好啊。”

禁卫军统领与小太监相互交换了一个眼神后，抬手做了一个“请”的动作。

“请吧，云小姐。”

云筝笑着微微颔首。

这一路上，安静得令人害怕。偶尔撞见太监和宫婢，见到他们一行人后纷纷跪在地上，将头压得特别低。地面砖石的缝隙中，还有没清洗干净的血迹。

云筝见状，装作一副好奇的模样道：“这宫中何时少了这么多人？”

小太监心虚地低下头。相比于小太监的表现，禁卫军统领就显得游刃有余多了，他笑着解释：“是因为太后娘娘要举办一场盛大的宴会，所以将不少奴才召走了。”

“原来如此。”云筝一副恍然大悟的模样。

禁卫军统领见状，顿时对云筝放心了不少。虽然听说她实力神秘莫测，但是毕竟年纪小，阅历不足，不过是一个小姑娘罢了，也不知道主子为何要千叮万嘱让他小心她，还专门设了埋伏等着她。

禁卫军统领等人将云筝带到养心殿的门口时，周围的气氛变得更加肃穆了。

刹那间，禁卫军等人挥剑对准她，暗中几道强悍气息的主人也出来了。

云筝认出这是楚允衡身边的几个长老，这几个长老并不是皇上赐给楚允衡的，而是楚允衡母妃那边的人。

养心殿大门被打开，映入眼帘的是一个长相俊美的年轻男子，只见他身着一袭明黄色龙袍，神情傲然，隐隐流露蔑视之色。

“云筝，好久不见。”楚允衡目光灼灼地瞪着云筝，等待着她的表情从震惊变得慌乱。

可是，云筝神情淡然，嘴角还挂着若有若无的笑意，像是在讥讽他是一个跳梁小丑。

楚允衡咬牙冷冷地笑了一声：“云筝，现在我已经是大楚国的皇帝了，你看到此情此景，有没有感觉到后悔？”楚允衡继续威胁道，“只要你乖乖留在我身边，我可以给你一个名分，还可以让你那个云老头子免于一死。可是如果你敢反抗的话，我就灭了云王府，然后让你做我的暖床丫鬟！”

云筝听了觉得十分好笑，事实上，她也在他面前笑了出来。

“云筝，你笑什么？”他恼羞成怒。

云筝没有回答他，反而问了一句：“楚允衡，你的父皇呢？”

楚允衡脸色微变，随后又恢复了原样，冷笑道：“他根本就不是我的父皇，我根本不是他的儿子！”

云筝有些惊讶，怪不得他能不顾亲情妄图夺位！皇上是早就知道这件事，还是现在才知道呢？

“他被我软禁在一个无人知道的地方，现在我才是大楚国的皇帝！”楚允衡目光阴沉，“云筝，你今日是走不出皇宫了，即使你的爷爷来了，也未必能将你成功救出去！”楚允衡说完，当即挥了挥手，示意众人将云筝拿下。

禁卫军统领带着数十个禁卫将云筝围了起来，那几个长老自视甚高，认为擒拿云筝这等小事，那些禁卫军就可以做到。

刀光剑影中，只见云筝素手一扬，一支烈焰长枪出现在她手中，眉眼间的张狂与肆意尽显。

几个长老脸色微变，面面相觑：“居然是灵王级别！”

楚允衡的脸色瞬间变得难看了起来，云筝居然是灵王，比他还高一阶！

云筝笑道：“圣都考核名额赛的群战没能让我尽兴，今天你们都来当我的陪练吧！”

他们还没来得及斥责她年少轻狂，就有一道强烈的罡风向他们扫过来，“轰”的一声，将那一片的禁军侍卫都震飞了。

云筝根本不给他们愣神的时间，手腕微转，强大的灵力扫向另一边。

不到片刻，禁卫军就已经倒了一大半。

禁卫军统领虽然是灵王五阶，但依旧没在云筝手底下撑过三个回合，就被她手持长枪划破了喉咙。

“怎么可能？”楚允衡不可置信地喃喃自语，“她怎么会这么厉害！”

此刻，已经无人给他答案了，因为那几个长老已经上前围攻云筝了。

总共四个长老，一个灵王九阶，一个灵皇一阶，两个灵皇二阶。

这就是楚允衡有恃无恐的底气，若没有了这个底气……

云筝一对四，依旧游刃有余，只是两百多个回合之后，云筝修为不及他们的短板显露出来。

一个灵皇二阶的长老沉声道：“没想到你隐藏得这么深，你是不能留了！”

楚允衡听到这话后，心中挣扎了一瞬，最终还是默认。他不容许他的女人比他还要强大。她太强的话，会让他产生危机感，甚至会觉得留着她就是给自己留了一个隐患。

“丹阳霸破！”

“阴鬼刀！”

“黑虎拳！”

“地煞劈！”

那四个长老纷纷使出他们的拿手战技功法一起对付云筝。

云筝目光一凛，抬起长枪抵挡，只是那四个人合起来的力量太强了，让她的手臂忍不住颤抖，现在唯有使用容烁教给她的招数以及她的瞳术了！

“烈焰夺魂枪！”云筝一声低喝，浑身泛起灵力的波动，随后凝聚在长枪之上，化成一股炽热的火焰。

四个长老脸色突变，灼热的火焰扑面而来，让他们顿感恐惧。他们无暇再攻击云筝，只能拼尽全力将这一攻击挡下。

火焰像是有生命一样，将他们围起来后便熄灭了。

这时，无人看见云筝那双漆黑的瞳孔刹那间变成赤红色，血瞳开启！

在他们对精神力毫无防备之时，无数的红线进入了他们的识海，他们顿时惨叫起来。在他们的眼中，一切都变了。红色的火焰瞬间变成无数条腐蚀性极强的触手，向他们伸过来，让他们面色煞白，连连躲避。

突然，眼前的景物再次变化，他们都看到了自己内心深处最恐惧的事物。

而在楚允衡眼里，他们在炽热的火焰中抱头痛哭，还不断地重重磕头，磕得头破血流。楚允衡彻底慌了，他看到云筝那赤红色的瞳孔，吓得往后倒了下来，颤抖的手指着她，磕磕巴巴道：“你不是人！”

“你到底是谁？”楚允衡试图提高声音来掩饰自己心中的恐惧。

“不是人？”云筝喃喃自语，反复琢磨这句话的意思，随后她像想到了什么，看着楚允衡，放缓了语速，“对啊，我不是人，我是来杀你的死神。”

话音落下，楚允衡的脸色顿时煞白一片，他双手撑地，身体不禁往后退去，眼中透着惊恐，大声道：“你别过来！”

云筝笑了笑，素手一扬，长枪在她手中无比灵活……

此时此刻，宫中宫外的人都发现养心殿火光熊熊，惹得宫外的那些势力纷纷派出强者过来查探发生了什么事。

云老王爷自然也能察觉到宫中那股强烈的火焰，他瞳孔紧缩，担忧瞬间涌上心头。来不及多想，云老王爷便以最快的速度赶往皇宫。

而王府中的下人以及侍卫见到此情此景，心中疑惑不解，是小小姐出什么事了吗？

多方势力与强者出动，天下第一楼、灵天拍卖会、流市、百草堂……

“皇上被你藏到哪里去了？”云筝用枪尖指着楚允衡，笑着问道。

楚允衡感受到下巴处冰冷的枪尖，心猛地一跳，他颤抖着声音道：“我……你放了我，我就告诉你！”

“你以为我会再次放过你吗？之前之所以没有杀你，是因为皇上替你求情，如今你居然把自己的保命符搞没了……”云筝轻笑，眼底却没有一丝温度。

楚允衡闻言，面容上闪过一抹讶异，他没有想到楚承御为他求过情……他一直觉得，他和楚承御之间有着深深的隔阂，因为就算是一件小事，楚承御都会非常严厉地斥责自己，给予自己重重的惩罚。而楚承御对待其他皇子不会这样，楚允衡将这些原因归咎于：楚承御跟他根本就不是父子关系！

楚承御为什么要替自己求情？正当楚允衡百思不得其解之时，寒芒一闪，他顿感一阵剧痛从手腕以及脚腕处传来。

“云筝，你放过我，我以后再也不在你面前出现了！”楚允衡面露痛苦的神色，他忍受着手脚筋脉断裂的剧痛喊道。

云筝嗤笑一声：“晚了。”

说完，她另一只手的两指并拢，在双目前一抹，赤红色的光芒在她瞳孔中呈现：“摄魂！”

话音落下，楚允衡的眼神变得迷离起来，一副呆滞的模样。

云筝问道："楚承御在哪儿？"

"在地牢。"

"宫中的其他人呢？"

"也在地牢，太后被软禁在慈宁宫。"

"你是什么时候开始夺权的？"

"昨晚。"

"……"

云筝总算将事情搞清楚了。楚允衡收买了膳房以及验毒的人，然后给宫中的人下毒，让他们无法抵抗。

将一切厘清后，云筝才发现一些不对劲的地方！就算楚允衡身边有四个灵皇长老，也无法将事情做得滴水不漏，毕竟宫中还有不少其他势力的探子。还有，皇室老祖没有出现过！

云筝脑海中隐隐产生一种想法，柳眉一皱："皇室老祖呢？"

可是，楚允衡像触动了关键词一般，嘴角溢出一抹黑色的毒血，然后歪头倒下，死了！

云筝脸色变得凝重，猛地回头看去，一股势不可挡的灵力朝她劈头盖脸而来。

云筝持长枪抵挡，而她的瞳孔已经恢复原状，不见当时的妖异赤红色。

灵力散去，云筝看到了熟悉的面庞，方家家主方焱，苏家家主苏靖，还有苏容等人。

让云筝避讳莫深的不是他们几个，而是他们前面的两个老头，两人一身内敛雄厚的气息，扑面而来的是一阵窒息感，起码有灵皇五阶的实力——是方家与苏家的两个老祖！

云筝冷笑道："嗬，原来一切都是你们筹划的，楚允衡到死也不知道，他所做的一切都是为他人作嫁衣。"

其中个子偏矮的老头看着云筝道："小丫头伶牙俐齿，没想到这四大长老都被你灭了，你身上到底有什么秘密？或者说，有什么灵宝？"

他那浑浊的眼神，流露贪婪之色，让人生厌。

"我的确有灵宝，还多着呢，你要不要来抢啊？"云筝闻言莞尔一笑，毫不客气地挑衅。

偏矮的那个老头一听，面目瞬间扭曲起来，上前欲好好教训云筝，可是被另一个老头阻止了："老方，别急。"

"就一个丫头片子，怕什么？"方家老祖嗤之以鼻。

苏家老祖眼里带着一丝精光，不似方家老祖那般着急，反而慢悠悠地打量着云筝。

这时，站在两个老祖身后的方焱死死盯着云筝："老祖，思言就是被这个女子废了全身修为，求老祖一定将她剥皮拆骨！"

一袭白裙的苏容目光微闪，开口道："此女一直作恶多端，求老祖废了她！"

云筝挑了挑眉，作恶多端？

苏家老祖上下打量云筝，笑道："嗯，她的天赋不错，等我把她废了之后，就将她收了做鼎炉！"

听到这话，苏容有些幸灾乐祸。做老祖的鼎炉，可是要受尽折磨，没人能熬过三天！不过当她想到在擂台上受到的屈辱，她的心情并不那么愉悦了，她恨不得上前撕烂云筝的脸。

都是云筝，害她在大楚国众人的面前丢尽了脸，也让楚允衡嫌弃了她……

想到楚允衡，苏容抬眸看了一眼那躺在养心殿门口已经死了的俊美男子，冷漠地收回视线，楚允衡罪有应得！

云筝听着他们旁若无人地说话，他们真的以为皇室这么好算计？她突然抬头看向某个方向，笑道："皇上，你们再不出来，我可就要走了哟！"

方家与苏家众人听到这话，立刻顺着她的视线看过去，却没有发现有人的气息。

苏容讽刺道："你少在这里装神弄鬼了，皇上已经被我们控制在地牢之内，而皇室老祖更是身负重伤逃走了。这大楚国已经是我们苏、方两家的囊中之物了！"

"哦？"云筝漫不经心地挑了挑眉。

苏老祖见到云筝这么淡定，心中不免升起一丝警惕，他凝聚灵力朝那个角落拍了一掌。

两掌相碰，爆炸声响起。烟雾散去，众人只见身着一袭明黄色龙袍的楚承御和一个面容慈祥的老头站在一起。

而那一掌，正是那个面容慈祥的老祖发出的！

“楚承御！”

“皇室老祖！”

“你们不是……”一个被囚禁，一个受了重伤逃走了吗？

方、苏两家等人有一瞬间的慌乱，他们原本以为胜券在握，却突然被杀了一个回马枪。

楚承御看了一眼云筝，哭笑不得，她还真是不愿吃一点儿亏！

楚承御沉声道：“你们方、苏两家勾结三皇子，罪该万死！当灭九族！”

说完，他一抬手，有一个东西猛地向天上炸开，是信号弹！

方、苏两家等人脸色突变，他们再傻也知道，不是他们算计了皇室，而是皇室借机将他们方、苏两家一锅端了。

突然，一道震耳欲聋的怒吼声响起：“谁敢欺负本王的宝贝孙女！”

听着熟悉的暴躁的声音，云筝便知道是自家爷爷来了。他的出场方式，还是一如既往地伤……耳朵啊！云筝既无奈又好笑，一阵暖流在心底流淌。

不仅爷爷来了，几道强者气息同时到来。

“筝儿，你有没有事？”

云筝还没看清自家爷爷的脸，肩膀就被人紧紧地按着，然后将她左看看右看看，直到发现她没受伤后，才放下心来。

“爷爷……”

云筝的额头被敲了一下，她疼得轻呼一声，委屈巴巴地抬头看着自家爷爷。

“乱来。”云老王爷严肃地瞪了她一眼。

云筝狡黠地吐了吐舌头。

云老王爷见状，无奈叹了一口气：“你这个臭丫头，尽做一些令人担忧的事情。”

“才没有。”云筝不服气地小声回了一句。

这时，天下第一楼、百草堂、流市、灵天拍卖会的几个强者也来了。他们先跟楚承御客气地交谈了几句，然后一副坐山观虎斗的模样，赖在这里不走了。

楚承御也没有要驱赶他们的意思，毕竟，这几人是他这个身份也要忌惮的。

楚承御的信号弹招来了一千名精英侍卫。

精英侍卫团团围住方、苏两家，让方、苏两家的人慌了。

蓦地，一道声音传来：“江某见过皇上。”

只见入口处，走过来一个器宇不凡的中年男人，是江家家主！

大楚国三大家族，方、苏结盟，仅剩的江家自然不能旁观，所以他投靠了楚承御，来了一场反杀。

楚承御微微颔首，然后沉着一张脸，挥了挥手：“来人，将这些乱臣贼子全部杀了。”

精英侍卫应声而动，蜂拥而上。

苏、方两家老祖对视一眼后，朝着楚承御的方向攻去，他们深谙擒贼先擒王这个道理。

“好好待着。”云老王爷叮嘱了云筝一句，然后跃身朝两个老祖攻去。

面容慈祥的皇室老祖开口道：“景天，一人一个。”

云老王爷回答：“好！”

江家家主对上了苏靖，方焱想要攻击楚承御，却被楚承御身边的暗卫拦截下来。

而此刻的云筝优哉游哉，那些实力低的不敢惹她，实力强的又被皇室老祖他们牵制住了。

云筝眼尖，看见苏容想要趁机偷偷逃跑，眼神一凛，轻点脚尖落在了苏容的面前：“去哪儿呢，苏容？”

苏容见是云筝，目露怨毒之色，她的眼珠子转了转，嗤笑道：“你不去帮你爷爷，反而在这里堵我。”

“你看我爷爷需要帮助吗？”云筝笑了笑，抬头看向云老王爷与方家老祖战斗的身影。

苏容皱了皱眉，望过去，只见方家老祖被打得节节败退。

不可能！方家老祖的修为是灵皇五阶，而云景天只有灵皇三阶的修为，怎么可能略胜一筹！除非……云景天隐藏了修为！

其实，苏容并没有猜错，云老王爷的确隐瞒了修为，现在的他是灵皇五阶了。而云老王爷能晋升这么快，是因为云筝用玄术调理了他的命盘气运，从而在修炼一途上，得到了更快的晋升。

云筝冷笑道："现在，就来清算一下你我之间的恩怨了。半年前你将我虐杀，抛下悬崖，这一桩桩我都记在脑海中。"

苏容闻言，惊慌地往后退，想要逃跑。云筝却迅速地抓住了她的手臂，然后往下重重一拉，"砰"的一声，苏容整个人砸在地上。

云筝粗暴地将她的手臂一扭，尖厉的惨叫声从苏容口中发出。

"想逃？没门！"云筝不会再放虎归山，因为她要在离开大楚国前将一些隐藏的危险因子全部除掉。

云筝一掌拍向苏容的天灵盖，将她的修为废了。

苏容感受到自己的修为在迅速消散，面目狰狞地大喊："我的灵力！我的灵力……"

云筝掐着她的嘴巴，往她嘴里塞了一颗黑色的丹药，说："我不会让你就这么死了，还是先尝一下这生不如死的滋味吧！"原主受的折磨，她要苏容一一经历！

"啊啊啊……"苏容躺在地上蜷缩着，七窍流血，皮肤开始龟裂。

云筝见状，心想，这毒药真的挺好用，阿虚给的果然是精品！

日落西山，事情也告一段落了。苏、方两家全部人被清理干净，苏、方两家老祖也未能幸免。

楚承御下旨将苏、方两家灭九族。从此，大楚国再无苏家、方家，而江家与云王府成为大楚国的顶级世家。

云筝在离开皇宫之际，跟皇上聊了一会儿。

他说，楚允衡的确不是他的儿子，是他皇妹的儿子。当年皇妹未婚先孕，为了保护皇妹的名声，他将楚允衡塞到琴贵妃的身边当了儿子。

他一直将楚允衡视如己出，甚至待其更为严格些，因为他想培养楚允衡当太子，可谁知楚允衡走了歪路。

看到楚允衡的尸体时，楚承御深呼了一口气，身躯也不像以前那般笔挺，有些佝偻。

而那四个长老的确是琴贵妃的家族留给楚允衡的。琴贵妃的家族在另一个小国，因为涉及通敌叛国的罪名，所以云筝没有详细询问。

方、苏两家被灭门的事，在大楚国引起了一阵动荡。

云妙也醒过来了，她没有提及之前那些伤心事。现在的云妙，只想变得更加强大，保护自己的家人。

事情经过一个多月，终于全部有了了断。云筝犹豫再三，还是向自家爷爷以及姑姑提起离家的事情:“爷爷,姑姑,我要启程去圣都了。”

“去吧，我和你姑姑在家里等你回来。你有空的时候就多写信，不然我们会担忧的。”云老王爷并没有意外她所说的话，毕竟距离圣都考核赛只有四个月左右的时间了，若是筝儿再不启程，他们两个都替她急了。

虽然心里很不舍，但是总要放她去独立成长，而不是折断她的双翼让她待在云王府的羽翼之下。

云妙握着她的手，温和地笑道：“筝儿，你尽管去吧，姑姑会照顾好你爷爷以及整个云王府！”

云筝看着自家爷爷和姑姑满怀期许与不舍的眼神，心尖触动了一下，她扬起笑容道:“我知道了。”她将储物戒指递给云老王爷与云妙,“这两枚储物戒指，是我送给你们的，里面有一些符文和灵草灵药。”

跟他们聊了一会儿后，云筝便回云扉阁收拾了东西，准备离开云王府。

“小姐，月季在家等着你回来。”月季眼泪汪汪地盯着云筝，如同她跟月季在如焰之森外第一次见面的模样。

云筝展颜一笑，点了点头。

第十二章
东洲圣院

三天后。

在日不落山脉的深处，一道白色清瘦的身影从洞穴中走了出来，原来是一个不羁的小少年。只见她玉冠束发，眉眼间萦绕着淡淡的慵懒之色，一双丹凤眼微挑，给人一种莫名的压迫感。她的红唇微启："二白。"

话音落下，一只巨大的白虎在林中跑动，很快就到了云筝的面前。

云筝摸了摸它那毛茸茸的头颅，说道："我们启程吧。"她之所以绕回日不落山脉，是因为这灵宗强者墓地有她想取的东西，现在取完了，也是时候启程去圣都了。

二白闻言，庞大的身躯瞬间缩小到巴掌大，它跳到云筝的肩膀上"吱吱"叫了一声——主人，我们出发吧。

走出这片日不落山脉还有一定的距离，所以云筝召来了一只灵九阶的金翅大鹏。她坐上金翅大鹏的背，飞上了天空。金翅大鹏飞行的速度不紧不慢，所以云筝没有感到不适。云筝看着下面的一切开始变得渺小，不禁有些感慨。

而此刻的江奕辰不知道的是，云筝坐着金翅大鹏飞行一天的路程比他坐马车走了几天的路程还要多。若是他知道，云筝能召唤一只灵九阶的金翅大鹏飞行的话，他估计早就赖在云筝的身边不走了。

云筝坐着金翅大鹏优哉游哉地飞行了七八天，终于穿过了全部的小国家，来到了中等国家。

云筝让金翅大鹏载着她到一个中等国家的城门处停下，然后挥手让金翅大鹏回去，并给了它一张三品符文作为路费。

金翅大鹏没想到自己还能得到酬劳，开心地蹭了蹭云筝的手臂，然后振翅离开了。

云筝了笑，目光落在了城门上方的牌匾上，只见上面龙飞凤舞地写着两个大字：沧都。

沧都乃是十二中等国家之一沧北国的主城。

云筝看过东洲大陆的一些地理文志，沧北国在中等国家之中，实力居中，但是符文师比其他中等国家多，所以，也有符文国之称。

正当云筝迈开步伐准备进城，后面传来一阵惊慌的声音："小兄弟救命啊！"

云筝的脚步一顿，往后望去，只见一个衣着破烂、头发凌乱像疯子的人向她扑过来。

而那"疯子"的后面跟着一大群女子，年老的、妙龄的都有，她们全部迷恋地看着那"疯子"。

"公子，你纳奴家为妾吧！"一个风情万种的女子拿着小帕子吆喝道。

"莫公子是我的！"

"莫公子才不是你们几个的，我与莫公子已经同床共枕过，你们这群花蝴蝶给我全部滚开！"

"我已经有三个月的身孕了，你们就好心成全我吧！"

说着说着，她们俨然有干架的趋势。

云筝抿了抿唇，神色难以言喻，就在那什么莫公子将要抓到她的手时，躲开了。

那位莫公子并没有在意这些小细节，当他看到云筝的容貌时，眼里不禁闪过一丝惊艳。

但是，下一刻他便暗道不好！莫公子惊恐地大喊："小兄弟，快逃！"

为什么要逃？这又不关她的事。可是下一秒这群女子所说的话，让云筝的表情瞬间裂开了。

"哇，这个小公子显然更俊美，你们去争莫公子吧，这个留给我了！"

"这两个公子都是我的！"

…………

还没等云筝回过神来，她的手腕就被人一把抓着，用力拽着奔向沧都的城门。

“不要关城门，让我们进去！”莫公子看到那些守门的士兵正急匆匆地关闭城门，大声喊道。

可是那些士兵们一副如临大敌的模样，根本听不进莫公子说的话。

云筝回过神来，就看到一双脏兮兮的大手揪住她的衣服，将她洁白无瑕的衣服染黑了。

云筝强忍着打人的冲动，毕竟现在不是计较这些的时候！

那些女子的声音越来越近，而前面的城门逐渐关上，云筝抬眸看到莫公子尽管气喘吁吁，大汗淋漓，还是拼了老命想冲进城门……

云筝心中轻叹了一声。她猛地抓住莫公子的手腕，然后提速。

原本在他们身后追逐的那一大群女子霎时间愣住了，她们只看到一个影子飞速往前挪动，可是城门已关，不能判断他们两个是否进了沧都。

“真是可惜了呀，这么好看的两个小白脸。”一个穿着花枝招展的中年女人含情脉脉地望着城门，语气里透着浓浓的遗憾。

一女子道：“没想到他跑得那么快，罢了，我们圣女派一贯不参与国家之中，这次就算了，下次再抓到小白脸，我们就将他们就地正法，免得夜长梦多！”

而此刻，躲在城门后的两个人，被那些士兵用惊愕的眼神紧紧瞪着，像是看到了什么不可思议的事：“你们什么时候进来的？”

云筝莞尔一笑，说道：“就是刚才进来的呀。”

莫公子全名莫旌，他倚在城门上，深呼了好长一口气。

最后，云筝两人被例行询问了一下身份，士兵们才放他们离开。

云筝在前面走着，莫旌就在她身后跟着，还一直絮絮叨叨：“多谢小公子搭救，莫某误入圣女派区域，被她们没日没夜地追了五天，要不是有小兄弟搭救，我现在恐怕已经贞操不保了！”

圣女派？云筝挑了挑眉，问道：“圣女派是什么？”

“咦，你居然不知道？”莫旌惊讶地问道。

云筝坦然地说道：“我是从小国来的。”

莫旌闻言，有些讶异，他又打量了云筝，发现她的气质不似从小国来的，反而像从大国来的。但他也不好多问，解释道：“圣女派在中等国家很出名，她们修的是媚术，实力也极强，她们会将走进她们圣女派的男子当作修炼的对象。”

“十二个中等国家不管这事？”

“能管什么？”莫旌当即摇头，说道，“圣女派的老祖可是有灵宗八阶的修为，这等实力让中等国家的皇帝都忌讳，而且圣女派划分在那一片区域，不主动惹事，只是把那些闯入她们地域的男子都抓起来而已，中等国家的皇帝们还十分乐意看到这样的现象。”

云筝想了想，对于中等国家的这种做法，也表示理解。毕竟，圣女派不主动招惹人。

“嗯，谢谢。”云筝向他道了一句谢，迈开步子往前走。

而莫旌一直跟在她身后，云筝不由得皱了皱眉。

沧都的街道更加繁荣，道路也宽了几倍，周围的酒楼茶馆多不胜数。不过，最惹眼的还是符文铺。两人走了百来米，就看到了三间符文铺。要知道在大楚国，可是一间符文铺都没有。

云筝走进一间符文铺，立刻就有一个女侍者迎上来，笑容满面地问道：“请问客人您想看哪种符文？”

云筝环顾四周，发现人还挺多的，但是符文很少。她用精神力探寻到，店里有三百来张一品符文、三十多张二品符文、两三张三品符文。而是那三品符文的质量实在堪忧。

云筝刚想说话，身后就响起一片喧闹声。

“你不能进去！”一个侍者嫌弃地看着莫旌，厌恶地伸手挡住他，不让他进符文铺。

“凭什么我不能进？”莫旌生气地问。

使者当即用打量的眼神扫了他一眼，嘲讽地道：“你这个乞丐，也想要进我们钟家符文铺，简直痴人说梦话！”

莫旌被气得脸一阵红一阵白，他从小到大，都没有被人这么侮辱过。他现在只不过是身上的衣物破烂了些而已，这区区侍者就狗眼看人低了！

莫旌怒气填胸，正想要好好教训这个侍者时，有一个雌雄难辨的声音喊住了他，让他瞬间僵在了原地。

“莫公子。”云筝转头朝侍者笑道，“不好意思，这是我的同伴，他刚历练回来，所以装扮有点儿狼狈。”

这么说，算是帮他解了围，但是符文铺里的人依旧用嘲笑的眼神看着他。

“我们走吧。”云筝对沧都的符文铺彻底没了兴趣，因为这里的符文对她一点儿用都没有。与其在这里浪费时间，不如赶路去圣都。

莫旌愣了愣，满腔怒火似乎一下子就湮灭了，他应了一声：“好。”

“啧，两个穷鬼来这里装模作样，一看就是从蛮荒小国来的，还装作一副贵家公子的模样，真是让人倒尽了胃口。”一个吊梢眼刻薄相的男子缓缓走来，出言嘲讽道。

他一出现，符文铺的侍者侍女就都恭敬地道了一句：“二少爷。”

“钟家二少爷来了，这下有好戏看了！”

“钟家二少爷最是痛恨出身低微的人，听说他小时候被他爹的一个出身低微的侍妾折磨，以至于他现在十分厌恶身份低微的人。”

钟子楠听到旁人的话语，当即被勾起了那段受折磨的记忆，一股戾气在他眼中闪过。他指着云筝与莫旌，沉声道：“来人，将这两个人狠狠地揍一顿！”

话音刚落，就有不少护卫手持棍子，凶神恶煞地朝着云筝走过来。

“小兄弟，你躲在我背后，让我来。”莫旌说道。

云筝闻言，挑了挑眉，然后走到了一处空地，抱胸而立，想看莫旌会怎么对付他们。她其实看不透他的实力，他身上应该有圣器，所以才不会将修为显露出来。若是云筝开启血瞳来看的话，可以知道他的修为，但是她觉得没必要。

云筝看着莫旌身上泛着淡淡的蓝色光芒，柳眉一挑，这是浅蓝色气运命盘。虽然不及蓝色气运命盘，但是拥有浅蓝色气运命盘的话，就已经超越了东洲九成九的人！

这也是她除容烁之外，看到的最高气运的人。他，到底是什么人？不仅有隐藏修为的圣器，还有这种命盘，天赋已经是顶尖了，如果没有陨落的话，那么他以后肯定也是称霸一方的强者。

莫旌三两下的功夫就将那些大灵师级别的护卫打趴下了。

“想打我？做梦吧！”莫旌嚣张地说道。

钟子楠闻言，眼珠子微转，意识到自己碰到了硬茬儿。

正待钟子楠思考之际，一记重拳就朝他的脸狠狠砸了下来，牙齿混着鲜血掉在了地上，他的脑袋更是嗡嗡作响。

众人还来不及惊呼，就发现那浑身破烂的男子跟那个雌雄难辨的小公子不见了。

一条无人的小巷内，莫旌叉腰狂笑：“哈哈哈，真爽！”

云筝嘴角微微抽搐了一下，有点儿不忍直视。明明命盘气运那么顶尖，可是这人怎么这么憨傻呢？

云筝在一旁静静地旁观着莫旌狂笑，然后逐渐平复心情。

“小兄弟，谢谢你啊！”莫旌用大手拍了拍云筝的肩膀。

云筝看着他那只脏兮兮的大手，抿了抿唇，神情略显无奈，抬手将他的手推开，淡淡地道：“不客气。”

莫旌看到一个灰色的巴掌印落在云筝的肩膀上，瞳孔微缩，随即面露尴尬之色：“不好意思，我不是故意的！”

云筝笑道：“我知道你不是故意的。”要是莫旌故意而为，她早就毫不留情地揍他了。

“我身上没有灵石，赔不了你的衣服，要不我给你做一段时间的护卫吧！”莫旌语带歉意道，“我看你只有大灵师五阶的修为，又是独自一人……”

“护卫？”云筝挑了挑眉，有些诧异。一件衣服能换来一个身份和天赋都顶级的少年甘心当她的护卫？别说她不信，说出来也没几个人相信。不过，她倒是好奇他想要做什么。

“是的。”莫旌笑了笑，点了点头。

云筝见状，也不矫情，直接道明意图：“好，你护送我去圣都吧。”

莫旌的神色并没有露出一丝意外，反而平淡得像早就预料到一样。他问：“小兄弟，你叫什么名字？”

云筝笑道：“你唤我阿云就好了。”

“小兄弟，你这名字有点儿秀气。”

自那以后，云筝就跟莫旌一起前往圣都。在此期间，他们遇到的所有危险，都由莫旌一人解决，云筝毫无表现的机会。

莫旌很强！云筝猜测他的修为已经到了灵皇级别。十八九岁的年纪，就有如此不凡的实力……

三个多月后，圣都。

据说圣都地域宽广无比，繁荣昌盛，修炼气息极其浓重，且里面灵王级别的修炼者遍地走，灵皇也有不少，就算灵宗级别的人物也可以时不时见到。

圣院坐落于圣都的北边，拥有圣都三分之一的土地。

东洲圣都，是除了超级大国，资源最为丰富的地方，也是世人梦寐以求的修炼之地。

此刻，圣都城门关卡处，一辆又一辆的灵兽马车不断进入圣都。马车之上的人，身份非富即贵。距离圣院新生考核赛还有十天的时间，从各地赶来的天骄以及强者也越发多。

不远处的小山坡之上，站着两个少年。白衣少年眉目精致如画，眉宇间萦绕着肆意与张扬，嘴角噙着淡淡的笑，可是仔细看他的眼底，一片冷淡。黑衣少年五官轮廓分明，是一个端正的俊美少年，他的右眼角有一颗浅褐色的泪痣，为他的容貌添了一丝柔和。

莫旌抬了抬下巴，说道："阿云，待会儿我不能陪你进去了，因为我没有通过关卡的信物。"

云筝遗憾地叹了一口气，望着莫旌道："那好，莫旌，我会想你的！"

莫旌不仅没有感动，反而哈哈大笑起来："没想到阿云你能说出这么肉麻的话！"

云筝无语。

"快走吧。"莫旌催促道。

云筝的眼神里闪过一丝不明意味之色，笑了笑："那就有缘相见了！"

莫旌被云筝那双似乎能看透人心的眼睛弄得心虚了，阿云该不会知道了吧？不可能，他怎么可能知道！他只不过是一个普普通通去考核的少年而已……

待看到云筝那清瘦的背影渐行渐远后，莫旌皱了皱眉，莫名地有些感伤。

其实，莫旌看到云筝的第一眼，就已经猜测到她是要去圣都的。他之所以要给云筝当护卫，是因为他身上真的一颗灵石都没有了，而他又要赶回圣都，所以才赖上了云筝。还有就是，他也想顺便感谢云筝的善意，将其安全地送到圣都外。

跟云筝相处的三个月里，莫旌感觉这小兄弟真的挺不错的，只是修为略差。

不知道为什么，云筝这三个多月来，修为一直卡在大灵师五阶，不进不退，他都为云筝着急！

这么低的修为，被这些狂傲得不行的天骄见到了，恐怕要遭一些苦了。莫旋轻叹了一口气，回去圣都之后，他找人打点一下，让那些天骄尽量别找云筝的麻烦。

后来，他才发现，他现在的想法是多么愚蠢！

云筝跟在一辆马车的后面，排了好一会儿的队，才进去圣都。

一进入圣都，云筝感觉空气中的灵气都浓郁了好几倍，让人神清气爽。

“这次圣院招生竞争可激烈了！你知道吗？排在天骄榜第十三位的那个慕容未然也参加了这次的圣院招生考核！”

“慕容未然！”有人惊呼。

“白虎国的郁家少主也来了！听说他已经突破灵皇二阶了，他现在才二十一岁啊！”

“这等天赋让我们望尘莫及啊！”

“朱雀国的九公主南宫清清，白虎国的风行澜，青龙国太子东方景玉，还有大国的那些人，每一个都是人中龙凤，中等国家以及小国的人来这里就是做陪衬的。”

云筝一进来，就听到周围的人议论纷纷。她讶异地挑了挑眉，天骄榜是什么？于是，怀揣着好奇心，云筝走到一个大汉的旁边，礼貌地问道：“你好，请问什么是天骄榜？”

那个大汉闻言，激动地说道：“你是从中等国家来的吧？天骄榜是大国天才、超级大国天才，还有圣院学生等天才的集合榜单。”

“天骄榜有一百名。能进天骄榜的人不仅实力顶尖，天赋也绝佳，那第一百名的修为都有灵皇五阶！”

云筝问道：“那天骄榜第一名的实力呢？”

“灵君一阶！”那大汉与有荣焉，激动地说道，“就是蓝一尘，他长年霸榜天骄榜第一名，无人撼动！”

“灵君一阶……”云筝呢喃道。

大汉又补充了：“天骄榜年龄限制在五十岁以内，只要你有实力，就能排上！”

云筝听闻这些话，不仅没有气馁，反而凤眸星光熠熠，亮得惊人。她来对了地方！

而此刻圣院里，院长的院落内，突然出现了两个人的身影。

那抹墨色身影，清冷尊贵，让人不敢直视。

院长宋极在练功房打坐，突然感应到了什么，他站起身来，身影一闪，迅速来到了院落内。

当他看到那墨色身影时，眼里划过一丝震撼，连忙上前，俯身弯腰作揖行了一礼："见过帝尊。"

"嗯。"低沉冷漠的嗓音缓缓传来，让人不敢喘一口大气。

"帝尊，您怎么来了？"宋极小心翼翼地询问道。

帝尊大人薄唇轻启："最近有事，本尊要在圣院待一段时间，你给本尊安排一个身份。"

宋极迟疑了几秒，突然被帝尊大人用深邃的眼神看了一眼，他赔笑道："您觉得炼丹长老怎么样？"

"本尊要做符文长老。"

在一旁的青风闻言，嘀咕了几句，帝尊大人你来东洲真的是为了柏零大人吗？如果他没记错的话，云筝小姐可是专攻符文的……

想见云小姐，又不敢直接去见，还要偷偷摸摸地做个假身份，青风还是第一次见到这样的帝尊——犹豫不决，既傲娇又别扭。

宋极闻言愣了一下，然后连忙应下。

"招生考核赛，本尊要观看！"帝尊大人留下这句话就消失了。

宋极与青风对视了一眼，然后青风也离开了，留下疑惑不已的宋极。

帝尊这是想做什么？难道这批新生中有中灵洲过来的邪修分子？宋极只能想到这个理由了。他想了想，还是吩咐下去，这次的招生考核要更加严格地执行。

云筝进圣都之后，准备先去找客栈。

由于这段时间人流量增多，客栈的火爆程度更甚。

云筝抬眸看着这家叫作"满福"的客栈，抬脚进去了。

一进去，她就发现十来个身着月白色服饰的年轻少男少女围在前台，询问掌柜还有没有客房。

掌柜笑容满面地道："我们客栈只剩下最后两间上房，你们要吗？"

那十来个少男少女商量了一番，决定还是先放弃这两间客房，毕竟他们这么多人，怎么可能够？

"走吧，我们再去别的地方看看，兴许许叔找到了住所。"为首的那个面容清秀的女子说道。

其他人纷纷听从她的命令，能看出来，这十来个少男少女都以她为首。

云筝一眼就看穿了她灵王八阶的修为，其他少男少女只有灵王三阶左右的修为，他们应该是中等国家的人。

他们出来，云筝进去，擦肩而过。

清秀女子等人被云筝那绝世容颜惊艳了，可是，下一刻他们眼中的惊艳换成了鄙夷，因为他们感应到云筝的实力只有大灵师五阶，太低了，真是浪费了这么一张好容颜。

云筝并不在乎他们，她一上去，就跟掌柜要了一间上房：“掌柜，我要一间上房。”

“一万块下品灵石一晚。”掌柜没有立刻应承，反而报出一个价格。

一万块下品灵石？挺贵的！云筝没有忽略掌柜眼底闪过的轻蔑之色。

“哼，一看就是从小国来的穷酸鬼，她怎么可能付得起房费！”

众人循声望去，只见一个吊梢眼面容刻薄的男子大步流星地走了进来，他的身后跟着一个中年男人和一个老头。

钟子楠盯着云筝的眼神如同恶鬼一般凶狠，他咬牙切齿道：“真是好久不见啊，死穷鬼！”

云筝看到他时，第一时间注意力就放在了他的牙齿上，果然，他的牙齿有补过的痕迹。

钟子楠见她盯着自己的牙齿，一时之间，怒火涌上了头。

他的牙当时可是被他的死对头们笑了好久……

“二叔，她就是在符文铺打我的两人之一！”钟子楠向他旁边的中年男人告状。

钟二叔闻言，一双凌厉的眼盯着云筝，沉声道：“过来朝我们磕几个响头，我们就放过你！”

云筝轻笑了一声，不再理会他们，掉头看向掌柜，开口道：“我要订一间上房，住十天，这里是十万块下品灵石！”

云筝将一个储物袋递给掌柜，还没等掌柜接过，一道犀利的灵力便朝她的手背袭来。

“这两间上房是我们的！”

云筝迅速收回手。

“砰！”那道攻击将桌面都震碎了！

正当掌柜不悦要叫人之时，钟子楠身边的那个老头眯了眯眼，道：“损失的一切费用，我们按双倍赔给你！”

掌柜唯利是图，听到这话，眼眸微闪，最终还是选择了沉默。

在满福客栈一楼大堂中，他们发出的声响成功地吸引了其他客人的目光。

钟子楠气势凌人道：“你现在求饶也没用，今天本少爷要将你的手脚都打断！”

云筝将手中的储物袋收回，然后转身看向钟子楠，笑着挑衅道：“那你过来打我啊。”

众人被她这么一句轻飘飘的话，差点儿呛住了。不是吧，你这么低的修为居然还叫人家来打你，怕不是脑子有毛病？！怪人年年有，今年特别多！

钟子楠被云筝这么嚣张且不以为然的态度气到了，愤慨道：“二叔，三长老，你们在这里等我，今天本少爷不废了他，这口气就咽不下去！”

钟二叔与三长老闻言，对视了一眼，皆默认了。

钟子楠生气起来，那吊梢眼显得更加狠厉。他赤手空拳就想打云筝，可是下一刻——清脆的骨裂声响起，随之而来的还有惨叫声。

众人惊愕，他是怎么动手的？他们怎么没看见他的动作！

“啊啊啊，我要杀了你！”钟子楠面目狰狞地喊道。他灵王五阶的实力威压全出，毫不保留地向云筝袭去，他另一只手也猛地劈向云筝的头部。

紧要关头，只见云筝抬手将那来势汹汹的拳头一把握着。

钟子楠触及她冰凉的手掌，下意识地想将手收回来。只是一股强悍的蛮力将他整个人掀翻在地，紧接着一只靴子毫不客气地踩在了他的胸膛。

“砰”的一声，众人明显看到钟子楠的胸膛略微凹陷了下去，他面目狰狞，痛苦地号叫着。

钟二叔和三长老脸色一变，刚想上前救助钟子楠，一道清冷得雌雄难辨的声音缓缓传来：“你们若是不怕他现在就死掉的话，就尽管过来！”

云筝似笑非笑地看着他们。而她的脚已经从钟子楠的胸膛移到了他的脖颈儿上，一旦钟二叔以及三长老有什么风吹草动，她就会立刻踩断他那脆弱得不堪一击的脖颈儿。

钟二叔脸色难看，却不敢有什么异动，他眼眸一沉："小子，你放开子楠，他若是出了什么事，就算你逃到天南地北，我们沧北国钟家都会追杀你！"

躺在地上动弹不得的钟子楠刚想说话，踩在他脖颈儿处的脚就更用力了一些。钟二叔与三长老见状，心头一紧，眼里充斥着担忧之色。

"啧，这威胁的话，真是令人十分不爽。"云筝虽笑着，可是眼神十分冷漠。

"你……"钟二叔刚想怒斥她不知好歹，谁料她忽然抬起脚，俯身一把将钟子楠拎了起来。在所有人疑惑不解的目光下，只见她一把举起钟子楠，猛地朝墙壁砸去！

"砰"的一声，钟子楠的身躯砸穿了那面墙壁，飞了出去。

一楼大堂的人见到这一幕，心中微惊。

满福客栈的墙壁突然破裂，来往匆匆的行人看到里面飞出来一个"东西"。大家纷纷退让，惊愕地望着地上那个头破血流的人。

"这是谁啊？怎么被人从满福客栈扔了出来？"

"这满福客栈穿了一个大洞！"

"这是怎么回事？难道又有好戏看了？"

路上行人一片哗然，而钟子楠直挺挺地躺在街道中央，那些来往的马车被迫停了下来，其中两辆奢侈华丽的马车印着朱雀神兽的标记。

马车上的女子微微皱了皱眉，她拉开车帘的一角，问道："外面发生了什么事？"

"九公主，有个人躺在了道路中央。"

南宫清清蹙着眉，眼里闪过一丝不悦，沉声道："尽快处理！"

"是，九公主。"

与此同时，在另一辆印着朱雀标记的马车上，一个长相俊美儒雅的男子也听闻了外面的话，他连眼皮子都没有睁开，似乎在养神。

满福客栈内，掌柜看见自家客栈破了一个大洞，碎石灰尘滚滚，还惹来了住宿的人投诉，他心里暗道不好。他猛地转头看向云筝，可是云筝已经不见了，一楼大堂里的人也一股脑地冲出去看戏，留下掌柜与几个小二傻愣在原地。

掌柜大怒道：“岂有此理，一个小国的小子也敢来我们满福客栈闹事，来人，把他抓起来。”

满福客栈的门外聚集了越来越多的人，还没等南宫清清的侍卫来处理这件事，周围的那些人就将他挤走了。

云筝出来满福客栈的那一刹那，就被钟二叔盯上了。紧接着，云筝跟灵皇二阶的钟二叔交手了。

云筝并没有使用灵力，而是迅速躲避开了。

“虎爪！”钟二叔猛喝一声，霎时间，他的双手幻化成一双虎爪的模样，里面蕴含的灵力不容小觑。

云筝猛地往后一退，指间多了一根细长的毛笔，手腕微转，行云流水地勾画了一个简约的符文。只是，那符文不显于人前。

钟二叔见状，心里冷笑，这小子在装神弄鬼！

虎形巨爪就要碰到云筝的身躯时，突然，他的右手爆炸了，若不是他及时收回，后果不堪设想。

疼痛感从他的右手传来，只见他的右手一片焦黑，几滴血珠滴落在地。

云筝漫不经心地转动了几下那支细长的黑色毛笔。

在一家酒楼之上，一个身着浅紫色衣袍的俊美男子不经意地望向云筝的那一刹那，瞪大了双眼，随之而来的是狂喜。

下一刻，他竟然扶着窗棂，纵身一跃，跳了下来。而原本跟他一起坐着的那个绿衣男子猛地站起身来，震惊地看着他跳窗的身影。

“燕沉，你要去哪里？”绿衣男子在他背后喊了一句。

燕沉直奔云筝的方向而来，终于再次见面了！即使她化作男装，他依旧清晰地记得她张扬又狡黠的笑。

看着眼前笑容满面的云筝，钟二叔没有贸然上前，反而警惕地看着这白衣小少年。他明明看起来稚嫩，而且修为低，偏偏实力不弱。

难不成他隐瞒了实力？他身上一定有隐匿实力的灵器！

这么想着，钟二叔瞳孔骤然一缩，只有大国和超级大国才会有灵器，难道她是……

钟二叔第一眼就觉得这白衣精致少年并不是寻常人，偏偏钟子楠说他是穷鬼。钟二叔掂量许久，彻底冷静了下来，心道，不能再与她为敌！若她真的是大国的人，他们一个中等国家的世家根本惹不起。

一双双神色各异的眼睛盯着他们，钟二叔脸色难看，他咬咬牙还是低声下气道：“刚才多有冒犯。”

云筝闻言，柳眉微挑。她刚才看他犹豫了那么久，以为他要酝酿大招来对付她，没想到这么出人意料，估计他把自己当作什么大人物了，果真是欺软怕硬。

钟二叔说完，便拉着抱着已经昏迷了的钟子楠的三长老欲穿过人群离开，却不料，背后传来一道清冷得雌雄难辨的声音：“把破坏客栈的费用赔了吧。”

钟二叔闻言，身子一僵。无奈之下，钟二叔还是赔了满福客栈两倍修缮的灵石，然后在众人揶揄轻蔑的眼神下，带着三长老以及钟子楠匆匆离开了。

掌柜也满意了。

事情告一段落，众人散去。

掌柜也看出了云筝的与众不同，想要邀请她进去满福客栈，却被云筝一口回绝：“不了，我配不上你家高贵的客栈。”

闻言，掌柜尴尬地笑了笑，他一开始就袖手旁观，任由钟家几人欺负她……

云筝眼眸微冷。

人群散去，马车能够正常行驶，两辆有着朱雀标记的马车缓缓驶来，惹得周围众人注目。

“这两辆马车居然是朱雀国的，刚才看戏看得太入迷了，居然没有发现！”有人惊呼道。

“听闻这次朱雀国太子和九公主都要参加这次的圣院招生！”

“今天真的是天骄云集，一个两个都是人中龙凤！”

“听说这次圣院招生，新生只有八百个名额，在招生赛上，如果表现极好的话，就会成为精英弟子，享受的资源也是截然不同的。”

“东洲的四大美人，这次就来了三个，朱雀国九公主南宫清清，钟离国姜凝，青龙国楼家二小姐楼初月！”

南宫清清在马车之内，听到众人对她的赞美，秀丽绝美的脸上浮现了一丝高傲。

“云筝！”

云筝刚想离开，却听到身后的一声呼唤，她转身看去，只见那身着浅紫色衣袍的俊美男子惊喜地奔向她，她脑海中飞快地浮现了几个场景，轻声唤了一句：“燕沉。”

“是我，云筝，好久不见，没想到你也来了圣都，你是来参加圣院招生的吗？”燕沉笑容满面，越发俊美。

云筝展颜一笑：“是啊。”

而此刻正闭目养神的南宫君泽听到“燕沉”两个字，忽然睁开了那漆黑如墨的双眼。他抬手掀开了车帘，看到了那笑容满面的紫衣俊美男子以及……背对着他的白衣清瘦少年。

燕沉，极明国炼丹世家的唯一嫡子，也是燕家数百年来最有炼丹天赋的炼丹师，二十一岁的年纪，就突破了七品炼丹师，是东洲炼丹天赋最高的天骄，也是炼丹盟会以及各大势力极力争夺的天才。

这样的天才，很多人也想要将其杀掉。得不到，就毁掉。

所以，从燕沉展露炼丹天赋开始，燕家的一个太上长老就一直暗中保护他。

南宫君泽将帘子放了下来。

燕沉热情地将云筝带到了刚才他所在的酒楼中。

绿衣男子听到包厢的门突然开了，忙站起身来，大怒道：“燕沉，你刚才跑去哪里了！”

待看清来人后，绿衣男子愣了愣：“你是……”

“来来来，我给你们介绍，这是我堂兄，玄度。”燕沉将门关上之后，一扬手向云筝介绍道。

随后，他又向玄度介绍道：“这是我的朋友，云筝。”

玄度目光微闪，眼底带了一丝防备。

云筝自然看得出他的态度，但是她不在意，毕竟他这也是正常的心理。

燕沉似乎没看出他们之间的暗涌，热情地招呼着他们坐下。

几人闲聊了起来。

燕沉问道：“你找到客栈了吗？”

云筝摇了摇头：“我今天刚来。”

“要不你就住在我们包下的那家客栈，那里还有空房。”燕沉言辞恳切，完全不是在说客套话。

而一旁的玄度有些郁闷，燕沉这家伙居然这么轻易就许诺这来历不明的人，住在他们燕家所包下的客栈……

“不了，谢谢你的好意。”云筝猜测到燕沉的身份不寻常，她一个外人入住别人包下的客栈，怎么也说不过去。

“真的不再考虑考虑吗？圣都现在很难找到空房了。”燕沉有些失落，眉头一皱。

云筝笑道：“如果我找不到处所的话，再来蹭你的客房。”

“好。”燕沉一口应承，心里知道她的性格说一不二，决定了就很难再改变，“有需要就传消息给我。”说着，他的手里多了一块令牌，他将令牌递给云筝。

云筝道了一句“谢谢”，收下了，问道：“钟离无渊呢？”

“无渊还没到，他估计有事要忙。”

玄度听到他们说话的语气那么熟稔，还认识无渊，心中大为震惊。这云筝的实力看起来这么弱，怎么可能跟燕沉他们扯上关系……

云筝跟燕沉聊了半个时辰，便提出告辞。

燕沉道：“你记得，有事一定要找我，我会尽我所能帮你的。”

“好。”云筝笑了笑。

云筝出了酒楼之后，就绕到了一个偏僻的巷子里，清冷好听的嗓音在空寂的巷子中响起：“出来吧。”

一抹青色的身影出现在云筝的面前，青风作揖行了一礼：“属下见过云小姐。”

云筝没有丝毫惊讶，问道：“你怎么会跟着我？你们家……帝尊呢？”

“帝尊的踪迹青风无权知晓，但是是帝尊派属下前来保护你的。”青风眼帘微垂。

保护她？云筝道：“你若是看到你家帝尊，就告诉他，我有要事要跟他说，希望他来见我一面。”

“是。”青风应了一声，然后继续道，“云小姐，帝……不，属下提前为你置办了一间幽静的院落，请随属下来。”青风说完，立刻转身，心脏跳了跳，差点儿说漏嘴了！

云筝听到这话，眉眼变得温和了起来。她已经确定了，他肯定也在圣都，容烁……

青风带着云筝来到了一个叫作盛宁院落的地方，这里比云王府还要大，但是里面空无一人，十分幽静，还设置了聚灵阵，比外面的灵气更为浓郁。

青风边走边解释："云小姐，你可以随意选择一间空房休息，在参加比赛之前，都不会有人来打扰你的，你可以安心地修炼。"

云筝应了一声。

"如果没事的话，属下就先告退了。"

"等一下。"云筝叫住他，然后拿出一张白纸和一支蘸了墨的毛笔，在白纸上飞快地写了五个大字，折起来，锁了一道灵力之后，递给青风。

云筝笑道："你见到你家帝尊后，就将这个给他。"

青风愣了愣，将字条收下，表情复杂，应声道："是，云小姐。"

云筝转身向前走去。

青风看着那抹白色身影，心里深深地叹息了一声，眉眼间带着一丝苦恼。

青风回到圣院后，第一时间就将云筝写的信交给了自家帝尊大人："帝尊，这是云小姐嘱托我交给你的东西。"

他刚要从腰间取下信件，帝尊大人就一把将信件取走了。

青风傻眼了，帝尊大人冷冷地扫了他一眼，薄唇轻启："你出去吧。"

"啊？"青风还没反应过来，也不敢面对自家帝尊的死亡凝视，连连应是，逃亡似的匆匆离开了。

容烁捏着这张字条，深邃的眸子闪过一抹不明意味，他抿了抿唇，俊脸上神色有些紧张与忐忑，她想跟自己说什么呢？

容烁将字条打开，五个潦草的大字落入他眼中，让他的眉头骤然一紧，嘴角却悄无声息地扬起。他能想象到她说这五个字时的表情，真是一如既往地顽皮。

她写的是"容烁胆小鬼"。

容烁的眼眸逐渐变得幽深起来，紧紧捏着字条，然后将字条收到了龙月戒中。

"云筝……"

夜晚降临，圣都的夜十分繁华。因为，在临近圣院招生的这段日子里，越来越多人来到圣都。

此刻的云筝，正在屋内盘膝闭目养神。

过了许久，一道墨色身影悄无声息地出现在院落内，他的气质内敛、沉稳，又透着一股深渊般的压迫感。容烁抬眸透过那扇门，看到那道朦朦胧胧的身影。

而在暗处的青风见到这一幕，暗暗摇了摇头，为什么自家帝尊一遇到云小姐就怂了呢？连面都不敢与她见，真搞不懂帝尊。

容烁那双深邃如墨的瞳孔中，透着几分克制、隐忍，还有几分道不清说不明的情愫。她有些瘦了，小脸也退去稚气。缓缓地，他收回视线，正欲离开的那一刹那，院落之上一道金色光芒乍现。

一张金色大网向容烁罩了下来，容烁的俊脸出现了一丝慌乱，因为……

“容烁，你想逃到哪里去！”果不其然，一道清冷好听的嗓音在他背后响起。

容烁听到云筝的声音，脚步停了下来。他将所有的情绪收敛得一干二净，变成了那个冷漠似冰的帝尊大人。他缓缓转过身来，与云筝那双熠熠生辉的双眼撞个正着。

他的心跳快了几拍，内心已经有些慌了，表面上却依旧一副冷冰冰的模样，让人觉得疏离。

“容烁，大半年了……”你已经大半年没有过来寻我了。

容烁面无表情地道：“嗯，最近修炼得怎么样？”

云筝被他这副表情气笑了，她上前好几步，拉近了两人的距离。

少女身上的馨香传至鼻间，让容烁有些躁动。他想要退后一步，可是下一刻云筝就猛地扑到了他的怀里，双手抱着他的腰。

“阿烁。”

听到这个称呼，容烁的身躯一僵，莫名地心软成了一摊水：“云筝……”

云筝打断了他的话，将头埋在他宽厚的胸膛上，小声问道：“你还喜欢我吗？”

这一句话将容烁问住了，还喜欢吗？自然是喜欢的。要不然，他也不会大老远从中灵洲来到东洲，还去圣院要了一个符文长老的身份，为的就是名正言顺地待在她身边。

“本尊心悦你。”一如既往。

低沉的嗓音传到云筝的耳畔，她松开了手，仰头抬眸望着容烁，精致的小脸上，神色认真：“容烁，我好像也喜欢上你了。”

这话让容烁如同被惊雷劈中了，脑中一片空白，他张了张口，有些哑然。

还没等他开心起来，就听云筝颇为遗憾地道：“可惜呀，你离开太久，让我忘了喜欢你的感觉。”

峰回路转，容烁的心情犹如过山车一样，一下子冲上了云霄，一下子就跌入了深渊。

云筝眼里划过一丝狡黠，一本正经地问道：“你怎么不说话？”

“你可以再喜欢本尊一次。”说完，帝尊大人的耳尖就红了。只是表面上他还是一副高贵自持的模样，让人丝毫看不出破绽。

“这可很难办。”云筝为难地道。

容烁的眼神彻底黯淡了下来，他沉默片刻，然后开口道：“好好修炼，本尊改日再来找你。”说罢，他便想离开。

下一刻，一只温软的小手霸道地钻进他的掌心，不容抗拒般地与他十指相扣：“容烁，我们试一试吧。”

容烁迎上云筝无比真挚的眼神，全身犹如被电流冲击，轻飘飘的。

“你没有拒绝的权利哟，因为是你先招惹我的，帝尊大人。”云筝笑着说道，拖长了话音，似乎在撒娇。

“好。”他承诺，如天神般俊美的脸上多了一丝笑容。

在暗处看到此情此景的青风咽了咽口水，惊恐得瞪大了双眼，帝尊大人就这么被云小姐搞定了？若是被中灵洲那些女子知道的话，估计会顿足捶胸。

翌日清晨。

昨晚云筝与容烁互表心意之后，容烁就在云筝隔壁的房间住下了。

听闻她要出去逛逛，容烁便自动跟上。云筝看着他那如同天神般俊美的脸庞，狡黠的光芒在凤眸微闪。

过了一会儿，容烁从一个俊美的男子，变成了满脸胡须，眼角处还有一个丑陋的刀疤的男子。

云筝笑道：“这样挺好看的，不会惹人注意。”

帝尊大人闻言，用手指轻轻弹了弹她的额头，语气无奈又隐藏了一丝纵容：“胡闹。”

“才没有。”

“筝儿，这次的招生赛，你可要多加小心。”容烁并没有过多在意样貌的问题，反而目光微沉，提醒道。

说到招生赛，云筝也略微收敛了笑容：“我知道。”

容烁揉了揉她的脑袋，说道：“本尊看过参赛的天骄，他们有一部分人的修为比你高一截。如果你只是为了进圣院的话，那么绰绰有余。但是你如果想在赛后自行选择哪个学习的分院的话，就要表现得出色一些。”

云筝若有所思，扬起那不施粉黛的小脸，笑着说道：“我知道了，我会朝着顶尖的方向努力的。”

容烁笑了：“本尊在圣院等你。”

“你不走了吗？”

“本尊留在这里陪你一段时间。”

出门后，不少人被他们两个奇异的组合吸引了目光。女子一袭红衣，眉目精致美得令人惊艳；而她身旁的那个……大叔，满脸胡须，眼角带有刀疤，虽然气质不一般，但还是让人感觉怪异。

云筝看到了一个小贩拿着一大束糖葫芦，问道：“你要吃糖葫芦吗？”

容烁面无表情：“不吃。”

“好，你等我一下。”云筝说完，去找小贩要了两根红彤彤的糖葫芦。

容烁以为有一根是给自己的，刚想拒绝：“我不……”

“帮我拿着。”云筝将一根糖葫芦递给他，自己咬了一颗，含混不清地问道，“你刚才说什么？”

容烁摇了摇头，脸不红心不跳地撒谎：“没什么，我是说帮你拿着。”

“谢谢。”

容烁不知道的是，云筝背着他的时候，眼底的笑意根本隐藏不住。

容烁拿着那红彤彤的冰糖葫芦，身体有些僵硬。

最终，在云筝的“逼迫”下，容烁第一次吃了冰糖葫芦，入口酸酸甜甜，还算不错。

云筝问：“好吃吗？”

容烁低低地“嗯”了一声：“还行。”

逛了一会儿，云筝听见前面不远处有打斗争执的声音，她带着容烁上前看热闹。

可是，还没到那里，云筝就发现容烁有点儿不对劲。他浑身散发着冷气，让周围的人自动避让。云筝一愣，心里闪过一丝愧疚，她忘记了他不喜外人，更是有严重的洁癖。

云筝伸手握住了他的手，温软细腻的小手让容烁有一瞬间的愣神。两人对视，一切尽在不言中。

“有我在。”她说。

容烁嘴角微微上扬，说道：“好。”

前面的打斗喧闹声来越大，聚集的人也越来越多，十分拥挤。

云筝皱了皱眉：“我们回去吧，太多人了，看不到。”

容烁能看出她为自己着想，低沉的嗓音响起：“你若是想看，我可以带你找个视野开阔的地方看。”

云筝摇了摇头：“不了，反正与我无关，不看也罢，我们回去吧。”

容烁见她并没有勉强的意思，应承了一声。正当他们转身离开之时，一个名字将云筝的注意力拉了回来。

“江奕辰，我要废了你！”

“等我一下。”云筝脸色微变，她留下一句话给容烁，便迅速地上前，轻点脚尖踩着不少人的肩膀，然后来到了事发现场。

“咻——”一枚嫩绿的叶子从云筝的手中发出，打在了欲要攻击地上那个锦袍男子的人的手背上。着月白色衣袍的男子手中的剑被打落，手背上出现一道瘀青。

只见着一袭如烈焰般的红衣的绝色少女稳稳落在地上，衣袂飞扬，三千青丝被风吹起，美得惊心动魄，众人不禁发出一阵惊呼。

云筝低头一瞥，只见地上有一个血人。那血人断了一条胳膊，鲜血横流，触目惊心，脸上也瘀青红肿，身上的剑伤更是数不胜数。

云筝看得心一紧，怒火中烧。她飞快地走到他身边，然后掐着他的脸颊，让他的嘴巴张开，将一颗丹药喂给了他。

“云……咯咯……”云筝，快逃，不要管我。

江奕辰视线模糊，但还是认出了云筝。他费尽力气，都无法说出一句完整的话来。

众人被惊艳之后，议论了起来。

“你是谁啊？”一群穿着月白色的少男少女沉声问道。

“我告诉你，别多管闲事。”

“这家伙抢了我们的客房，我们只是教训教训他……”

云筝冷眸微眯，目光锐利似箭凝视着他们。

顷刻间，那群少男少女心中一慌，更有甚者，往后退了一步。

云筝认得他们，他们就是昨天去满福客栈询问有没有空房的那群少男少女……

“青风！”云筝喊了一声。

刹那间，一道青色的身影出现在她面前。

“帮我看着他，别让他死了。”

青风恭敬地道：“是。”

随即，云筝站了起来，素手一扬，一支烈焰长枪在她手掌幻化，磅礴的灵力在她的身上乍现。

众人察探不到云筝的实际修为是多少，只觉得她的实力不低于灵王五阶。

“谁断了他的臂？”

无人敢应。

“谁动手打了他？”

依旧无人敢应。

见到这十来个少男少女沉默着不说话，云筝怒极反笑，打人的时候那么跩，现在却不敢承认。

为首的那灵王九阶的女子见状，想要息事宁人，开口道：“我们赔一颗五品丹药给你，你要不要？”

“要什么！”云筝暴躁地说道，长枪径直刺向刚才想要废了江奕辰的那个人。

“刺啦”一声，血肉被刺穿的声音响起。

云筝危险地眯起眼睛：“不想做男人了？我成全你！”长枪一挥，一道犀利的罡风横扫男子的胯下。

“住手！”清秀女子想要阻止，但已经来不及了。

男子猛地跪地，发出如杀猪般的哀号。

“一起上。”清秀女子见状，低喝了一声，一股杀气在眸间闪现。

十来个人一拥而上，围住了云筝。

云筝现在的实力是灵王九阶，与为首那清秀女子相当，只不过她能越阶作战，对付他们十来人不算很难。

可是，她察觉到有几道隐晦锐利的视线落在了她的身上，是谁？

正当云筝游刃有余地对付着那十来人时，一股强悍无比的力量朝着她碾压过来。比灵皇要强，是灵宗！

云筝胸腔一闷，喉咙中涌现了一股腥甜，双腿麻痹软弱无力，差点儿就要跪在地上。

青风见状，想要出手相助，可是脑海中听到来自自家帝尊的命令："原地待着。"虽然心生疑惑，但是他还是听从命令，直挺挺地站在原地。

望着云筝越来越弯的背脊，小脸冷汗直冒，青风有些担忧。云小姐如今还没突破灵皇级别，面对灵宗六阶的强者，自然不敌。

灵力才是所有力量的来源，不管肉体多强壮、底牌再多，可是一旦面对极大的境界横沟，也是枉然。

一袭墨袍的俊美男子，负手而立，脚踩虚空，所有人都看不见他。容烁那深邃的眸光看着云筝，泛着几分道不明说不清的情愫。

她太傲了……圣都之中强者众多，意味着危险也极多，她的一举一动很可能会牵扯到某些人的利益。若是他不在她身边，她该如何在众目睽睽之下逃出生天！

容烁抿了抿薄唇，表面上恢复冷然，让人摸不准他的心思。

"国师大人！"为首的那个清秀女子见到从天而降的长袍老者，欣喜地喊了一声。

其他身着月白色的少男少女们也欢喜地喊道。

"国师大人，你终于来了！"

"国师大人，快杀了她！为庆雨师兄报仇！"

十来个少男少女你一言我一句地告状。

"老夫知道了。"那长袍老者看着挣扎的云筝，眸子里闪过一丝不悦。他五成的威压，都未能将一个小丫头压垮，传出去岂不是笑掉别人的大牙！

"啧，小丫头，还挺倔强，但是接下来的力量，你可承受不住了！"长袍老者目光灼灼地冷声道。

云筝的背脊犹如被强大的气流撞击了一下，她耳朵嗡鸣，但是能清晰地听到自己骨头破裂的声音。

"砰！"云筝那支符文所化的烈焰长枪忍受不住来自灵宗六阶强者的灵力，化为了灰烬。

没有长枪做支撑，云筝的右膝猛地跪在了原地，她整个人抑制不住地往前倒去。白里透红的掌心撑在了地面，被沙石划破了皮，刺痛让云筝轻呼一声。

云筝没有彻底跪下来，但是已经是半跪着的状态。

长袍老者走到她的面前，苍老而阴冷的声音在云筝的头顶响起：“小丫头，出身决定了你的未来，你跟这个小子一样，应该待在底层的泥垢中，不应该出来望见光明。

“你们这些下等人，一出来就让人感到不适，还想跟我们抢东西，做梦！

“如今的你，不还是如同一条臭虫一样在蠕动。”

云筝低着头，无人感受到她的情绪。凤星空间的大卷、二白见状，急得想要冲出来帮她，可是被她阻止了：“你们两个不能出现，我还太弱了……”无法保护你们。

她知道上古神兽对人心的诱惑，若是它们出来，会惹来更多的觊觎，况且还有……他。

二白听到这话，都快急哭了。

大卷板着一张小脸，但是能看出他的表情含着一丝担忧。大卷知道世人内心的肮脏，所以他尊重主人的想法。

三凤也看到了云筝的状况，黝黑的眸子微动。

云筝已经出血的手指微微蜷缩着，她想要站起来，可是下一刻——她再次倒在了地上。

紧接着，长袍老者又往云筝的身上狠狠地踢了一脚，她那娇小的身躯如同断了线的风筝一样……

“砰！”云筝砸在墙壁上，又弹了回来，将地面砸出一个大坑。她吐出了一口鲜血，无力地躺在地上，精致的小脸上挂着殷红的血珠。

众人一片哗然，心里暗讽这少女太自以为是，还想反击？

不远处的酒楼包厢内，几个容貌绝佳的男子，看到云筝被碾压毫无反击之力，深觉无趣，然后收回了视线。

“有些人总是看不清自己，以为自己多强，到头来岂不是被打脸？”一个娃娃脸的男子毒舌地道。

另一人说道：“可惜了，她长得比南宫清清还漂亮，但是没有自知之明。”

“哈哈哈……”

“听说这次的圣院招生，规则大有不同……”

他们很快便转移了话题。

在虚空中的容烁见到一幕，心狠狠地揪了起来。他苦笑了一下，他终究不忍让她受到委屈折磨。

罢了，一切都不如她重要！

正当容烁欲将云筝抱到自己怀里时，他突然愣住了。

只见那红衣少女低着头，从胸腔发出冷漠的笑声：“嗬……下等人？”

现场死一般寂静，所有人都等着看她会怎么做！

云筝抬起鲜血淋漓的手，鲜血“滴答滴答”地落在地上，虚空中突然出现了一张明黄色符文。

众人不明所以，长袍老者眯起了双眼，抬手欲要阻止她的行为，可是——

清冷的嗓音响起：“以血为引，撰写幻境符文！血狱幻境，出！”

刹那间，那张明黄色符纸朝长袍老者等人的方向而去。

“六品符文！”长袍老者震惊得瞳孔微缩，凝聚掌力欲要破了这六品符文，他对那十来个身着月白色衣袍的少男少女大吼，“快离开这里！”

那些少男少女蒙了，来不及反应，便见眼前有一道刺眼的血光袭来。识海一痛，他们便抱头痛哭了起来。

云筝炼制出了她人生中的第一张六品符文，丹田内的全部灵力耗尽，她的精神力也匮乏了。她的身体摇摇欲坠，昏迷之前朝虚空看了一眼……

云筝意识彻底昏迷之前，只闻到了一股熟悉的如同雪山之巅的清冷气息，她提着的心也放了下来。

容烁心疼地看了云筝一眼，便带着她走了。

青风一愣，赶紧将江奕辰抱起，临走之前，看到了那偏僻角落里的一只断臂，他略施灵力，将那断臂收了起来。

围观的众人还没来得及看清，那红衣少女就被人带走了。再定睛一看，青风与江奕辰二人也不见了。

而长袍老者以及那十来个少男少女，竟都处于精神涣散的状态，一会儿尖叫，一会儿惊恐地抱紧自己。

长袍老者只是眩晕了一刻钟，很快就从幻境中出来了，而那十来个少男少女依旧处在幻境当中，长袍老者对此也无可奈何。

突然，他想到了什么，脸色沉下来了，那少女居然是六品符文师！

他自然知道一个年轻的六品符文师的价值，这要是传出去，估计各大势力都会向她抛来橄榄枝。

长袍老者越想，杀气就越浓，不能让她留在这世上，因为她将来若是得到成长，想必会是他们白无国的劲敌。这事要告知七殿下！

方才云筝以血为引，勾画出符文这一幕，不仅周围的人看见了，还有几道高深莫测的目光探寻到了。

这么年轻的六品符文师代表着什么？代表着她的前途无量，将来的成就恐怕在符文宗师之上。就连现在东洲符文最高天赋的四大美人之一楼初月也只是六品符文师。更不用说，楼初月已经年满十八岁了。

“这次的招生特别好玩，老夫要回去告诉娄凤仙，又有一个符文天赋异禀的女娃子出来了。”一个头发花白，但是精神抖擞的老头子哈哈大笑起来。

另一个比较冷静沉稳的老者开口道：“没想到这次来的预备新生，居然一个比一个厉害，比以往十几年都要精彩！”

“福泽降东洲！孤无岚。”

孤无岚闻言，眉头皱得更紧了：“君方，你是不知道那……”

君方打断了他的话，笑着道：“别杞人忧天了，我们先把这群天骄培养起来，我们这群老不死的也可以将那个麻烦搞定！”

孤无岚点头：“也是。”

君方笑得连皱纹都出来了：“这次炼丹的好苗子少了一些，幸好有个燕沉，他是老夫最属意的天骄。”

“嗯，他很不错，只是实力有点儿低，依旧是灵王境界，其他大国以及超级大国的天骄像他这样的年纪，早就突破灵皇境界。”孤无岚说道。

君方不赞同地道：“炼好了丹药，还怕没有强者护航！”

“罢了，聊这些做甚。”孤无岚摇了摇头，记起了那小女娃的身影，皱了皱眉道，“去找娄凤仙吧。那小女娃的符文天赋的确很厉害，若是迟了些的话，恐怕就被其他势力抢走了！”

君方一拍大腿，激动地站了起来：“走走走，回圣院。”

“你忘记给娄凤仙买天品灵酒了！”孤无岚提醒道。

“差点儿忘了，要是没带酒的话，娄凤仙一定会将我踹出圣院的……”

若是圣都的人看见这两人，一定会认出他们分别是圣院的炼丹院副院长君方、炼器院副院长孤无岚，而他们口中的娄凤仙就是符文院副院长。

其他势力的人也在寻找云筝的踪迹，不为别的，只为了她极高的符文天赋。若是将其纳入组织中，将来肯定是组织的一大助力。

只是，无论他们怎么找，都找不到云筝的踪影，她仿佛从圣都消失了。

有人猜测，她已经被暗杀了。也有人猜测，她已经加入了某个大势力，被那个大势力的人保护得极好。

这几日，云筝的符文天赋一直陷入圣都的舆论当中，热度迟迟不减。

这也是后话。

容烁将云筝带回了院落，将昏迷中的她放在了床榻之上，然后把一颗九品疗伤丹药喂入她的口中。

云筝的气息紊乱，脸上泛着不正常的红晕。九品疗伤治疗了她的内外伤，却不能治愈她的精神力。

“筝儿……”容烁的手拉住她那已经完好无损的手，想为她输入灵力，不料被一股强势蛮横的力量抵挡了回来。

他神色微变，筝儿触碰到第二层封印的门槛了，是因为她要突破灵皇境界了吗？距离她突破到灵王九阶，已经有两个月之久。

不好！现在她丹田内的灵力尽数耗尽，精神力也几近匮乏，这样的她，怎么可能冲击第二层封印呢？

此时此刻，云筝感觉自己身体飘飘然的，不知道从哪里而来，更不知道要飘向何方。她想要睁开双眼，可是眼皮子怎么也抬不起来，干涩微痛。

她感觉身体渐渐沉重了起来，隐隐之间，她感觉有铁链将自己束缚了起来。

良久，她终于睁开了双眸，发现自己身处一个繁杂的法印阵法当中，六条金色的链子紧紧缠绕着自己的身躯，体内的灵力渐渐被吸走。

她清晰地认识到，这并不是幻觉！她的修为从灵王九阶跌到了灵王七阶、六阶、五阶、四阶……另一条已经黯淡无光的铁链也慢慢向她缠绕而来。

凤星空间中的大卷以及二白皆焦躁不安，它们发现自己与主人的联系被隔断了！

“吱吱。”这是怎么回事？主人到底怎么了？小毛团急得在原地绕圈圈，“吱吱”叫个不停。

大卷也担忧起来，他攥紧了小手，紧紧咬着泛白的唇瓣，千年来第一次露出这么紧张的表情。

要是他再强点儿，像以前那样，或许他就不用眼睁睁地看着自己的主人被这么欺负。

“主人，你要坚持住。”大卷知道云筝身上有封印，也知道她濒临灵皇境界的时候，体内的封印就要及时破解。要不然，就会遭到反噬！

不会的！烁大人不会看着主人重新变回一个废物！

看着云筝的气息一点点变弱，容烁冷静的表情有些难以维持，眼底的担忧紧张掩饰不住。

他俯身吻了一下她的额头，郑重地道：“筝儿，这次我不会让你孤身奋战。”

说完，一道白光从容烁的眉间出来，飘到了云筝的眉间，然后缓缓没入。

“嗯……”云筝无意识地嘤咛了一声，然后恢复了平静。

而此刻容烁已经合上双眸，那修长的手覆在云筝温软的手背上。

在丹田内，云筝的神识被那六条法印金链紧紧束缚住，她身上的灵力正在一点儿一点儿地消退，现在已跌到了灵王二阶。

那原本黯淡无光的一条法印金链也慢慢缠绕上了云筝的小腿。

云筝只觉得疲惫不堪，很想舒舒服服地睡过去。突然，一道熟悉的独特气息传来，她心一动，努力地睁开眼睛，模模糊糊地看到那个身影。

“容烁……”她在心底呼唤着。

灵力被侵蚀的气泡声传至云筝的耳畔，让她集中了一些精神。

她在看清眼前这个男人时，有了一丝动容与讶异，她努力动了动干涩的唇瓣，想要说什么，却发现无法说话。

映入她眼帘的是一张清冷的俊脸，他一手托着她的后脑勺，一手搂住她的细腰，紧得似乎要将她融入他的身体。他的双眸深邃，目光坚定，似乎不知不觉就能将人吸进去。

“筝儿，乖，闭上双眼。”

低沉温柔的嗓音掠过她的心头，让她为之一颤。

云筝本想闭上疲倦的眼睛，却不经意间被他蛊惑了，温柔的气泡声乱了心神。她忽然想到了什么，柳眉紧蹙，下一瞬便睁开了双眼。

只见容烁正用手抓住那条法印金链，将强大无比的灵力注入法印金链，试图震碎它。可是，这是上古封印的金链，哪有那么容易震碎！

容烁的手被金链上的神秘力量腐蚀，不一会儿，他的虎口就焦黑了，甚至血肉外翻。而那根法印金链不过被削弱了一点儿力量而已。

这次不同于上一次，上一次最外面的一层封印是比较容易破解的。

而随着封印越深入，就越难解除。更何况，现在云筝受了重伤，精神力一时没有恢复，一切都要谨慎，不然很可能遭到反噬。

云筝瞥见他的虎口泛红泛黑，心颤动了一下。

容烁发现云筝没有听他的话乖乖地睡过去，反而盯着他。

“筝儿，有我在，你安心地睡一下。”等醒过来，一切都会安然无恙的。他不会再眼睁睁地看着她受伤了，因为他发现自己承受不住她的离去……

云筝眼眶微湿，苍白的小脸露出一丝浅笑：“不是说好并肩的吗？容烁你让开，让我自己来。相信我，好吗？”

她说了三句话，每一句都仿佛敲击在容烁的心头。他看到云筝那双清澈的瞳孔，闪着坚定有力的光芒，让人不愿移开视线。

自信、张扬、执拗……

他盯着她，然后点了点头。他离开了那个地方，身躯悬浮着，但他的目光一直跟随着云筝，不曾分神过分毫。

云筝舔了舔泛白的唇瓣，漆黑的瞳孔刹那间变成了赤红色，整个人从娇弱不堪的病美人变成了一个嗜血疯狂的小魔女。

蓦地，云筝将缠住她的金链猛地一抽，丹田空间内的灵力向相反的方向流动！

“把灵力还给我！”云筝怒吼了一声。

话音刚落，她双手抓着的法印金链瞬间发出更加剧烈的反抗。

“噗——”云筝感觉五脏六腑已经挪了位，嘴角溢出一丝鲜血，灵力也在一瞬间又因反噬倒退！

灵王一阶，大灵师九阶，大灵师八阶……大灵师二阶！

容烁眼眸微动，双手倏地攥紧。

这时，传来了一道颇为邪性的轻笑声："嗬……"

云筝非但没有气馁，反而更疯狂了。她暗地里凝聚一股无形的力量，冷眸微眯，眼睛泛着妖异的光芒。

容烁微惊，因为他感应到外面有一丝天地生命之气为云筝所吸纳。

原来，她这么厉害！是他轻视了她！她一直有底牌，只是不为人知而已。最重要的是，她现在还不想这么瞩目。

符文术、瞳术、以瞳术驭兽……还有什么是他不知道的？容烁的眼底少了几分担忧，多了几分笑意。

一股天地生命之气涌入云筝的体内，让云筝匮乏的身躯得到滋补。

就在此时！

"玄气凝，破！"

"轰——"六条法印金链似乎遇到了天敌一样，迅速地收敛。

云筝落在了丹田之上，她扭头看向容烁："容烁，帮我破掉第六层封印！"

容烁听到这话，掌心迅速凝聚了毁天灭地的灵力，向那第六层封印的金链挥去。不用顾忌云筝，他的力量就强大了几十倍。

"锵！"金链被攻破！

云筝之前被反噬的灵力也瞬间涌回了她的身体，只是灵力一下子来得太猛，让她的脸色变得煞白，不仅如此，她还冲击了灵皇级别。

院落上空凝聚着一缕银光，让圣都的人震惊不已。众人匆匆赶过来，想要一探究竟，可是，皆被一道强大的结界挡住了探寻的目光。

为免麻烦，青风在第一时间便施了一个结界。

"云小姐没事吧？帝尊他们两个进去房间内已经九天了，院落上的银光还一直存在，唉……"青风喃喃自语，忽然听到了瓷碗破碎的声音。

他立刻闪身到那间房间，只见那消瘦、颓废的男子低着头，看着地面上碎裂的瓷碗以及药汤，虚弱地抬起头望着青风："不好意思，我，我又打碎了碗。"他双目无神，如同行尸走肉一般。

青风见状，抿了抿唇，心中长吁一声。看着他空荡荡的右手衣袖，一时之间不知道怎么安慰他。

“云小姐很快就会醒来，你别这么灰心。”青风干巴巴地道了一句。

听到“云小姐”时，江奕辰的眼里多了一丝光，但很快又黯淡下去，他垂着眸：“明日就是圣院招生的考核日，她应该会出来吧？”

青风道：“也许吧，若是她还没醒过来的话，就会错过这次的圣院招生。”

“都是我的错，若不是因为我，怎么会连累云筝受重伤……”江奕辰悔恨自责地说道。

若是云筝没能参加圣院招生的话，他会内疚一辈子的！他的前途已经毁了，他怎么敢再连累自己的朋友？

青风闻言，沉默片刻。

“云小姐是性情中人，你不必愧疚。若是云小姐对你的境况视而不见的话，我想她也会内疚的。”青风宽慰道，“你现在唯有振作起来，才不负云小姐的一片苦心！”

听到这么一番话，江奕辰无神的双眼泛起了一阵波澜。

距离圣院招生考核还有一天，圣都每一处都人潮汹涌，足可见其热闹盛大。

圣院招生，本来就是东洲的一大盛事！

在炼丹室内炼丹的君方，突然听到了一道蛮横无理的暴喝声：“君方，你给我出来！”

君方闻言，身体不自觉地打了一个寒战。突然，炼丹炉中冒出了一团火焰，君方猛地运起灵力朝炼丹炉劈去，渐渐地，火焰逐渐熄灭。

君方劫后余生般长吁了一口气，差点儿炸炉了，可是下一刻他的心又提了起来……

“君方——”

糟了糟了，这姑奶奶又来找碴儿了！这一炉圣品破阶丹，至关重要，可不能有什么损失！

君方脑海中浮现了多个应付娄凤仙的理由，还没等他挑选，娄凤仙就像鬼魅般来到了他的身后。

“君方，在炼丹啊。”

“是啊，有事能不能待会儿再说？”君方拉着一张老脸，讨好地说道。

娄凤仙冷哼道："那我问你，你是不是真的看见我的宝贝徒儿出现了？"

君方有些疑惑："宝贝徒儿？"

娄凤仙冷笑道："你可别装傻，你不是跟我说，有一个六品符文师小女娃出现在圣都吗？怎么我找了那么多天，都找不到她的踪迹！你该不会在骗我吧？"

说着，娄凤仙就猛地拿出一张明黄色符文贴在了君方的背后，君方当即感觉一阵阵炎热从背后传来。

君方一边分神应付这一炉丹药，一边跟她卖惨道："娄大美人，放过我吧，我也不知道那小女娃在哪里。你若是不相信我的说辞的话，你可以去问孤无岚，他也看到了！"

娄凤仙冷冷的声音响起："孤无岚说他没见过！"

君方瞪圆了双眼，他再傻也知道，孤无岚那老家伙出卖了他！可恶！

娄凤仙威胁道："若是明天我没看见我那宝贝徒儿的话，就用符文炸了你的炼丹室！"说罢，她就大摇大摆地走了出去。

娄凤仙身着一袭黑衣裙，身材高挑，婀娜多姿，风情万种，身上却有一股霸气，让人不容小觑。

其实，只有少数人知道娄凤仙、君方和孤无岚是同一个年龄阶段的。

但是，君方是个白发老头，孤无岚是个沉稳稳重的中年男人，而娄凤仙看上去三十多岁，任谁都不会联想到他们竟然是差不多的岁数。

君方感受到后背有些灼热，轻呼了一声："这姑奶奶又炼制了什么新的符文？"

一个时辰后，君方终于炼制完这一炉圣品破阶丹，然后气势汹汹地去找孤无岚算账。

院落内，躺在床榻之上的女子的睫毛微微颤动了一下。

云筝睁开眼，映入眼帘的是一张绝世无双的脸庞，她展颜一笑，猛地坐起来，扑到容烁的怀里。

"容烁，我的凤星空间终于升级了，它给我开放了更多田地，还有凤星楼一楼的权限。"她开心地说。

她突破到灵皇一阶之后，成功地获得了凤星空间的升级，不过，随之而来的还有考验。

这些天来，她都在凤星空间中接受考验，顺便稳固自己紊乱的气息与灵力。

容烁眉眼温柔，拍拍她的后背，然后抚摸了一下她的头：“你值得。”

“谢谢你啊，容烁。”

容烁揉了揉她的头发：“你我之间，不必言谢。”

“你手上的伤怎么样了？让我看看。”云筝退出他的怀里，紧张地抓住他的双手看。

他的双手没有一丝受伤的痕迹，白皙且修长骨节分明的双手像是造物主的恩赐。云筝虽然不是手控，但是看到他的手，就觉得赏心悦目。

容烁并不知晓云筝的小心思，只当她要仔仔细细地检查自己的手好了没有。

“我无事，明日就是圣院招生考核的日子了。”

云筝闻言，并不意外，她一直记得时间。

忽然，他低沉的嗓音响起：“你有没有怪我那天袖手旁观？”

云筝愣了愣，然后笑着摇了摇头：“你只是想让我成长而已。”

“况且，换位思考的话，如果遇到那天的情况，我也会做出跟你一样的选择。通过这件事，我明白了，拳头才是硬道理，我想变强的心更强烈了。”

末了，她补充了一句：“你等着我三年内变成灵帝吧！”

容烁闻言，薄唇微弯，他伸出手指刮了刮云筝的鼻梁，宠爱地说道：“我等你。”

云筝笑了笑。

两人聊了好久，最后，容烁说道：“明日便是考核之日，我会在圣院等你来。”

“你要走了吗？”云筝有些不舍。

“嗯，我还有事没做。”容烁目光闪了闪，他突然想起柏零还没救出来。

若是柏零知道容烁现在才想起他来，估计会气得吐血。

容烁决定，今晚就去救他吧，明日他要去看筝儿的比赛。

正当容烁愣神之时，一双柔荑搂住他的脖颈儿，紧接着温热软软的唇瓣贴上了他的嘴角。

容烁的俊脸刹那间红了，心跳顿时如同擂鼓一般。

“容烁，你心脏不好吗？我听见你心跳跳得很快。”云筝眼眸中闪过一丝狡黠，故意贴近他的耳畔温声细语道。

容烁听到这话，脸颊与耳尖都红了起来。

最后，他不知道自己是怎么离开房间的，但是，他上扬的嘴角一直没落下来。

“帝尊，你终于出来了！”青风察觉容烁出来后，第一时间就恭敬地迎上去。可是看到自家帝尊大人面泛桃花的俊脸，青风愣在原地，帝尊这是怎么了？脸怎么这么红？

“帝尊……”

容烁沉声道：“你在这里保护筝儿，本尊前去将柏零从那秘境拎出来，听懂了吗？”

青风恭敬地点头：“懂了。”

自家帝尊大人终于想起柏零大人了，不知道柏零大人现在的处境如何，应该没有受致命的伤，要不然帝尊也不会这么不紧不慢。

容烁离开之时，已经是傍晚时分。

云筝收拾了一下自己，然后从房间里出来。她先去探望了江奕辰，看到他右边空荡荡的袖子，眼帘微垂。她想起了当时在大楚国酒楼时，江奕辰那向往更广阔的天地时的期待表情……

现在的他，浑身散发一股颓废的气息。

“云筝，你没事就好。”江奕辰温和地笑了笑，眼里没有了以往不羁的光彩。

见云筝沉默着不说话，江奕辰继续道：“谢谢你替我出头，我准备过几天就回大楚国了。”

云筝抿了抿唇，盯着他道：“你或许还可以拥有右手，等参加完圣院招生考核之后，我会为你炼制一道符文，那道符文可以幻化成你的手臂。虽然我没有尝试过，但是我有七成的把握。江奕辰，我觉得你不是一个轻易放弃的人，所以……”

听到这番话，江奕辰死寂的心猛地跳动了几下，她能炼制出幻化手臂的符文？听起来多么惊世骇俗！他从来没有听说过这种符文，即使是大宗师的炼丹师也只能勉强炼制出一颗生肌肉骨的丹药！

原来……符文也有这么厉害的功能吗？

“所以，你不该放弃的！”

这句话犹如雷电击中了江奕辰，让他的脑子嗡嗡作响。他的唇瓣有些颤抖，抬头望着云筝，然后磕磕巴巴地问道：“我……我真的还有机会？”

在他惊疑的目光下，云筝微微颔首。

翌日，云筝赶往考核之地。

考核之地坐落于圣都的西部，那里有偌大的练武场，观众席位能容纳不止三十万人，擂台更是有数十个之多。

云筝到了之后，看到这么多人，有些惊讶。

今日的云筝，一袭红衣耀眼，那绝世无双的容貌更是吸引了无数人的目光。其中，有不少人认出了她。

被众人议论的云筝神情淡然，而另一边黑发如瀑、肤如凝脂、秀丽娇媚的青衣女子则远远地盯着云筝。

突然，青衣女子旁边一个小家碧玉的女子开口道：“初月姐姐，你的符文天赋可是东洲第一，没有人比得上你。那个人也不知道是从哪里冒出来的，众人只是夸大了她的能力而已。”

楼初月闻言，神色稍缓。她的眼里闪过一丝敌意，随后飞快敛下。

“金锁，不要这么说，被别人听见，会以为我们的肚量小。”楼初月一副无所谓的模样，清高又自傲地叮嘱道。

金锁闻言，连连应是。

而不远处由一条条小辫子扎成高马尾的清秀小少年听到她们的话时，本想嗤之以鼻，可当他看到那一抹红色的身影时，瞬间激动难耐。

“女人，女人！”慕胤蹦了蹦，挥着手，激动地想要奔云筝而去，可是一只大掌捏住了命运的后颈。

一个面容严肃的中年男人怒道：“你要去哪儿？比赛快开始了。”

慕胤不爽地咬了咬唇，冷哼了一声，还是听话地停下脚步。

场中集聚了很多少男少女，个个长相不凡，但是在那十来个人绝佳容貌的光芒下，其他人就显得平平无奇了。

最耀眼的就是白虎国的七皇子风行澜，只见他一袭白衣风华，称得上风华绝代。只是他身上的气息太冷，让人避之不及。

青龙国莫家少主莫旌，一袭黑色劲装，大方英气，偏偏那右眼角底下的浅褐色泪痣，为他添了一分少年感，让人一见难以忘怀。

朱雀国太子南宫君泽，五官端正，气质沉稳，似蓄势待发的猎豹。

一袭紫衣的燕沉，温润而疏离。

钟离国太子钟离无渊，长眉若柳，身如玉树，淡漠冷清。

女子当中，数云筝、青龙国楼初月、朱雀国南宫清清、钟离国姜菀宁最为出众。

突然，钟声敲响，让众人的注意力集中在了前方的台上。只见一个长相儒雅随和的中年男人出现在台上，他的身后跟着十个身着长老服饰的人。

“今年不采取擂台制度，而是全部预备新生进入一个秘境中，做任务得到积分，积分最高的前八百名，为圣院今年的新生！”

“前三百名，奖励一颗八品破阶丹药！”

“前一百名，奖励一颗九品丹药、两张七品符文、一把中阶灵器！”

“前十名，奖励三颗九品丹药、三张八品符文、三把中阶灵器，还可以进圣院的核液池中待半个时辰。”

“前三名，可以随意选择三个分院进行学习，其余人只可以选择两个分院。”

话音刚落，三千多名预备新生沸腾了起来。

“还有，在秘境中，遇到危险时，捏碎你们的令牌，就可以出来了，但这意味着你们也被淘汰了！”

“最后提醒一点，在秘境里面是可以组队的。”院长宋极说着，露出了神秘的微笑，“接下来，开始招生考核赛！准备好了吗？”

还没等底下三千多名少年们回应，宋极就露出充满邪性的笑容，大手一挥，身后的十个长老双手凝聚着灵力，朝着天空拍去。

十个灵宗级别的长老爆发出一股强大的力量，半空中撕裂开了一口子，逐渐露出了一个偌大的黑色旋涡。

三千五百六十个天才少年，顷刻间感觉到空间浮动，身形不稳，左右摇摆，有些胆小的少年更是喊出了声，随后被吸入天空中那个黑色旋涡里。

就在这时，黑色旋涡关闭，院长宋极的大手一挥，一片片晶莹剔透的晶石出现，上面倒映出了里面的情况。

“各位无须担心，你们可以正常观看比赛，只是有些局限性，可能看不到一些预备新生的情况。但是，一旦到了某个固定区域，就会出现他们的身影。”院长宋极解释道。

此刻，圣院五大分院的副院长齐聚于大殿内，观察着一块镜像晶石。不多时，里面出现了几个少年的身影。

头发花白的老头子君方撸了一把自己的胡须，笑道："这次规则大变，希望这些小家伙能承受住考验！"

"啸，若是过了我设置的那一关的小家伙，我南霸天一定要将他收入武院，你们就别跟我抢了！"一个轮廓棱角分明，身材修长高大，宛若黑夜中的鹰的中年男人沉声道。

"南霸天，你不讲理！"君方老头暴跳如雷。

南霸天冷哼一声，双手抱胸："天骄都是自己争取来的，有强悍实力的天骄就应该到我武院来。"

"你们看看他，他蛮不讲理！"君方指着南霸天，朝娄凤仙三人告状。

娄凤仙用纤纤玉手撑着下巴，睡眼惺忪地瞧了他们一眼，说："现在争什么？到时候再争也不迟。"

孤无岚附和道："届时再争。"

一直沉默着的驭兽分院萧许墨在逗弄着他手上的小蛇，见他们的目光落在了他的身上，他温和地笑着："凤仙和无岚说得对。"

突然，两个人的身影出现在殿内，让其他五人一惊，警惕地看向他们。

"你们是谁？"南霸天危险地眯起了双眼。

"急什么，我是灵天之主柏零，这是你们院长宋极亲点的符文长老，容长老，我们两个是特意来看一下新生的比赛情况的。"摇着羽扇的柏零笑着说道。

五人皆惊疑不定，直到戴着面具的容烁拿出一块令牌，他们才放下心来。五人皆在心里暗骂，院长宋极到底招惹了什么人来圣院！

灵天之主——柏零，灵天拍卖会的掌权人，据说他的实力在东洲无人能敌。刚才那恐怖瘆人的气息，无一不证明了这个事实。

而这个戴着面具的墨袍男子，就更加神秘了。至少，现在还无人敢正视他的双眼，因为总有一股无形的压力将他们压制住。

这到底是什么人？符文长老？一听就是个假身份。

（未完待续）

番外
郁秋大梦一场

云楔大陆，东洲地域辽阔，其中有三大超级强国，分别是白虎国、朱雀国和青龙国。而在白虎国，有一个声名显赫的炼器世家——郁家，郁家以其精湛的炼器技艺和高品质的灵器闻名于世。

此时此刻，郁家的言秋院内，十几个医师神情严肃，进进出出，气氛十分凝重。他们都是白虎国最顶尖的医师，被紧急召集到这里来治疗郁家的少主。

郁家的少主名叫郁秋，年仅十九岁，是郁家的未来之星。近日，他突然生病，高烧不退，还陷入了昏迷。

“赵医师，我儿如今怎么样了？”一个穿着素裙的女人站在院子里，面色焦急地望着从房间里走出来的医师。

“郁夫人，少主的病情依旧没有好转，还是持续发热，老夫实在查不出少主的病因。郁夫人，老夫也无能为力啊。”赵医师面露难色，无奈地摇了摇头。他已经用尽了各种方法，但都无法找到病因。

听到这话，郁夫人的脸色变得更加苍白，泪水忍不住流了下来。就在这时，房间内传来一阵欢呼声：“少主醒了！醒了！”

郁夫人黯淡的眼眸骤然一亮，她快步走进房间。一进门，她便看到了躺在床上的少年。

少年的眼睛虽然睁开了，但眼神空洞，仿佛失去了灵魂。

郁夫人的心猛地一沉，她快步走到床边，轻轻抚摸着少年的脸颊，轻声呼唤道：“秋儿，你终于醒了。”

郁秋忽然伸手握住郁夫人的手腕，那张苍白的俊脸上露出笑容，道：“娘，你在玩什么把戏？”

郁夫人听到这话，脸色一变，她连忙转头对医师们道：“我儿子这是怎么了？是不是烧坏了脑子？”

郁秋微微蹙眉，他的视线扫过四周，眼神一点点发生变化。

他撑着床沿坐起身来，抓住郁夫人的手臂，急切地询问：“娘，现在是白虎国天历几年？”

郁夫人微愣：“天历三九六年。”

话音刚落，郁秋瞳孔微缩，他心中升起一股隐秘的欣喜，下床快速穿上了鞋子，往外面走去。

郁夫人等人见状，都摸不着头脑了。

“等等，秋儿！”

“快拦住少主！”

而郁秋迅速甩开郁家众人，离开了郁家。

郁秋召唤出灵舟，乘上灵舟，飞快地朝着东洲边境而去。

他抬头看着远方，眼神透着些许迷茫，呢喃道：“这是梦吗？”

白虎国天历三九六年，他才十九岁，而她……云筝应该还没有回到三千界。她还没遇到容哥，还没遇到莫旌他们……

郁秋垂下眸子，微风将他的发丝吹乱，将他那俊美的面容衬得更加动人。

他冷静了下来，思绪也变得越来越清晰。他想起来了，这确实是一场梦，但这梦境并不普通。他抬头看着东洲边境的方向，抿了抿唇，然后传信给郁夫人报了平安。

翌日清晨。

灵舟在东洲边境的大楚国城外降落。

郁秋将灵舟收回储物空间，正想从城门进入大楚国时，看到了一道熟悉的身影，身躯不自觉地僵硬了。

不远处的粉裙少女像是丢了魂，垂头丧气，跟在另外一个白衣少女身后，她们后面还跟着一群侍卫。

郁秋见状，似乎想到了什么，脸色微白，难道筝筝是今天回来的？

而那白衣少女若有所感，朝这边望来，郁秋赶忙闪身于人群之中。

这白衣少女乃是大楚国苏家之女，苏容。她身旁的粉裙少女，则是大楚国云王爷的孙女，云筝。

云筝神色郁郁，低声道：“三皇子为何要退婚？莫非是因为我无法修炼？”

苏容闻言，嘴角微扬，露出一丝讥讽的笑，待云筝看过来时，她却瞬间换了副面容，柔声道："云筝妹妹，莫要烦闷，我带你去如焰之森外围走走，散散心。"

云筝眼眸中泪光闪烁，轻轻吸了吸鼻子："容姐姐，你对我真好。"

苏容微笑道："不对你好，我又能对谁好呢？"说着，她伸出手，亲昵地握住云筝的手。

云筝信任地看着苏容。

一行人的身影渐行渐远。

而此刻的郁秋脸色微沉，他自然听到了云筝和苏容的对话。他十分清楚今天是苏容将云筝带往如焰之森，对云筝进行鞭打折磨，将她推下悬崖的日子……

他想阻止苏容的所作所为，但又怕筝筝无法趁这个契机回到三千界。思索片刻，他决定跟上去。

一路上，云筝被骗得团团转，跟着苏容不断地深入如焰之森。

随着时间的流逝，天色渐渐暗下来。

云筝看到周围一片漆黑，不禁开始感到害怕，她伸手拉住苏容的手臂，颤抖着声音道："容姐姐，天黑了，我们回去吧。"

苏容闻言笑了："回去？为什么要回去？"

她的腔调有点儿怪异，让云筝心中涌起一股不安。下一刻，她就被苏容狠狠扇了一巴掌。

"给我抓住她！"苏容对苏家的侍卫们下达命令。侍卫们得到指令后，迅速冲向云筝，用力将她按住。

云筝完全蒙了，嘴角流着鲜血，面露惊恐之色，她拼命挣扎，大声呼喊："容姐姐，你到底要做什么？快放开我，我要回家！"

可是，苏容得意地笑着回答："想要回家？等下辈子吧。"

紧接着，她拿出长鞭，正要鞭打云筝时，却发现自己的动作好像被一股无形的灵力阻挡了，她一惊，如惊弓之鸟般迅速抬头，警惕地扫视四周，喝道："是谁？"

而隐匿起来的郁秋，看着被按住的云筝，眼底不禁闪过一丝心疼，尽管他知道这不是真正的筝筝。

苏容吩咐几个侍卫去周围搜寻了一圈，但是没有找到可疑的人。

苏容眉头紧皱，心里暗忖，难道是自己草木皆兵了？她放下心来，盯着眼前的云筝，露出了阴冷的笑容，轻声道：“云筝啊云筝，有时候我挺羡慕你的，你长得好看，你的爷爷又很疼爱你……”

说着，她就执起长鞭狠狠鞭打云筝，“啪”的一声，长鞭在云筝身上留下了触目惊心的血痕。

云筝面色痛苦，不断地求饶，试图让苏容放过自己。

可是，苏容怎会放过她？

此刻躲在树后的郁秋，垂下眼帘，心痛得快要窒息。他想阻止这一切，但又害怕他的筝筝无法回归，他的手指一点点攥紧。

不知过了多久，苏容吩咐侍卫将奄奄一息的云筝踹下悬崖。

“苏……”少女没说完的话被风声淹没。

就在这千钧一发之际，有一道红色身影毫不犹豫地跃下悬崖，而苏容等人并没有看见。

浑身伤痕累累的少女，如断了线的风筝般坠落。在意识渐渐模糊的瞬间，有一红衣少年如天神降临般朝她而来，伸出温暖如阳光的双手，紧紧地抱住了她。她仿佛感受到了春日的阳光，是那般温暖。

“筝筝……”

他的声音很温柔，他是谁？

云筝的意识彻底涣散之时，她的身躯被冷水淹没，但那红衣少年始终没有将她放开。

翌日，她重新睁开眼睛的那一瞬，已经完全变了一个人。

云筝茫然地发现自己正静静地躺在溪水边，当她试图起身时，突然，一股剧痛如潮水般袭来，她不禁皱眉，轻呼一声，脑子仿佛被千万根细针同时刺着。

与此同时，大量的记忆片段如决堤的洪水般涌现出来。

而此刻的她，并不知道远处的树上，正有一个穿着松松垮垮的红袍的少年眼神复杂地看着她。看着她起身，看着她突然朝着小溪另一边走去，任由冰冷的溪水蹚过双腿，找到她的命定之人。

郁秋看到了他们的初遇，并不算愉快，但十分难忘。他忽然笑了，因为没想到筝筝和容哥还有这样幼稚的一面。他缓缓抬起手，指尖凝聚成一点星光，是时候回去了。

在平行时空里，他依旧没有勇气将筝筝据为己有。筝筝不能因他的私心，而失去了她本该拥有的一切。

在他的身形渐渐消散的那一刻，云筝若有所感，朝着他所在的方向看了一眼，但只看到了一片红色衣角。云筝微微皱眉，脑海里竟浮现出了一个红袍少年的模样，他长得俊美，眉眼似画，朝着自己奔来，眼底的心疼与爱慕掩盖不住。

这是谁？他喜欢自己？不对，他喜欢原身？她越想，他的身容貌就如那被薄雾笼罩的远山，越来越模糊，仿佛要被抹去。

云筝心中猛地一震，如梦初醒般想起来，昨晚那红袍少年凑过来，在她的眉间落下郑重的一吻，说："如果明天你先想起的人是我，我会努力争取成为你的未来伴侣。如果你先走向了容哥，那么，说明我还是配不上你。"

"筝筝，我喜欢你，也很爱你。我怕你会疏远我，所以我不敢向你表露任何的情愫。"

云筝想到这里，心口微疼，不自觉地唤出他的名字："郁秋……"

随着话音的落下，似乎有一道声音从远方传来，温柔得如同春日的微风。

"筝筝，再见。我永远都会是你的朋友。"

关于郁秋的记忆，彻底从云筝脑海里抹除。短暂的大梦一场，诉说了爱意，如此，便再无遗憾。

在神宫外的秋千上，一个穿着松松垮垮大红袍的男子黑发凌乱地垂落，呼吸平稳，他的眼睫毛微颤，缓缓睁开了双眼。

图书在版编目（CIP）数据

第一瞳术师 / 喵喵大人著 . -- 南京：江苏凤凰文艺出版社，2025. 3. --ISBN 978-7-5594-9362-0

Ⅰ . ① I247.5

中国国家版本馆 CIP 数据核字第 2025DG2660 号

第一瞳术师

喵喵大人 著

出版统筹 曾英姿
责任编辑 周颖若
特约编辑 朵 爷 图 南
装帧设计 丹青客 刘芳英
封面插图 Megan
出版发行 江苏凤凰文艺出版社
南京市中央路 165 号，邮编：210009
网 址 http://www.jswenyi.com
印 刷 湖南天闻新华印务有限公司
开 本 880mm × 1230mm 1/32
印 张 10
字 数 307 千字
版 次 2025 年 3 月第 1 版
印 次 2025 年 3 月第 1 次印刷
书 号 ISBN 978-7-5594-9362-0
定 价 46.80 元